AF281813

Zum Buch:

Malte Kampe, frenetischer Fan von Depeche Mode und auch sonst ganz seiner wilden Jugend verschrieben, wird wider Willen von seiner Vergangenheit eingeholt, als er seinem Freund Norbert im Zuge einer Sperrmüllaktion einige alte Tagebücher abkauft. Was er nicht erwartet hätte: Die Lektüre ruft nicht nur Erinnerungen an eine langjährige Freundschaft wach, sondern auch an eine Familie, in der Bratpfannen als Argumentationsverstärker fungieren, Manipulationen genauso an der Tagesordnung ist wie Fremdgehen in der Sauna und einige Streiche die Ehe der Eltern beinahe in ein Armageddon führen.

Selbst die aufkommende Nostalgie beim Rekapitulieren der zahlreichen Anekdoten kann nicht darüber hinwegtäuschen, dass die ehemaligen Ereignisse ihren Schatten bis in die heutige Zeit werfen – und so bleibt Malte nichts anderes übrig, als sich noch einmal in die verrückten 1990er und 2000er Jahre zurückzubegeben, um Norberts und auch seinem eigenen Verhalten auf den Grund zu gehen.

Michael Krüger

GEBURNOUTET

Seid ihr mir nun böse?

Roman

Bibliografische Information der deutschen Nationalbibliothek: Die Deutsche Nationalbibliothek verzeichnet diese Publikation in der Deutschen Nationalbibliografie; detaillierte bibliografische Daten sind im Internet über http://dnb.dnb.de abrufbar.

1. Auflage
© 2024 Michael Krüger
Verlag: BoD · Books on Demand GmbH, In de Tarpen 42, 22848 Norderstedt
Druck: Libri Plureos GmbH, Friedensallee 273, 22763 Hamburg
ISBN: 978-3-7693-0707-8
Dieses Buch ist auch als E-Book erhältlich.

Personen und Handlungen sind frei erfunden.
Ähnlichkeiten mit lebenden oder toten Personen sind rein
zufällig und nicht beabsichtigt.

Inhalt

Alles Sperrmüll, oder was?

Hallo, ich bin Malte Kampe! Eines Tages saß ich gemütlich mit meinem besten Kumpel Norbert in seinem gerade frisch renovierten Hobbyzimmer. Jedenfalls bis zu jenem Moment, in dem sein Vater fast vor Aufregung die Zimmertür eintrat. Er bat uns hektisch, ja fast panisch, schnell einige alte Möbelstücke auf die Straße zu stellen, da der Sperrmüllwagen schon zu hören sei und er dringend seine Ehefrau, Norberts Mutter, vom Zahnarzt abholen müsse.

»Wenn ich nicht pünktlich bin, kann ich dort gleich als Patient im Wartezimmer Platz nehmen!«, scherzte er in seiner lustigen Art.

»Ist ja wieder typisch für Paul, sich vor der Arbeit zu drücken!«, meinte Norbert, während sich sein Vater mit quietschenden Reifen nach dem Motto ›Gib Gummi!‹ aus dem Staub machte.

»Jedes Mal der gleiche Mist!«

»Was meinst du, Norbert?«

»Immer, wenn Sperrmüll ist, wartet unser selbsternanntes Familienoberhaupt bis zum letzten Moment, da sonst angeblich irgendwelche Sperrmüllsammler ein Schlachtfeld hinterlassen oder etwas dazustellen. Das habe ich nur noch nicht gesehen!«, schimpfte Norbert, worauf ich mir die Frage stellte, ob mein bester Kumpel überhaupt noch rausging, um es überhaupt sehen zu können.

Wir stellten unter anderem einen kleinen, alten, mit Spinnweben überzogenen Nachtschrank an die Straße. Ich zog aus reiner Neugierde eine Schublade heraus und fand darin einige DIN-A5-Schreibhefte. Wie sich schnell herausfinden ließ, handelte es sich dabei um Tagebücher seiner Mutter, da auf der Innenseite des Heftes ihr Name stand. Ich nahm drei Hefte mit in Norberts Zimmer und fragte ihn, ob er die restlichen nicht besser noch schnell aus der Schublade holen sollte. Norbert wollte von all dem nichts wissen und war sich dem Anschein nach über die Tragweite der Bedeutung dieses Fundes nicht im Klaren! Er wusste wohl nicht, was für ein persönliches und bedeutsames Zeitdokument ein Tagebuch für den Verfasser ist. Es ging ihm wahrlich an seinem dicken und mittlerweile recht naiven Hintern vorbei! Anders konnte man die Coolness und Gleichgültigkeit durch seinen in den letzten Jahren erlernten und an jenem Tag fortgeführten Familien-Frustrations-Alkoholkonsum nicht deuten. Es wurde sogar noch besser: Norbert verkaufte mir die guten Stücke ungelesen für zehn Euro und freute sich an diesem Nachmittag tierisch über seinen Geschäftssinn, da er aus alten und für ihn ziemlich unwichtigen Sperrmüllsachen unerwartet noch etwas Geld machen konnte.

»Na, wenn das kein guter Deal war!«, meinte mein Freund zu mir, worauf er lachend das leicht verdiente Geld in seine Brieftasche steckte.

Getrieben von Neugierde, machte ich mich rund eine Stunde später zu Hause sofort über die Tagebücher her. Leider erfuhr ich dabei Dinge, die unsere langjährige und bis dahin als dick empfundene Freundschaft in ein ganz anderes Licht rückten. Jener Moment der ersten fassungslosen Nachdenklichkeit, auch des Kaufes wegen, war gleichzeitig die Geburtsstunde für mein Manuskript, da diese schier unglaubliche Geschichte einfach niedergeschrieben werden musste. Außerdem möchte ich aufdecken und gleichzeitig davor warnen, was alles passieren kann, wenn problembehaftete Eltern ihr Kind nicht rechtzeitig von der Leine lassen, was man in Norberts Fall glatt als lebenslange Freiheitsstrafe bezeichnen könnte – aber ich möchte noch nicht zu viel verraten…

Der Schülerpraktikant

27.02.1994: **Liebes Tagebuch,** *ob wir Norbert zum Praktikum bekommen, wage ich zu bezweifeln, er hat ja immer so eine Angst vor Neuem. Ich habe ihm so eine neuartige Spielstation versprochen. Mal sehen, ob es gewirkt hat. Norbert läuft vor Aufregung vor morgen in seinem Zimmer schon einen Kreis in seinen Flokati Teppich!*

Es war der 28. Februar 1994 und ich arbeitete in einer Gärtnerei, zwanzig Kilometer von meinem Wohnort Gifhorn entfernt.

Vor Arbeitsbeginn saßen wir Kollegen in gemütlicher Runde in unserem Aufenthaltsraum und tranken Kaffee. Es war ja schließlich auch noch nicht Zeit, um härtere Sachen zu trinken, was in dieser kleinen, aber feinen Gärtnerei, diesem alteingesessenen Familienbetrieb, oft, vor allem bei Erntearbeiten, vorkam. Solch eine meist staubige und vor allem anstrengende Arbeit konnte man in nüchternem Zustand auch nicht lange ertragen!

Die Gärtnerei bestand aus vier großen Gewächshäusern und sechs kleineren, insgesamt waren es rund zweitausend Quadratmeter Kulturfläche unter Glas.

»Moin, Moin«, rief unser Chef inmitten eines für ihn typischen Raucherhustenanfalls, der ihn just in dem Moment traf, als er zur Einteilungsbesprechung in unseren Aufenthaltsraum kam.

»Na, Erich, haste dich wieder an deiner Zigarette ver-
schluckt? Beim Essen sollte man auch nicht sprechen, mein
Bester!«, lachte ihm Helga, eine Mitarbeiterin der ersten
Stunde, entgegen.

»Jou, meine Beste, du hast ja wie immer recht!«, hustete er
ihr entgegen.

Von uns Auszubildenden wurde unser Chef hinter vorgehaltener Hand in Anlehnung an die Kindersendung ›Sesamstraße‹
liebevoll Oskar genannt. Er war nämlich der Gärtner, der nie
etwas wegwarf und alles schlecht Getarnte wieder aus der
Mülltonne holte, wobei er einmal sogar gekonnt kopfüber hin-
eingerutscht war. Normalerweise sollte eine Mülltonne durch
die Verlagerung des Gewichts umkippen, doch Oskar schaffte
das auch anders. Ich werde das Bild nicht mehr vergessen, wie
seine Frau die Mülltonne schimpfend durch Ziehen an Oskars
Füßen umkippte. Danach erhielt er eine Predigt, gewisserma-
ßen das Wort zum Sonntag, und wurde an diesem Tag nicht
mehr gesehen. Dumm nur, dass wir alle gerade Frühstücks-
pause hatten und uns natürlich die Nasen lachend am Fenster
plattdrückten.

Oskar erzählte uns jedenfalls, dass wir an jenem Tag einen
Schülerpraktikanten bekommen würden, und fragte mit dem
nächsten gehusteten Atemzug leicht schmunzelnd natürlich
mal wieder mich, ob ich diesen jungen Herren an die Hand nehmen könnte. Ich nickte natürlich, da ich von meinen Azubi-
Kolleginnen, den Lästertanten vom Dienst, schon ein Augen
verdrehendes Schnaufen vernehmen konnte. Außerdem war
das Füllen von Pikierkisten mit Pikiererde recht monoton und
nicht gerade meine Lieblingsarbeit. Da kam mir ein Praktikant
ganz gelegen.

»Wie heißt er eigentlich?«, fragte ich meinen Chef, doch dieser konnte sich an den Namen nicht mehr erinnern.

»Kein Wunder, Erich, du merkst dir ja auch nur Frauennamen!«, frotzelte Herbert, langjähriger Freund des Chefs und Mädchen für alles in der Gärtnerei.

Um Punkt sieben Uhr stand ich wie so oft an meinem Arbeitsplatz und freute mich der Dinge, die da wohl kommen würden.

Die Dinge kamen – und wie sie kamen! Ein riesiger Schatten bewegte sich auf mich zu und ich dachte im ersten Moment, dass André the Giant, ein weltbekannter französischer Wrestler, der leider ein Jahr zuvor recht jung an Herzversagen verstorben war, auf mich zukommen würde. Wie sich schnell herausstellte, handelte es sich um den Vater des Praktikanten. Wer nun allerdings glaubt, einen Spargeltarzan, wie ich einer bin, hinter ihm hervorspringen zu sehen, der wurde enttäuscht. Der Sohnemann besaß die gleiche Statur. Der Apfel fällt bekanntlich nicht weit vom Stamm!

Oskar schob den kleinen Giganten mit dem sichtlich höheren Babyspeckanteil gleich in meine Richtung ab, um dessen Papa – wie jeden anderen Besucher, Freund oder Kunden – mit seinen heldenhaften Kriegsgeschichten vollzulabern.

Da stand er nun, der Praktikant, seine Frisur war ein wohl von Mama geschnittener vorkriegsähnlicher Kochtopfhaarschnitt, der sein Antlitz erst recht wie ein rundes Pfannkuchengesicht aussehen ließ. In seinen braunen Augen stand gut erkennbar die blanke Angst, wohl jene vor dem Ungewissen.

»Hallo, ich bin Malte!« sprach ich ihn an, doch wer dachte, nun würde eine tiefe Riesenstimme ertönen, der sah sich erneut getäuscht.

»Ich... ich bin der Norbert«, antwortete er stotternd und mit hoher Stimme, als habe man ihm etwas abgeschnürt.

»Komm, lass uns mal deine Sachen in die Umkleide bringen!«, antwortete ich in meiner freundlichen, pädagogisch wertvollen Art.

Angezogen war Norbert mit einer recht weit geschnittenen blauen Jeans und einem Alternative-Rockband-Shirt. Sicherheitsschuhe trug er zwar nicht, aber sein festes Schuhwerk war für den Anfang schon mal ganz in Ordnung.

Ich wusste erst nicht, wie ich den großen, sehr schüchtern wirkenden Burschen etwas auftauen lassen könnte, doch als wir beim Thema Musik anlangten, wurden wir sehr schnell warm. Norberts Lieblingsband war R.E.M., deren letzter Hit ›Man on the Moon‹ aus dem Jahr 1992 noch in aller Munde war. Meine musikalische Richtung umfasste vor allem die New-Wave-Band Depeche Mode, die gerade mit einem sehr erfolgreichen Album und darauffolgender Welttournee, der Devotional-Tour, aufhorchen ließ.

»Sag mal, Norbert, wie groß und schwer bist du eigentlich?«

»Ich bin 1,98 Meter groß und wiege 109 Kilogramm. Geboren wurde ich am 31.03.1979!«

Ich schaute wohl etwas komisch aus der Wäsche, da ich überrascht war, dass Norbert mir, ohne dass ich danach gefragt hätte, seinen Geburtstag nannte, und das auch noch mit einer ganz besonderen Betonung.

»Ich wurde nur ein paar Minuten vor dem ersten April geboren«, meinte er obendrein leicht drucksend, worauf mir plötzlich ein Licht aufging.

»Dann bist du also ein sogenannter Glückspilz, dass du dem besonderen Tag knapp entkommen bist, nicht wahr?«, fragte ich ihn. Norbert meinte darauf unter gemeinsamem Gelächter ganz trocken, dass man mit Geld viel regeln könne und sein Vater deswegen pleite sei.

»Du bist also eigentlich ein Aprilscherz, nicht wahr, Norbert?«, schoss es aus mir heraus.

»Genau vor solch einem Spruch hatten meine Ollen immer Angst, gut, dass ich um fünf vor zwölf auf die Welt kam«, kicherte Norbert zwinkernd.

Zu dem überaus verkrampften Füllen der Pikierkisten, die für das Vereinzeln von Eisbegonien aus den Aussaatkisten benötigt wurden, dem Mischen der speziellen Pikiererde, begleitet von tierischen Schweißausbrüchen und dem leicht überdreht wirkenden Lachen, kamen auch Phasen, gerade beim Schieben der Schubkarre, in denen Norbert ein Sauerstoffzelt wohl gutgetan hätte.

Ich hatte bis zu jenem Tag noch nie jemanden gesehen, der so verkrampft eine Schaufel in der Hand hielt, geschweige denn in seinem Alter solche motorischen Schwierigkeiten beim Schieben einer Schubkarre hatte. Rückwärts zu gehen, war auch nicht gerade seine Paradedisziplin und das Schaufeln der Erde auf den Topftisch wurde an diesem Tag zu seiner absoluten Spezialität. Bei zehn Schaufeln aus der Karre musste ich später mindestens fünf wieder vom Boden hoch schaufeln. Die Karre komplett auf den Tisch zu kippen, war leider nicht möglich, da Norbert dem Anschein nach nur Pudding in den Armen hatte und die Karre mit Inhalt nicht hochbekam. Ich wollte ihn erst fragen, ob er denn stattdessen eine 50-Kilo-Sahnetorte hochbekommen würde, verkniff es mir aber lieber, wollte ich doch nicht gleich als Stänkerkopf auftreten.

Die Feierabendglocke ertönte und unser Praktikant wirkte sichtlich erleichtert, genau wie nach jedem Toilettengang, von denen es an diesem Tag wohl zwanzig gegeben hatte! Da erwachte in mir wieder ›Mr. Kontrollfreak‹ Malte Kampe!

Der kleine, große Norbert wurde von seinem Papa abgeholt, doch bevor die beiden an diesem ersten Praktikumstag zur Tür herauskamen, fing Oskar sie zu einem kleinen Feierabend-Smalltalk ab, welcher in der Regel zwischen fünf Minuten und zwei Stunden dauerte, je nachdem, wann Oskars Frau zum Kaffee oder Abendbrot rief.

»Hallo Herr Wunderlich, ihr kleiner Norbert lebt noch!«, schrie Oskar mitten in einer Raucherhustenpause durch das vordere Arbeitsgewächshaus.

»Wunderlich, du heißt Wunderlich, ich lach mich schlapp!«, meinte ich scherzend zu Norbert, der gerade in diesem Moment, sich den Rucksack ins Gesicht drückend, an mir vorbei schleichen wollte.

»Ich würde lieber Kloschüssel heißen, wurde immer mit dem Namen Wunderlich gehänselt, weil wir wohl allen immer genauso rüberkommen, zum Heulen ist das Ganze!«, grummelte Norbert noch, bevor er sich von mir verabschiedete.

Nach diesem ersten Tag unserer Bekanntschaft gab es gleich zwei positive Dinge, zum einen die Überraschung darüber, dass sich mein Chef einen männlichen Namen merken konnte, und zum anderen die faszinierende Erscheinung Norberts, denn er war nach meinem Gefühl irgendwie positiv anders und ich wollte unbedingt wissen, weswegen ich diesen Eindruck hatte!

Auszug aus Renates Tagebüchern

***28.02.1994: Liebes Tagebuch**, Norbert hat an seinem ersten Praktikumstag gleich mit dem dortigen Gärtnergehilfen, Malte ist sein Name, Freundschaft geschlossen, mal sehen, was daraus wieder wird. Es ist der erste neue Kontakt, seit wir vor vier Jahren hierhergezogen sind, bis auf seine ehemaligen Klassenkameraden natürlich, doch es ist eh besser, wenn er zu denen Abstand gewinnt, damit er seine furchtbaren Grundschuljahre endlich vergisst. Ich finde es überraschend, dass er sein Praktikum angetreten hat, na ja, habe eben an den richtigen lockeren Schrauben seines Gemüts gedreht und außerdem ist er ja mein Sohn und Bestechung funktioniert bei ihm immer!*

»Na, Norbert, du hast einen tierischen Muskelkater, stimmt's?«, fragte ich ihn, als er am nächsten Tag mit versteinerter Miene vor mir stand.

»Mir tut sogar das Lachen weh, aber Renate und Paul werten es als Fleiß und das ist mir das Wichtigste!«

Ich fragte ihn, ob Renate und Paul die Vornamen seiner Eltern seien.

»Ja, klar, Geschwister habe ich ja keine!«, antwortete er und fügte noch hinzu, dass es laut seinen Eltern in einer modernen Familie heutzutage üblich sei, diese mit Vornamen anzusprechen.

Auszug aus Renates Tagebüchern

06.03.1994: Liebes Tagebuch, Norbert ist schon den ganzen Nachmittag in der Garage und bastelt an seinem Fahrrad herum, wusste ja gar nicht mehr, dass er eins hat! Malte hat ihn wohl gefragt, ob er ein Radfahrlegastheniker sei, weil er die paar Meter bis zur Gärtnerei nicht selbst fahren könne. Jetzt will Norbert morgen mit dem Rad zur Gärtnerei, na, da werde ich ihm noch einen Strich durch die Rechnung machen! Das fehlt ja noch, der Bursche landet bei seiner Orientierungslosigkeit noch in Lüneburg und das nur, weil er Malte irgendetwas beweisen will! Mit dem Fahrrad zum Sportplatz, drei Straßen weiter, hat ja letztes Jahr schon nicht funktioniert!

07.03.1994: Liebes Tagebuch, Norbert musste heute doch gefahren werden, da sein Fahrrad einen Plattfuß hatte. Hat er wohl gestern zu stark aufgepumpt, oder der Innenschlauch war zu porös, oder meine Nadel zu spitz, na ja, egal, sicher ist sicher!

Norberts Praktikumswochen zogen sehr schnell ins Land und am Ende der dritten Woche rutschte ihm sogar die Hose etwas vom Hintern, da er in dieser Zeit sage und schreibe fünf Kilo abgenommen hatte.

Seine Schäden in diesen drei Wochen hielten sich in Grenzen, so fuhr er nur eine Glasscheibe mit einer Schubkarre kaputt und kippte einen Rolltisch, gefüllt mit Töpfen, komplett um, da er ›halb vollstellen‹ missverstanden hatte. Er stellte alle Kisten auf eine Seite und nicht quer über den Tisch, sodass dieser, als von hinten eine nichtsahnende Aushilfskraft die gleichreihig stehenden Rolltische verschob, überlastig wurde und von den feststehenden Standbeinen kippte. Somit waren gute drei Stunden Arbeitszeit für die Katz und dem wohl sensiblen Norbert liefen nicht gerade Freudentränen die Babypopowangen hinunter!

Es wäre toll, wenn man festhalten könnte, dass Oskar daraus gelernt hätte, denn es gab damals schon diverse Kippsicherungen, die man für kleines Geld hätte anbauen können. Deswegen blieb dieses Ereignis nach Norberts Praktikum leider auch kein Einzelfall, nur blöd, dass dort gut acht Monate später, kurz vor Weihnachten, verkaufsfertige Weihnachtssterne für den Stückpreis von sechs DM standen! Einzig die Lebewesen im Komposthaufen freuten sich über diese gebrochenen, fast geschreddert aussehenden Pflanzen!

Als Herbert unserem Chef leicht schmunzelnd erzählte, dass der Verlust ja nicht so hoch sei, da wir die Sterne im übernächsten Jahr wieder verwenden könnten, nämlich als gute Blumenerde, biss Oskar vor lauter Wut über das Geschehene beinahe in den umgekippten Rolltisch und verschwand wutschnaubend im Wohnhaus.

*10.03.1994: **Liebes Tagebuch,** Norbert hat bei seinem Praktikum ein wenig Schaden gemacht, hat er mir gerade unter Tränen gebeichtet. Paul hat schon mit Herrn Reiter, dem Besitzer der Gärtnerei, gesprochen, ob er ihn irgendwie finanziell entschädigen könne, doch Herr Reiter meinte nur, dass seine Mitarbeiter ja auch hätten aufpassen können und wir ja so gute Kunden wären. Wo er recht hat, hat er recht!*

An Norberts letztem Praktikumstag tauschten wir unsere Telefonnummern aus und ich lud ihn zu meinem Geburtstag im Juni ein, um ihn meinen Freunden vorzustellen. Ich dachte mir, dass junges Blut in breiter Form von Norbert mit seiner Komik und erkennbaren Tollpatschigkeit garantiert viel Spaß bringen würde und er sich sicherlich ebenfalls an uns Experten erfreuen würde.

Ich fuhr ihn nach Hause, da er nur einen Katzensprung von der Gärtnerei entfernt in einem Neubaugebiet wohnte. Norbert stellte mich seinen Eltern, den Vater kannte ich ja bereits flüchtig, nun auch einmal richtig vor. Seine ›Ollen‹, wie er sie nannte, standen bei unserer Ankunft bereits in der Haustür. Norberts Mutter war gut zwei Köpfe kleiner als ihre ›beiden Männer‹, wie sie ihre Bande bei einer Tasse Tee titulierte, hatte allerdings denselben Bauchumfang. Norberts sehr nett wirkende Eltern boten mir zu meiner großen Verwunderung gleich das Du an.

Das Teetrinken nahm ein schnelles Ende, da Norbert sich tierisch an einem von seiner Oma gebackenen Keks verschluckte und Renate ihm sofort hysterisch auf der Schulter herumschlug.

Da Norbert, noch immer hustend, frische Luft brauchte, machten wir uns zu einer kleinen Gartenbesichtigung auf. Ich war doch sehr beeindruckt von der Größe des ganzen Areals.

Norbert meinte, dass seine Eltern gleich zwei Grundstücke gekauft hatten, damit er sich später auf dem anderen, dem noch als Wiese brachliegenden Land, ein Haus bauen könne. Ich fragte Norbert, woher sie so viel Geld hätten, um sich gleich zwei Grundstücke kaufen zu können, und Norbert meinte, dass sie ihr altes Haus mit noch größerem Grundstück zwei Dörfer weiter sehr gut verkauft hätten. Dem Käufer, einem Abteilungsleiter aus dem Radkappen-Werk, gefiel der riesige Partykeller damals total gut, da er, wie er augenzwinkernd anmerkte, vorhatte, den berühmten Ballermann in diesen Keller zu holen.

Voller Vorfreude auf meine kleine Geburtstagsparty mit Norbert als Gast machte ich mich nach einer noch folgenden Jugendzimmer-Besichtigung, in dem sich seine Comic-, CD- und Videokassetten-Sammlung befand, auf den Heimweg.

Auszug aus Renates Tagebüchern

18.03.1994: Liebes Tagebuch, *Norbert ist an seinem letzten Praktikumstag von Malte zum Geburtstag eingeladen worden, hoffentlich gibt es da nicht so ein Komasaufen wie bei uns früher, nicht, dass er sich, wie Paul damals, betrunken, orientierungslos und splitterfasernackt in irgendeinem Garten verläuft und am nächsten Morgen von der Polizeistation abgeholt werden muss!*

Nachdem Familie Wunderlich aus ihrem Osterurlaub in Dänemark zurück war, ließen Norbert und ich die Telefondrähte glühen.

Zu Beginn eines jeden Telefonats wirkte er immer – genau wie an seinem ersten Praktikumstag – sehr schüchtern, doch von Minute zu Minute taute er mehr und mehr auf, bis wir uns zum Ende hin geplagt von Bauchschmerzen und nach Luft ringend vor Lachen nicht mehr halten konnten. Es schien, als würde Norbert eine kleine Abwechslung in Form meiner Person ganz guttun, da ihn dies ein wenig aus seinem familiären Trott herausbrachte. Ebenso tat es mir gut, sehr belustigt ein wenig in die normale und eigentlich schöne jugendliche Naivität zurückzurutschen.

Auszug aus Renates Tagebüchern

*10.04.1994: **Liebes Tagebuch,** der Urlaub war richtig schön, ich habe immer, wenn meine beiden Plagegeister aus dem Haus waren, Jonny getroffen und er hat mich jedes Mal umgehauen! Norbert rennt jetzt schon eine halbe Stunde um das Telefon und traut sich nicht, Malte anzurufen. Ich habe ihn eben gefragt, ob der Hörer zu schwer sei oder ob ich anrufen solle! Norbert braucht auch bei allem einen Anschub, genau wie sein Vater, der Geizkragen, der Elendige!*

Die Clique

10.06.1994: Liebes Tagebuch, Norbert hängt schon wieder eine halbe Stunde am Telefon, ich möchte echt gerne wissen, was er und Malte immer zu sabbeln haben, die sind ja schlimmer als so manche Weiber!

15.06.1994: Liebes Tagebuch, Norbert ist wegen morgen sowas von aufgeregt, dass er wieder Durchfall hat, ich würde ja am liebsten die Geburtstagsfeier absagen, aber Paul soll hier in meinem Aufenthaltsraum mal sämtliche Spinnweben (auch meine) entfernen und das geht nicht, wenn der Kleine da ist!

Im Jahr 1994 fiel mein 21. Geburtstag für mich so unglücklich, dass er nicht während des Gifhorner Schützenfestes war. Deshalb gab es in jenem Jahr keinen Biergarten auf dem Fest, sondern nur den eigenen Garten, aber natürlich auch mit Bier!

Ich wohnte damals noch zu Hause, da ich es nicht einsah, irgendwo in der Fremde Miete zu zahlen, während in meinem Elternhaus zeitgleich eine Wohnung im Obergeschoss leer stehen würde. Ich musste meinen Eltern nur die Unkosten zahlen und habe das Haus – mittlerweile mein Eigentum – bis zum heutigen Tag nicht verlassen. Mein Opa sagte einmal, dass er nur in einer Holzkiste zum Friedhof umziehen würde; es geschah so und genauso halte ich es auch! Außerdem war meine Arbeitsstätte nur vierzehn Kilometer von meinem Wohnort entfernt und mit meinem Auto sehr gut über die Bundesstraße 188 zu erreichen.

So saßen mein Kindergartenfreund Torben, Tim, unser ehemaliger gemeinsamer Klassenkamerad und ebenfalls großer Depeche-Mode-Fan, meine Freundin Josy und meine Wenigkeit an einem Samstag bei mir zu Hause unter dem Überdach und tranken schon das ein oder andere Bier.

Gespannt warteten wir nicht nur auf das Eintreffen von Norbert, sondern auch auf das Abmischen unserer Spezial-Bowle. In diese Bowle, in dieses Meisterwerk der Party-Mixgetränke, kamen alle Sorten Erfrischungsgetränke, Anisschnaps, ein Orangenlikör und ein leichter Weißwein. Das Mischverhältnis war jedes Mal anders, da wir immer nach Lust und Laune panschten. Einzig der Schädel am nächsten Tag war immer gleichbleibend! Verheerend an dieser Bowle war, dass man am Anfang keinen Alkohol schmeckte, aber bei Ebbe in der großen Schale leichten bis ganz starken Kreisverkehr bekam. Alles in Butter halt, da halb betrunken ja rausgeschmissenes Geld ist, nicht wahr!

Plötzlich klappten Autotüren und ich ging nach vorne, wo auch schon ein leicht zitternder Norbert mit seinem Vater am Gartenzaun stand. Nach einer kurzen Begrüßung sowie einem Glückwunsch von beiden fragte Paul nach meinem alten Herrn! Hallo?

Da mein Vater nach seinem Parteiaustritt und dem damit verbundenen Rücktritt von der politischen Bühne gerade sein ›Rote Socke‹-Parteibuch in die Mülltonne hinter der Garage warf, kam er zur kurzen Begrüßung an den Zaun. Während unsere Väter sich kennenlernten und ein paar Worte austauschten, gingen wir nach hinten, um eine neue Zeitrechnung zu starten, die Zeitrechnung mit unserem neuen Cliquenmitglied Norbert.

»Darf ich vorstellen, das ist Norbert!«, rief ich hocherfreut.

Der Tisch bebte durch das Klopfen und Jubeln, alle Augen waren auf ihn gerichtet und er wirkte im ersten Moment, als würde er am liebsten im Boden neben mir versinken wollen. Als wäre ein Vorhang gefallen und er stünde vor tausend Leuten ohne Hose da und alle starrten nur auf seinen Piepmatz!

»Tag auch, i... ich bin Norbert«, stotterte er etwas schüchtern und stellte sich mit seiner ganzen Masse direkt vor Tims lange Nase, von uns oft provokant Windsegel genannt, doch von diesem ertönte nur ein trockenes »Hallo«. So war unser stets schwarz gekleideter Tim halt; wortkarg, defensiv, wohl seiner Grufti-Gesinnung wegen, aber trotzdem ein klasse Typ als Kumpel.

»Ja, und ich bin der Torben und das ist mein Bier und das ist dein Bier... hier!« witzelte Torben, mein langjährigster Freund und Klassenkamerad, auf seine gewohnt lockere Art und drückte Norbert ein Bier in die Hand.

Im Bruchteil einer Sekunde war bei Norbert, wohl dank Torben und des Bieres, das Eis gebrochen. Seine Gesichtszüge entkrampften sich sichtlich und man spürte nach kurzer Zeit schon eine weitere Freundschaft gerade ihren Anfang nehmen.

»Es gab noch nicht einmal Kuchen und ihr habt schon eine Flasche Bier am Hals, kann ja wohl nicht wahr sein!«, frotzelte mein Vater, bevor er erzählte, dass Norberts Chef darum gebeten hatte, dass man seinen Sprössling am späten Abend nicht wegen Trunkenheit ins Auto tragen müsse.

»Kein Problem, das bekommen wir auch eher hin!«, meinte ich, worauf mein Vater nur scherzend meinte, dass ich gerne mal an seiner Faust riechen dürfe. Norbert bekam sage und schreibe zwei Bier von uns, da wir alle ja ohnehin die ganze Zeit die Bowle genossen.

Am Abend schmissen wir den Grill an und ich probierte dabei gleich Norberts Geschenk aus. Es war, passenderweise, ein schönes Grillset, das aus einer Grillzange, einer Grillgabel sowie einer Grillschürze mit einem Bild der Familie Simpson bestand, der mittlerweile weltberühmten Comic-Familie aus Springfield, deren Zeichentrickserie seit 1991 in Deutschland ausgestrahlt wird. Ich war über dieses Geschenk sehr erfreut, da sich Norbert offenbar gemerkt hatte, dass ich diese Serie mochte und auch generell ein leidenschaftlicher Sammler von Merchandise-Artikeln rund um Film und Fernsehen war.

Nach seiner fünften (!) Bratwurst und dem vierten (!) Steak fragte Norbert später doch tatsächlich, wo denn der Nachtisch sei! Wir anderen schauten uns wegen dieser Gefräßigkeit im ersten Moment ziemlich baff an, dann meinte er ganz locker: »Tja, Leute, von nichts kommt nichts!« und strich sich über seine erkennbar dicke Wampe.

»Dein Nachtisch sitzt am Teichrand und quakt, fang dir einen!«, gab ich mit dem Finger zu unserem großen Gartenteich zeigend, zum Besten.

»Wenn ich beim Fangen in den Teich falle, dann ist kein Wasser mehr drin! Das ist dir doch bewusst, Malte?«, lachte Norbert.

Auszug aus Renates Tagebüchern

16.06.1994: **Liebes Tagebuch,** *Paul hat Norbert zu Malte gebracht und installiert gerade eine neue Telefonanlage, mit der wir hausintern telefonieren können, mal sehen, ob der liebesfaule Paule heute noch den richtigen Stecker in die richtige Dose bekommt. Mensch, ich bin aber auch gerade wieder scharf!*

Später gesellte sich noch Stau-Udo, ein ehemaliger Berufsschulkollege von mir und Torben, zu unserer Runde. Udo war auch so ein Vogel, immer, wenn er Langeweile verspürte, machte er sich auf die Suche nach einem Stau, da er dort jedes Mal mit irgendjemandem ins Gespräch kam! Er hörte sich vorher im Radio die Staumeldungen an und fuhr umgehend dorthin. Ich behaupte einfach mal, dass er im Umkreis von mindestens zweihundert Kilometern schon auf jeder Autobahn oder Bundesstraße aus reiner Langeweile im Stau gestanden hatte!

»Du, Udo, ich habe gerade einen Stau, fährst du da jetzt auch hin?«, meinte Torben provozierend, als er Udo an diesem Abend das erste Mal sah.

»Torben, du altes Ferkel, vergiss es und fang nicht an, zu stänkern!«, fauchte Udo zurück. Norbert konnte sich vor Lachen kaum halten. Mit seinem Dauerlachen, wie ich es selten zuvor bei einem Menschen erlebt hatte, steckte er uns alle dermaßen an, dass es doch glatt zu Bauchkrämpfen kam.

Norbert erzählte an diesem Abend von den Baueskapaden seines Ollen, der vieles im neuen Haus selbst gemacht hatte, zum Beispiel das Fliesenlegen im Bad, wobei er leider erst hinterher bemerkte, dass man ja vorher die Kabel für die Steckdosen hätte verlegen müssen. Paul musste einen Teil der Fliesen wieder abschlagen, die es dann natürlich nicht mehr in derselben Farbe zu kaufen gab – und die Restfliesen hatte er zuvor stolz entsorgt!

»Tja, so ist das, wenn man immer die günstigen Restposten kauft!«, meinte Norbert trocken. Ebenso hatte Paul insgesamt dreimal den Neubau geflutet, zweimal im Untergeschoss und zum krönenden Abschluss noch einmal in der oberen Etage, da er die Fußbodenheizung nicht richtig zusammengesteckt hatte. Als er im Obergeschoss Druck auf die Leitung gab, lenkte ihn just in diesem Moment eine nette Nachbarin von gegenüber ab und es kam, was kommen musste. Während Paul ihr Playboy-like etwas aus dem Kofferraum hob, wurde die Treppe im Haus zu einem schönen Wunderlich-Wasserfall.

»Deswegen heißt Paul jetzt bis zum nächsten Fiasko Niagara«, kicherte Norbert.

Später fingen Norbert und Torben an, sich über unterschiedliche Arten von Blähungen zu unterhalten, worauf Norbert richtig angestachelt meinte, dass durch das reichliche Essen schon etwas Bestimmtes beinahe rausdrücken würde und er dazu auf dem dann nicht mehr stillen Örtchen die deutsche Nationalhymne in unterschiedlichen Furztönen zum Besten geben könne.

»Wisst ihr was? Richtig peinlich wird ein Furz erst, wenn andere Leute davon Wind bekommen!«, meinte Norbert, bevor er uns für seinen musikalischen Vortrag auf dem Klo verließ.

Die Nationalhymne wurde es zwar nicht, aber er sprengte mit seinem Erdbebenpupser die Kloschüssel und ob ihr liebe Leser es glaubt oder nicht: Es haben doch glatt die Frösche im Gartenteich zu quaken begonnen.

Norbert meinte nach seiner Rückkehr von der WC-Front, dass ihm Fremdsprachen wie unter anderem Pupsen liegen würden und die Vier in Englisch und die Fünf in Französisch von der Lehrerin gewürfelt worden seien.

»Ich kann auch Französisch!«, meinte Udo, worauf Torben erwiderte, dass er Russisch sprechen könne, wenn es nach Udos Französisch ginge.

»Wodka, Wodka!« sagte er, den Mittelfinger zeigend, und Udo, der manchmal seltsam reagierte, war eingeschnappt. Udo, muss man wissen, war nicht die hellste Kerze auf der Torte. Wenn etwas ihn geistig überforderte, wurde er grantig sowie stoffelig und als Nächstes schlug er gerne mal stumpf mit der Faust zu.

Als Tim darauffolgend noch meinte, dass er der Bundeskanzler sei, wenn Udo Französisch könne, war Udos Laune auf einem gefährlichen Tiefpunkt angekommen.

»Welches Französisch meint ihr eigentlich die ganze Zeit?«, fragte Norbert und man merkte in unserem erneuten Gelächter, dass er sich innerhalb einiger Stunden richtig in unsere versaute Clique eingefunden hatte. Er erzählte, dass seine Eltern früher einen Beagle hatten, der, als er mal vor dem Supermarkt im Auto warten musste, die komplette Rückbank von Pauls Neuwagen dermaßen zerfetzt hatte, dass er unter dem Sitzbezug sowie dem Polstermaterial fast nicht mehr zu sehen war, als die Familie zu ihrem Auto kam. Paul brachte den Hund danach vor Wut sofort ins Tierheim zurück. Nachdem der damals noch kleine Norbert eine Nacht weinte und sich mehrfach erbrach, durfte Paul bereits am nächsten Morgen als geprügelter Köter, mit Beule am Kopf durch Renates Pfannenschlag, den Hund zurückholen.

Die Stunden zogen an diesem Abend in Windeseile an uns vorbei und aus dem ersten Treffen wurde ein richtig schöner, lustiger Geburtstag, an dem wir viele Gemeinsamkeiten zwischen uns entdeckten. Die meisten zwischen Norbert, Torben und mir, da wir drei in Sachen Außerirdische, Mystery und Science-Fiction auf einer Wellenlänge schwammen. Erich von Däniken und seine seit 1993 bei SAT.1 ausgestrahlte 25-teilige Fernsehserie spielte in unseren Gesprächen eine gewichtige Rolle.

Tim verabschiedete sich bereits um 22.00 Uhr, da er sich noch mit einem Mädel in unserer Gifhorner Kultdisco, dem Moorkater, treffen wollte, und auch Udo suchte ziemlich früh das Weite, da er am Sonntag sehr früh aufstehen wollte, um zu einem Flohmarkt zu fahren.

»Nur der frühe Vogel fängt den Wurm!«, waren seine letzten Worte an diesem Abend.

»Udo, verfahr dich nicht! Ach, du liebst ja die Straße!«, rief Torben ihm noch stänkernd hinterher, was dieser aber durch

Norberts Blecheimerlache nicht mehr hörte – oder hören wollte.

Norberts Vater wirkte ganz glücklich, als er seinen Sohnemann um fünf vor zwölf abholte, da er schnell merkte, dass der Kleine nicht unter dem Tisch lag. Es war wohl eher der Stuhl! Doch nein, im Ernst, Norberts Promillewert hielt sich vermutlich wirklich in einem akzeptablen Rahmen.

Wir noch Verbliebenen waren uns später einig, dass Norbert unsere Clique allein schon durch seine lustige Art bereichern würde, und lachten uns noch bis in den frühen Morgen hinein über viele Witze, die Norbert bei dieser Feier erzählt hatte, schlapp.

<u>Auszug aus Renates Tagebüchern</u>

*17.06.1994: **Liebes Tagebuch,** Norbert kam heute mit einer leichten Alkoholfahne von dieser Geburtstagsfeier, typisch, haben sie meinen Kleinen erst mal ein wenig zur eigenen Belustigung abgefüllt, und dass, obwohl Paul, wie er mir versicherte, darum gebeten hatte, Norbert nichts zu geben! Bei diesem Geburtstag hat er noch ein paar Freunde von Malte kennengelernt. Torben, der Älteste in dieser Runde, wirkte laut Norbert wie ein leicht zerstreuter Professor, der nach eigener Aussage jeden unter den Tisch trinken kann. Dann war da noch Tim, ein schwarz angezogener Grufti. Hoffentlich begegnet der mir nicht hier, der stiehlt mir noch meine Kanarienvögel, um sie später zu opfern! Hört man ja immer wieder, dass solche Nachtschwärmer bei Ritualen auf einem Friedhof Tiere opfern. Mir gruselt es ja jetzt schon! Ach ja, dann war da noch so ein gewisser Udo, der soll eine richtige Radkappe sein, dem wegen seiner angeblichen Blödheit schon jemand selbige poliert hat! Eigentlich mag ich ja blöde Radkappen, denn wenn ich an den*

Blödmann denke, der für viel Geld unsere alte Bruchbude ge-kauft hat, geht mir fast vor Lachen einer ab! Maltes Freundin Josy war auch da. So, wie Malte aussieht, muss das Mädel eine gewaltige Geschmacksverirrung haben! Vielleicht hat er an-dere Qualitäten, Qualitäten, die mein Paulchen Panther, der alte Pantoffelheld, nicht mehr hat.

Das Häschen in der Grube

Da seit dem Winter 1993/94 durch die Kellerwand meines Elternhauses immer wieder Wasser eindrang, entschlossen sich meine Eltern dazu, eine neue, bessere Drainage rund um unser Haus zu legen. Eine Firma war ihrer Ansicht nach zu teuer, deshalb aktivierten wir ein paar schaufelwütige Verwandte und Bekannte zum Arbeitseinsatz. So kam es auch, dass ich Norbert, wohl wissend um seine Ausdauer und Schaufelqualität, fragte, ob er bei uns seine Schaufelmotorik verbessern und obendrein etwas Geld verdienen wolle.

»Ey, Malte, man nennt mich Mister Schaufelbagger, ja, ich bin dabei!« schrie Norbert euphorisch ins Telefon.

Schmunzelnd wegen seiner Praktikumszeit und bereits mit einer leichten Vorahnung freute ich mich auf das anstehende Wochenende und jenes erste Mal, das Norbert uns helfen würde.

Norbert wurde überpünktlich von Paul gebracht, da Gifhorn ohnehin auf dessen Weg zur Arbeit lag. Paul besaß in der nächstgelegenen großen Stadt einen kleinen, nicht gerade gut laufenden Teppich- und Tapetenladen, den er mit Hilfe seiner Schwiegermutter, von ihm auch ›Aufpasserin‹ genannt, führte. Komplettiert wurde unsere Runde von Onkel Eddi, dem Cousin meines Vaters. Onkel Eddi war immer dort, wo seine Hilfe gebraucht wurde und wo es etwas zu essen und zu trinken gab. In seinem Leben als Single blieb die Küche gerne kalt, da er dazu neigte, Küchen durch gewagte Koch- oder Backversuche in Brand zu setzen.

Bereits bei den ersten Spatenstichen sah man, dass Norbert es an diesem Tag nicht weit bringen würde. Seine Ungelenkigkeit und das Problem der Körperbreite ließen es nicht zu, einen einen halben Meter breiten Graben in zwei Meter Tiefe zu bringen. Nach einer recht kurzen Grabung ergab sich obendrein ein ernstes Konditionsproblem.

»Ich habe es ja geahnt, dass bei dir mit deinen Traummaßen nach kurzer Zeit Schicht im Schacht ist, mein Freund!«, witzelte ich, während Norbert wie ein alter Gaul in seinen letzten Zügen schnaufte.

Wir entschlossen uns, erst mal etwas zu essen, als Norbert wie ein gestrandeter Wal auf dem Rasen lag. Doch in dem Moment, in dem meine Mutter die Brote auf den Tisch legte und ich die erste Flasche Bier öffnete, erhob sich Norbert zu unserer großen Verwunderung wie vom Blitz getroffen in die Senkrechte. Beim Essen und vor allem beim Biertrinken wurde er wieder so richtig wach, es wirkte gerade wie bei Popeye, dem bekannten Spinatesser, der sich immer mit diesem grünen Gemüse dopte und somit jede drohende Niederlage in einen klaren Sieg verwandelte.

Nach diesem Snack bildeten wir Zweierteams, einer schaufelte und der andere fuhr die Erde weg. Norbert übernahm aus gutem Grund das Schieben der Karre.

Bereits nach der fünften Karrenladung blieb Norbert auf dem Rasen stehen und schaute jammernd auf seine Hände.

»Ich glaub es nicht, ein bisschen Schaufeln und Karre schieben und Norbert hat trotz Handschuhen schon Blasen an den Fingern!«, meinte mein Vater lachend.

»Norbert, du müsstest doch eigentlich Hornhaut vom vielen ›Fünf gegen Willi‹ und Spielen an der Spielkonsole haben!«, meinte ich zu ihm. Norbert fragte mich, was ich gerade gemeint hätte, doch ich beendete das Gespräch lieber und schwang voller Arbeitseifer weiter die Schaufel.

Einen Teil der Erde, den guten Mutterboden, fuhren wir in die hinterste Gartenecke zum späteren Wiedereinbau und der schlechte Unterboden kam gleich in einen zuvor bestellten Container. Zum Glück hatte dieser eine tiefere Rückseite, in die man gut über eine breite Bohle, die wir vorher auflegten, hineinfahren konnte. Zu meiner Verwunderung hatte Norbert trotz bekannter leichter Koordinationsstörungen kein Problem damit, die Bohle zu treffen sowie in den Container zu fahren und nachher wieder rauszukommen. Nach der nächsten Pause stellte er sich provokant neben die volle Karre an den Grabenrand.

»Wird das mit euch noch was, oder macht ihr heute nur Pause?«

Ich drehte mich zu meinem Vater um und wir schauten uns an, gerade in diesem Moment kam aus Norberts Richtung ein wahrer Urschrei und ich spürte ein leichtes Beben der Erde, mein Vater verzog das Gesicht und ich ahnte, was geschehen war. Norbert war mitsamt der Karre in den Graben gerutscht und lag nun mit ungefähr drei Kubikmetern mitgenommener Grabenranderde, halb bedeckt von der Schubkarre, in der nun zu breit gewordenen Ausschachtung.

»Das musste ja passieren, so ein Mist!«, schimpfte mein Vater. Norbert lag wie ein Maikäfer auf dem Rücken in der Grube, mit einem Gesichtsausdruck, als wäre dies gerade seine Beerdigung! Ich glaube, in diesem Moment wäre ihm das auch das Liebste gewesen.

Nachdem wir Norbert geborgen hatten und er zustimmte, dass sein Tagebauunfall ihn eine Runde kosten würde, nahmen wir die Arbeit wieder auf, um den Schaden zu beheben. Dabei wirkte er einen Moment lang so, als würde ihn etwas quälen.

»Du, Malte, ob dein Vater mir nun böse ist wegen eben?«, fragte er mich ernsthaft, doch mit einem kurzen »Nee, niemals!« konnte ich ihn schnell beruhigen.

Beim Mittagessen platzte Norbert nach einigen Sticheleien bezüglich seiner Kondition und der Erdverschiebung der recht weite und bereits leicht angeheiterte Kragen:

»Das Loch für den Brunnenring schaufle ich ganz allein, ist das klar?«, rief er in die Runde.

»Es sind aber drei Brunnenringe«, meinte mein Vater.

»Mir doch egal!«, rief Norbert daraufhin ziemlich unüberlegt und auf verhängnisvolle Weise. Gesagt ist gesagt! Ich zeigte ihm, wo das Loch geschaufelt und wie breit es für die Brunnenringe werden sollte. Der selbsternannte Schaufelbagger startete mit Volldampf und ich übernahm das Wegfahren der Erde.

Der erste Meter wurde noch in einem ordentlichen Tempo mit nur leichten, für Norbert typischen Niagarafall ähnlichen Schweißausbrüchen abgearbeitet. Beim zweiten Meter flossen ihm aber schon förmlich die Klamotten vom Körper.

Als ich mit der Schubkarre an Norberts Grube anlangte, sah ich ihn völlig fertig auf dem Boden sitzen.

»Ich kann nicht mehr, Alter, ich bin so fertig!«, schnaufte er. Daraufhin brachte ich ihm erst einmal einen Norbert-Energiedrink, also ein Bier, nach dessen Konsum er nach kurzer Pause wohl zum ersten Mal in seinem Leben richtig die Zähne zusammenbiss, seinen inneren Schweinehund überwand und weiter schaufelte. Als Norbert am späten Nachmittag knapp die Drei-Meter-Marke erreichte, stand nicht nur er vor einem Problem. Ihm fiel – im Loch stehend – ein, dass er ja unter einer Leiterphobie litt, also panische Angst davor hatte, Leitern zu sehen, geschweige denn, sie zu besteigen.

»Malte, wie soll ich hier bloß rauskommen?«, fragte er mich verzweifelt und mit großen Augen aus dem Loch nach oben schauend.

Ich dachte im ersten Moment, er würde mich veräppeln, denn ich hatte bis zu diesem Tag noch nie etwas von einer Leiterphobie gehört oder gelesen. Außerdem fragte ich mich, weswegen er sich, wohl wissend um seine Angst, in diese Gefahr begeben hatte? Lag es etwa am Bier? Wollte er uns oder sich selbst irgendetwas beweisen?

Bevor er noch etwas sagen konnte, stellte ich einfach eine Leiter gegen die zur Absicherung des Grabenrandes dienenden Verschalungsbretter in das Loch, wünschte ihm noch einen schönen Nachmittag und ging.

Nachdem er dort ungefähr eine Viertelstunde geschmort hatte, gingen Onkel Eddi, mein Vater und ich an das Loch, in dem Norbert wie das ›Häschen in der Grube‹ aus einem bekannten Kinderlied hockte. Er schnaufte, stöhnte und jammerte, dass er einen Muskelkater habe, der so schlimm sei, dass er sich überhaupt nicht bewegen könne. Obendrein dann auch noch dieses bescheuerte Problem mit der blöden Leiter! Alle Beteiligten konnten sich hinter vorgehaltener Hand ein Lachen nicht verkneifen, doch uns wurde schnell klar, dass wir etwas tun mussten. Norbert wirkte ziemlich verzweifelt und von uns konnte sich keiner mehr vorstellen, dass er nur schauspielerte. Dazu war sein Tunnelblick zu panisch! Also begann die Aktion ›Hebt Norbert!‹.

Wir stellten eine zweite Leiter in das Loch und Norbert bekam von mir mit einem Schal die Augen verbunden. Danach führte ich ihn auf der einen Leiter gehend fest am Arm haltend von der einen Sprosse zur nächsten. Nachdem Norbert jammernd die fünfte Sprosse erreicht hatte, zogen ihn Onkel Eddi und mein Vater, natürlich auf dem Schalbrett stehend, damit das Loch nicht einstürzte, ruckartig hoch. Nach dieser großen

Kraftanstrengung unsererseits war die Aktion beendet. Ich nahm Norbert den Schal ab, worauf dieser nur äußerte, dass er ganz schnell ein Bier bräuchte, da er sonst schreiend durch den mit Drainagegräben durchzogenen Garten rennen würde. Seine Betonung machte die Frage, ob er das eben Gesagte ernst meinte, überflüssig. Noch nie zuvor sah ich jemanden in Norberts Alter, der beim Abendbrot eine Flasche Bier so schnell wegzog. Er jammerte und zeterte jedes Mal, wenn er seinen Arm zum Essen oder Trinken heben musste. Auf dieses Jammern folgte stets ein Lachen der anderen ›Drainagisten‹, wie wir uns an diesem Tag nannten.

Nachdem Norberts Abholdienst erst einmal eine Baubegehung mit meinem Vater durchgeführt hatte, widmete sich Paul dem großen auf unserer Gartenbank sitzenden Elend. Mein alter Herr drückte Norbert als kleine Muskelkater-Entschädigung noch fünfzig DM in die Hand. Norbert wurde untergehakt und jammernd, aber auch erleichtert in das vor einer Woche neu gekaufte Auto, von Norbert auch Pauls neue Eierschaukel genannt, verfrachtet. Unser Häschen hob bei der Abfahrt noch einmal die Hand und man konnte einen Moment lang klar erkennen, wie er den Mund zu einem schmerzverzerrten Jaulen öffnete.

Eine Stunde später rief ich Norbert an, um mich nach seinem Befinden zu erkundigen, doch ich bekam ihn nicht ans Telefon, denn Renate sagte, dass er in der Wanne gelegen habe und nachher nicht mehr dort herausgekommen sei. Beim Versuch, ihn aus seiner misslichen Lage zu befreien, tat Paul es seinem Sohn gleich und fiel auf den eh schon vor Schmerzen jammernden Norbert. Es muss ein Bild für die Götter gewesen sein: Zwei Walrösser in einer Badewanne, von der Wasserverdrängung oder dem anschließenden Tsunami ganz zu schweigen!

Renate fügte noch hinzu, dass Norbert nun im Bett liege, schnarchen würde, dass die Wände wackelten, und Paul gerade ihr geflutetes Bad trockenlegen dürfe.

Ich glaube, dass dieser Tag auf ewig in Norberts Erinnerung bleiben wird, denn so einen Muskelkater, der zudem noch die ganze nächste Woche anhielt, hatte er nicht einmal in seiner Praktikumszeit gehabt. Gerade aus diesem Grund verzichtete ich darauf, danach zu fragen, ob er uns am nächsten Tag, an dem das Drainagerohr, die Brunnenringe und die Steine für die Steinschüttung eingebaut werden sollten, noch einmal unterstützen könnte. Allerdings musste man Norbert, dem ehemaligen Häschen in der Grube, eines wirklich lassen: Er zog gewaltig mit und dass bis zur totalen Erschöpfung und sogar darüber hinaus. Tja, was Spinat, ich meine Bier, doch bewirken konnte!

In diesem ersten Jahr unserer Bekanntschaft erlernte Norbert den Umgang mit Alkohol, obwohl ich mir bis heute nicht sicher bin, ob er nicht schon Jahre vorher ein wenig getrunken hatte, da er die Flasche an meinem Geburtstag mit einer so großen Sicherheit weggezogen hatte, wie ich es bei noch niemandem in seinem Alter zuvor gesehen hatte. Außerdem fiel mir auf, dass er vonseiten seines Elternhauses sehr verwöhnt war. Er brauchte nur mit dem Finger zu schnipsen und seine Wünsche nach den unterschiedlichsten materiellen Dingen wurde ihm erfüllt. Ich bin auch fest davon überzeugt, dass ich mit 16 Jahren niemals eine Party mit derart viel Alkohol und so wenig Aufsicht hätte feiern dürfen. Es ist schon irgendwie paradox – oder sind das einfach nur die modernen Familien von heute?

Auszug aus Renates Tagebüchern

01.07.1994: Liebes Tagebuch, *Norbert hat bei Malte beim Legen der Drainage geholfen, mein kleiner Junge war laut Maltes Vater so fleißig, ich frage mich manchmal, warum er hier nicht so ist. Liegt wohl an Paul, da er ihm ja auch einfach alles aus der Hand nimmt, andererseits kann der müde Gaul ja auch mal was machen, wenn er schon nicht mit mir durch die Prärie reiten will!*

Fasching

Wir in Niedersachsen leben zwar nicht in einer Faschingshochburg, die Mainzer Welle schwappte allerdings in den letzten drei Jahren mehr und mehr in unsere Richtung, und so kam es, dass Norbert, wohlbemerkt mit Renates Hilfe, auch eine Faschingsparty schmeißen wollte.

Da der 11.11.1995 ein Samstag war, sagten alle, die Norbert nach einem Mutter-Sohn-Gespräch einladen durfte, zu.

Torben verkleidete sich als Cowboy, was ihm natürlich den Namen ›Mr. Village People‹ einbrachte, worauf er nur antwortete, dass er gleich sein Lasso schwingen würde, sollten die Lästereien nicht aufhören.

Josys Kostüm ähnelte Cindy Lauper, einer Disco Queen aus den 1980er Jahren, und ich ging schlicht und einfach als Grufti, als Malte, der kleine Vampir.

Ein Problem hatten wir an diesem Tag nur mit Stau-Udo: Da dieser von Geburt an so stupide und chronisch ideenlos war, wusste er natürlich nicht, als was er sich verkleiden sollte. Torben meinte im Scherz, dass er ihm so lange die Fresse polieren wolle, bis er als Radkappe durchgehen würde.

Letztlich entschieden wir uns dann – zu Udos Glück – aber doch für ein altes Bettlaken, in das wir auf Augenhöhe zwei Löcher schnitten. Fertig war das Schlossgespenst mit Namen ›Udo-Bu‹, in seinem Fall besser ›Buh Udo‹.

Nach einem kleinen gemeinsamen Fotoshooting bei meiner Freundin Josy fuhren wir von ihr in Stau-Udos Schichtauto, von Torben als Radkappenschleuder bezeichnet, zu Norbert. Josy wohnte im selben Dorf wie Norbert, nur am anderen Ende, und da sich Udo als Fahrer anbot, sagten wir natürlich nicht nein!

»B... B... Bist du Tim?«, fragte Renate, als sie sichtlich erschrocken die Tür öffnete.

»Nein, ich bin Malte!«, erwiderte ich belustigt, da dies natürlich den Beweis dafür lieferte, dass ich gut verkleidet war. Vielleicht lag der Grund für Renates Stottern aber auch in der Angst um ihre Kanarienvögel, da sie in einem Tagebucheintrag Gruftis mit Tieropferungen in Verbindung gebracht hatte!

Doch was war das? Ich traute meinen Augen nicht!

»Norbert, das ist ja jetzt nicht wahr, oder?«, fauchte ich selbigen, in Jeans und Bandshirt vor mir stehend, an.

»Ist ja gut, beruhige dich, Malte, wenn alle da sind, ziehe ich mich natürlich um!« entgegnete er.

Nachdem wir es uns in seinem recht geräumigen Zimmer zwischen den Comicbuch- und CD-Regalen auf den Sofas gemütlich gemacht hatten, kamen nach und nach die anderen Gäste. Einen Gast tauften wir auf den Namen Blaumann, da er ziemlich schnell betrunken, also blau war. Einen Klempner-Blaumann trug er ebenfalls, er war eben ein Mann, vielmehr ein Männchen, aus dem Bereich Gas, Wasser, Scheiße. Ebenso schnell durch Bier abwesend waren Norberts Kindergartenfreund Axel, der sich als Maler verkleidet hatte, und die Nachbarn Wuttke und Philipp, die als Kiffer kamen und wohl auch genau das waren.

Als wir nun alle beim Begrüßungstrunk saßen, kam Norbert zur Tür herein, und bevor er etwas sagen konnte, fauchte ihn das komplette Zimmer an, dass wir uns alle um seine Verkleidung kümmern würden, wenn er beim nächsten Mal nicht verkleidet auf der Matte stehen sollte. Dies sollte dann nach dem Motto ›Runter die Lumpen‹ geschehen, was aus Norbert splitternackt einen Flitzer gemacht hätte. Als er erneut das Zimmer betrat, trug er eine Augenklappe, hatte ein Kopftuch auf und meinte, er sei nun Kapitän Iglu. Dies ließen wir nur gelten, da er in seinen Händen eine weitere Kiste Bier trug, die wir ihm natürlich sofort wohlwollend abnahmen.

Plötzlich öffnete sich erneut die Tür:

»Norbert, dein Nackt-Badekumpel Marko ist da!«, rief Paul mit leicht provokant kichernder Stimme.

Norbert schoss wie vom Blitz getroffen hoch und rannte an seinem Erzeuger und Marko vorbei.

»Komm bitte sofort mal her!«, schrie Norbert seinen Vater an. Die Tür schlug hinter Marko zu und hinter ihr wurde kurz, laut und kräftig diskutiert. Kurz darauf kam Norbert zurück, umarmte Marko, der noch immer ängstlich im Türrahmen stand und stellte ihn als seinen Banknachbarn aus alten Schultagen vor.

»Huhu, ich lach mich schlapp, der kleine süße Badekumpel von dir sieht ja aus wie der Clown vom Zirkus Fliegenpilz!«, meinte ich unter großem Gelächter. Das saß, Marko konnte darüber mit seiner süßen roten Clownsnase überhaupt nicht lachen! Norbert wirkte, als wäre ihm die ganze Sache sehr peinlich. Dazu schaute ihn Marko, sogar durch die Schminke hindurch eindeutig rot geworden, mit einem richtigen Todesblick an.

Jenes Nacktbaden drückten wir Norbert den ganzen Abend aufs Auge. Es kam bei jeder Gelegenheit, einfach ständig!

Bei den von Renate wirklich lecker gemachten Kanapees sahen wir Norberts Eltern an diesem Abend, was uns natürlich nicht störte, zum letzten Mal.

Irgendwann kam der Punkt, an dem wir ein wenig Bewegung brauchten und deswegen zum nahegelegenen, schlecht beleuchteten Spielplatz gingen. Da es zuvor einen

Regenschauer gegeben hatte, waren einige Geräte noch nass bis vollständig unter Wasser gesetzt, so auch die Rutsche. Am Ende dieser Rutsche, in der Beuge, war eine riesige, schlecht erkennbare Pfütze. Ich rief, wohl wissend um diese Bademöglichkeit, dass Udo sich nicht trauen würde, hinunterzurutschen. Als Besagter meinte, dass er rutschen würde, wenn ich es als Erster täte, nahm ich mir ein Herz und rutschte hinunter. Was Udo beim Hochklettern nicht sah, war, dass mich unten an der Rutsche, noch vor der Pfütze, Axel, der Blaumann und Norbert festhielten.

»Etwas feucht, aber alles okay!«, rief ich und Udo rutschte siegessicher ebenfalls durch die Dunkelheit. Platsch! Das Wasser spritzte, soweit man es im Halbdunkeln sehen konnte, nur so zur Seite hoch und unser stupides Gespenst wurde richtig nass!

»Udo, wenn man mal pinkeln muss, geht man in die Büsche und macht sich nicht in die Hose!«, meinte ich noch zu einem recht stinkig und bedient wirkenden Udo.

»Hahaha, Udo braucht 'ne Windel«, grölte Torben, worauf er von Udo eine Ladung Matsch abbekam.

Rechts neben der Rutsche befand sich eine schöne, große Pfütze und ich dachte mir, dass auch unser kleiner Norbert sein Fett wegbekommen sollte.

»Norbert will Pfützentauchen machen, auf ihn!«, schrie ich, woraufhin Axel, der Blaumann und sogar Josy nicht lange fackelten und ihm in Wrestling-Manier auf den Rücken sprangen. Der Koloss fiel wie eine Bahnschranke nach vorne und saugte diese Pfütze mit seinen Klamotten regelrecht leer.

»Seid doch nicht so kindisch und hört mal auf damit!«, meinte Marko.

»Kindisch, kindisch, wer war denn kindisch, wer wollte denn unbedingt nackt baden, wer von uns beiden ist denn wohl mehr verklemmt, kindisch und schwul, du oder ich?«, fauchte

Norbert seinen Kumpel aus ehemaligen Badezeiten an. Wir konnten kaum glauben, was wir da hörten, doch Norbert hat in diesem Moment einen echten Sprung in puncto Mut und Verteidigung gemacht, vielleicht auch nur durch seinen Promillewert bedingt, wer weiß!

Später, nachdem alle trockengelegt waren, bildeten sich ständig andere Gruppen. Lediglich Marko saß einsam und betrübt in der Ecke von Norberts Zimmer, nippte an seinem Malzbier und zählte dem Anschein nach den Inhalt von Norberts Comicbuch-Sammlung. Punktgenau um fünf vor zwölf stand Markos Mutti in der Tür, um ihren kleinen märchenhaften Engel im Clownskostüm abzuholen und ihn somit von uns zu erlösen.

»Endlich ist diese schwule Landplage weg!«, meinte Norbert, der wohl lange auf diesen Befreiungsschlag, der ihm ein bisschen mehr Ansehen bei seinen anderen Kumpels brachte, gewartet hatte. Kurz darauf schlief der Blaumann nach ungefähr sechzehn Bier ein und fiel kopfüber vom Sofa auf den Teppich, um laut schnarchend in einer fast perfekten stabilen Seitenlage dort liegenzubleiben.

In den frühen Morgenstunden gingen Torben und ich zum Schlafen zu Josy, der Blaumann schlummerte noch immer tief und fest auf dem Teppich, Axel schnarchte im Partyraum auf dem Sofa und Udo legte sich ins Wohnzimmer. Unsere beiden Kiffer hatten sich irgendwann klammheimlich und ohne ein Abschiedswort in Rauch aufgelöst.

Es war eine gelungene Faschingsfeier gewesen, allerdings nicht für Marko und vielleicht auch nicht so ganz für Norbert, denn das Nacktbaden sollte ihn noch eine ganze Zeit verfolgen.

Na dann: Helau, Nackedei alaaf!

Auszug aus Renates Tagebüchern

12.11.1995: Liebes Tagebuch, *ich habe der Rasselbande die von Paul besorgten Kanapees hingestellt, meinem Paul getrocknete und geriebene Bullenklöten aus diesem neuen Braunschweiger Kamasutra-Laden in seinen Vitamincocktail gemischt und nach einer Stunde ein Feuerwerk erlebt, Halleluja, der alte Gaul hat die ganze Kuhweide leergefegt, wenn du weißt, was ich meine. Fasching, egal wo und wie, wird bei uns unter diesen Gegebenheiten wieder gefeiert! Paul hat heute sogar den ganzen Tag das Haus aufgeräumt, da Norbert noch mit einem dicken Schädel bis zum Abend im Bett gelegen hat.*

26.11.1995: Liebes Tagebuch, *Norberts Freund Malte hat angerufen und gefragt, ob Norbert mal zum Weihnachtsmarkt mitgehen möchte, aber ich habe gesagt, dass er gerade krank ist und erst mal nicht mitgeht. Fehlt ja noch, diese Freundschaft soll mal nicht zu schnell zu dick werden, sonst passiert nachher dasselbe wie mit Marko, obwohl ich nicht glaube, dass Malte schwul ist und meinem Kleinen beim Nacktbaden an der Gurke rumspielen würde. Ich finde, dass der Altersunterschied von fünf Jahren gar nicht so auffällt, da Malte und seine Kumpels, für mich klar erkennbar, in ihrer Entwicklung doch ein wenig zurück sind.*

18.12.1995: Liebes Tagebuch, *du wirst nicht glauben, wen wir gerade auf dem Gifhorner Weihnachtsmarkt an einer Glühweinbude gesehen haben! Malte und Torben und zwar sternhagelvoll! Mein Kleiner fand es auch noch cool und lustig. Warum kann man nicht zu Hause trinken, dann macht man sich wenigstens nicht so lächerlich! Wenn ich Norbert jemals bei so etwas erwischen sollte, dann wird die Bratpfanne geschwungen, so wahr ich Renate heiße!*

Schuldig im Sinne der Anklage!

Die ersten beiden Jahre unserer Freundschaft vergingen wie im Fluge. Norbert fuhr bei jeder Gelegenheit, durch die Schule leider meist an die Ferien gebunden, mit seinen Eltern nach Norwegen oder Dänemark, um einfach mal dem Stress in der Heimat zu entfliehen. Man muss sich dabei nur fragen, welchen Stress sie denn hatten. Etwa Renates Stress im Haushalt, Norbert und Paul mit der Bratpfanne zum Küchendienst zu bekommen? Pauls Stress mit der Schwiegermutter, einen schlecht laufenden Teppich- und Tapetenladen zu führen? Oder Norberts Stress, den Tag nach der Schule mit Computerspielen, Videos, Telefonieren oder Biertrinken herumzubekommen?

Manchmal waren wir wirklich wie Quatschtanten; immer, wenn es etwas Neues gab, erfolgte der Griff zum Telefonhörer und die Minuten vergingen wie Sekunden. Lustig wurde es, wenn ich zuerst Paul erwischte, da er mir stets brühwarm die neusten Tollpatschigkeiten von Norbert, seinem Wonneproppen, auftischte. Paul war ein lustiger, warmherziger und mit großer Ironie ausgestatteter Typ, der durch seine freundliche, teils überfreundliche Art, ein richtiger Verkäufer war.

Als Norbert siebzehn wurde, lud er mich zum Abendessen ein. Wir saßen recht gemütlich am Esstisch in der Küche und Paul erzählte nach seinem wohl sechsten Bier leicht angeheitert, dass sein Vater ihn an seinem 21. Geburtstag mit in den Puff genommen hatte, damit er endlich mal seine Jungfräulichkeit verlieren würde, was er natürlich auch tat.

»Du Schwein, ich habe dich einen Monat vor deinem 21. Geburtstag kennengelernt und du hast mir nie etwas gesagt!«, schrie Renate plötzlich und warf ihm doch sehr impulsiv ihren Teller mit Rührei ins Gesicht. Paul war nun mal jemand, der trotz vieler angenehmer Eigenschaften oft etwas Unüberlegtes sagte oder tat.

An diesem Abend schämte sich Norbert – zu Recht – für seine Eltern in Grund und Boden.

Als wir später in seinem Zimmer saßen, krachte es im Wohnzimmer zwischen Renate und Paul gewaltig. Passend zum Ehekrach im Hause Wunderlich kauten wir das Ende meiner Beziehung mit Josy durch. Wir trennten uns damals, da mir ihre ständige und sehr konkrete Familienplanung auf den Wecker ging. Meine Partyzeit sollte doch nicht schon mit 23 Jahren vorbei sein! Familienplanung, nein danke!

»Du hast ja wenigstens schon mal eine Freundin gehabt, doch ich?«, äußerte Norbert recht deprimiert.

Plötzlich schlug mit einem lauten Knall eine Tür zu und Norbert meinte, nachdem ein Motorroller vom Hof gefahren war, dass Paul Reißaus genommen habe und Renate jetzt bestimmt gleich in ihrer Dunkelkammer verschwinden würde. So kam es natürlich auch: Mit dem erneuten Zuschlagen einer Tür verschwand auch sie und ward an diesem Abend nicht mehr gesehen.

Renates Dunkelkammer war eigentlich ein kleiner, schlecht beleuchteter Zwischenflur vom großen Hausflur zum Garten. In diesem kleinen Durchgangsraum standen alte, aussortierte Möbel und einige Kisten und Kartons. Renate saß dort sehr gerne an einem alten Tisch und rauchte im Dunkeln, meist bei offener Tür zum Garten, eine Zigarette nach der anderen. Dieser Raum war für sie einfach perfekt! Sie hatte Flucht- oder Angriffsmöglichkeiten in alle Richtungen und durch das kleine, vollgestellte Fenster sowie die funzelige Deckenlampe konnte man sie beinahe nicht sehen. Dort fand sie, dem Anschein nach, die Ruhe, die sie sehr oft suchte.

Ich erzählte Norbert, dass Udo und meine Wenigkeit in den letzten Wochen dienstags, donnerstags und samstags in der Disco gewesen waren, um dort richtig die Sau rauszulassen. Norbert war davon so angetan, dass er Blut geleckt hatte und zum ersten Mal selbst eine Disco besuchen wollte.

»Stau-Udo, Torben, du und ich, das passt. Ich bin fast 18, da gehört ein richtiger Bursche wie ich in die Disco!«, meinte Norbert mit geballten Fäusten. Bevor ich wieder das Weite suchte, machten wir einen Termin für das nächste Wochenende aus.

Am Freitag, einen Tag vor der Disco-Night wunderte ich mich, dass ich schon seit zwei Tagen nichts mehr von Norbert gehört hatte. Bevor ich mit meinen Gedankenspielen, die von Hausarrest bis hin zu einer Entführung reichten, und der damit einhergehenden Ergründung einiger Szenarien starten konnte, klingelte mein Telefon. Am anderen Ende der Leitung war nicht, wie erwartet, Norbert, nein, es war Renate. Sie teilte mir mit, dass Norbert an Masern erkrankt sei und sich im Bett nur so vor Fieber schütteln würde. Na ja, dachte ich verwundert, aufgeschoben ist ja nicht aufgehoben.

Auszug aus Renates Tagebüchern

05.04.1996: Liebes Tagebuch, Norbert will morgen mit seinen Freunden zum ersten Mal in die Disco, ob das gut geht? Ich wäre ja nicht Renate, wenn mir nicht etwas einfallen würde, um ihm die Disco irgendwie aus dem Kopf zu schlagen.

06.04.1996: Liebes Tagebuch, ich habe Norbert gerade die Entweder-oder-Frage gestellt und er hat nun ein neues ferngesteuertes Auto und verzichtet die nächsten Wochen auf einen Discobesuch.

12.04.1996: Liebes Tagebuch, der Druck seiner Freunde ist dem Anschein nach für Norbert so groß, dass ich ihn wohl fahren lasse, da der kleine Junge sonst bedingt durch eine Zwickmühle noch abdreht und ich keine Lust habe, hinterher wieder sein Zimmer aufräumen zu dürfen.

Die Wochen vergingen arbeitsbedingt wie im Fluge, der nächste ausgemachte Discobesuch rückte näher und der wieder genesene Norbert wurde von Telefonat zu Telefonat sichtlich aufgeregter. Diese Aufregung endete damit, dass er die Nacht vor seinem ersten Discobesuch auf dem Bottich verbrachte, aber da er, der beste Norbert schlechthin, ja laut einer Werbung für Hundefutter ›ein ganzer Kerl dank Chappi‹ sei und einen solchen nichts aus der Bahn werfen könne, wollte und musste er seiner Berufung folgen, der Berufung, eine Disco unsicher zu machen.

Norbert wurde gegen Abend von seinem Chauffeur Paul gebracht, dieses Mal sogar ohne ein Gespräch unserer alten Herren, da Norbert mittlerweile, was das Thema Alkohol anging, bekanntlich abgehärtet war.

»Leute, alle aus dem Weg, hier komme ich, 121 Kilo Muskeln und Samenstränge in einem schönen rot-schwarz karierten Holzfällerhemd, und werde wie eine elegante Gazelle die Tanzfläche unsicher machen!«, rief Norbert in den Abendhimmel.

»Haha, wohl eher Gazelle mit Rüssel, das wird wie der Elefant im Porzellanladen, wenn du auf der Tanzfläche rumstampfst!«, meinte Paul recht belustigt.

»Du musst gerade reden, einmal schwofen und dann liegst zwei Wochen k.o. auf dem Sofa«, fauchte Norbert seinen Vater während des Klappens der Autotür an.

Nach einer Fahrt von rund zwanzig Minuten bei schöner ohrenbetäubender Discopop-Musik erreichten wir unser Ziel, die Disco, in der es uns Norbert mal so richtig zeigen wollte.

Bereits am Eingang mussten wir erfahren, dass der Eintritt von vier auf sieben DM erhöht worden war und man eine stichprobenartige Passkontrolle durchführte. Nun kann man sich schon fast denken, was passierte, und ganz genau: Unser guter Norbert, der 121 Kilogramm Muskeln und Samenstränge schwere Kerl mit dem Milchbubigesicht und dem schönen Holzfällerhemd, fiel dem Aufpasser natürlich sofort ins Auge.

»Darf ich mal deinen Ausweis sehen?«, meinte er zu Norbert, der zu unser aller Wut seinen Pass abgeben musste, da er leider noch nicht volljährig war.

»Um 24.00 Uhr kannst du ihn dir wieder holen, also dann, wenn du den Laden hier verlässt, klar?«, meinte der Aufpasser und verschwand mit Norberts Personalausweis. Torben wurde am Eingang dermaßen sauer über das Geschehene, dass er die Schnauze bereits zu diesem Zeitpunkt voll hatte.

An einer großen, schönen, rustikalen Holztheke in der hintersten Ecke der Disco startete Norbert umgehend sein mittlerweile übliches Frustsaufen. Vielleicht war es auch ein Wegtrinken der Angst, da wir ihm gesagt hatten, dass nach dem nächsten Lied die Tanzfläche unsicher gemacht werden sollte.

»Norbert, gib Gas, wir wollen mal die Füße qualmen lassen, komm!«, rief ich ihm zu, und er setzte sich, nachdem er sein Bier mal wieder in Rekordzeit geleert hatte, in Bewegung. Torben ging vorneweg und Norbert im Gänsemarsch, wobei er Ersterem in die Hacken trat, hinterher.

»What is love, baby don't hurt me...«, drang es aus den Boxen. Norbert stampfte in einem Feuer aus bunten Lichtstrahlen auf der Tanzfläche wie eine Gazelle mit Rüssel und riesigen Ohren einen von mir noch nie gesehenen ›Norbertwalk‹. Es sah im ersten Moment wie ein Tanz des King of Pop aus, nur etwas stampfiger. Plötzlich stolperten Norbert und Torben über ihre eigenen Füße und rissen noch ein paar Tanzwütige mit sich, was bei Norberts Umfang aussah, als würde eine Kugel auf neun Kegel treffen und diese zur Seite stoßen. Es fehlte in diesem Moment nur noch das passende knallende Geräusch! Beide verhedderten sich noch mit ihren Halsketten, was in einem Superknoten endete. Wie sie das geschafft hatten, bleibt mir auf ewig ein Rätsel, ebenso die Tatsache, dass keine Halskette riss! Als Norbert und Torben die Verknotung lösen wollten, sah es glatt danach aus, als würden sie sich schlagen. Die Discomitarbeiter an der Tanzfläche dachten wohl im ersten Moment, dass auf der Tanzfläche eine Massenschlägerei im Gange sei, da noch viele Plattgewalzte am Boden lagen und aus jeder erdenklichen Ecke irgendeine Discotussi herumkrähte. Die Musik endete abrupt, die Tanzfläche wurde von den Mitarbeitern geräumt und die beiden Ringer mussten zu einem klärenden Gespräch um die nächste Ecke. Dieser erste Tanzversuch, vielmehr ein Kugelversuch, war für Norbert der zweite Grund, weitere Frustbiere zu trinken.

Wir setzten uns in eine gemütliche Sitzecke und diskutierten, was wir nun als Nächstes machen wollten. Torben saß mit sichtlich erzürnter Miene da und ballte unter dem Tisch die Fäuste.

»Der nächste Mitarbeiter, der mich anmacht, bekommt was aufs Maul!«

»Torben, was ist los?« fragte Norbert,

»Nur weil du noch nicht volljährig bist, soll ich als Nicht-Discogänger bereits um null Uhr gehen? Nix da!«, fauchte ein die Arme verschränkender Torben in die Runde.

Plötzlich veränderte sich Norberts Mimik, sein Blick wurde starr und seine Mundwinkel rutschten sichtbar abwärts.

»Ich kann dich verstehen, ich hätte mit dem Discobesuch auch bis nach meinem achtzehnten Geburtstag warten können!« Norbert fühlte sich trotz unseres darauffolgenden Gegenredens schuldig im Sinne der Anklage! Er wirkte auf einmal wie verschlossen; man kam nicht mehr an ihn heran, es schien in diesem Moment, als sei er in eine tiefe Hypnose gefallen. Sein Gefühl, schuldig zu sein, endete erst damit, dass er auf eigenen Wunsch Paul anrief und sich um null Uhr abholen ließ.

»Seid mir nicht böse, okay?«, meinte Norbert noch am Ausgang zu uns, bevor er mit seinem Ausweis in der Hand verschwand.

»So, vergessen wir jetzt mal Norbert und lassen uns noch ein wenig von der Musik berieseln, the show must go on!«, meinte Udo zu uns, doch kaum hatte er diesen Satz ausgesprochen, da ging dieser schöne Abend für uns auch schon – ebenfalls sehr früh – zu Ende. Torben bekam sich mit einem anderen betrunkenen Gast in die Haare, Stau-Udo und ich gerieten beim Schlichten in das kleine Gemenge und da Torben an diesem Abend schon eine Verwarnung erhalten hatte, wurde er mit uns als Anhang aus der Disco geworfen.

Ich erzählte Norbert am nächsten Tag nicht, was uns an diesem Abend, ohne ihn, noch widerfahren war, da er sich, so wie er kurz vor seiner Verabschiedung aus der Disco gewirkt hatte, bestimmt auch noch für unser Missgeschick schuldig bekannt hätte; unser Telefonat begann immerhin mit der Frage »Seid ihr mir wegen gestern Abend noch böse?«.

Auszug aus Renates Tagebüchern

13.04.1996: Liebes Tagebuch, Norbert musste gestern um 24.00 Uhr von Paul aus der Disco abgeholt werden, da Torben nicht nach Hause wollte und Malte sich wohl nicht durchsetzen konnte oder wollte. Tja, da hat Paul nicht Recht behalten, als er gestern beim Abendbrot meinte, dass Norbert bei seiner Statur für 21 Jahre gehalten werden würde. Norbert habe ich erst mal gefragt, was er denn für Freunde habe, die, wenn er ginge, nicht mitgehen würden. Er meinte nur, dass er es so gewollt habe, na ja, soll er sich das mal selbst glauben, danach habe ich ihm gesagt, dass er mir und Paul den ganzen Abend verdorben habe, und wie ich meinen kleinen Norbert mit seinem chronisch schlechten Gewissen kenne, hat er nach diesem Theater hier im Haus erst mal die Nase voll von einem erneuten Discoabend, jedenfalls kann man seinen Heulkrampf so deuten. Ich habe Norbert, damit er aufhört zu weinen, mal wieder ein paar Beruhigungstropfen in seinen Kakao gemischt, nun schläft er wie ein kleiner süßer Junge. Ich habe mich mal wieder selbst übertroffen, ja, was doch ein einziger Anruf mit genauer Personenbeschreibung in dieser ominösen Disco bewirken kann!

Sauna

Norberts Vater war seit vielen Jahren ein ausgemachter Saunafreak und man kann mit Sicherheit sagen, dass er schon jedem Saunaland, vor allem den gemischten, in Norddeutschland, einen Besuch abgestattet hatte.

Als Paul eines Samstags nach Gifhorn in den dortigen Saunapark fuhr, nutzte Norbert die Gelegenheit und ließ sich für ein paar Stunden bei mir absetzen.

»Mensch, Norbert, wir haben auch eine Sauna!«, meinte ich zu ihm, als er mir gerade von Pauls Sauna-Erlebnissen erzählte. Als Norbert kurz darauf unsere Sauna sah, merkte man ihm ein gewisses innerliches Rumoren an.

»Na, Norbert, warum habt ihr denn keine Sauna?« fragte ich ihn, doch er fand darauf, leicht errötend, keine Antwort. In diesem Moment hatte ich wohl mal wieder den Finger in die Wunde gelegt.

Bei Norbert war es nämlich immer so: Wenn er etwas tolles Neues bei anderen sah, wollte er es umgehend auch selbst haben! Ich machte noch ein paar Witze über eine zusammenbrechende Sauna, wenn sich die ganze Familie Wunderlich dort hineinsetzen würden, doch Norbert war so in Gedanken vertieft, dass er ganz abwesend wirkte.

Auszug aus Renates Tagebüchern

10.09.1996: Liebes Tagebuch, Norbert hat gerade vorgeschlagen, dass wir uns doch eine Sauna zulegen sollten, doch Paul meinte, er solle erst einmal mit ihm zum Saunieren mitfahren, um zu sehen, ob er überhaupt saunafähig sei, bevor man sich wieder etwas kaufen würde, damit später die Spinnen ihre Netze darüber ziehen können! Ja, da hat er mal den Nagel auf den Kopf getroffen, ich habe gesagt, dass er, mein lieber Ehemann, es ja so ähnlich macht! Außerdem habe ich ihn gefragt, warum er jemanden geheiratet hat, damit jetzt die Spinnen Netze darüber ziehen!

In den nächsten Wochen war der Kontakt zu Norbert etwas rarer gesät. Entweder ging niemand ans Telefon oder Renate meinte, dass er gerade von einer Sauna-Tour mit Paul zurück sei und schon im Bett schnarchen würde, dass sich die Balken biegen! Außerdem rief Paul im Hintergrund noch lachend, dass sich der kleine Pullermann Norbert tierisch genierte, nackt zu sein, er war mehr mit dem Handtuch und dem Verstecken seines besten Stückes zugange, als dass er an die Hitze dachte.

Irgendwann erwischte ich Norbert doch, und was dieser mir erzählte, war aller Ehren wert: Paul hatte bei jenem letzten gemeinsamen Besuch gleich eine nette Gesprächspartnerin gefunden. Ihr Name war Antje, sie war eine Megaschnitte und passte voll in Pauls Beuteschema. Sie war ungefähr 1,70 Meter groß, hatte lange blonde Haare und konnte einen üppigen Busen vorweisen.

Als Norbert sich zu Hause beim Abendbrot ›ganz aus Versehen‹ verplauderte, gab es einen Vulkanausbruch, denn Renate explodierte, wie es der Ätna auf Sizilien nicht besser gekonnt hätte.

Dieser Ausbruch sah so aus, dass Paul eine volle Pfanne Bratkartoffeln, die Lieblingsspeise im Hause Wunderlich, mit abschließendem Pfannenschlag, ebenfalls sehr beliebt, abbekam. Norbert musste man eines lassen: Er wusste sehr oft, was er wo und wann anzubringen hatte, denn er wollte diese Sauna einfach schneller als von Paul erwünscht haben. Außerdem hatte er auch nicht so recht Bock, ewig mit seinem Ollen in eine Sauna zu gehen, in der ihn nur alle wegen seiner Wampe anglotzten und sich, wie er meinte, über ihn lustig machen würden. Da kam ihm seine Antje-Aktion doch sehr gelegen, um sein Ziel schneller zu erreichen!

Auszug aus Renates Tagebüchern

13.09.1996: Liebes Tagebuch, ich bin ja vom Glauben abgefallen, da hat sich doch mein lieber kleiner Norbert verplappert, ich sage nur ›Antje‹, bestimmt ein blondes Luder mit dicken Titten, Paul steht ja nur auf blonde Luder, ich war ja auch mal blond, aber kein Luder. Ich habe diese ominöse Antje meinem Paul mit meiner Bratpfanne mächtig aus dem Gedächtnis geschlagen. Der alte geile Bock, als ob es nicht reichen würde, dass ich immer, außer an Vollmond, nackt durch unser Schlafzimmer renne, nein, dann so etwas. Liebes Tagebuch, du fragst dich jetzt, weswegen ich nicht bei Vollmond herumturne? Paul ist mir doch glatt nach einer Kiste Hefeweizen schreiend nach dem Motto ›Da kommt ein Werwolf!‹ davongelaufen. Dann ist er gegen den Türrahmen gerannt und hat sich den kleinen Zeh gebrochen. Als ich ihn in den darauffolgenden Wochen scharf machen wollte, ist mir der Blödmann mit der Aussage gekommen, dass der Fuß ja noch so schmerzen würde und er gedanklich nicht zu bestimmten Dingen imstande sei. So ein Affe, als ob er mich jemals mit einem Zeh beglückt hätte!

Bereits in der darauffolgenden Woche, man glaubt es kaum, stand in Renates Dunkelkammer eine Sauna. Sie war zwar klein, reichte aber gerade für Norbert und den noch an der Stirn verbundenen Paul.

Wie so viele Dinge im Hause Wunderlich wurde auch die Sauna nach zwei Saunagängen nicht mehr genutzt. Die beiden

Herren fühlten sich von Renate zu sehr in ihrer Männlichkeit beobachtet und diese fand in ihrem Kabuff irgendwie nicht mehr die Ruhe, die sie benötigte, um bei einigen Zigaretten gemütlich mit Jonny oder Jack zu reden. Außerdem wurde Renates Dunkelkammer zu warm, wenn sauniert wurde, da Paul, der geborene Schildbürger, den Abluftkanal nicht nach draußen, sondern in den Raum gelegt hatte.

Paul hatte, was das Ansprechen anderer Frauen angeht, wie Norbert vermutete, Renate mit einem ›Ausritt in die Prärie‹ erst einmal wieder beruhigt. Sie machte allerdings zur Bedingung für ein Fremdsaunieren, dass Norbert stets mitfahren sollte. Also ganz klar: Ohne Norbert wäre das Saunieren in der Ferne für den Lüstling gestorben!

Norbert ließ sich deswegen jeden Saunabesuch richtig schön bezahlen. In kürzester Zeit standen in seinem Zimmer ein Spielautomat, ein Flipper und eine kleine Jukebox. Norbert bezeichnete diesen Vorgang fortan als Überreden oder Sauna-Geld!

An einem verregneten Sonntag versuchte Paul, seinen Sohnemann und vollschlanken Erpresser mal wieder dazu zu überreden, mit ihm in eine neu eröffnete Sauna-Oase nach Salzgitter zu fahren, und dieses Mal willigte unser Norbert ein, da er eigentlich sein Zimmer aufräumen sollte und natürlich keinen Bock hatte. Von Renate mit erhobenem Zeigefinger verabschiedet, machten die beiden sich auf den Weg.

Im Sauna-Park angekommen, ging Norbert wie üblich mit seinem um die Hüfte gewickelten Handtuch in die Sauna. Er setzte sich ganz cool auf die obere Bank, als plötzlich eine alte Oma die Sauna betrat und sich genau vor Norbert setzte. Sie drehte ihren Kopf zu Norbert und schaute ihm unwillkürlich unter sein Handtuch.

»Na, mein Kleiner!«, sagte sie zu Norbert. Paul, der mir die ganze Geschichte erzählte, konnte sich vor Lachen nicht mehr halten.

Die Sauna füllte sich, nun kam eine echte Hammerfrau herein, und wie Norbert mir verriet, war es... Antje! Paul freute sich über den schönen Doppel-D-Anblick und der kleine Norbert bekam bei erstmaliger Rundumbetrachtung leichte Sitzprobleme. Deswegen verließ der kleine Norbert mit dem etwas gewachsenen Norbert lieber die Sauna und wollte ganz cool vor allen einen auf ›Larry‹ machen. Jeder sollte sehen, wie abgehärtet er, der neue ›Mister Sauna‹, sei.

In vielen Sauna-Parks befinden sich neben der Sauna Kaltwasserbecken. Solch ein Becken wollte Norbert, ohne mit der Wimper zu zucken, über eine gefliste Betontreppe betreten. Doch der Tollpatsch in Person wäre nicht Norbert, wenn er nicht schon über die erste, leicht erhöhte Stufe gestolpert wäre.

So fiel er schreiend kopfüber in das Becken und überflutete den gesamten Vorraum der Sauna.

»Wenn man Durst hat, sollte man lieber an die Bar gehen und nicht hier das Kaltwasserbecken leer saufen!«, rief Paul dem schlotternd aus dem Becken kriechenden Norbert unter dem Gelächter der anderen Saunagänger zu. Norbert prellte sich bei seiner unrhythmisch-gymnastischen Sprungeinlage den Fuß, verdrehte sich den Knöchel und riss sich das Schienenbein auf. Unglaublich, man hat echte Höllenschmerzen und der eigene Vater bringt solch einen dummen Spruch! Für Norbert war das Saunieren damit erledigt!

Norbert ging abgetrocknet und zeternd an die Theke und trank auf Pauls Saunakarte ein paar halbe Liter Hefeweizen.

An der Theke fand er einige sehr nette Gesprächspartner männlichen Geschlechts, mit denen er den restlichen Nachmittag über Gott und die Welt redete. Diese netten Jungs, so um die vierzig, fragten ihn später zu seiner Erschütterung unter der

Dusche, ob er nicht ihrem Swinger-Herrenclub beitreten möchte, und meinten, dass sie ihn gerne für einen Schwulenporno engagieren würden. Dabei tätschelte einer der beiden neuen Freunde Norbert auf seinen Pobacken herum. Dieser rannte sodann wie angestochen aus der Dusche und verschwand in der Umkleidekabine, zog sich rasend schnell um und flüchtete mit dem Zweitschlüssel sofort ins Auto, um dort auf Paul zu warten.

Von diesem Tag an ging Norbert nach der eigenen nun auch nicht mehr in eine fremde Sauna. Wenn Paul saunieren wollte, nahm er seinen Sohn, natürlich gegen die bereits erwähnte Bezahlung, mit und setzte ihn in der jeweiligen City zum Geldverbraten ab. Paul war das Ganze natürlich recht, da er zum einen seine Alte los war und sich nicht um seinen Aufpasser in der Sauna kümmern musste und zum anderen mit seiner hübschen Blondine einen Saunaaufguss machen konnte, dass die Schwarte nur so krachte.

Norbert bewegte sich dabei in einem Zwiespalt. Er freute sich zwar über das Geld und die Dinge, die er sich kaufen konnte, bekam aber sehr große Angstzustände. Dies, da sein Vater bestimmt Sachen mit der hübschen Antje machte, die das garantierte Ende der elterlichen Ehe, seines recht angenehmen Lebens sowie seiner dicken Geldbörse bedeutet hätten. Bei jedem Telefonat erzählte er von dieser Gefahr, die sich bei einem erneuten Verplappern, egal von wem, ergeben könnte. Wie Norbert meinte, säßen Paul und er auf einem regelrechten Pulverfass mit zwei Lunten und Renate würde in geringem Abstand mit einer Fackel an ihnen vorbeilaufen.

So ging das dritte Jahr unserer Freundschaft zu Ende. Wo Familie Wunderlich den Jahreswechsel verbrachte, muss ich ja wohl nicht extra erwähnen.

15.01.1997: Liebes Tagebuch, *du glaubst nicht, was unser Norbert von seinem Kumpel Malte für ein Weihnachtsgeschenk bekommen hat! Eine Saunaordnung, ein Paket Pflaster, Taschentücher und ein großes Handtuch mit vielen Herzen! Paul hat die Saunaordnung lachend an unsere Sauna genagelt und gemeint, dass Norbert sich diese mal genau ansehen sollte, vor allem den Punkt, dass man nicht im Kaltwasserbecken U-Boot spielen sollte! Was verheimlichen die beiden mir schon wieder?*

Himbeergeist mit Sahne

Himbeergeist ist ein Obstgeist, der als Feinbrand abgetrieben und mit Sahne vermischt wird. Dieses Getränk ist beim Kaffeeklatsch so mancher Omas und ihrem Häkelclub eigentlich der Renner, doch in unserem Fall wünschte Norbert sich gerade einen solchen Himbeergeist mit Sahne zu seiner Party.

Lange, sehr lange haben wir darauf gewartet, dann endlich geschah es: Norbert rief mich an und vermeldete, dass die Geburtstagsgartenparty zu seinem achtzehnten Jahrestag am letzten Samstag im Mai steigen sollte, denn an seinem Geburtstag Ende März wäre es ja noch etwas zu kalt für eine Gartenparty mit anschließendem Zelten.

»Aufgeschoben ist ja nicht aufgehoben!«, meinte er während seines Anrufs, bei dem er so nebenbei erzählte, dass er jetzt rauchen würde.

Alle Bekannten, abgesehen von Marko, sollten und wollten auch kommen, was bei Freibier natürlich logisch war!

Je näher der Termin rückte, desto nervöser wurde Norbert wieder einmal, dies spiegelte sich in immer kürzer werdenden Anrufintervallen wider. Ständig äußerte er seine Angst, dass irgendetwas nicht klappen könnte, obwohl er auch ständig erwähnte, dass einfach alles bis ins kleinste Detail organisiert sei und obendrein das Wetter laut Wettervorhersage mitspielen würde.

Die Zeit zog ins Land und da war er, der Tag, das besondere Wochenende, welches laut Norbert wegen seiner Bemühungen in die Geschichte aller Gartenpartys eingehen sollte.

Der Tag X

Alle Eingeladenen waren zu Norberts Freude an diesem Nachmittag erschienen. Paul bildete an diesem sonnigen Tag das Begrüßungskommando. Als Erstes musste man sich seine schön bepflanzten Blumenkübel ansehen, die entlang der Terrasse und des neu angelegten Gartenteichs standen. Die Pflanzen kamen in diesem Jahr aus dem Supermarkt, da er keinen Bock mehr auf Gärtner Oskars penetrante Kriegsgeschichten hatte. Erst nach dieser Präsentation entließ er jeden Einzelnen leicht bis mittelschwer vollgelabert in sein neues Partyzelt, in dem Norbert schon mit einigen Gästen saß. Ich übergab ihm zu seiner großen Freude unser Geburtstagsgeschenk, zwei gekaufte Flaschen Himbeergeist mit Sahne.

Als wir nach einigen Handschlägen und Umarmungen sowie Schulterklopfanfällen im Zelt saßen, wechselten erst mal einige Flaschen Bier ihren Besitzer.

»Auf das vierte Jahr unserer Bekanntschaft!«, meinte ich zu Norbert, der überrascht feststellte, wie schnell doch die Zeit vergangen war.

Paul lästerte, nachdem er sich zu uns ins Zelt gesellt hatte, ordentlich über Norbert und dessen Versuch, das Partyzelt aufzubauen.

»Hör jetzt endlich auf zu lästern, sonst fang ich mal an, über unser Haus und seine tolle Verkabelung zu reden, mein lieber Vater!«, fauchte Norbert seinen Erzeuger an, der daraufhin erst einmal in Richtung Grill verschwand. Durch den Bierkonsum enthemmt, begann Norbert, unsere Nationalhymne zu rülpsen, dann zeigte er seinen Mein-Bauchnabel-kann-rauchen-Trick. Dabei steckte er sich eine Zigarette in den Bauchnabel, die dank seiner Wampe regelrecht dort stecken blieb.

Die Stimmung hätte bis zu diesem Zeitpunkt nicht besser sein können, doch dann trat Paul erneut in das Zelt.

»Norbert, wir warten noch auf deine Rede, du bekommst hier erst etwas zu essen, wenn ich einen anständigen Vortrag höre, sind ja nun auch alle Gäste da!«, meinte er erheitert.

Eiseskälte und der Hauch einer Panikattacke zogen sichtlich durch Norberts Gesicht, bei uns lag indes eher ein Kichern in der Luft und einen Atemzug lang wusste er nicht, was er sagen sollte.

»Da kannst du lange warten!«, fuhr Norbert seinen Vater schließlich an!

»Renaaaaate, leg mal vier Steaks und fünf Bratwürstchen zurück in die Truhe, Norbert möchte nichts mehr essen!«, rief Paul mit einem schelmischen Grinsen. Das saß! Norbert öffnete ein Bier und zischte dieses in einem Zug weg. Kurz darauf folgte noch ein weiteres, er startete also sein mittlerweile bekanntes Mut antrinken, in Fachkreisen auch ›Mallesaufen‹, genannt, was so viel bedeutet wie: Trinken, bis nichts mehr geht!

Nach einer erneut gerülpsten Nationalhymne mit viel Bass und Widerhall griff Norbert zu seiner Geheimwaffe. Er zog in Agentenmanier einen Plastikbecher aus einer Campingtasche, die unter dem Tisch stand, und füllte diesen bis zum obersten Rand mit Himbeergeist, der damals bei beachtlichen siebzehn Umdrehungen lag. Norbert stellte sich vor den Tisch und zog den Becher in einem Zug weg, was ihm den ersten richtig großen Lacher des Abends einbrachte.

»Ey, Leute, ich wollte nur mal sagen...«, säuselte er, bereits leicht schwankend, mit dem zweiten Lacher, da er auf der Stelle vor dem Tisch zusammenbrach und sich mit dem dritten Lacher wie ein kleiner dicker Käfer auf den Rücken legte. Norbert holte einmal tief Luft, drehte sich auf den Bauch und kroch aus dem Zelt, genau bis zu der Stelle, an der sein Kopf den vor dem Zelt stehenden Stamm eines Apfelbaumes traf.

Mit einem leicht dumpfen, hölzern klingenden Knall legte er sich erneut wie ein Käfer auf den Rücken. Von diesem Bild für die Partygötter erholten wir uns erst nach einigen Minuten.

Kurz darauf wurde unser Trunkenbold von Torben, Paul, Axel und mir mit dem Kopf in die kalte Regentonne getaucht, da Paul meinte, dass es oft wahre Wunder bewirke, dem Betreffenden in einer solchen Situation kaltes Wasser über die Birne zu kippen.

Plötzlich kam, wie von der Tarantel gestochen, die wahrlich zur Furie gewordene Renate aus ihrer Dunkelkammer.

»Wie kannst du es nur zulassen, dass Norbert hier in die Regentonne gesteckt wird? Kannst du nicht einmal ein bisschen aufpassen? Seine erste richtige Gartenparty und Norbert beißt als Erster ins Gras, oder was?«, fauchte sie Paul an, bevor sie Norbert ins Haus brachte, da er sich für ein paar Minuten hinlegen sollte.

Mittlerweile war auch Udo eingetroffen, welcher sich von uns erst mal auf den neusten Stand in Sachen Norbert bringen ließ und sich dabei vor Lachen fast in die Hose machte.

Udo und ich bauten zwei Zelte, in denen wir nächtigen wollten, auf und klärten, wer wo schlafen würde. So sollte Torben bei mir und Norbert bei Udo im Zelt schlafen, aber wo war Torben eigentlich? Die Beantwortung dieser Frage war meine Angelegenheit, ›Sherlock Malte‹ on tour. Des Rätsels Lösung lag in Norberts Zimmer: Es war ein Bild für die Götter, Norbert auf dem Sofa und Torben davor, wie er ihm mit einem kalten Lappen die Stirn und den Unterarm kühlte.

»Oh Gott, was ist nur los, wo bin ich?«, lallte der Wonneproppen und ich meinte zu Torben, dass wir Norbert wohl noch mal in die Regentonne stecken sollten, damit er vielleicht etwas eher wieder auf die Beine käme.

Nachdem wir uns vergewissert hatten, dass Renate nicht in der Nähe war, tauchten wir Norbert mit dem Kopf noch einmal in die Regentonne. Danach setzten wir ihn in den Schatten an den schön angelegten Gartenteich, gaben ihm eine Flasche Mineralwasser und warteten zusammen auf das Abendessen.

Als das von Paul wirklich gut zubereitete Grillgut auf die Teller kam, war Norbert wieder einigermaßen fit. Wen wundert es auch, denn Essen war neben Saufen und Rauchen die schönste Beschäftigung für Norbert!

»Mir fällt doch die Bratwurst aus dem Gesicht, wer hat denn den Pinsel eingeladen?«, meinte Norbert plötzlich, als just in diesem Moment sein Nacktbadekumpel, der Clown vom Zirkus Fliegenpilz, mit Namen Marko um die Hausecke kam.

»Renate«, sagte Paul und Norbert wollte am liebsten im Erdboden unter dem Tisch versinken, da er wohl ahnte, dass jetzt die Provokationen und Stänkereien wegen der Nacktbaderei wieder losgehen würden.

Der Abend wurde immer älter und auch immer feuchtfröhlicher. Renate gesellte sich zu uns, da wir ihre Musikrichtung, Pop- und Partymusik der 1970er bis 1990er Jahre, auf der Terrasse am Teich spielten. Sie saß mit Torben auf einer Bank, welche zwischen Badezimmer- und Wohnzimmerfenster stand, und genoss die letzten Tropfen Whisky, ihr Lieblingsgetränk, wie sie verriet. Dann plötzlich ein Kreischen. Ich drehte mich um und sah, wie die beiden sich umarmten und gegenseitig auf die Wange küssten.

»Ist alles okay?«, fragte ich.

»Ja, mein Mädchenname ist Heck, Torben heißt auch Heck, du glaubst es ja nicht!«, rief Renate kreischend vor Freude.

»Schau mal, Renate hat einen Neuen!«, rief ich Paul zu, doch dieser meinte nur lachend, dass er Torben viel Glück mit seiner Alten wünschen würde.

Norbert mischte indes Cola mit Kirschlikör und verkaufte es Marko als Cherry-Cola. Der Geschmack war verblüffend ähnlich und Marko merkte es natürlich erst, als bei ihm fast die Lichter ausgingen.

So kamen wir zu einem prima Unterhaltungsprogramm, denn Marko tanzte bei Discomusik aus den 1980er Jahren, als wäre er in einem Schwulenclub auf Männerfang.

»Malte, wenn dieser Typ nicht schwul ist, dann bin ich Rumpelstilzchen!«, lachte Norbert.

»Die Musik ist schön laut, klasse, hoffentlich nicht zu laut!«

»Wir haben nichts zu befürchten, Paul hat wegen der Party bei allen Nachbarn Bescheid gesagt!«, meinte Renate zu mir, doch bevor ich antworten konnte, gab es einen großen Platsch. Marko, unser Mr. Fliegenpilz, lag in voller Lebensgröße und graziler Schönheit im Gartenteich.

»Vergiss es, Marko, ich bade auch in Klamotten nicht mehr mit dir!«, schrie Norbert ihn an, bevor er mit einem Kichern seine Flasche Bier wegzog.

»Boahaha, schwimmen kann er, hat er ja auch beim Nacktbaden mit Norbert gelernt!«, kam vom Blaumann und Paul fügte hinzu, dass Marko jetzt in Baywatch-Manier gerettet werden möchte, natürlich mit einer anständigen Mund-zu-Mund-Beatmung und das nur von Norbert, der dann selbstverständlich einen auf David Hasselhoff machen müsste.

Es war schon merkwürdig: Statt Marko aus dem Teich zu ziehen, standen alle davor und lästerten, während Marko dort alle Anforderungen für das Ausdauerschwimmabzeichen absolvierte.

»Hoffentlich überleben das meine Goldfische«, meinte Norbert, bevor wir Marko dann doch aus dem Wasser zogen.

»Haha, guck mal, ob Marko gerade einen auf Fisherman's Friend macht und ein Goldfisch an seinem besten Stück hängt!«, rief Axel.

Marko wurde von Paul und Renate, eingewickelt in Badetücher, ins Haus begleitet. Norbert meinte, dass der Teichsprung fast nach Absicht ausgesehen habe, da Marko jemand sei, der generell auf fremde Klamotten stünde. Norbert sollte Recht behalten, denn Marko war das Lächeln darüber, den restlichen Abend in Norberts Klamotten zu verbringen, bis zu einem bestimmten Augenblick nicht mehr aus dem Gesicht zu bekommen. In diesem Moment fiel der Spruch, dass ihm Frauenkleidung zwar stehen würde, Renates Klamotten von der Größe her allerdings nicht passen würden. Marko war total eingeschnappt, weil man offenbar nicht erkannte, dass er Norberts Sachen trug, und bestand umgehend darauf, seine Mami anrufen zu dürfen, um abgeholt zu werden.

Für Udo wurde der Abend mit der Zeit auch recht unterhaltsam, da er den anderen Gästen mit ihrem schnell ansteigenden Alkoholpegel geistig etwas überlegen wurde, da er sich als Einziger beim Thema Alkohol zurückhielt.

Norbert kabbelte sich gerade mit Axel und dem Blaumann auf dem Rasen, als sich Marko von seinem Nacktbadekumpel verabschieden wollte.

»Komm her und zeig, dass du ein richtiger Mann bist, du Muttersöhnchen!«, schrie Norbert ihm zu.

»Hättest eher rufen sollen, dass er seine weibliche Seite zeigen soll!«, rief der Blaumann, nachdem er gerade von Norbert zu einer Briefmarke geplättet worden war.

»Igitt, dann hätte er mich bestimmt abgeknutscht!«

»Als ob eine Frau dich abknutschen würde, Norbert!«, rief Axel.

»Ich bin aber keine Frau!«, schrie Marko und zog darauf mit einem Gesicht von dannen, als hätte jemand, wer auch immer, mit ihm Schluss gemacht.

Der sternenklare Himmel erhellte den schönen Abend, Renate und Torben kamen wieder ins Gespräch. Torben saß diesmal neben der Bank direkt am Badezimmerfenster. Dieses Fenster war zweigeteilt und reichte vom Boden bis zur Decke. Paul meinte, dass Torben so auf dem Hocker säße, dass er fast runterfalle, worauf dieser sich im Zuge seines höheren Promillebereichs den Hocker selbst unter dem Hintern wegzog. Im selben Moment fiel er gegen die untere Scheibe. ›Klirr!‹, und da waren sie, die ersten Scherben des Abends. Das Kuriose an der Sache war allerdings, dass durch den Druck auf die vordere Scheibe die hintere im Gebäude zerbrach. Für Torben war es logischerweise großes Glück, denn ich möchte mir nicht ausmalen, was passiert wäre, wenn die vordere Scheibe ihren Geist aufgegeben hätte.

Renate kreischte vor Schreck wie ein Schwein, das man gerade zur Schlachtbank brachte. Mitten in Norberts Gelächter fauchte Paul, dass er sich bitte mäßigen solle, da er ja jetzt nicht die ganze Rennerei für die neue Scheibe hätte. Nachdem Norbert sich durch das Trinken von zwei Flaschen Bier auf ex von Pauls Wutausbruch erholt hatte, wurde Torben plötzlich ein wenig übel. Deswegen ging er ganz locker, allerdings etwas schwankend, zu einem von Pauls so schön bepflanzten Blumenkübeln, übergab sich und wischte sich den Mund mit seinem Hemdärmel ab.

»So, jetzt geht's mir endlich wieder besser!« rief er.

Renate kreischte vor Heiterkeit und meinte nur, dass sie den Blumenkübel eh nicht leiden konnte und er sich jetzt wenigstens nützlich gemacht habe.

»Wenn das hier so weitergeht, meine liebe Renate, dann kannst du dich von dem blöden Vogelhaus deines Vaters verabschieden, gegen das ich ständig beim Rasenmähen fahre!«, schrie ein sichtlich getroffener Paul, als er das Erbrochene, in Form und Aussehen einer Pizza ähnlich, anstarrte.

Norbert war an diesem Abend wirklich zu bedauern, seine Eltern kabbelten sich vor den Augen seiner Kumpels und er stand, quasi als Puffer, zwischen den beiden Streithähnen.

Renate kam von Whisky zu Whisky immer mehr in Fahrt, ihre Zunge wurde dermaßen locker, dass sie uns Norberts gesamte Leidensgeschichte erzählte. Norbert war als kleines Kind in der Schule, da er so dünn gewesen war, immer gehänselt worden. Dadurch bekam er eine Essstörung und wollte nichts mehr essen, was ihn dann noch dünner werden ließ. Nach draußen wollte Norbert eine Zeit lang auch nicht mehr, obwohl es ja gerade für die körperliche Entwicklung wichtig ist, mit anderen Kindern Zeit im Freien zu verbringen. Nichts kann mehr schulen als tägliches Spielen mit anderen Kindern! Die Muskulatur und die Nerven arbeiten immer besser zusammen, je mehr sich das Kind bewegt. Norberts leider so geduldete Bewegungen führten nur vom Fernseher bis zur Toilette oder zum Sofa.

Bei einem Mutter-Kind-Klinikaufenthalt wegen Unterernährung riet der dortige Arzt der Familie, es mal mit einem dauerhaften Nervenklempner zu versuchen. Dieser Psychologe hatte Norbert dann erst mal leichte Appetitanreger verschrieben. Mit dem Medikament nahm Norbert auch wie erhofft zu und zu und zu und zu und noch mal zu! Das nächste Problem war, dass Norbert süchtig nach dem appetitanregenden Medikament wurde und mit Wutanfällen reagierte, wenn Renate es ihm nicht geben wollte. Ich denke aber eher, dass es einfach eine generelle Reizüberflutung bei Norbert war, denn wenn man fast den ganzen Tag vor der Glotze sitzt, also einen zu hohen Medienkonsum hat, kann das auch zu Aggressionen führen.

Nachdem der kleine achtjährige Wonneproppen bei einem dieser Anfälle sein Kinderzimmer, jedenfalls soweit man das in diesem Alter schaffen konnte, zertrümmert hatte, ließen sie ihm zwei neue Medikamente verschreiben. Ein Beruhigungsmittel gegen diese Wutanfälle, sowie ein reines Scheinmedikament, Placebos genannt, die er für sein Medikament halten sollte. Renate machte damals, laut ihrer Aussage, rund ein Jahr den Spagat, Norbert die Placebos und ab und an das Beruhigungsmittel einzuflößen, das er aber angeblich schon lange nicht mehr bekäme.

»Bis auf Axel und den Blaumann hat er am Anfang überhaupt keine Freunde gehabt, da ihm Freundschaften immer schwerfielen und er so manche Jungs regelmäßig mit seinen Anfällen vergrault hat«, meinte Renate, wegen ihres hohen Promillewerts mit Tränen in den Augen.

»Der kleine Norbert wurde dann wie dieser Typ, der sich, wenn er geärgert wird, in ein unkontrollierbares, grünes Monster verwandelt. Gott sei Dank ist das vorbei und beim letzten Mal hat er nichts zerstört, sondern sich mit einem Heulkrampf in die Ecke gesetzt. Ich glaube, er wird langsam etwas erwachsener und endlich normal! Na ja, ich dränge ihn zu nichts, das ist bei ihm total falsch, manchmal beachte ich ihn einfach nicht, dann kommt er schon irgendwann von ganz alleine!«, meinte Renate, bevor sie uns recht geschockt allein ließ. Ich denke, da hat ein ziemlich inkompetenter Nervenarzt entweder seinen Profit oder seine eigene Hilflosigkeit gesehen, denn es wurden bei Norbert ganz klar die Nebenwirkungen seiner Auffälligkeiten behandelt und überhaupt nicht die eigentliche Ursache! Es wäre allerdings auch kaum möglich gewesen, Renate zu behandeln...

Nach vielen Tanz- und Sprungeinlagen kehrten Norbert, Udo und ich mit qualmenden Socken zurück ins Partyzelt und wurden, kaum dass wir saßen, plötzlich von einem Licht geblendet, von einem immer wiederkehrenden Blaulicht. Es war die von einem Nachbarn gerufene Polizei, unser ständiger Freund und Helfer! Paul kam nach einem kleinen Gespräch mit den grünen Männchen ins Zelt gestürmt und rannte fast den am Eingang torkelnden Blaumann um.

»Norbert, Norbert, du musst als Partykopf mit aufs Revier«, meinte er. Nun wurde Norbert kreidebleich, da er nicht ahnte, dass sich Paul wieder einmal einen Scherz erlaubt hatte. Dieser merkte, was gerade mit Norbert geschah, und ruderte gleich dagegen, indem er uns aufklärte: Schuld war ein blöder Nachbar, der die Polente wegen angeblicher Ruhestörung angerufen hatte, obwohl Paul gerade diesem zweimal Bescheid gegeben hatte.

»Damals tat er so gutmütig und meinte, es sei für ihn kein Problem!«, schimpfte Paul. Norbert hing regelrecht in seinem Campingstuhl, jedenfalls, so gut es bei seiner Masse ging, und war trotz der Aufklärung durch seinen Ollen nicht nur vom Alkohol fix und fertig.

Die Party war vorbei, die Gäste, bis auf die Zeltcrew, gingen, und Norbert torkelte ins Wohnhaus und säuselte, dass er nur mal schnell austreten müsse. Kurz darauf kam der Moment, der besondere Moment. Renate stand plötzlich vor uns, ihre Worte sind für mich unvergesslich: »Norbert schläft drinnen, er ist so fix und fertig, hat ja auch erst eine Grippe hinter sich, ich lasse euch auch die Tür auf, dass ihr auf Toilette gehen könnt!«

Wir schauten uns an, Udo wusste nicht einmal, was er sagen sollte.

»Was ist das denn wieder für ein Scheiß?«, meinte Torben und machte sich kurz nach Renates Verschwinden auf, um Norbert im Haus zu suchen. Er wollte ihn zur Rede stellen, da nicht nur er das Gefühl hatte, dass Norbert wieder einmal kneifen wollte. Udo ging in sein Zelt und ich warf mich in meinem auf die Matratze, um kurz darauf den hereinstolpernden Torben zu empfangen.

»Na, Torben, hast du was erreicht?« Doch der lallte nur, dass es typisch Norbert wäre, etwas anzuzetteln und sich dann zu verkrümeln! Bevor ich dem noch etwas hinzufügen konnte, sank Torben rechts neben mir mit einem »Heil Norbert!« nieder.

Auszug aus Renates Tagebüchern

01.06.1997: **Liebes Tagebuch,** *das war Norberts erste und letzte Gartenparty mit diesen Radaubrüdern oder Freunden, wie mein Sohn sie nennt!*

02.06.1997: **Liebes Tagebuch,** *Norbert hat mich eben nach seinem Telefonat mit Malte danach gefragt, ob ich irgendetwas von seiner Vergangenheit in Bezug auf Tabletten und Wutanfällen erzählt hätte. Ich fragte ihn, wie er darauf käme und er meinte, dass Malte ihn mit* »Hallo Hulk, du grünes Monster« *begrüßt habe!*

Das Resultat der Gartenparty:

- Die hintere Glasscheibe zum Bad wurde zerstört.
- Ein Blumenkübel wurde vollgebrochen.
- Der Rasen auf dem zweiten Grundstück wurde umgepflügt.
- Das Garagentor, die Mülltonne und die Hauswand wurden angepinkelt.
- Es gab eine Anzeige wegen Ruhestörung.
- Norbert lag zwei Tage mit einem dicken Schädel auf dem Sofa.
- Paul bekam eine Erkältung, da er wohl wieder irgendwo draußen nackt rumgeflitzt war!
- Irgendein Schwein hat neben das Klo geschissen und Klopapier danebengelegt, auf dem zu lesen war: Vorsicht, Scheiße, bitte nicht reintreten!
- Das Vogelhaus und der Briefkasten wurden mit Rasierschaum vollgesprüht.

Das Altstadtfest

Kennt ihr das beliebteste und wohl größte Stadtfest in der Lüneburger Heide? Es ist das Gifhorner Altstadtfest, welches jedes Jahr nach den Sommerferien gefeiert wird. Mit seinen zwölf Bühnen, auf denen an drei Tagen vor rund 200.000 Partylöwen beinahe alle Musikgenres gespielt werden, ist es einfach die ultimative Party überhaupt in unserer Gegend. Eine Party, bei der man Bier und natürlich alle anderen erdenklichen Getränke bekommen kann. Neben der Musik auf den Bühnen, in den Hinterhöfen, auf Parkdecks und in den Kneipen gibt es die unterschiedlichsten Tänze, Clownerie, Zauberei, Spiele, Ausstellungen, diverse Präsentationen, Aktionen mit Prominenten und noch vieles, vieles mehr für jedermann. Ach ja, Mädels, hübsche Mädels gibt es natürlich auch in Massen.

Mittendrin wollten, wie in den letzten Jahren, Torben und ich sein. In jenem Jahr wollte sogar Norbert mitkommen, da er nicht urlaubstechnisch verhindert war. Dem ersten Altstadtfest unserer Clique sollte also eigentlich nichts mehr im Weg stehen. Eigentlich...

Norbert war am Telefon bereits Wochen vorher nicht zu bremsen, auch der Tatsache gegenüber, von Freitag auf Samstag bei mir pennen zu können, um Renates lästigen Alkoholkontrollen und Pauls ewigen Sticheleien aus dem Weg zu gehen.

»Traust du dich überhaupt, alleine irgendwo zu übernachten?«

»Malte, wie meinst du das?«

»Na, ja, ich habe noch nie gehört, dass du etwas von einer Übernachtungsparty, außer bei dir zu Hause, erzählt hast!«

»Da... das hat sich noch nicht so angeboten, weißt du!«, stotterte Norbert.

»Bist du dir wirklich sicher, dass du das schaffst?«, fragte ich ihn recht belustigt, da ich schon eine gewisse Nervosität und Angst in seiner Stimme erkennen konnte.

»Einmal ohne Mutti, das geht auf alle Fälle, ich bin ein Kerl und kein Weichei!« meinte Norbert zwei Tage vor dem Altstadtfest.

Auszug aus Renates Tagebüchern

21.08.1997: **Liebes Tagebuch,** *Norbert will nächste Woche mit seinen neuen Kumpels auf das Gifhorner Altstadtfest, die Freunde kotzen mich langsam an, ich muss Norbert das irgendwie austreiben! Vor allem Malte ist gefährlich, gerade jetzt, da er keine Freundin mehr hat und die beiden noch mehr miteinander telefonieren und Blödsinn aushecken. Ich nehme ihm, glaube ich, seine Comic-Sammlung weg, Erpressung ist zwar nicht schön, zieht aber bei Norbert richtig gut!*

Am Freitag, dem ersten Tag des Altstadtfests, bereitete ich alles vor, kramte Kissen sowie eine Decke heraus und stellte einen Eimer zurecht, da man ja nie wissen konnte, wen wann eine gewisse Übelkeit überkommen würde. Um 14.00 Uhr wollte Norbert sich von Paul bringen lassen, doch kurz davor klingelte mein Telefon.

»Hallo Malte, hier ist Renate! Norbert ist über Nacht krank geworden, er hat sich eine tierische Grippe eingefangen, ist total heiser, hat Fieber und liegt schon den ganzen Tag im Bett und schläft!«, entschuldigte Renate ihren kleinen Norbert für das Wochenende.

Richtig überrascht war ich ehrlich gesagt nicht, da sich Norbert an den letzten zwei Tagen vor dem Fest nicht mehr gemeldet hatte, was man bei ihm schon als Zeichen ansehen konnte, dass irgendetwas im Argen lag.

Na, dann eben nicht, schade und ärgerlich, aber was soll's, kann man nichts machen, müssen wir eben allein feiern, dachte ich mir.

<u>Auszug aus Renates Tagebüchern</u>

22.08.1997: Liebes Tagebuch, *Mensch, das mit der Comic-Sammlung hat gesessen, Norbert hat zwar ein wenig geweint, aber egal, wenn ich nur an seine Gartenparty denke, weiß ich ja schon, wie das heute ausgegangen wäre! Er wird mir noch dankbar dafür sein!*

04.09.1997: Liebes Tagebuch, *Norbert jammert schon den ganzen Tag rum und fragt sich, ob seine Kumpels Malte und Torben ihm wegen des Altstadtfests böse seien, es geht mir schon langsam auf den Keks, dieses ewig schlechte Gewissen, das der Bengel hat. Ich habe ihm gesagt, dass er doch mal bei Malte anrufen soll, um mit ihm zu reden und nachzufragen, wie das Fest war. Norbert schleicht schon seit zwei Stunden um das Telefon herum und traut sich nicht, anzurufen, es ist ja nicht zu glauben.*

05.09.1997: Liebes Tagebuch, *Norbert hat sich nach Maltes Krankenbesuch wieder beruhigt, na ja, kann er wenigstens wieder in Ruhe schlafen.*

12.09.1997: Liebes Tagebuch, *Malte ist schon wieder da, die beiden scheinen wieder etwas auszuhecken, die sind ja nur noch am Gackern, wie zwei schwule Gockel!*

*13.09.1997: **Liebes Tagebuch,** Paul hat heute unsere neue Satellitenschüssel angebaut und wir sitzen seitdem im Dunklen, hoffentlich kommt bald der Elektriker! Man, nur gut, dass ich hier in meinem Zimmer eine Kerze habe. Paul fummelt schon eine Stunde an unserem Notstromaggregat rum und, hihi, jetzt hat er gemerkt, dass es nicht das Notstromaggregat war, sondern der alte Rüttler, mit dem er damals durch den Zaun unseres Nachbarn gerüttelt ist, wie kann man nur so doof sein, sieht doch eigentlich ein Blinder!*

Salvatore

Norbert war frauentechnisch gesehen sehr unerfahren, einzig ein kleines Techtelmechtel bei der Schulabschlussfeier, genauer gesagt, beim Abschlusszelten ist diesbezüglich zu erwähnen. Dort hatte Norbert das erste Mal zu Bier und Zigarette gegriffen. Da er damit nicht allein war, sondern eine süße Mieze aus seiner Klasse es ihm gleichtat, kam, was kommen musste, der erste Kuss! Leider blieb es bis dato auch sein letzter, wenn man die typischen familiären Begrüßungs- und Abschiedsküsse einmal ausklammert, nach denen man sich vor herunterlaufendem Sabber oftmals die Wangen abwischen muss.

Obendrein gab es noch eine Auszubildende bei meiner ehemaligen Arbeitsstätte, die Norbert jeden Dienstag an seinem Praktikumstag seines Berufsschuljahres ertragen durfte. Paula, das Unikat Paula! Sie nervte ständig, jeden und zu jeder Zeit. Man musste am Tag ungefähr hundert Mal die Formulierungen ›EEECHT!‹, ›EEEHRLICH!‹, ›WIIIRKLICH!‹, ›MEINST DUUU‹ oder ›NÄÄÄ‹, ertragen, sobald man mit ihr ein Gespräch anfing.

Diese Paula hatte sich absolut in Norbert verguckt. Immer, wenn er sich Rücken zeigend bückte, fiel sie fast in Ohnmacht. Vielleicht lag es auch daran, dass Norbert in dieser Position wie ein hockendes Sparschwein aussah!

Paula, oder ›Ehrlich‹, wie wir sie nannten, war rein gar nicht Norberts Typ. Blond, dicke Brille und ein Hintern wie Miss Piggy.

Für viele bestimmt eine Traumfrau, die Geschmäcker sind ja verschieden, doch nicht für Norbert! Ständig machte sie plumpe Andeutungen, wollte sich mit ihm verabreden oder auch ›augenzwinkernd‹ einfach mal um die Ecke gehen.

Man fragt sich jetzt bestimmt, wie ich auf dieses Thema komme! Tja, Norbert wollte endlich eine Freundin haben, egal wie, und das bei seiner Ungeduld am besten schon gestern. Sie sollte natürlich hübsch und ehrlich, aber eben nicht wie ›EE-EHRLICH‹ sein!

Meine Idee damals war ganz einfach: Norbert und ich schrieben an die Rubrik ›Brieffreundschaft gesucht‹ der größten, ältesten und wohl bekanntesten deutschen Jugendzeitung und landeten einen Volltreffer. Norberts Anzeige wurde bereits eine Woche nach dem Abschicken, natürlich zusammen mit einem süßen Foto, abgedruckt.

Wir zwei lästerten in den folgenden Tagen bei jedem Telefonat, dass er allein hundert Briefe von Paula ›EEEHRLICH‹ bekommen würde, was aber zu unserer Überraschung nicht geschah.

Bereits am folgenden Montag ging dafür im Hause Wunderlich im wahrsten Sinne des Wortes die Post ab. Es war nicht nur viel Arbeit für den Postboten, nein, es war viel, sehr viel zu lesen und zu lachen für uns beide. Ehrlich gesagt lasen auch Paul und Renate viele der rund dreihundert Briefe in allen möglichen Formaten. Leider kamen auch Schreiben von diversen Sekten, Tippgemeinschaften und Schulklassen. Andererseits kamen auch Briefe von wirklich hübschen Mädels, mit denen Norbert noch eine Weile, wenn auch letzten Endes erfolglos, schrieb.

Ein Brief wurde jedoch zu dem ›ganz besonderen Brief‹.

Er kam von einem gewissen Salvatore.

»Ich habe hier einen tollen Brief, auf so einen hast du schon gewartet!«, rief ich Norbert, der schier in den Briefen badete, zu.

»Es ist aber kein Brief von Paula, oder?«, lachte Norbert mir entgegen. Wie aus dem Brief, allein durch Schriftbild und Formulierung, für uns klar hervorging, war Salvatore stockschwul und wohl auch geistig etwas eingeschränkt. Was dabei überwog, konnten wir nicht beurteilen!

»Alter, dem Salvatore müssten wir deinen Nacktbadekumpel Marko aufs Auge drücken!«, schoss es geistesgegenwärtig aus mir heraus.

»Malte, das machen wir, das ist die Idee!«, kicherte Norbert.

Er meinte, dass er zu hundert Prozent wisse, dass dieser Clown vom Zirkus Fliegenpilz schwul wäre. Zudem sei er ein noch größeres Muttersöhnchen als er selbst. An einer gewissen Selbstironie mangelte es Norbert mittlerweile, vielleicht auch ausgelöst durch mich, nicht mehr.

Wir schnippelten ein Poster der Prinzen, einer deutschen Popgruppe, auf dem sie in einer seltsamen Pose standen, auseinander und betitelten zwei der Musiker mit den Namen Marko und Salvatore. Zusätzlich schrieben wir noch einen sehr lieben Brief:

Lieber Salvatore,

ich bin der Freund von Norbert, dem du über die Anzeige in der Jugendzeitung geschrieben hast. Nun kann Norbert, oder Nobbi, wie ich ihn nennen darf, leider nicht allen schreiben. Ich schreibe dir, weil du auf dem Foto einfach so schnuckelig aussiehst, dass ich mich gleich in dein Foto verliebt habe.

Wenn du mein Prinz werden möchtest, dann schreib mir doch bitte. Wäre auch nicht schlecht, wenn du mir mal ein Foto von deinem besten Stück schickst, damit ich weiß, was mich erwartet. Es wäre auch klasse von dir, wenn du auf den Briefumschlag einen Gruß an meine Mutti schreibst.

Schreib doch einfach: »Hallo liebe Gitti, du süße, neugierige Fregatte« und noch einen ganz lieben Gruß an mich, am besten mit vielen Herzen.

In großer Erwartung deiner Antwort, du Süßer, dein nur in dich verliebter Marko!

Eine Woche später rief Norbert mich vor Lachen immer wieder nach Luft ringend an und bekam kaum ein Wort heraus.

»Du glaubst nicht, mit wem Renate eben eine Stunde gelabert hat? Markos Mutter... hihihi... waaahaaahaaa, sie hat ihr die Ohren vollgejammert«, juchzte er im nicht endenden kreischenden Gelächter seiner Mutter. Marko habe einen Brief mit vielen aufgemalten Herzen erhalten:

»Hallo Marko, ja, du darfst mein kleiner Prinz sein, dein dich liebender Salvatore!«

»Malte, das stand laut Gitti wirklich auf dem Umschlag, ich lach mich wahahaha!«, schrie Renate plötzlich gackernd in den Hörer.

Ebenfalls sollen noch viele versaute Fotos, auch Bilder von einem Penis in verschiedenen Erregungszuständen, diesem Brief beigelegen haben. Marko hätte sich laut Gitti schon seit zwei Stunden in seinem Bett verkrochen und würde wie ein

Schlosshund unter der Bettdecke heulen. Vor allem sei die Schmach das Schlimmste, dass der Postbote, ›das Plappermaul des Dorfes‹, ihr, der ›Vorzeigemutter schlechthin!‹, den Brief schmunzelnd mit den Worten: »Na, da hat Ihr Sohn wohl einen netten Verehrer, nicht wahr?« übergeben hatte. Sie sei momentan so geschockt von der bisher wohl unerkannten Neigung ihres Sohnes, dass sie gerade nicht mehr weiterwüsste. Aus Marko sei derzeit nichts herauszubekommen und es würde sie brennend interessieren, ob er selbst den Kontakt gesucht oder man ihrem lieben Sohn nur einen üblen Streich gespielt hätte. Renate meinte dann auch noch recht unüberlegt, dass sie schon in den letzten Jahren das Gefühl gehabt habe, dass Marko der Herrenwelt nicht ganz abgeneigt sei. Das war dann der Heulkrampf-Auslöser schlechthin für Gitti, die anfing, minutenlang in den Hörer zu schluchzen.

Ein Lachkrampf von uns folgte auf den anderen – kleiner Brief, große Wirkung!

Minderbemittelt war Salvatore dem Anschein nach nicht, vielleicht nur bedingt, oder doch, und es hatte ihm jemand gesagt, was wir mit dem ›besten Stück‹ meinten.

Jedenfalls kam Marko, wohl auf Anraten seiner Vorzeigemutter, nicht wieder in die Nähe von Norbert oder mir, da er und Gitti zwar nicht zu hundert Prozent wussten, wem Marko das Ganze zu verdanken gehabt hatte, aber ich glaube, sie ahnten es dennoch ein Stück – oder, in Salvatores Fall, ›bestes Stück‹ – weit!

Das Einzige, was Norbert von Marko noch einmal über eine sichere Quelle, nämlich von Markos kleiner Schwester, mitbekam, war, dass Salvatore noch drei weitere Briefe geschrieben und einen Blumenstrauß sowie einen Dildo mit seinem aufgeklebten Bild auf der Eichel geschickt haben soll. Tja, wo die Liebe hinfällt! »BRAVO«, kann man da nur sagen!

Auszug aus Renates Tagebüchern

18.09.1997: Liebes Tagebuch, *mein kleiner Norbert hat sau-viele Briefe auf seine Anzeige bekommen, tja, wusste ich es doch, dass mein Junge bei der Weiblichkeit begehrt ist, nicht wie Marko, dieser kleine Lutscher! Dass Gitti aus allen Wolken gefallen ist, glaube ich gern, und ich könnte mich totlachen, vor allem, weil sie mir ständig vorgehalten hat, dass ich Norbert falsch erzogen hätte.*

25.09.1997: Liebes Tagebuch, *Gitti hat angerufen und sich be-schwert, dass dieser Salvatore keine Ruhe gibt und dass sie ihn angerufen habe, um mal ein paar Antworten zu bekommen. Sie hat Norberts Namen gehört und glaubt nun, dass mein Kleiner dahintersteckt. Stimmt ja auch und ist mir egal. Dieser Kerl hat Gitti »alte Schachtel« und »kaputte Fregatte« genannt und dann aufgelegt. Sie war völlig eingeschnappt und möchte, dass ihr Söhnchen keinen Kontakt mehr mit Norbert hat. Ich habe ihr gesagt, dass es mir leidtut, was ihm so widerfahren ist, doch ehrlich gesagt schadet es dieser kleinen Schwuchtel, die wir nun los sind, gar nichts, und Gitti, diese alte Vorzeige-Tusse, kann mich schon lange kreuzweise.*

28.09.1997: Liebes Tagebuch, *mein kleiner Norbert will un-bedingt mit seinen neuen besten Kumpels Silvester feiern, ich habe ihm gesagt, dass ich echt dagegen bin und er ist daraufhin völlig abgedreht. Ich habe heute Abend noch mal mit Paul ge-sprochen und wir sind der Meinung, dass, wenn Norbert Sil-vester mit seinen Freunden feiern will, dann hier bei uns, damit wir das ganze Treiben ein bisschen unter Kontrolle haben und nichts passiert!*

Silvester

Silvester ist für viele die Jahresabschlussfeier schlechthin, oft das Ereignis, an dem man sich auch den ganzen Tag vornimmt, etwas nie wieder zu tun, und an Neujahr sind gewisse Vorsätze schon nach wenigen Minuten für die Tonne. Mal ehrlich, wer kennt das nicht?

Da die Familie Wunderlich in diesem Jahr aufgrund des achtzigsten Geburtstags von Pauls Mutter kurz vor Silvester nicht nach Norwegen fahren konnte, ergab sich die Möglichkeit einer gemeinsamen Silvesterparty. Etwas zögerlich der letzten Party bei Norbert wegen nahmen Torben und ich die Einladung von ihm und seinen Eltern an.

Wir dachten, dass es mal eine gute Abwechslung wäre, nicht immer bei mir ins neue Jahr zu rutschen.

Auszug aus Renates Tagebüchern

20.10.1997: Liebes Tagebuch, *Norbert hat erzählt, dass Malte und Torben nach langem Hin und Her Silvester hier feiern wollen, Mist, aber ich bin ja dabei!*

Norbert, der selbsternannte John Wayne der Pyrotechnik, für Kleinkinder wohlgemerkt, wollte uns in unserem Böllerverbrauch in keiner Weise nachstehen, jedenfalls nicht in dem Jahr seiner eigenen Silvesterfeier. Vielleicht war der Grund dafür auch, dass wir bei ihm unter Mutters Augen, also in sicheren Gefilden, feierten. Kontrolliert zu böllern, das war damals, wenn es schon sein musste, ganz nach Renates Geschmack.

Die Aufsicht musste stets gewährleistet sein, vor allem bei dem für sie wohl immer noch siebenjährigen Norbert!

Am ersten Böllerverkaufstag kauften wir sechs Schinken Böller in verschiedenen Größen, pro Person natürlich, also insgesamt 18 Stück! Ein Schinken ist eine Großpackung Böller, die nach Größe der Knallkörper zwischen 80 und 300 Chinaböller umfasst. Dazu kamen noch Kanonenschläge, Knallfrösche sowie Unmengen an Raketen.

Auszug aus Renates Tagebüchern

29.12.1997: **Liebes Tagebuch,** *meine Männer haben doch glatt für hundert DM Silvesterutensilien gekauft und dann hat sich Norbert noch verplappert und zugegeben, dass ihm Malte auch noch einen ganzen Schinken Böller besorgt hat. Hier kreist erstmal die Pfanne!*

Während der Fahrt zu Norbert meinte Torben, dass er sich zwar sehr freue, aber doch ein seltsames Gefühl bei der ganzen Sache habe.

»Du denkst bestimmt an deinen dicken Schädel am Neujahrstag, oder?«, fragte ich Torben unter gemeinsamem Gelächter.

Gefrorene, schneebedeckte Bäume verwandelten unsere Umgebung in eine wunderschöne Winterlandschaft.

Ich brummte mit meinem schönen alten W 124 Daimler in die Einfahrt der Villa Wunderlich. Ungebremst fuhr ich in den von Paul am Vortag im Suff gebauten Schneemann, der am Ende der Hauseinfahrt stand. Paul fegte gerade Schnee vor der Haustür, als ich winkend, wie ›Gott zum Gruße‹, sein Kunstwerk bis zum Garagentor an ihm vorbeischob. Renate und

Norbert standen in diesem Moment schon in der Tür Spalier, um die Ankunft der Gifhorner Dynamit-Brüder zu sehen.

Paul wusste im Moment der Schneemann-Verschiebung nicht, wo er hingucken sollte. Als Norbert und Renate von Lachen zu Grölen übergingen, verschwand er, um ein wenig in sein Schnuffeltuch zu schluchzen, in Windeseile im Haus.

Es war auch recht tragisch: Da rafft Paul sich in seinem von Rückenschmerzen geplagten Alter einmal auf, einen Schneemann zu bauen, nur damit der Kumpel seines Sohnes dieses Kunstobjekt für Betrunkene nur ein paar Stunden später wieder wegschiebt. Obendrein dann auch noch unter dem schelmischen Gelächter der eigenen Familie!

So etwas muss man natürlich erst einmal verdauen.

»Geiler Auftritt, boahaha!« rief Norbert, während ich den Stern an meinem Wagen freilegte.

Als ich einige Minuten später zum Ausladen den Kofferraum öffnete, schlug Renate beim Anblick des Inhaltes nur die Hände vors Gesicht.

»Oh, aaah, au, oh mein Gott, mein Gott, wenn euch einer hinten aufgefahren wäre, wäre unser Dorf fünf Kilometer in Richtung Norden verschoben worden«, meinte sie ganz passend.

Alle halfen, die Schinken sowie die anderen Utensilien schnell in Norberts Zimmer zu tragen.

Im Zimmer auf den Schinken sitzend, zückte Torben seine Zigarre: »Haste mal Feuer?«, meinte er ganz trocken in Richtung einer geschockt dreinblickenden Renate, die daraufhin erst mal das Weite suchte.

Wir fingen an, unsere gefühlte Million an Böllern auszupacken und sie in unseren mitgebrachten Plastikkisten zu verstauen.

Ich glaube, dass bei der Menge an Schwarzpulver, welches im Teppich landete, nur ein Funke gereicht hätte und... die Sache mit den fünf Kilometern hätte wahrlich stattgefunden!

Nachdem wir unser erstes großes Werk an diesem kalten und noch schönen Tag vollbracht hatten, gingen wir in die von Paul neu erbaute, circa zwölf Quadratmeter große Partyhütte im hinteren Garten. In der Hütte sitzend, fiel mir eine seltsame Mittelleiste in etwa einem Meter Höhe auf und ich fragte Norbert, was es damit auf sich habe. Er erklärte, dass nach dem Aufbau das von Paul gegossene eins zu sechs gemischte und seiner Meinung nach panzersichere Fundament an einer Stelle nachgegeben hatte.

»War wohl doch etwas wenig mit einem Teil Zement und sechs Teilen Sand!«, kicherte Norbert. Dabei war der gesamte hintere Teil der Hütte etwas abgesackt und um diesen Setzriss zu überdecken, hatte er einfach eine Leiste drüber genagelt. Paul war bautechnisch eben nicht so veranlagt wie Tarzans Cheetah, aber es reichte für die eigenen Ansprüche! Paul war in vielen Situationen zu geizig, um einen Handwerker zu beauftragen, doch er sparte durch seine ›Schildbürgerei‹, wie Norbert es nannte, und der daraus erforderlich werdenden teureren Reparatur durch einen Handwerker fast immer am falschen Ende.

Nach einigen Begrüßungsgetränken, wie sie bei jeder anständigen Party üblich sind, setzte sich Renate nach einem kleinen Treffen mit ihrem Jonny zu uns und erzählte aus ihrer Lehrzeit in einer Braunschweiger Drogerie. Angesprochen auf die späteren Gesellinnenjahre, wich sie zu unserer Verwunderung aus, da sie ein wenig Essen bringen wollte, um danach erst einmal für ein paar Stunden zu verschwinden.

Angelockt von den vielen Böllerschüssen, gingen wir die eine oder andere Runde, um schon bei Einbruch der Dunkelheit die ersten Vorgärten zu sprengen. Norbert wirkte anfangs, warum auch immer, doch sehr verunsichert. Vielleicht war der Grund dafür auch, dass er den Jahreswechsel bis dahin noch nie auf so eine Art hatte feiern dürfen und in Norwegen an Silvester nur ein paar Elche mit doofem Tischfeuerwerk hatte verjagen können.

Zu späterer Stunde wurde Norbert, auch feststellend, dass seine Ollen bei jedem Erscheinen lustiger wurden, immer lockerer. Torben und ich tranken mit Norberts Eltern Brüderschaft.

Nach jeder Böllerrunde wärmten wir uns bei Bier, Musik und viel Wärme aus dem Elektroofen auf.

Auf einmal gab es einen Knall, der bis heute unerreicht bleibt und so gewaltig war, dass wir in dem Moment das Gefühl hatten, die Hütte hätte sich angehoben, was sie mit großer Sicherheit auch getan hatte. Dieser Knall war so gewaltig, dass sogar ein paar Gläser aus dem Regal fielen und sich das ganze Regal von einer Seite aus der Befestigungsschiene hob. Über Pauls genagelter Mittelleiste befand sich sogar ein neuer Riss. Bereits Sekunden später standen Norberts Eltern schnaufend und mit hochroten Köpfen an der Tür, um nachzusehen, ob wir uns in die Luft gesprengt hatten. Paul ging mit einer Taschenlampe bewaffnet zweimal großräumig um die Hütte herum. Er meinte, dass einen solchen Knall inklusive Wirkung nur eine Bundeswehrübungsgranate anrichten könne, doch wenn sogar die Hütte angehoben oder gar an einer Ecke etwas verschoben worden wäre, wäre es schon merkwürdig, dass von außen keine Detonationsspuren zu erkennen seien.

Es war fünf Minuten vor Neujahr, als Renate und Paul die Hütte erneut betraten. Kurz darauf stießen wir mit einem lauten Klirren der Sektgläser auf das neue Jahr an.

Nun gingen wir drei ab, Norbert entdeckte eine neue Seite an sich: Er wurde binnen kürzester Zeit vom Böllerschüler zum Böllermeister. Beinahe im Sekundentakt warf er Böller um sich und zündete einen Vulkan nach dem anderen auf dem von Renates Vater gebauten Vogelhaus. Er blühte förmlich auf, es wirkte, als sei er voll, was er auch war, und ganz in seinem Element. Renate traute ihren Augen nicht: Norbert konnte ganz ohne Beklemmungen einfach nur Spaß haben!

Ihre Blicke waren Norbert auch in dem Moment scheißegal, in dem er einen Böller in das Vogelhaus warf und dieses wie in einem Comedy-Film auseinanderflog.

»Ich traue ja meinen Augen nicht, Norbert, das ist ja wohl nicht wahr!«, schrie sie, und Paul krümmte sich vor Lachen und meinte nur, dass er endlich dieses hässliche Ding, gegen welches er bekanntlich ständig beim Rasenmähen fuhr, los wäre. Nach Luft ringend ging Renate unter der musikalischen Begleitung von ›Time to Say Goodbye‹, das aus der Anlage in der Hütte erklang, grummelnd und schnaufend ins Haus.

Norbert erweckte in den nächsten Minuten den Eindruck, als hätte er Angst, dass Paul der Kopf abgerissen werden würde und er dann daran schuld sei. Nachdem er sich in den Koniferen, die als Hecke gepflanzt an der Grundstücksgrenze standen, erleichtert hatte, ging er ängstlich wirkend ins Haus, um die Lage dort zu erkunden.

Torben machte zwischenzeitlich aus dem Vogelhaus eine Hundehütte für Zwergpinscher, da er versuchte, Opas Vogelhaus wieder zusammenzubauen. Bedingt durch seinen Alkoholpegel gelang es ihm natürlich nicht. Es ist auch schwierig, so etwas unter starken Störungen des Gleichgewichtes und bei schlechter Beleuchtung zu schaffen.

Mir platzte der Kragen und ich fauchte Torben an, dass er das blöde Vogelhaus, das nun wie eine Kiste aussah, in Ruhe lassen solle, da sonst beim Anblick der Bauruine das Theater von Renate von vorne losgehen würde. Kaum ausgesprochen, ging Torben mit dem Rest des Vogelhauses im Arm geradewegs zu Boden. ›Krrrnacks!‹, ertönte es ein letztes Mal, dann war es endlich komplett zerstört. Ich warf die Bruchstücke kurz entschlossen samt der anderen sich im Umkreis von zwei Metern befindenden Bauteile zwischen den Koniferen hindurch über den Zaun auf die angrenzende Wiese.

»Was machst du da?«, fragte ich einen sich erleichternden und dabei auf dem mit Schnee bedeckten Rasen herumhüpfenden Torben.

»Iiich pinkel Renate einen Pfeil in den Schnee, damit sie morgen auch ja das Vogelhaus findet!«, lallte Torben.

Plötzlich kam bei mir ein duseliger, dusseliger Gedanke hoch, ein Gedanke, eine seltsame Vorahnung, und ich versteckte meine Plastikkiste mit den Böllern hinter der Hütte. »Sicher ist sicher, hier ist ja alles möglich, die olle Renate klaut uns bestimmt noch die Böller, damit wir nichts mehr anstellen können!«, dachte ich.

Als wir wieder in der Hütte saßen, fing Torben damit an, seine Schreckschusspistole mit der Raketenmunition zu laden. Nachdem Norbert mit hängenden Ohren und etwas aufgesetzter Stimmung wieder zu uns stieß, drehten wir eine weitere Runde um den Block. Erneut in der Partyhütte angekommen, tranken wir noch den einen oder andern Schoppen Sekt, bevor Norbert, da es schon zwei Uhr in der Früh war, kurz zum Austreten ins Haus ging.

»Norbert hat doch sonst immer hinter die Büsche gepinkelt, warum geht er jetzt ins Haus?«

»Vielleicht muss er ja mal für große Milchbubis!«, meinte ich darauf zu Torben.

Ein paar Minuten später stand Norbert zu unserer großen Verwunderung in einem hellblauen Teddybärenschlafanzug vor uns.

Er sagte, sich an der Tür festhaltend, dass er jetzt ins Bett gehen würde, da er so fertig und auch der Meinung sei, dass es für ihn nun reichen würde. Bevor die Tür sich in Windeseile wieder schloss, meinte er noch leicht weinerlich, dass wir seine besten Kumpels wären.

Torben merkte trotz seines Promillewertes, mit dem bestimmt fünf Autofahrer zugleich ihren Führerschein verloren hätten, dass sich in der Hütte etwas verändert hatte. Ja, es war wirklich einiges anders, es war etwas nicht mehr da! Die Böllerkisten waren wie vom Erdboden verschluckt! Seine Gesichtsfarbe änderte sich zunehmend und er bekam erst kein Wort raus, dann schrie er: »Das war die Alte, die hat mir meine Böller geklaut, ich geh jetzt dahin und jage der mit meiner Wumme eine Rakete unter ihren rosigen Arsch!«

Nachdem ich auch einige Worte zum Verschwinden von Torbens Kiste loswerden und diesen danach etwas beruhigen konnte – und musste –, holte ich meine Kiste von draußen rein, um ihn dann doch von seinem Vorhaben abzubringen. Ich erzählte ihm, dass mich mein Gefühl, meine Vorahnung nicht getäuscht hatte, seine bei der Herfahrt natürlich auch nicht!

Genug war an so einem besonderen Tag wie Silvester nicht genug, und so gingen wir mit meiner Kiste unter dem Arm in Richtung Wald, der sich direkt hinter dem Wohngebiet befand. Wir sprengten jeden Schneehaufen in die Prärie und jeden Stock in den Himmel. Es wurden richtige Kriegsspiele, doch was Torben leider nicht merkte, war, dass ihm seine Knarre samt Munition aus der Tasche rutschte. Das Wiederfinden wurde zu einer wahren Schatzsuche, einem Glücksspiel bei Vollmond! Gewinner waren am Ende eigentlich wir beide, da ich die Knarre fand und Torben den Großteil seiner nicht verschossenen Munition.

Große Lust mit seiner Pistole zu schießen hatte Torben nicht mehr, da zu seinen Koordinationsstörungen auch noch seine steifgefrorenen Finger kamen.

Nachdem Heizung und Licht in der Hütte ausgeschaltet waren, begaben wir uns als Eiszapfen in unsere Schlafherberge, in die Computerspielhöhle von Norbert, um uns recht fertig in die waagerechte Ebene zu bewegen! Auf der Matratze liegend, fielen mir fast die Augen zu, es war ja immerhin schon halb fünf, doch Torben wollte sich noch ein wenig bei Renate, im Zimmer über uns schlafend, für das Verschwinden seiner Böllerkiste revanchieren. Er war sich ziemlich sicher, dass sie es gewesen war. Torben sang ihr noch ein Ständchen, bestimmt im ganzen Haus unüberhörbar, auf Norberts alter Gitarre, die verstaubt in einer Ecke stand. Dabei grölte er im Schnapsdusel: »Danke für die...sen schö...nen Bölleeerabend, danke, danke, danke dir, Renaaate, dafüüür«, dann gab es einen Ratsch und zwei Seiten rissen.

»Hier ist ja auch alles Schrott, hicks!«, lallte Torben mit einem Schluckauf und schmiss die Gitarre mit einem lauten Knall, der einen Bären beim Winterschlaf geweckt hätte, hinter Norberts Sofa. Nach diesem Abschlusskonzert schliefen wir irgendwann ein, um bereits wenige Stunden später übermüdet durch Geschrei von draußen aus dem komatösen Schlaf gerissen zu werden.

Plötzlich kam Norbert im Schlafanzug zur Tür hereingestürmt und rief, dass wir schnell zum Fenster gehen sollten, um nicht die Show des neuen Jahres zu verpassen.

»Nur weil mein Junge mit seinen zwei Kumpels gefeiert hat, heißt das noch lange nicht, dass wir auch für die Kotzerei vor

Ihrer Haustür verantwortlich sind!«, fauchte Paul seinen Lieblingsnachbarn, linksseitig wohnend, an.

Ich meinte zu Norbert, dass Paul im neuen Jahr offenbar gleich alles geben würde, worauf Norbert antwortete, dass in Wirklichkeit Paul dem Nachbarn gestern Abend vor die Tür gebrochen hatte. Ich vermute, dass die beiden Streithähne unser Lachen gehört haben, jedenfalls war kurz darauf, wohl deswegen, Ruhe.

Am späten Nachmittag, sämtliche Essenreste vom Vorabend im Magen, schwangen die leicht abgebrannten, wieder ausgenüchterten Dynamit-Brüder, Torben, Norbert und ich in Personalunion, Besen und Schneeschieber, um die Einfahrt zu säubern. So katastrophal wollten und konnten wir das Schlachtfeld natürlich nicht verlassen. Paul machte sich frühzeitig aus dem Staub, um Renates Mutter zu holen und früh im Jahr Pluspunkte bei seiner lieben Ehefrau zu sammeln. Außerdem konnte er dabei gleich lieber Schwiegersohn spielen. Er hatte nicht umsonst einmal gesagt, dass er für ein gutes Erbe fast alles machen würde!

Zurück in Norberts Zimmer, packten wir unsere restlichen Sachen zusammen. Plötzlich und unerwartet stand Torbens Böllerkiste auf dem Sofa. Torben nahm sie grummelnd in die Hand und meinte im Hinausgehen, dass er jetzt noch etwas mit Renate, wo immer sie auch gerade sei, zu klären habe. Norbert stand sofort die blanke Angst in den Augen und er wurde, wie immer bei seinen Angst- oder Panikattacken, kreidebleich. Torben fand Renate an diesem Tag leider nicht mehr, da sie sich dem Anschein nach irgendwo im Haus, vielleicht auch in der Sauna, versteckte. Vielleicht hatte sie wegen der Kisten-Aktion ein schlechtes Gewissen, oder sie wollte kurz vorm Eintreffen ihrer Mutter einfach ihre Ruhe haben.

Bevor wir in unser Auto stiegen, warf Torben noch einen Böller vor die Haustür des Nachbarn, der Paul am

Neujahrsmorgen so herzergreifend begrüßt hatte, um danach schnell »Prost Neujahr, du elendiger Sack!« zu schreien.

So ging dieser Neujahrstag zur Neige, Torben und ich fuhren schweigend nach Hause, bis zu jenem Moment, in dem ein Radiomoderator allen Hörern ein frohes neues Jahr wünschte und die Frage stellte, wer denn die schönste Party erlebt habe und in der nächsten Stunde davon erzählen wolle. Wir schauten uns an und waren sofort der gleichen Meinung, dass wir dort auf keinen Fall anrufen würden!

Auszug aus Renates Tagebüchern

01.01.1998: **Liebes Tagebuch,** *gestern bin ich zu Hochform aufgelaufen, ich habe Norbert und dem wilden Treiben bei der Silvesterparty erst mal einen Riegel vorgeschoben. Kurz nach Mitternacht habe ich ihn zur Rede gestellt und ihm gesagt, dass in Bezug auf das Böllern irgendwann genug genug ist, dann habe ich die Böllerkiste versteckt, denn wenn ich überlege, wie lange sie damit noch hätten böllern können, wird mir ganz schlecht. Norberts Freunde sind gerade aus dem Haus, Gott sei Dank haben wir es überstanden! Ich glaube, dass die beiden einen schlechten Einfluss auf Norbert haben, denn ohne das Anstacheln der beiden hätte mein kleiner Junge das Vogelhaus von Vati bestimmt nicht gesprengt. Malte ist ziemlich neugierig, er hat doch glatt nach meiner Ausbildung und späteren Arbeit gefragt! Hausfrau und Mutter zu sein, das ist schon Beruf genug, habe ich zu ihm gesagt. Der braucht nicht zu wissen, dass ich nach der Lehre keinen Bock mehr hatte, zu arbeiten, pah, brauchte ich auch nicht bei meinem guten Riecher. Habe doch schon geahnt, dass klein Paulchen ein vermögendes Elternhaus hat, es kannte ja obendrein jeder die Familie Wunderlich! Ich liebe ihn natürlich, nicht nur das Geld. Paul, der Vogel, könnte mich süßes Vögelchen nur mal häufiger vögeln!*

Karneval

Es war im Februar 1998 und, wie ich bereits erwähnt habe, der Karneval befand sich in unserem Bundesland gerade in seinen Anfängen. Hier und da gab es ein paar Karnevalsvereine, von vielen Karnevalsmuffeln auch Schwulenclubs genannt, die mehr oder weniger in den Anfängen eines organisierten Ablaufs steckten.

Ein Karnevalsverein in unserer Nähe, besser gesagt aus Norberts Samtgemeinde, veranstaltete seit einigen Jahren in der Karnevalszeit mehrere Prunksitzungen, die jedes Jahr unter einem anderen Motto standen.

Wir waren in der glücklichen Lage, einige der begehrten Karten für den Premierentag bekommen zu haben. Ich hatte sie damals über ein Mitglied des Elferrates organisiert, da die erste Sitzung meist durch Bekannte und Verwandte der Karnevalsakteure oder Prominente ausverkauft, ausverschenkt oder ausgeschmiert war.

Das Motto lautete in diesem Jahr ›Geisterschloss‹, was natürlich ganz nach unserer Nase war. Norbert lebte bei Gewitter, immer wenn er ›Norbert allein zu Haus‹ war, in einem wahren Geisterschloss. Im ›Wunderlichen Haus‹ knarrte, knackte, knallte, rauschte und pfiff nämlich immer irgendetwas. Das war dann stets der Moment, indem Norbert sich in den riesigen Kleiderschrank im Erdgeschoss verkroch. Deswegen sagte er bereits Wochen vorher mit einem selbstironischen Lachen, dass er ›geisterschlosserfahren‹ wäre.

Nach einer ultralangen Begrüßungsarie, einem einfachen »Hallo Alter!«, rollte ich meine mitgebrachten Decken auf

Norberts Sofa aus, da ich in der Nacht oder am Morgen nach der Party bestimmt nicht in der Lage dazu wäre, direkt nach Hause zu fahren.

Wir verkleideten uns als Grufties, das passte ja auch irgendwie zu einem Geisterschloss, oder? Schwarze Klamotten waren für uns natürlich kein Problem, wer geht denn schon in rosa Kleidung zu einer Beerdigung?

Obendrein ist man als Fan von Depeche Mode beinahe immer schwarz angezogen. Für die Haare hatte ich auswaschbares Haarfärbemittel besorgt und für das Gesicht weiße Schminke.

Norbert schüttete sich vor der ganzen Maskerade erst einmal zwei halbe Liter Hefeweizen in den Rachen, wohl, um die folgende Prozedur zu ertragen, oder auch, um seine sich in den Startlöchern befindende Alkoholsucht zu befriedigen. Auf jeden Fall war er leicht angesäuselt, als er nach einer halben Stunde verkleidet mit mir auf den Flur trat.

»Malte, wer ist denn die dicke Tunte hinter dir?«, meinte Paul, der an diesem Abend als Indianerin mit Schnurrbart ging.

»Ich wusste ja schon immer, dass du hier den weiblichen Part in unserer Familie gibst, Paul!«, sagte Norbert.

»Das Gefühl habe ich auch manchmal!« fügte Renate, als Cowboy verkleidet, trocken und wie aus der Pistole geschossen hinzu.

Nun war Paul wohl unseres Gelächters wegen ein wenig eingeschnappt, doch nach einem kleinen Jack-Cola-Drink sah die Welt für ihn schon wieder ganz rosig aus.

»Statt einem Colt solltest du lieber deine Bratpfanne mitnehmen, damit triffst bestimmt besser!«, stänkerte Paul seine geliebte Ehefrau an, die ihm daraufhin einen Leberhaken verpasste, der ihn glatt in Atemnot versetzte.

Wir gingen sehr belustigt in Richtung Kulturzentrum, dem Veranstaltungsort.

Das Kulturzentrum war eine Veranstaltungshalle für rund 300 Personen und befand sich ziemlich in der Ortsmitte, direkt neben dem Schützenplatz sowie der ortsansässigen Feuerwehr.

Unterwegs trafen wir noch eine nervige Nachbarin aus Norberts Straße. Ihr Name war Heidi und sie war in Clownsmontur unterwegs. Als ich bei ihrem Anblick aus der Ferne meinte, dass dort Norberts Freund Marko käme, wollte Norbert glatt umdrehen. Hätte wohl auch funktioniert, wenn ihn Paul nicht umgehend festgehalten hätte.

»Mensch, das ist doch Heidi von gegenüber, bist du blind, mein Sohn?«, fragte ihn Paul mit einem schelmischen Grinsen.

»Oh, bloß nicht die alte Kuh, die geht mir immer so auf den Sack, ewig grabscht sie mich an!«, meinte Norbert, bevor er ihr scheißfreundlich gespielt die Hand gab.

»Du bist heute aber knuffig kostümiert, mein süßer Junge!«, meinte Heidi, anscheinend schon etwas angeheitert, und kniff Norbert mit einem Augenzwinkern in den Hintern.

»Oooh, da hat unser Norbert ja eine süße Verehrerin!«

»Malte, hör auf zu stänkern, wenn du sie mir auf den Rücken binden würdest, würde ich schreiend davonrennen, die ist so furchtbar, beinahe nerviger als Paula!«, meinte Norbert leicht erzürnt.

»Du, Norbert, die ist ja passend angezogen, was?«, flüsterte ich Norbert ins Ohr, worauf dieser ironisch erwiderte, dass nicht nur Heidi, sondern auch Renate und Paul ein für das Thema der Sitzung passendes Kostüm zum Gruseln tragen würden.

Bevor wir das Kulturzentrum erreichten, erfuhr ich den Grund, aus dem Heidis Mann nicht mitkommen wollte: Die beiden befanden sich in einer schlimmen Ehekrise. Wie Norbert erzählte, hatten die Wunderlichs Heidis Geburtstag im Januar zusammen gefeiert und Paul hatte ihr um fünf vor zwölf einen Becher Bowle aus dem Aquarium hingestellt. Es soll einfach so eine blöde Wette zwischen Paul und Heidis Mann Rüdiger gewesen sein. Auf jeden Fall haute die damals völlig von Renate abgefüllte Heidi dieses Glas mitsamt ihrem kleinen Lieblingsguppy in der ersten Minute ihres Geburtstages in einem Zug weg!

Als Heidi es von der kreischenden Renate erfuhr, entgleisten ihre Gesichtszüge und ihre bessere Hälfte meinte nur ganz trocken, dass Walrösser doch von Fischen leben würden und sie sich nicht so anstellen solle! Das war der Anfang eines noch nie da gewesenen Rosenkrieges zwischen den beiden, der für den Moment damit endete, dass sie getrennt schliefen und in Rüdigers Zimmer kürzlich eine Chinesin eingezogen war.

Unterwegs gabelten wir auch noch eine andere Nachbarin auf, ein hübsches junges Mädchen, zwar etwas älter als Norbert, aber nur ein paar Jahre jünger als ich. Bingo! Sie hatte ein schönes weißes Rüschenkleid an und sah mit ihrem süßen Hut wie ein richtiges Cowgirl aus.

An der Polizeistation vorbeigehend, schrie Paul so lange mit dem Finger auf Norbert zeigend »Hier ist er, hier ist er, hier...!«, bis Renate ihm mit einem Todesblick den zweiten Leberhaken verpasste.

Schon am Eingang empfing uns das Mitglied des Elferrates, welchem wir die Eintrittskarten zu verdanken hatten. Sein Name war Werner. Ich kannte ihn schon sehr lange, da mein Vater mal mit ihm zusammengearbeitet hatte. Dieser Werner steht nicht auf Frauen, sondern ist eher auf das männliche Geschlecht bedacht, was ihn mir trotz wirklich oft ironisch gemeinter Sprüche gegenüber Homosexualität nicht unsympathischer machte.

»Hallo Malte, oooh, wen hast du denn da mitgebracht, deinen neuen Freund?«, fragte Werner mich. Noch bevor ich antworten konnte, schob er sich an mir vorbei und sprang ihm mit einem »Hallo, ich bin der Weeerner!« beinahe in die Arme.

Werner erzählte uns beiden dann noch, dass er an diesem Abend einen Auftritt habe und diesen uns allein widmen wolle.

Nachdem wir unsere Plätze im Saal besetzt und uns ein paar Biere hatten schmecken lassen, merkte Norbert, dass seine liebe Nachbarin Heidi den Platz neben ihm einnahm.

»Ich werde die Alte auch nicht los!«, seufzte er mir zu und schlug sich die großen Pranken vors Gesicht.

»Pass mal auf, Norbert, gleich kommt der Clown vom Zirkus Fliegenpilz, Marko in Person, und setzt sich direkt vor deine Nase!«

»Aaaalter, ich würde schreiend rauslaufen« schnaufte Norbert.

»Für eine Flasche Anis-Schnaps können wir die Plätze tauschen!«, meinte ich, um kurz darauf, um eine Pulle Fusel reicher, neben der alten Schnalle, die man sich nie im Leben hätte schöntrinken können, zu sitzen!

Die Prunksitzung begann und Werners Auftritt folgte. Er trat dabei in einem sehr kurz geschnittenen Frauenkostüm mit sehr gut sichtbarer Strapse auf die Bühne und grölte: »Alice, who the f... is Alice!«. Der Saal bebte und nach seinem zweiten Song »Ich will keine Schokolade, ich will lieber einen Mann!« gab es Stimmungsbeben wie davor und danach nicht noch einmal, es war der Auftritt des Abends, und damit übertreibe ich in keiner Weise!

In einer Pause standen wir an der Bar und Werner ging mit einem leichten Kniff in Norberts rechte Seite an uns vorbei.

»Anmachen nennt man das auf Schwulisch!«, meinte ich zwinkernd zu Norbert, der aber lieber an die Decke guckend so tat, als hätte er von alldem nichts mitbekommen.

»Hallo, hallöchen, sag mal, Norbert, hast du schon eine Freundin?«, fragte Werner in typischer Manier und mit einem verliebten Dackelblick.

Norbert wusste nicht, was er sagen sollte, es rumorte sichtlich in ihm. Bei »Ja!« würde Werner ihn ausquetschen und er sich bestimmt wieder verrennen und bei »Nein!« würde er ihn vermutlich nicht mehr loswerden. Nun äußerte er recht schlau, dass sein Bier alle sei, und bevor jemand von uns reagieren konnte, schrie Werner mit seiner zarten, aber ausdrucksstarken Stimme: »Zwei Bier für meine Juuungs!« durch die Thekenlandschaft. Alle drehten sich natürlich zu uns um!

»Was für eine Blamage, Norbert, was für eine Blamage, nur gut, dass mich mit meiner Verkleidung hier fast keiner erkennt!«, sagte ich, bevor Werner mit drei Bieren wiederkam. Er ließ nicht locker und fragte Norbert erneut, ob er denn eine Freundin habe.

»Ah, ne, ich habe keine!«, stotterte Norbert und man sah, dass Werners Augen funkelten; blinzelnd fragte er Norbert: »Möchtest du denn eine, mein Süßer?«

»Ach, nee, ich möchte momentan keine Freundin, habe keine Lust und Zeit!«, gab Norbert, unter der Schminke leicht errötend, Werner unweigerlich zu verstehen.

»Ich kann auch warten!«, meinte Werner und ging leicht eingeschnappt und mit einem Abwinken, prinzessinnentypisch, einen Meter weiter zu einem anderen Bekannten, um diesen zu begrüßen. Dabei erzählte er ihm direkt, wer wir waren und wo ich meine Lehrzeit verbracht hatte.

»Meine berufliche Karriere ist im Eimer, Norbert!«, meinte ich.

»Der da, der Rechte, ist der Sohn von Dieter Kampe, dem Fußballer, dem Torwart, den ihr doch alle kennt!«, hörte ich aus Werners Richtung.

»Norbert, ich glaube, wir sind beide erledigt!«, meinte ich leicht schockiert über Werners Verhalten, da ich bis dahin nicht gewusst hatte, dass Werner so hochfahren konnte.

»Eigentlich bist ja gerade nur du geliefert, Malte!«, kicherte Norbert.

»...uuund der andere, der Groooße, Starke da, daaas ist mein neuer Freuuund!«, rief Werner mit verliebt erhobener Stimme, worauf sich nun alle raunend oder lachend umdrehten.

»Malte, du hattest doch recht, wir sind geliefert!«, meinte Norbert ziemlich frustriert.

Bereits wenige Minuten später kam Werner mit einer erneuten Ladung Bier wieder, die wir natürlich nicht ablehnten. Es war schon ulkig, wie Werner den kräftig gebauten Norbert an diesem Abend anhimmelte. Irgendwann wurde mir das Ganze aber doch peinlich und ich wollte der Situation entkommen. Passenderweise musste ich mal für große Krieger und Norbert sagte als Rettungsversuch sofort, dass er mitkommen würde.

»Nein, ihr könnt mich doch hier nicht alleine lassen!«, rief Werner in penetranter Lautstärke, mit geöffneten Armen wie ein Opernsänger, der gerade Figaro sang. Darauf machte Norbert leider den Fehler des Abends, indem er Werner zuliebe noch warten wollte, worauf dieser dem kleinen Norbert einen fetten Schmatzer auf die Wange drückte. Der Schmatzer war so laut, dass sich alle an der Theke jubelnd und klatschend zu uns umdrehten.

Dieser Moment kam für mich so unerwartet, dass ich den Atem anhalten musste, da ich ziemlich überrascht war, dass Werner so schnell aufs Ganze ging. Norbert war nach diesem Angriff eine Mischung aus jemandem, der im Erdloch verschwinden oder um sich schlagen wollte, sich aber natürlich nicht traute.

Als ich von der Toilette kam, befreite ich Norbert aus Werners Fängen, in dem ich Letzteren erst mal zum Bierholen schickte. Werner stellte ein paar Minuten später artig sein Bier auf den Tresen und verabschiedete sich vorerst, um seiner Elferrat-Pflicht nachzukommen. Norbert, der nach einer knappen halben Stunde sehr erleichtert von der Toilette kam, hätte Paul, der die Werner-Aktion mitbekommen hatte, am liebsten eine gescheuert, als dieser ihn nach seiner neuen Freundin fragte. Allerdings ließ er sich durch ein von Paul spendiertes Bier schnell besänftigen.

Am Tisch sitzend, stichelten wir so lange, dass Norbert ja nun vergeben sei, bis Renate hellhörig wurde. Als Norbert ihr jenes Erlebte auch noch in typisch jammernder Norbert-Manier erzählte, sprang sie in ihrem Dusel wie eine Furie auf und sagte, dass sie Werner, ›dem Schwuli‹, die Eier abreißen, einen Stock in den Hintern schieben und ihm diese Blamage für ihren Jungen aus dem Gesicht schlagen würde. Paul sprang hinter Renate her und ich glaube, es war Werners Glück, dass er an diesem Abend recht früh nach Hause ging, denn sonst hätte man seine Auftritte an den anderen Abenden wohl streichen können!

Norberts Eltern verabschiedeten sich nach einem letzten Thekengang von uns.

»Ich werde gleich mal schauen, welcher Zopf von Paul der Beste ist!«, rief Renate, bevor sie hinter diesem im Ausgangstunnel verschwand.

Wir scherzten die nächsten Minuten gewaltig über Pauls hoffnungslose Situation und malten uns die pornographisch versautesten Geschichten aus.

Bei einem erneuten Toilettengang erwischte Norbert, wohl bedingt durch seinen Alkoholpegel, die Tür zur Damentoilette.

»Norberta, ich wusste es ja immer!«, rief ich ihm zu, worauf er mir nur den Mittelfinger zeigte und in seinem betrunkenen Zustand trotzdem auf die Damentoilette ging.

Später, auf dem Weg zu Norberts Wohnhaus, trafen wir, wie konnte es auch anders sein, Heidi, und diese war so sternhagelvoll, dass sie sich schwankend an einem Gartenzaun festhalten musste.

»Wwwenn isch gleich zu Hauss... Hause bin, dann kotze ich dem Arsch und seiner Muschi aufs Bääääätt!«, lallte Heidi uns hinterher.

»Alter, bis die zu Hause ist, ist Weihnachten!«, meinte ich zu Norbert, bevor wir ein lautes Brechgeräusch hörten.

Was uns von diesem Abend blieb, waren eine Telefonnummer, die ich von dem kleinen, süßen Callgirl aus Norberts Nachbarschaft bekommen hatte, ein Lippenabdruck von Werner auf Norberts Wange, ein schöner Schädel und ein Foto auf der Titelseite der folgenden Montagszeitung. Dreimal darf man raten, wer auf dem Bild zu sehen war! Heidi und ich beim Schunkeln!

Dieses Foto hielt Norbert mir nun immer vor, wenn ich etwas über ihn und Werners Knutschattacke erzählte. Immerhin hatte ich für die Gefälligkeit, sich für Norbert neben Heidi zu setzen, die mir das Foto einbrachte, eine Flasche Fusel erhalten. Allerdings war der Fusel schnell weg und das Foto existiert noch immer!

Dieses Bild wurde in den letzten zehn Jahren sage und schreibe noch sechs Mal bei einer Vorankündigung abgedruckt. Außerdem brachte der Karnevalsverein einige Jahre später ein Jubiläumsbuch heraus, mit einer Titelseite für die Ewigkeit, ach, den Rest könnt ihr euch ja denken!

22.02.1998: Liebes Tagebuch, *ich bin in dieser Nacht mit meinem alten Gaul in Richtung Süden geritten, irgendwann habe ich gedacht, einen schwulen Gaul zu haben, auf jeden Fall geht Paul heute, als habe er einen Stock im Hintern, und seine Stimme ist auch ein wenig höher, egal, wird er schon überstehen!*

23.02.1998: Liebes Tagebuch, *Norbert ist schon den ganzen Tag am Lachen. Malte und Heidi sind auf der Titelseite unserer Tageszeitung gelandet. Na ja, frisches Blut tut gut! Leider denkt sich das mein lieber Ehemann auch, na, den Burschen werde ich noch umkrempeln!*

Wilder Westen

Norbert und Torben waren seit einiger Zeit regelrechte Lassoschwinger, also auch der Countrymusik verfallen, zwar nicht so wie die extremen Hardliner, doch es reichte allemal, um die alljährliche Gifhorner Western-Night zu besuchen. Unsere landesweit bekannte Westernmusikband gab dort jedes Jahr Ende März ihr Können zum Besten.

Paul wollte oder sollte uns an diesem Abend begleiten, da er nach den langen Winterabenden mit Renate einfach mal wieder ohne seine schlechtere Hälfte auf Tour gehen wollte, um auf andere Gedanken zu kommen. Außerdem konnte er nur allein nach Belieben zweibeiniges blondes Neuland erkunden. Renate gefiel am wilden Westen eigentlich nur der Whisky. Da dieser günstiger und bequemer versteckt in ihrer Dunkelkammer stand, wollte sie von vornherein lieber zu Hause bleiben.

Am Eingang des mit 400 Personen ausverkauften Schützensaals trennten sich Pauls und unsere Wege.

»Viel Spaß und lasst euch bloß Zeit, je länger wir heute weg sind, desto später geht mir meine Alte auf den Sack«, meinte Paul, bevor er lachend in der Menschenmenge verschwand.

Norbert hatte sich in den letzten Tagen einen eher angedeuteten Bart stehen lassen, was für uns im ersten Moment so lustig aussah, dass wir aus dem Lästern nicht mehr herauskamen. Norberts Versuch, männlicher zu wirken, ging natürlich voll in die Hose. Er rasierte sich den Bart um Mund und Kinn so unglücklich aus, dass es von weitem aussah, als habe ein kleines Kind gerade einen Schokokuss gegessen. Obendrein passte diese Rasur absolut nicht zu seinem runden Milchbubigesicht!

Die erste Vorgruppe begann mit ihrem Programm und uns fielen bald die Augen aus dem Kopf. Auf die Bühne kam eine Sängerin, bei der einem schier die Luft wegblieb, eine vollbusige Blondine, bei der man es wahrlich bedauerte, nicht in der ersten Reihe stehen zu können, um ihr von dort aus unter den Rock zu blinzeln. Genauso wie, ja, wie Paul gerade in jenem Moment!

»Jetzt schau dir mal diesen geilen Bock in der ersten Reihe an!«, meinte ich zu meinen beiden Cowboys, die nur lächelnd den Kopf schüttelten.

»Typisch Paul, nicht zu glauben!«, rief Norbert.

»Sagt mal, wir sind doch auf einer Western-Night, warum trinken wir eigentlich keinen Whisky?«, fragte Torben in verhängnisvoller Weise. Gesagt, bestellt, getrunken!

Auf einmal erschien Paul wieder und bestellte sich einen schönen Humpen Bier. Er merkte nicht, dass wir nur einen guten Meter neben ihm standen und beobachten konnten, wie er den Humpen in weniger als zwei Minuten ›family like‹ leerte.

Norbert ging zu seinem Vater, nahm ihm den Hut vom Kopf und setzte ihm seinen eigenen auf, welcher Paul allerdings etwas zu groß war.

»Ich wusste gar nicht, dass ein Vakuum so groß sein kann!«, erwiderte Paul spontan.

»Was ich im Kopf habe, hast du in der Hose, mein Lieber!«, konterte Norbert, worauf Paul anmerkte, dass das Resultat ja vor ihm stehen würde. Während die beiden sich in den nächsten Minuten gegenseitig hochschaukelten, ging ich mit Torben erst mal die Lassos schwingen, also für kleine Cowboys, um nach der Rückkehr einen schon wartenden Norbert an der Theke anzutreffen.

»Wo ist Paul?«, fragte ich ihn und Norbert meinte, dass der geile Bock gerade mit der Sängerin, diesem Country-Busenwunder, in der VIP-Lounge verschwunden sei.

Nach der zweiten Vorgruppe gingen wir, da Norbert der Magen schon in der Kniekehle hing, etwas essen. Der Stand mit dem Essen befand sich im direkten Anschluss an den Getränkestand. Links neben der Theke fanden wir einen Sitzplatz mit Blick in Richtung Bühne. Als Norbert bei seinem dritten Teller Chili con Carne war, kapitulierten wir gerade vor unserem zweiten. Norbert konnte essen wie ein Scheunendrescher, hatte immer Appetit, von nichts kommt ja bekanntlich auch nichts!

»So, nun bin ich vorerst gesättigt, Torben, wo ist meine Zigarre?«

»Norbert, du machst dir doch noch beim Rauchen in die Hose!«, meinte ich auf dem Weg aus der Halle zu ihm.

»Bin ich so ein Nichtraucher-Weichei wie du, Malte? Nein!«, sagte Norbert leicht großkotzig.

Norbert und Torben hatten sich bereits im Vorfeld darauf verständigt, auf der Western-Night eine anständige Zigarre zu rauchen, die Letzterer besorgen wollte.

Da es Norberts erste Zigarre war, bestand er darauf, diese selbst anzuzünden. Er wusste leider nicht, dass Torben das Sturmfeuerzeug erst aufgefüllt hatte und es beim ersten Entzünden stets eine Stichflamme gab. Diese kam umgehend und versengte Norbert nicht nur eine Augenbraue, sondern verbrannte ihm auch Daumen und Zeigefinger seiner rechten Hand. Durch sein Schreien spuckte er die Zigarre im hohen Bogen aus. Ich legte ihm schnell etwas Schnee auf die Augenbraue und Norbert steckte seine Finger einen Moment lang zum Kühlen in den am Gebäude liegenden Schneehaufen.

Später, als die Zigarre leicht knisternd vor sich hinschmorte, nahm er nach einer Hustenattacke Züge, wie sie die Welt noch nicht gesehen hatte.

Es wirkte, als würde neben uns eine Dampflokomotive sitzen und aus allen Löchern pfeifen.

»Als ich meine erste Zigarre geraucht habe, bin ich danach nicht mehr vom Klo gekommen!«

»Du bist ja auch ein Weichei, Torben!«, meinte Norbert, bevor er plötzlich, leicht erblasst, das Gesicht verzog, sich den Bauch hielt und in Richtung Toilette rannte. Was Norbert auf der Herrentoilette widerfahren war, verriet er uns nicht. Wir bekamen aber unweigerlich mit, wie einige Toilettengänger lachend aus dem WC kamen und meinten, dass ein Bulle von einem Kerl auf dem Klo Kuhfladen mit ohrenbetäubenden Furz-Attacken verteilen würde und zwar so extrem, dass sogar die Toilettenwände wackelten.

Nach einer guten halben Stunde trafen wir Norbert, an der Theke auf einem Barhocker sitzend, gerade einen halben Liter Wasser vernichtend und ziemlich erschöpft aussehend, wieder.

Immer wenn Torben und ich einen Whisky bestellten, nahm Norbert einen doppelten. Dies hatte zur Folge, dass er trotz seiner Körpermasse auch doppelt so schnell, ach, was sage ich, er war plötzlich sternhagelvoll!

Von Torben und mir begleitet, torkelte er aus der Halle, um sich der Kälte trotzend gegen den nächsten Baum fallen zu lassen. Dort rutschte er im Zeitlupentempo mit einem leichten Säuseln abwärts. Bei dieser Talfahrt rutschte ihm sein Hut ins Gesicht und Norbert verfiel für ein paar Minuten in einen Komaschlaf.

In dieser kurzen Zeit wurde er zum Fotomotiv einiger Cowboys sowie der Fotocrew der Western-Night. Es war ein Bild wie aus dem wahren wilden Westen, bis auf den Schnee jedenfalls! Ich dachte mir damals, na ja, soll er eben auch einmal Teil eines Fotos sein, welches Berühmtheit erlangt!

»Ich frage mich gerade, ob Norbert schon getanzt hat.«

»Wie kommst du darauf, Torben?«, erwiderte ich.

»Na, es gibt doch einen Westerntanz, der ›Drunken Cowboy‹ heißt!«

»Norbert tanzt aber nicht, sondern ist der ›Drunken Cowboy‹, nicht wahr?« Darüber mussten wir beide herzhaft lachen.

Nachdem Norbert durch leichtes Wangentätscheln aufgewacht war und wir ihn mit Hilfe zweier anderer Partygäste hochbekommen hatten, ein Kran war so kurzfristig nicht verfügbar, gingen wir mit unserem noch immer leicht torkelnden Freund zurück in die Halle. Wir bestellten dem schlotternden Cowboy erst mal einen ordentlichen Pott Kaffee, der dafür sorgte, dass dieser wieder etwas munterer wurde.

Die Hauptgruppe gab an diesem Abend ein wirkliches Spitzenkonzert. Unser Favorit war der Coversong ›Der wilde wilde Westen‹ von der Gruppe Truck Stop, welchen die Band in einer XXL-Version einfach klasse spielte. Auf der Tanzfläche sorgte Norbert für den zum Tanzen nötigen Platz, da ihm jeder aus Eigenschutz lieber aus dem Weg sprang. Wer will auch schon von einem solchen Koloss plattgewalzt werden!?

Der Begriff Koloss sollte an diesem Abend noch eine ganz andere Dimension erreichen, denn Norbert kam nach seiner kleinen Tanzeinlage ganz aufgebracht zu uns und meinte in der ihm eigenen ›Suff-Sprache‹, dass sein Alter und er von jemandem in den Schatten gestellt worden seien, denn er sei gerade einem Riesen begegnet, und ehe Norbert es ausgesprochen hatte, stand dieser Riese auch schon hinter uns. Ich zog meine Kamera heraus und machte ein Foto mit Torben und diesem besagten Riesen, doch bevor es zum Foto eines Riesentreffens kam, war Norbert schon wieder in Richtung Toilette verschwunden. Torben und ich tranken mit Manni, wie der 2,10 Meter große Riese hieß, noch ein Bier, bevor dieser freundliche und redselige Bursche sich in Richtung Ausgang verabschiedete.

»Ich frage mich langsam, wo Paul steckt, der ist doch wohl nicht ohne mich gefahren!«, äußerte Norbert nach seiner Rückkehr mit leicht panischem Blick. Als Torben grinsend antwortete, dass Paul bestimmt gerade in irgendeinem Hotelzimmer mit dem ersten Hauptakt des Abends wilder, wilder Westen spielen würde, war unserem sonst in Sachen Paul so humorvollen Norbert ganz und gar nicht mehr zum Lachen zumute.

»Keine Angst, du bist bei mir im Keller zum Pennen recht herzlich eingeladen, kannst gleich neben der Waschmaschine im Wäschekorb schlafen!«, versuchte ich, Norbert zu beruhigen, doch der war nicht mehr aufnahmefähig.

Ihm zuliebe fingen wir also an, Paul zu suchen. Zum Glück war die Halle nicht so groß und somit recht überschaubar, zudem war sie nur noch zur Hälfte mit Cowgirls und -boys gefüllt, da die meisten schon irgendwo draußen in den Schützengräben herumlagen oder in der Prärie nach Gold suchten.

Nachdem wir Paul recht schnell, sitzend auf einer Treppe, die zu einem Dachboden auf der anderen Seite der Festhalle führte, gefunden hatten, machte sich, soweit wir es mit unserem Alkoholpegel noch erkennen konnten, Erleichterung in Norberts Gesicht breit. Man merkte Paul durch seine Gestik an, dass er auch getrunken hatte. Seine Körperbewegungen waren dann immer anders als im nüchternen Zustand. Norbert trank zur Beruhigung noch einen kleinen Abschlusswhisky und war danach völlig abgemeldet.

Nachdem Torben und ich ebenfalls unser letztes Glas geleert hatten, verließen wir alle den Schützensaal oder auch Saloon, wie wir ihn tauften, um Norbert untergehakt in das neue Familienauto zu rangieren. Jawohl, Paul hatte sich von einem Verkäufer mal wieder ein neues Auto aufschwatzen lassen.

Er hatte einen Preisnachlass von ganzen tausend DM erhalten und musste dafür nur zwei Jahre mit Herstellerwerbung und somit mit einem mit überdimensionalen Buchstaben versehenen Auto durch die Gegend fahren.

Wir setzten Norbert auf die Rückbank, doch zum Anschnallen kam es nicht mehr, da er sofort schnarchend zur Seite fiel. Das passte auch, da an der hinteren Tür die Buchstaben K und O sowie an der Beifahrertür D und A klebten!

Welche Automarke sich Paul gekauft hatte, kann man sich nun denken!

»Es fehlt nur noch der Pfeil, der auf Norbert zeigt!«, meinte ich zu Torben.

»Alter, wenn die nach Hause kommen und Renate ihren kleinen ›Drunken Cowboy‹ sieht, dann fängt der wilde, wilde Westen gleich in der Garage an!«, meinte Torben, woraufhin wir beide aus dem Lachen nicht mehr herauskamen. Alles YEEEAAAH halt!

Auszug aus Renates Tagebüchern

07.03.1998: **Liebes Tagebuch,** *ich bin gerade vom Glauben abgefallen, Norbert wurde um halb drei von Paul zur Tür hereingezogen und liegt nun völlig betrunken auf unserem Perserteppich im Flur und mein lieber Mann sitzt auf einer Kiste Bier davor! Wenn Paul wieder zu sich kommt, kreist hier erst mal die Pfanne! Jetzt jaulen sie auch noch Country Roads, ist ja nicht zu ertragen, wo ist mein Jack!?*

Butter

»Malte, schau mal, hier steht etwas von einer 80er-Jahre-Party!«

»Hauptsache, da sind nicht nur Achtzigjährige!«, kicherte Norbert mir mit einem blöden Grinsen entgegen.

Die Kultikonen der 1980er Jahre, da wollten und mussten wir, komme, was wolle, einfach hin! Leider waren alle anderen Kumpels an diesem Tag durch Arbeit oder andere Dinge verhindert, weswegen wir beiden Singles uns allein auf den Weg in unsere Landeshauptstadt Hannover machten. Die Party stieg in einem ehemaligen Kino, dem Capitol, welches ein paar Jahre zuvor in eine Großraumedeldisco umgebaut worden war.

Auszug aus Renates Tagebüchern

21.05.1998: Liebes Tagebuch, Norbert möchte an diesem Wochenende zu einer 80er-Jahre-NDW-Party, ich habe es ihm erlaubt, da ich gerade Lust habe, mit Paul goldener Reiter zu spielen, hoffentlich macht der müde Gaul nicht wieder nach dem ersten Ausritt schlapp!

Auf dem Weg nach Hannover fing es plötzlich an, zu regnen, und dieser Regenschauer fand seinen Höhepunkt in einem monsunartigen Starkregen. Gerade in dem Moment, als ich zu Norbert sagte, dass wir in meinem schönen alten Daimler sicher seien und nichts zu befürchten hätten, zog ein leichter Schmorgeruch durch die Lüftung in den Innenraum.

»Oh, oh, irgendwas ist hier nicht in Ordnung!«, stellte ich fest und blickte zu einem sich schon ganz tief in den Beifahrersitz drückenden Norbert.

»Das Licht geht, Temperatur ist in Ordnung, Sprit haben wir, die Bremsen sind okay, der Scheibenwischer tut seinen Dienst, der Scheibenwischer tut seinen, ah, der Scheibenwischer geht vor die Hunde!«, rief ich, und in diesem Moment war es schon um Norbert geschehen. Sein Blick änderte sich, als würde er nie wieder nach Hause zurückkommen, als sei das Geheimnis seiner Gummipuppe gelüftet worden. Es war, als geschähe neben mir eine Katastrophe, die sich dem Weltuntergang annäherte.

Der innovative Scheibenwischer war das einzige Manko des sonst so soliden und schier unzerstörbaren Mercedes W 124. Der Wagen hatte nur einen Scheibenwischer und dieser wischte in schwingenden Bewegungen die ganze Frontscheibe, in unserem Fall jedoch nur noch verlangsamt und kurz vor dem Exitus. Diese Verlangsamung verfolgte Norbert ohne die Wahrnehmung anderer Dinge. Er schaute mit panischem Blick dem Wischer hinterher, gerade so, als würde er ihn am liebsten mit seinem Blick anschieben. Leider blieb er nach drei letzten Bewegungen einfach stehen! Norbert ging, wie ich aus dem Augenwinkel erkennen konnte, mit seinem Gesicht noch in die Richtung mit, in die der Scheibenwischer hätte wischen müssen.

›Plötzlich und unerwartet, für uns alle unfassbar‹, wie es oft in Traueranzeigen steht, war Norbert in diesem Moment aus dem Gesicht zu lesen. Das Beste war, dass wir nicht einmal anhalten konnten, da wir uns mitten auf einem Zubringer zur Innenstadt befanden.

»Wenigstens ist der Scheibenwischer genau in der Mitte stehen geblieben und behindert mir so nicht die ganze Sicht, na ja, Augen zu und durch, ich kann eh nix sehen!«, rief ich, doch von Norbert erfolgte außer seiner Schnappatmung keine Reaktion. Er verwandelte meinen Wagen durch seine Körperausdünstungen in Windeseile in eine Tropfsteinhöhle.

Nach ein paar Minuten und Kilometern im Blindflug schraubte der Wettergott seine Freudentränen zurück und durch die Geschwindigkeit perlte das Wasser auf der Windschutzscheibe in Richtung Dach ab.

Wir hielten an einer Tankstelle, um uns essentechnisch einzudecken. Außerdem musste Norbert tierisch auf die Toilette, man konnte es bei ihm auch ›psychosomatischen Angstschiss‹ nennen.

Leider gab es damals noch kein Navigationsgerät, oder wenn, dann wohl nur in den teuren Fahrzeugen mit goldenem Lenkrad, auf jeden Fall war mein Navi wirklich zum Kotzen. Das Navi ›Norbert‹ konnte man bestimmt nicht in Serie gehen lassen, schon gar nicht bei Übelkeit durch Anstrengung, es sei denn, man stand auf Verkehrschaos und -tote.

Für die 300 Meter in Richtung Capitol benötigten wir ganze 30 Minuten!

Nun denkt ihr bestimmt, dass es in der Großstadt schon ab und an zu einem Stau kommen kann, nicht wahr? In diesem Fall war dem aber nicht so, es lag einzig und allein an Norbert, der, wie es schien, zum ersten Mal in seinem Leben einen Stadtplan in der Hand hielt.

»Halt den Stadtplan mal richtig herum!«, forderte ich Norbert auf, der mir entgegnete, dass es sich dabei doch eher um ein Poster einer Heavy-Band handele und nicht um einen Stadtplan.

Glücklicherweise fanden wir die Halle, doch keinen Parkplatz, da das einzige Parkhaus in der Gegend schon ›BESETZT‹ anzeigte. Wir fuhren an der Halle vorbei und landeten in einem riesigen Kreisverkehr. Zehn Minuten später entdeckten wir ein weiteres Parkhaus neben der Halle, doch wie sich schnell herausstellte, war es doch dasselbe, nur von der anderen Seite und immer noch ›BESETZT‹!

Nachdem wir noch einmal durch den Kreisel und ich weiß nicht mehr wo noch überall entlanggefahren waren, kamen wir erneut an der Halle vorbei.

»Typisch Deutschland!«, schimpfte ich und bog einfach in die nächste Straße ab. Norbert meinte mit wieder aufgeflammtem, panisch wirkendem Blick, dass ich falsch in eine Einbahnstraße gefahren sei.

»Ich fahr ja auch nur in eine Richtung!«, fauchte ich ihn wohl wissend um diese Begebenheit an. Norbert schwieg, sogar in dem Moment, als uns ein Fiat mit Lichthupe entgegenkam. Das einzig Gute an der Sache war, dass wir auf Anhieb einen richtig guten Parkplatz fanden; leider zum Leidwesen des Fiat-Fahrers, der diesen ebenfalls haben wollte. Jedenfalls deutete ich das wilde Fuchteln und seinen Stinkefinger so.

Ich musste leider noch einmal aus der Parklücke herausfahren, da sie doch recht eng war und Norbert beim Aussteigen seine Plauze im Weg war und er deswegen einfach nicht aus dem Auto kam.

»Sag mal, was machen wir eigentlich, wenn es heute Nacht auch regnet?«

»Ich glaube, Beten hilft, oder wir machen das Schiebedach auf und du guckst dann raus und sagst mir, wo es langgeht!«

»Lass mal, da würde ich doch steckenbleiben und dann kannst du die Feuerwehr mit schwerem Gerät rufen!«, kicherte Norbert mir etwas blass um die Nase entgegen.

»Notfalls machen wir durch, bis es hell ist!«

»Toll, Malte, und wenn es dann auch regnet?«

»Herrgott, dann setze ich dich in die Straßenbahn zum Bahnhof und tschüss!«, erwiderte ich angesäuert.

Vor dem Eingang war schon eine recht lange Schlange, in die wir uns, die Partymeute checkend, einreihten. Norbert wollte an diesem Abend mal richtig was aufreißen, wie er sagte, doch dieses ›Aufreißen‹ kam schon viel früher und ganz anders als erwartet.

Norberts erster Gang war der zur Toilette. Nachdem er dort bestimmt schon fünfzehn Minuten verweilte, ging ich ungeduldig nachschauen und sah ihn am Waschbecken stehen.

Wo ein Waschbecken ist, ist ja bekanntlich auch ein Wasserhahn, und dieser klemmte, jedenfalls so lange, bis Norbert wie die Axt im Walde daran herumbog und -riss. Plötzlich bekam er den Hebel hoch, doch der Wasserdruck war so stark, dass der Wasserstrahl mit ziemlich viel Druck über den Beckenrand spritzte. Da Norbert nicht gerade der Reaktionsschnellste war, auch seiner Ausmaße wegen, erwischte der Wasserstrahl ihn genau zwischen den Beinen.

»Wasser, Wasser, oh Gott, nein!«, schrie Norbert mit ausgebreiteten Armen und an die Decke schauend, als würde er den Herrn im Himmel fragen wollen, weswegen er nicht auf die Arche Noah kam, um sich vor den Wassermassen zu schützen.

»Ich wusste ja gar nicht, dass du es mit dem Aufreißen so ernst meintest!«, lachte ich herzhaft einem recht unglücklich aussehenden und gewässerten Norbert entgegen.

»Du hast dir aber schon die Hände gewaschen, oder?«

»Sehr komisch, Malte, sehr komisch!«

»Nächstes Mal gehst du aber rechtzeitig auf Toilette, okay?«

»Malte, ich habe mir nicht in die Hose gemacht!«, erwiderte Norbert.

Bevor er sich wieder unter die Partymenge traute, föhnte er sich erst einmal mit dem Händetrockner ein wenig trocken oder versuchte es zumindest.

Diesen Toilettenvorfall und die anschließende Trocknung bekam natürlich nicht nur ich mit, das wäre bei tausend Besuchern auch ein kleines Wunder gewesen, sondern auch so manch erzählfreudiger Partygast. Norbert öffnete die Toilettentür, trat in den Saal und eine riesige Traube Partywütiger sah ihn an und lachte sich, mit den Fingern auf ihn zeigend, die Seele aus dem Leib.

»Na, ist die Büchs wieder trocken?«, schrie einer von ihnen.

Norbert wusste erst nicht, wie ihm geschah, und ehe ich mich versah, rannte er zur erstbesten Theke im Saal und bestellte sich zwei Bier und einen Wodka mit Cola, welche er in Rekordzeit herunterspülte.

Ich ging zu dem geknickt wirkenden Norbert, baute ihn mit ein paar beruhigenden Sprüchen wie »Macht ja nichts, ich ignoriere deine Inkontinenz einfach« oder »Jeder, der so eine kurze Zündschnur hat, pinkelt sich mal in die Hose!« wieder auf. Danach tranken wir noch zwei Bier, besser gesagt trank ich und Norbert schüttete sich den Gerstensaft, um wenigstens etwas in Partylaune zu kommen, regelrecht rein. Er stand noch eine ganze Zeit verklemmt vor der Theke, damit auch ja niemand den noch vorhandenen Wasserfleck sehen konnte.

»Na, da hast du jetzt aber schon jemanden aufgerissen, nicht wahr? Erst den Wasserhahn und später hast du noch mit dem Händetrockner getanzt!«

»Haha, sehr komisch, Malte, du mit deinen aufgewärmten Sprüchen!«

Nun geschah das Unmögliche, es war der Wendepunkt, durch den Norbert wieder auftaute, der Punkt, an dem er alles zuvor Geschehene vergaß: Ein Kerl stellte sich zwei Meter von uns entfernt an die Theke und ich meinte, dass er aussähe, als hätte man Tommy Gottschalk und seinen Supernasenpartner Mike Krüger zu einer Person geklont. Norbert grölte daraufhin, mit dem Finger auf diesen Typ zeigend, den ganzen Saal zusammen. Er sah einfach umwerfend komisch aus. Der, man hätte ihn auch als Nasenbär mit blonder Lockenmähne bezeichnen können, bekam das natürlich mit. Norberts Lache war unverkennbar, wie ein Blecheimer, den man die Treppe runterschmiss!

Die Bühnenakteure starteten ihr Programm, es war an diesem Abend vom Musikalischen her einfach genial. Einige Akteure spielten sogar live, andere leider nur Playback. Die berühmte Nena live, Markus zu hundert Prozent Playback. Norbert gab es auch live und das in voller psychisch labiler Lebensgröße. Wir haben uns zwar ab und an aus den Augen verloren, doch wo Norbert war, war auch Tommymike, wie wir ihn fortan nannten, und dort wiederum fand sich das Blecheimerlachen von Norbert. Die Musik stoppte, Sänger Markus wollte etwas sagen und im Hintergrund erhellte Norbert mit seiner schrillen Lache unüberhörbar und in meinen Augen betrunken und dadurch sehr albern geworden den Raum.

»Schön, dass ihr heute so einen Spaß habt, damit haben wir auch eine tolle Überleitung zu meinem nächsten Song«, meinte der Playback-Künstler, worauf sein berühmter 1980er-Jahre-Hit ›Ich will Spaß‹ folgte.

Später gesellte ich mich wieder zu Norbert an die Theke, gerade in dem Moment, als Tommymike mit ernster Miene auf Ersteren zuging und ihn fragte, was an ihm so lustig sei und warum er ihn so penetrant verfolgen würde. Norbert sagte im ersten Moment, dass alles in Ordnung sei und er sich über die Akteure auf der Bühne schlapplachen würde, um, kurz nachdem Tommymike weg war, erneut einen Lachanfall zu bekommen. Irgendwann wurde Tommymike die Sache zu bunt, er kam wieder zu uns und sagte, dass es etwas setzen würde, wenn Norbert sich weiter über ihn lustig machen würde.

»Malte, wenn dieser Nasenbär hinter mir frech wird, drehe ich im Technikraum die Lüftung hoch und er fliegt durch sein Windsegel im Gesicht auf und davon!«, sagte Norbert, bereits mutig getrunken, zu mir. Nach der nächsten Pause war Tommymike wie vom Erdboden verschluckt, vielleicht auch vom Winde verweht, wie auch immer, er war jedenfalls nicht mehr anwesend!

Der Abend nahm mit nostalgischer, wirklich guter Musik aus den 1980er Jahren, bei denen Erinnerungen an die Neue Deutsche Welle aufkamen, seinen Lauf.

Nach Ende des Konzertes standen wir noch mit Nena, die bei ihrem Auftritt natürlich ihren Song ›99 Luftballons‹ sang, und ihrer kleinen Tochter vor der Bühne und quatschten ein wenig, ebenso haben wir uns mit Peter Schilling, unserem ›Major Tom‹, in Anlehnung an seinen Welthit, an der Theke noch zugeprostet. Als Fahrer trank ich mittlerweile Cola, das war mir an diesem tollen Abend egal.

Wahrlich euphorisiert über die Fannähe der Akteure verließen wir die Halle in den frühen Morgenstunden. In Anbetracht unserer Scheibenwischersituation waren wir sehr erfreut darüber, dass es nicht regnete.

Im Auto sitzend, lästerten wir noch etwas über Tommymike – weswegen er wohl so plötzlich verschwunden war, welche Flugroute er wohl genommen und wie urkomisch er ausgesehen hatte. Es war, bis auf die Probleme mit meinem Benz, den Toilettenvorfall und das leichte Knurren aus Norberts Magengegend, gerade einfach alles klasse.

Ich startete den Wagen und wir machten uns auf den Weg zum nächstgelegenen Fastfood-Laden, welcher am Ende der Hildesheimer Straße liegen sollte. Doch damit startete erneut das Problem mit dem Navigationsgerät! Norbert konnte die

Karte ohnehin nicht lesen und dann sollte er dies auch noch in betrunkenem Zustand und bei schlechter Beleuchtung im Auto schaffen? Nein, das war einfach unmöglich!

Ich fand zwar einen Fastfood-Laden, doch Norbert navigierte mich in die Ausfahrt und vor eine Schranke! Ich setzte zurück und gerade in diesem Moment hätte uns beinahe jemand den Kofferraum auf die Rückbank gedrückt. Dieser andere Trottel hatte wohl ebenfalls die falsche Einfahrt genommen! Nach einer Lichthupe sowie quietschenden Reifen unseres Hintermannes ging es auch für uns schnell weg. Das Thema Essen war erledigt, da ich keinen Bock mehr hatte, womöglich zwei Stunden lang die Einfahrt suchen zu müssen oder durch die große Navigationsfähigkeit meines Kartenlesers auf irgendeinem Hausdach zu landen. Ich wollte nur noch nach Hause, umdrehen war nicht mehr drin und ich war froh, die richtige Autobahnauffahrt gefunden zu haben.

»Muss ich die Polente mit Suchhund anrufen oder findest du alleine aus dem Stadtplan heraus? Oder bist du etwa eingeschlafen?«, fuhr ich den schweigenden Norbert, der sich hinter dem Plan versteckte, an.

Als wir durch Burgdorf sausten, drehte ich die Musik fast bis zum Anschlag, da ich Norberts Magenknurren nicht mehr hören wollte. Leider war die dortige Hähnchenbar, ein bekannter Hähnchengrill-Imbiss schon geschlossen, ansonsten hätte ich uns beide erlöst.

Bei Norbert zu Hause angekommen, öffnete uns Paul die Haustür, noch bevor Norbert sie aufschließen konnte, um uns mit einem »Hey, ihr goldenen Reiter!« zu begrüßen. Er setzte sich noch mit uns auf die neuen Eichenledermöbel ins Wohnzimmer.

»Was machst du hier um vier Uhr in der Nacht noch?«, fragte Norbert, gerade eine halbe Packung Salzstangen auf einen Streich vernichtend. Paul meinte, dass Renate ihm den ganzen Tag auf die Nerven gegangen wäre mit ihrer Panik, dass Norbert nicht mehr heile oder aber in einer Holzkiste nach Hause kommen würde und er deswegen zu früh ins Bett gegangen sei: »Jetzt bin ich halt ausgeschlafen!«

»Die Alte hat danach eine ganze Flasche Whisky leergefegt und nun schläft sie, wie immer, wenn sie mit Jack oder Jonny gelabert hat!«, erklärte Paul.

Ich erzählte noch die Sache mit dem Scheibenwischer und Paul meinte daraufhin nur, dass wir die Scheibe mit Butter hätten einschmieren sollen, da das Wasser so besser abperlen würde!

Das war der ›Tipp des Jahres‹ vom großen Möchtegern-Überlebenskünstler Paul, den sollte man sich auf ewig merken! Bleibt nur die Frage, wo man, in unserem Fall auf einer Zubringerautobahn, Butter herbekommt. Hat ein mitdenkender Autofahrer bestimmt immer im Handschuhfach oder er bekommt sie von Tommymike, der nach seinem Abflug von der Party ja von nun an bestimmt ständig irgendwo dort in der Gegend herumfliegen sollte und gerade zufällig Butter in der Hose hat, nicht wahr?

Auszug aus Renates Tagebuch

*24.05.1998: **Liebes Tagebuch,** Paul hat nach dem Satteln schon ins Gras gebissen! Der alte Gaul gehört auf die Schlachtbank, ich glaube, ich gehe in Zukunft nur noch mit Jonny oder Jack ins Bett! Da habe ich ihm schon am Freitag frei gegeben, ihm ein Omelett mit zwanzig Eiern gemacht, damit er wieder Tinte auf den Füller bekommt und nicht vor Konditionslosigkeit von seiner Stute rutscht, und dann so etwas, nein, einfach erschütternd! Unglaublich! Diese Lusche! Paul ist nicht mehr der goldene Reiter, sondern eher der tote Reiter, Maaaaaann!*

Schützenfest

Fahrtechnisch gesehen war unser Schützenfest in Gifhorn bisher immer ein eher mageres Fest gewesen. Sieben bis acht Fahrgeschäfte gaben sich in jedem Jahr die Ehre, mal der fliegende Teppich, mal die berühmte Krake, Autoscooter, Schiffschaukel, heiße Räder... gefolgt von diversen anderen eher mittelmäßigen Attraktionen. »Da bin ich als Kind schon mitgefahren!«, war ein sehr aussagekräftiger sowie klar beschreibender Satz meines Vaters dafür, wie hochmodern unsere Fahrattraktionen waren! Das Wichtigste war allerdings, wie konnte es für Jugendliche auch anders sein, der Biergarten! In einem solchen findet ein Schützenfest erst so richtig statt: Johlende und grölende Schützenschwestern und -brüder, Jungschützen, die das erste Mal mit Alkohol in Berührung kommen, geben sich dort ein Stelldichein.

Norbert war in diesem Jahr dadurch, dass die Schulferien in den Juli fielen, nicht urlaubstechnisch verhindert und freute sich wie ein Schneekönig auf sein erstes Schützenfest mit uns. Obendrein wollten wir sein nur mit ausreichend, aber dennoch bestandenes Berufsgrundschuljahr, unser vierjähriges Jubiläum und seinen neunzehnten Geburtstag ein wenig nachfeiern. Zu unserer leichten Verwunderung wollte und durfte Norbert auch das ganze Wochenende bei mir nächtigen, da seine Eltern vorhatten, eine ehemalige Schulfreundin von Renate im Harz zu besuchen.

Auszug aus Renates Tagebüchern

*15.06.1998: **Liebes Tagebuch,** ich bin ja nicht begeistert, dass Norbert dieses Wochenende bei Malte ist und sie alle zusammen auf das Schützenfest gehen, aber ich fahre mit Paul in den Harz zum Spielen, Shoppen und hoffentlich auch zum Poppen!*

In jenem Jahr waren wir eine kleine, aber dennoch lustige Truppe, Torben, Anton, unsere Perle Norbert und natürlich meine Wenigkeit. Anton war ein Arbeitskollege von Torben, beide arbeiteten in einem Einzelhandelsgeschäft in unserer City.

Das Schützenfest dauert immer vier Tage, von Donnerstag, dem Tag der Königsproklamation, bis Sonntag, wenn das riesige Höhenfeuerwerk stattfindet. Am Freitagabend saßen wir alle gemeinsam im Biergarten unter den aus Bodenlampen herrlich beleuchteten Eichen. Anton erzählte freudig von seinen am Vortag tierisch abgestürzten Schützenschwestern, welche Torben und ich am ersten Abend ebenfalls bei dem einen oder anderen Bier im Biergarten unter den Eichen hatten beobachten können. Dass diese besagten Schützenschwestern nicht anwesend waren, war uns absolut klar. Ihr möchtet wissen, weshalb? Kennt ihr den berühmten Pflaumenlikör? Mit diesem Getränk, dieser kleinen Likörflasche, nichts für Feiglinge, haben die Schwestern ihren Biergartentisch ausgelegt, und das nicht nur einlagig. Was fünfzehn Frauen in Fahrt so weghauen können, ist doch sehr bemerkenswert.

Irgendwann stellte Anton die Frage, wer denn nun mit der ersten gemeinsamen Runde dran sei.

»Immer der, der so dusselig fragt!«, antwortete Norbert mit seinem berühmten Blecheimerlachen. Anton war seltsamerweise auf einen Schlag so von Norbert genervt, dass er ihn fragte, was er, die Schwuchtel vor dem Herrn, von ihm wolle.

»Ein Bier möchte ich von diiir, und den Rest erzähl ich diiir nachher, wenn wiiir zusammen auf die Damentoilette gehen!«, entgegnete dieser leicht provokant.

Anton nahm darauf sein leeres Bierglas, hielt es sich an die Hose und meinte nur: »Warte, gleich hast du dein Bier!« Das saß, und der mittlerweile nicht mehr auf den Mund gefallene Norbert war wegen der nicht erwarteten, spontanen Antwort so überrascht, dass er nichts mehr sagte. Ich schlug vor, dass wir einfach sechzehn Bier bestellen könnten, wobei jeder vier bezahlen würde.

Unsere Bedienung, Kirsten war ihr Name, 22 Jahre alt, groß, schlank, mit einer Traumfigur ausgestattet und dazu noch mit langen dunkelblonden Haaren, die Frau also, die den Biergarten mit ihrer Aura wahrlich erhellte, kam zu uns an den Tisch. Wir kannten uns bereits aus den Vorjahren, in denen wir schon das eine oder andere Mal ins Gespräch gekommen waren.

»Wie viel Bier darf ich euch denn bringen?«, fragte sie mit ihrem charmanten Lächeln, durch das ihre süß anmutende Zahnlücke zum Vorschein kam.

»Sechzehn Bier möchten wir!«, rief Torben ihr mit erhobenem Zeigefinger freudestrahlend entgegen.

»Wie bitte?«, fragte Kirsten.

»Sechzehn Bier, bitte!«, wiederholte Torben erneut mit erhobenem Zeigefinger unter ihrem Schmunzeln. Die Menge war ihr zwar nicht fremd, doch bei vier Personen!

Nach kurzer Zeit und zweimaligem Laufen zur Theke hatte Kirsten es geschafft, uns biertechnisch zu befriedigen.

Da standen sie nun, unsere sechzehn Hopfenkaltschalen!

Ihr müsst euch unser Schützenfestbier so vorstellen: Es ist sehr süffig, so süffig, dass man stets den Glauben haben könnte, dass es mit Wasser gepanscht sei. Es schmeckte allerdings gerade bei hoher Sommertemperatur, wie sie an diesem Tag vorherrschte, ungemein gut und war natürlich wunderbar erfrischend. Allein der Gedanke an dieses Bier lässt mir das Wasser im Mund zusammenlaufen, herrlich!

Es war ein Bild für die Saufgötter, vier Personen und in der Mitte sechzehn Gläser Bier. Wir zogen damit jedenfalls für einen Moment alle Blicke auf uns. Nachdem sich jeder seine vier Bier vor die Nase gezogen hatte, meinte ich zu Torbens Verderben, dass derjenige, welcher seine vier Biere als Letztes leer hätte, mit der nächsten Runde dran wäre!

Bevor Norbert begriff, wie ich eben Gesagtes gemeint hatte, war bei allen anderen schon ein Bierglas leergefegt. Als er unseren Vorsprung sah, bekam er große Augen, seine Nackenhaare stellten sich für mich sichtbar auf und in diesem Moment war der Schüttmeister geboren. Norbert offenbarte seine wohl genetische Veranlagung, indem er alle vier Biere in Rekordzeit wegfegte. Dabei setzte er das Glas an und zog das Bier in einem Zug weg!

Der anschließende Mega-Rülpser blies den ganzen Biergarten so zusammen, dass die Äste der Eichen wackelten, was die Gäste für ein paar Sekunden zum Schweigen und danach natürlich zum Lachen brachte.

Anton hätte anfangs auch gerne gelacht, doch unser Norbert rülpste ihm, seinem neuen Freund, mitten ins Gesicht.

»Du alte Sau!«, schnaufte Anton in unser erneutes Gelächter.

Noch bevor Torben, der Loser dieses Wettbewerbes, seine Runde schmiss, lief Norbert in Rekordzeit zum nächsten Klo.

Wieder im Biergarten zurück, beichtete er uns, dass der Gärtnerberuf doch nicht sein Ding sei und er noch ein Schuljahr im Bereich Wirtschaft machen würde.

»Ich werde Verkäufer im Einzelhandel und dann poliere ich erst mal den Laden von meinem Ollen, dem faulen Sack, mächtig auf!«, meinte Norbert, bevor er sich noch einen Kräuterlikör, einen ›Meister-Jäger‹, reinschüttete.

»Du alter Junkie willst doch nach der Lehre nur hinterm Ladentresen von deinem Alten Drogen verkaufen!«, frotzelte Torben und Norbert verschluckte sich vor Lachen glatt an seinem Kräuterlikör.

Nachdem wir unser Bier an einen anderen Ort gebracht hatten, beschlossen wir, dass jeder ab sofort selbst seine Getränke bezahlen sollte, da sonst das Risiko einer erneuten Sechzehner-Runde doch zu groß wäre. Norbert meinte darauf, dass er dem Ganzen natürlich zustimmen würde, da sonst sein neuer Lieblingsfreund Anton, dem er dabei auf die Schulter klopfte, nach der nächsten Runde schielend und sabbernd unter dem Tisch liegen und ihm die Schuhe mit seiner zwanzig Zentimeter langen Zunge ablecken würde.

»Hör mal zu, du kleine schwule Sau, noch ein falsches Wort und wir fahren mal ein richtiges Autoscooter-Duell!«, meinte Anton mit einem leichten Schmunzeln.

Das war er – der Satz, der Spruch, der eine feindlich-schöne Freundschaft erweckte. Es kam, wie es kommen musste, beim Autoscooter wollten sich die beiden ein Duell liefern. Anton zog uns, bevor es losging, zur Seite und meinte, dass wir ihm mal ein bisschen Schützenhilfe geben sollten. Jeder erkämpfte sich einen Scooter, um gleich darauf die Jagd zu eröffnen. Anton zeigte mit dem Finger auf Norbert, doch er wusste natürlich nichts von unserem mit diesem bereits zuvor verabredeten Vorhaben!

So kam natürlich, was kommen musste, Anton erlebte eine Fahrt, die sich gewaschen hatte: Ehrlich gesagt waren es zwei Fahrten. Die erste Fahrt war noch geprägt von leichten »Sorry, aus Versehen!«-Bekundungen, sobald ihm einer in den Scooter fuhr, die bei der zweiten Fahrt jedoch in »Auf ihn mit Gebrüll!«-Ausrufen endeten. Danach stieg Anton wie angestochen aus seinem Autoscooter und wurde von uns an diesem Abend nicht mehr gesehen.

Norbert entdeckte im Zuge unseres weiteren Abends außerdem seine Leidenschaft für das Greifarm-Glücksspiel. An diesen neuartigen Automaten konnte man mit Hilfe schwach eingestellter Zangen, die man über einen Joystick steuerte, die unterschiedlichsten Stofftiere aus einem Glaskasten befreien. Norbert holte bei zehn Versuchen sage und schreibe acht Stofftiere heraus. Es wurden noch ein paar mehr, da ich ebenfalls mein Glück versuchte. So kam es, dass wir uns unsere Taschen mit zwanzig Stofftieren vollstopfen mussten und sich auch Kerstin über ein paar Kuscheltiere freuen konnte.

In den Morgenstunden, nachdem wir Torben unterwegs irgendwo verloren hatten, stolperten wir mit mächtiger Schieflage und gut durch die Stofftiere gepolstert zu meiner Haustür herein. Das war nach ungefähr zwanzig Bier und einigen Kräuterlikören für jeden von uns auch kein Wunder!

Bis Norbert seine mit Stofftieren bedeckten 138 Kilo auf das Sofa bekommen hatte, begann für die Allgemeinheit schon das Frühstück!

Der Samstag verlief dann genauso, wie der Freitag mit Norbert begonnen hatte, es wurde zwischen den unendlichen Karussellfahrten, Stofftierergreifungen und Platzrunden Bier getrunken, dass die Schwarte krachte. Norbert musste sich den ganzen Abend Fragen wie »Na, wie ist es ohne Mami?« und »Schaffst du es auch wirklich drei Tage ohne Mami?« von Torben und mir gefallen lassen. Er begann, sich aufgrund seiner aufkommenden Verärgerung und des wohl wirklich vorhandenen Heimwehs nach Strich und Faden volllaufen zu lassen.

»Jetzt fehlt nur die Gute-Nacht-Geschichte von Mami und dann ab ins Bett, was?«, meinte ich unter den Eichen sitzend in die Runde.

Norbert, der unter Torbens Gelächter sein neues Glas Bier in einem Zug wegdrückte, wusste natürlich sofort, dass wieder er gemeint war. Dieses letzte Bier war das Finale für Norbert, denn es war jenes bekannte eine schlechte Bier, durch das in der Nacht zum Sonntag der Zehn-Liter-Brecheimer vor meinem Schlafsofa fast zur Hälfte gefüllt wurde.

Am Sonntag, dem bekanntlich letzten Abend des Gifhorner Schützenfestes, gibt es immer ein von den Schaustellern gesponsertes Feuerwerk. Dieses findet mit Einbruch der Dunkelheit um 22.00 Uhr statt.

Norbert stand, nachdem seine Kopfschmerzen mit Schmerztabletten sowie ein paar Bier heruntergespült worden waren, auf einmal vor dem wohl größten Problem seines noch jungen Lebens. Unser kleiner junger Trunkenbold sollte genau zu der Zeit von Paul abgeholt werden, zu der auch das Feuerwerk starten würde. Diese Begebenheit bereitete ihm nun regelrechtes Kopfzerbrechen. Paul war nämlich ein Typ, der nicht gerne wartete, außer natürlich auf Renate, denn jede Minute ohne sie war für ihn eine schöne Minute!

Was tun, wenn Renate womöglich zu Hause schon mit der kreisenden Bratpfanne in der Hand auf die beiden warten würde? Und dies nur, weil er, der kleine Norbert, unpünktlich am Auto aufgeschlagen wäre! Er befand sich in einer richtigen Zwickmühle, da er Torben und mir versprochen hatte, sich das Feuerwerk anzuschauen, allerdings auch Paul, zur selben Zeit vor meiner Haustür am Auto zu sein.

Den ganzen Sonntagnachmittag über stand Norbert unter Strom, wirkte aufgeregt und es schien gar so, als würde er jedes Fahrgeschäft und jede Bierbude abarbeiten, da sein letzter Zug nach nirgendwo gleich abfahren würde. Er zupfte ständig an seiner Uhr und fragte andauernd, ob er auch alle seine Sachen hinter die Garage gestellt habe, damit er sie später mitnehmen könne.

»Alter, jetzt hör mal auf mit deinem Generve, du warst doch dabei, als wir alles gepackt und hinter der Garage verstaut haben, oder?«

»Ja, Malte, du hast recht, sorry, ich habe wohl 'ne Gedächtnislücke durch das ganze Saufen!«, erwiderte Norbert mit zittriger Stimme.

Als die ersten Raketen in den Himmel schossen, wurde er dermaßen nervös, dass man annehmen musste, er hätte eine brennende Zündschnur am Hintern hängen und würde nur noch auf den Abschuss warten. Seine Panik, dass Paul nicht auf ihn warten würde, und sein im Gesicht erkennbarer innerlicher Konflikt sprangen uns in Verbindung mit seinen unrhythmischen Schnauftönen regelrecht an. Man kann es auch so formulieren, dass uns Norbert in diesem Moment mächtig auf den Zeiger ging!

»Wenn Paul auf dich wartet, geh mal lieber!«, meinte ich daher irgendwann genervt zu ihm.

Kaum ausgesprochen, kam sie, die Frage auf die wir gewartet hatten: »Ihr seid mir doch nicht böse, oder?«

Nachdem wir ihn mit einem »Nein, natürlich nicht!« beruhigen konnten, lief er, durch seine Angst und seine Alkoholausdünstungen schon durchgeschwitzt, im Dauerlauf, sofern dies seine 138 Kilo eben hergaben, und noch ›Tschüss!‹ rufend davon!

Torben und ich genossen daraufhin das restliche Feuerwerk.

Wir verfuhren noch unsere letzten Fahrchips, um danach, bis der Biergarten abgebaut wurde, bei dem einen oder anderen Bier zu verweilen.

Was Norbert anging, so waren wir über seinen Abgang nicht unbedingt böse, aber doch etwas irritiert, da wir solch ein Verhalten in dieser Form noch nicht erlebt hatten.

21.06.1998: Liebes Tagebuch, *mein lieber Ehemann hat an diesem Wochenende 14.000 DM in der Spielbank verzockt, na, egal, wenigstens hat er wohl auch wegen seinem schlechten Gewissen hinterher mit mir Räuber und Gendarm in unserem Hotelzimmer gespielt! Das wurde ja auch mal wieder Zeit! Wenn er doch bloß eine größere Kanone hätte, vor allem hat er auch nur noch eine Luftdruckpistole, aber egal, ich habe meinen Spaß gehabt! Schützenfeste und Spielbanken finde ich ab jetzt gut!*

Der Freizeitpark

Die Idee, einmal in den Heide-Park zu fahren, wurde beim Schützenfest geboren, genau in der Schüttmeisterrunde. Aus diesem Grund nahmen wir auch Anton, der sich wieder beruhigt hatte, mit.

Für unseren Norbert war der Termin ebenfalls recht günstig, da er nach sechs Wochen Norwegen wieder im Lande war, und außerdem hatte er mit seinem neuen Freund Anton noch ein Hühnchen zu rupfen. Norbert mochte Anton genau wie wir, allerdings mochte er ihn so gerne, dass es ihn dazu ermutigte, ihn ärgern zu wollen, dass die Schwarte kracht, denn er konnte ihm den Spruch »Du kleine, schwule Sau!« auf dem Schützenfest einfach nicht verzeihen. Norbert wollte Anton mit ›Schwulsein‹ provozieren und mit seinen noch recht jugendlichen neunzehn Jahren testen, wie weit er bei ihm gehen konnte.

In diesem Freizeitpark, mittlerweile einem der größten in Deutschland, muss man nur den Eintritt zahlen und kann dann nach Belieben fahren und richtig die Sau rauslassen. Von Achterbahnen, Hochbahnen, Schiffschaukeln, Bobbahnen bis zu Wasserbahnen ist dort alles zu finden.

»Anton, was machst du da? Du kannst dich doch nicht mit dem Oberkörper aus dem Fenster lehnen!«, rief ich meinem Beifahrer etwas erschrocken zu, als der gerade irgendwelchen Mädels zujubelte.

»Lass ihn doch, der kommt mit seiner dicken Wampe eh nicht ganz durchs Fenster, und wenn raus, dann raus!«, grölte Norbert.

»Und wer kratzt dann den Fettfleck von der Straße?«

»Torben, mach mal so weiter und du lernst auf der Maloche den Müllcontainer von innen kennen!«, frotzelte Anton, gerade wieder angeschnallt, zurück.

Nach unserer Ankunft standen wir noch ein wenig an meinem Auto und hauten die vielen Lunchpakete weg, die Renate ihrem Norbert mitgegeben hatte. Dass er die Pakete mitnahm, war, wie er sagte, die Bedingung dafür, dass er mitfahren durfte, denn er sollte nicht noch einmal so ein Hungerfiasko wie bei der NDW-Party erleben!

Anton erzählte uns zum ersten Mal, weswegen er nicht mehr in unsere Gifhorner Disco gehen würde. Er meinte, dass er dort an Silvester etwas sehr Unüberlegtes getan hatte, indem er um Mitternacht mit einer Gaspistole in die Luft schoss, ohne die Windrichtung zu beachten. Dieses Geschoss war genau in einer kleinen Ansammlung von türkischen Mitbürgern gelandet, die natürlich hocherfreut über diese Aktion gewesen waren und dachten, dass diese von den zur rechten Seite stehenden Neu-Gifhorner-Russlanddeutschen erfolgt sei. Die Freude endete dann damit, dass ein Zwanzig-Mann-Aufgebot der Polizei ausrücken musste und die Notaufnahme unseres Stadtkrankenhauses anschließend überbelegt war. Anton hatte dabei riesiges Glück gehabt, da durch den großen Trubel und eine Vielzahl an Raketen und Explosionsschlägen niemand seinen Schuss mitbekommen hatte.

»Beim Fußball würde man sagen, dass ich eine schöne Bogenlampe geschossen habe!«, meinte Anton lachend, bevor wir zum Eingang des Heide-Parks gingen.

Bei bereits 25 Grad setzten wir unsere ersten Schritte auf das Parkgelände.

Mochten die Spiele beginnen!

Zum ersten Mal saßen wir in der neueröffneten 990 Meter langen und 27 Meter hohen Schweizer Bobbahn und es war bei

120 Stundenkilometern Adrenalin pur, anders kann man es nicht beschreiben, da wir dreimal hintereinanderfuhren. Norbert amüsierte sich darüber, dass Anton mit mir hinter ihm und Torben im Deutschen Bob, da er mit der Flagge Deutschlands bemalt war, saß. Sprüche wie »Die Rechtsradikalen!« oder »Die Deutschen kommen und können uns nicht überholen, ist ja wieder typisch! Große Fresse und nichts dahinter!« ließen Antons Nackenhaare nicht nur durch den Fahrtwind nach oben gehen. Norbert war nach Antons Malheur an Silvester fortan der Meinung, dass Letztgenannter ausländerfeindlich, also rechtsextrem sei. Die Bobbahn war für uns fahrtechnisch gesehen ein erstes positives Aufwärmen und für Norbert war das erste Fahrgeschäft provokationstechnisch noch stark ausbaufähig.

Kennt ihr das Wasserpistolenspiel?

Es handelt sich um ein Spiel, bei dem man nach Einwurf einer Mark mit Hilfe einer Wasserpistole und des entsprechenden Wasserdrucks einen Ball durch ein Labyrinth führen muss. Dieses Spiel musste Norbert natürlich spielen. Deutsche Mark eingeschoben, Wasserstrahl kam, Pistole schwenkte zur Seite, ein kurzes »Hallo Antooon!« und... Anton war nass, da er den Strahl volle Breitseite abbekam!

Daraufhin nahm Norbert zu seiner eigenen Sicherheit die Beine in die Hand, was bei Anton wenigstens dazu führte, dass er durch das Hinterherlaufen wieder trocken wurde. Wir hatten bis zu diesem Tag noch nie über 260 Kilogramm Lebendgewicht beim Spiel ›Dicker Hase und dicker Jäger‹ gesehen! Wo bekommt man so etwas schon für eine Mark geboten?

Norbert und Anton bewegten sich in der gleichen Gewichtsklasse, einer mit mehr Volumen durch den noch vorhandenen Babyspeck, der andere leicht muskulöser, aber auch alles andere als ein Strich in der Landschaft.

Bei sonnigen 30 Grad wurde eine süße und kühle Erfrischung dringend nötig, und so kam es, dass wir uns nach dieser schön anzusehenden Hasenjagd ein Eis zulegten. Genüsslich schleckend machte Anton uns auf zwei recht nett aussehende, aufgedonnerte und im sehr kurzen Minirock herumstehende Mädels, die auch ein Eis in der Hand hielten, aufmerksam. Blickkontakt, zwinkern, alles passte – und wäre von Norbert nicht ein »Aaaah, Anton, du wirst mir doch wohl nicht fremdgehen! Wenn ich sehe, wie du dein Eis lutschst, werde ich ja ganz scharf!« gekommen, hätte vielleicht ein weiterer Kontakt entstehen können.

Als Anton später die Ausgangsrampe der kleinen Loopingbahn, in die es uns als Nächstes verschlagen hatte, herunterschlenderte, erblickte er die beiden Eismädels, wie er sie nannte, erneut.

»Anton, ich dachte, du liebst nur miiich, oder bist du auf einmal nicht mehr schwuuul?«, rief Norbert plötzlich mit einem penetranten Winken.

»Hier bin ich, mein Schnuffelhaaase!«, folgte noch als i-Tüpfelchen, worauf die süßen Mädels verlegen kichernd an dem stark erröteten Anton vorbeigingen.

Danach sahen wir zum zweiten Mal über 260 Kilogramm Lebendgewicht laufen!

Wenn man Fotos macht, möchte man natürlich immer das besondere Foto schlechthin schießen. Wir fanden einen sehr einfallsreich bemalten Drachen. Vor diesem großen, in herrlich bunten Farben bemalten Fantasiemonster wollten wir natürlich – DAS BILD – aufnehmen.

Da wir gemeinsam auf das Bild wollten, Luft ja bekanntlich nicht fotografieren kann und meine Kamera keinen Selbstauslöser besaß, fragte Anton mit seinem tatsächlich vorhandenen

Charme eine nette junge Mitarbeiterin, die wohl gerade auf ihrem üblichen Kontrollgang war. Obwohl sie es laut ihrer Aussage eigentlich nicht gedurft hätte, da andere Kollegen strikt dafür eingeteilt wären, konnte sie Antons liebreizendem Lächeln sowie seinem Augenzwinkern nicht widerstehen und tat uns diesen Gefallen! Das Foto war im Kasten und Norbert merkte, nachdem die hübsche Frau weg war, an, dass er noch nie mit zwei schwulen Monstern zugleich fotografiert worden wäre, wobei er mit dem Finger auf Anton wies, der gerade allein neben dem Drachen stand und sich von mir ablichten ließ.

Nun sahen wir zum dritten Mal 260 Kilogramm Lebendgewicht laufen!

Das Kuriose an der Geschichte war, dass Anton den guten Norbert jagte, doch auf dem von mir dabei geknipsten Foto sieht es genau umgedreht aus. So bekamen wir dank Norbert unser besonderes Bild!

Anton fuhr an diesem Tag mit jedem Fahrgeschäft, doch die Achterbahn, den Big-Loop mit seinen 30 Metern Höhe und 700 Metern Länge, mochte er nicht, was für uns natürlich erst recht ein Anreiz war, diese Fahrt zu wagen. Gesagt, getan, es ging in die 70 Stundenkilometer schnelle Achterbahn und während jedes Loopings rief Norbert »Anton ist schwuuul!«. Als wir das Fahrgeschäft wieder verließen, tat Anton so, als hätte er von alldem nichts mitbekommen, doch man sah ihm an, dass es in ihm brodelte.

Auf unserem Weg durch den Park kamen wir erneut an der kleinen Loopingbahn vorbei und Norbert forderte uns zu einem kleinen Wer-gibt-als-Erster-auf?-Wettkampf heraus. Er und ich setzten uns zusammen in den ersten Wagen, Anton wollte sich lieber, genau wie Torben, allein in einen Wagen begeben. Noch bevor die Fahrt losging, meinte ich zu Torben, dass so eine Loopingbahn für einen Betrunkenen bestimmt der reinste Magenreiniger wäre. Wie herbeigerufen, setzte sich ein im Gesicht leicht grün schimmernder Kerl zu Torben und meinte während der Fahrt auf den Gipfel, dass er betrunken sei und bestimmt gleich brechen müsse. Norbert hielt sich lachend die Hände vors Gesicht, denn wenn man bedenkt, dass während der Fahrt ein gewisser Fahrtwind herrscht, hätten in diesem Fall Torben als Nebenmann und Anton, der hinter den beiden saß, die berühmte Arschkarte gezogen. Die Gesichter der beiden waren während dieser Fahrt, solange man es sehen konnte, angespannt wie nie zuvor. Als bei Fahrtende der Haltebügel hochging, sprang der betrunkene Experte über Torben und erledigte sein Anliegen umgehend hinter der nächsten Mauer. Nach diesem Vorfall beendeten wir unseren Wettbewerb, da wir bedient waren.

Was tun, wenn einem der Magen knurrt? Richtig, man sollte essen gehen! Wenn bei Norbert und Anton der Magen knurrte, dann klang das so, als würde irgendwo ein Gewitter mit ungebändigtem Donnerschlag niedergehen! Wir steuerten also das größte Restaurant, welches sich ungefähr in der Parkmitte befand, an und bestellten jeder etwas zu essen, zahlten unser Wunschmenü und setzten uns. Torben merkte beim Blick auf seinen Teller an, dass er unerklärlicherweise keinen Hunger mehr habe, wofür er sich ein wenig Gelächter einfing. Norbert schielte daraufhin so lange auf Torbens Teller, bis dieser sich unter Antons Kopfschütteln erbarmte und ihm den Teller rüberschob.

»Mein liebes Anton-Häschen, bestelle du dir bei deiner dicken Wampe mal lieber zügig einen Salatteller und schieb mir dein Schnitzel auch noch flugs rüber, okay?«, meinte Norbert provokant und wohl wissend, dass er ebenfalls kein Strich in der Landschaft war.

»Das diskutieren wir nachher noch aus, mein Freundchen!«, meinte Anton daraufhin etwas angesäuert zu Norbert.

Nach dem Essen bemerkte nicht nur Torben, dass er sich wohl im Anfangsstadium eines leichten Sonnenstichs befand, und so kam, was kommen musste: drei Brunnen, viel Wasser und eine Spritzkanonade, die sich wortwörtlich gewaschen hatte. Bei dieser Temperatur von nun nicht nur gefühlten 40 Grad war uns jedes Mittel recht, um an eine Abkühlung zu kommen. Ein Tsunami folgte dem anderen. Den letzten Treffer landete Anton, doch er traf nicht Norbert, sondern einen älteren Parkbesucher, der sich gerade mit Sonnencreme eingerieben hatte! Völlig nass und mit einem Brunnenplatzverweis belegt, gingen wir anschließend, jeder mit einem schönen kalten Getränk in der Hand, zum Abenteuerspielplatz, da wir das reichliche Essen abtrainieren wollten!

Wir standen vor einem riesigen Kletterturm; um ihn zu erklimmen, ging es einmal über Treppen oder über ein Seilnetzwerk, welches sich über vier Etagen rund um das Turmbauwerk bis zur Endplattform zog.

Großkotzig forderte Norbert seinen Liebling Anton heraus, der wiederum nur darauf wartete, ihm mal eins auszuwischen. Überglücklich wirkend, nahm er die Herausforderung natürlich an. Von Schubsen, Halten, Klammern, Kneifen, Beißen bis zum Anmachen war auf dem Weg zur Spitze, zur oberen Plattform des Turmes, alles vorhanden. Es war brüllend komisch! Norbert verlor klar und deutlich durch einen seitlichen Umklammerungs-Überwurf-Slam auf der zweiten Ebene, durch den sich Anton einen riesigen Vorsprung verschaffen konnte. Er war einfach muskulöser gebaut und dadurch wesentlich wendiger als der recht ungelenkige Norbert.

»Wenn wir hier alleine wären, würde ich jetzt glatt die Hose runterziehen und etwas fallen lassen, du alte Schwuchtel!«, rief

Anton dem genau eine Etage tiefer wie ein Maikäfer auf dem Rücken liegenden Norbert zu.

»Wäre bestimmt lustig, Anton, denn man würde bei deiner Affenbehaarung und deinem kleinen Schniedelwutz ja eh nix sehen!«, schnaufte Norbert, während wir uns erneut vor Lachen die Hände vors Gesicht schlugen.

Als Norbert sich wieder erhob, war Anton bereits auf der obersten Plattform angelangt und hatte somit gewonnen. Mit dieser Niederlage Norberts ging es, nachdem Torben und ich ebenfalls oben waren, über die berühmte Rollenrutsche, eine Rutsche, die aus aneinandergereihten, sich drehenden Walzen bestand, wieder ganz nach unten. Torben wurde an diesem Tag durch seine recht weit sitzende Jeans zu unserem Pechvogel, da sich seine Hose in den einzelnen Rollen verklemmte, was ihm regelrecht die Klöten abschnürte. Seit dieser fortan Klötenmatsch-Rutsche genannten Aktion kann Torben eine Oktave höher singen!

Langsam ging uns, allen voran Norbert, der ja eh zu viel zu tragen hatte, bei der Hitze die Puste aus. Wir beschlossen daher, bei einer kleinen Mountainrafting-Tour etwas zu entspannen. Bevor wir unsere kleine Pause bekamen, hieß es allerdings noch... Schlangestehen!

Bei dieser Disziplin zeigte sich einmal mehr, wer das Zeug zum Bürger der Deutschen Demokratischen Republik hatte. Aus Anton wäre wohl nie etwas in der DDR geworden, er drängelte sich vor, als gäbe es kein Morgen. Er wollte schnell in den überdachten Bereich gelangen, um der Sonne und auch Norbert zu entfliehen.

»Hallo Anton, dein Schatzilein ist hier, haaallooo, der da hiiinten ist mein Freund, Bussi!« Diese und ähnliche Äußerungen brachten alle um Anton herum in der Schlange zum Schmunzeln. Anton streckte als Warnung den Mittelfinger in die Höhe.

»Oooh, Anton, aber doch nicht hiiier!«, meinte Norbert seinerseits und war überglücklich über die erneut gelungene Provokation. Er wirkte in dieser Situation dermaßen aufgedreht, dass ihm sein peinliches Verhalten schier egal zu sein schien.

Die Raftingtour war klasse und sehr erfrischend, vor allem für Torben. Dieser stürzte erst, vom wartenden Anton leicht geschubst, ins Boot, um dann bei dem Spruch, er bräuchte Wasser, just in diesem Moment eine Fontäne abzubekommen, die noch am heutigen Tag ihresgleichen sucht. Die 600 Meter waren leider nach gefühlten zehn Sekunden vorbei, brachten dennoch allen Beteiligten richtig Spaß.

Gegen Abend schlenderten wir mit einem weiteren Eis in Richtung Ausgang, als ein paar andere süße Mädels auf uns zukamen. Norbert konnte es sich, obwohl ihn Anton bereits hochexplosiv anschaute, nicht verkneifen, wieder Gas zu geben.

»War schön vorhin mit dir auf dem Klo, meeeiiin Süüü-ßer!«, sagte er, den Arm auf Antons Schulter legend und ihn auf die Wange küssend. Damit war mit dem vierten 260-Kilo-Lauf das Finale erreicht.

Anton wurde richtig ernst und beschimpfte Norbert: »Alter, halt jetzt endlich mal deine Fresse, ich bin nicht schwul und werde es auch nicht!«

»Hach, das wirkte vorhin auf dem Kletterturm aber gaaanz ANDERS und BOHLEN obendrein! You´re my heart, you´re my soul meine kleine Schnuckimaus, ich bin der THOMAS, zeigst du mir nachher mal deinen kleinen DIETER?«, erwiderte Norbert und machte im Anschluss einen Kussmund in Antons Richtung.

»Du bist und bleibst einfach eine kleine, schwule Sau!«, schimpfte Anton lauthals, mit hochrotem Kopf und für alle unüberhörbar.

»Ey, Anton, bleib mal locker und denk immer daran, ich scheiße größere Haufen als du!«

Dieser unerwartete, spontane Spruch von Norbert in solch einer Situation haute sogar Anton wie vom Blitz getroffen ein Fragezeichen und folgend ein Megalachen ins Gesicht. Er nahm Norbert freundschaftlich in den Schwitzkasten, verstrubbelte seine kurzen Haare und der Fall war gegessen. Damit waren die Spiele – Norbert gegen Anton – zu Ende, vorerst jedenfalls!

Auszug aus Renates Tagebüchern

*06.08.1998: **Liebes Tagebuch,** ich habe nach mehrfachem Nachhaken bei meinem kleinen Norbert herausbekommen, dass Malte vorgestern den ganzen Tag im Freizeitpark Anton fertiggemacht hat und mein Sohn beim Eintreffen deswegen so aufgedreht und belustigt war! Schön, dass mein Kleiner immer so ehrlich ist, ich dachte schon, dass er Alkohol getrunken oder womöglich Gras geraucht hat. Weiß man ja nie bei der Jugend von heute!*

Das Freibad

An einem heißen Spätsommertag im Jahr 1998 fuhren Norbert, Torben und meine Wenigkeit in das Badeland nach Celle, das mit seinen drei Wasserrutschen, den Whirlpools, dem Solebecken und dem Sprungbecken nicht nur dem Zeitvertreib diente, sondern auch Erholung pur versprach.

Pünktlich zur Öffnung um neun Uhr standen wir am Eingang, doch die Ersten auf der Wiese wurden wir nicht, da sich der Kordelzug von Torbens Rucksack elendig in einem der drei Drehkreuze verfing und alles blockierte. Ein Hausmeister musste kommen, den Drehkreuzkasten öffnen, den Mechanismus lösen und das Drehkreuz zurückdrehen.

Nach Torbens Befreiung suchten wir uns einen Liegeplatz auf der Rasenlandschaft, wo wir unsere Handtücher auslegten.

Beim Umziehen hörte man in Norberts Kabine ständig dumpfe Knalle, auf die leise Schmerzschreie folgten, da die Kabine zu jener Zeit für ihn mit seinen Ausmaßen und bereits 140 Kilo einfach zu klein gebaut war.

Gerade, als Torben seine neue Badehose präsentierte, sprang Norbert quietschfidel in seinem knallgelben Badezelt, auch Badehose genannt, durch den Vorhang seiner Kabine.

»Tadaaa!«, rief er uns zu und hob dabei seine Arme grazil wie eine grauhäutige Ballerina mit Rüssel.

»Torben, schau dir das einmal an, 'ne Hose wie der Wrestler Hogan und ein Körperbau wie Yokozuna!«

»Du Spargeltarzan bist ja nur eifersüchtig auf meine tolle neue Hose!«, grollte mir Norbert zwinkernd zu und klatschte sich dabei auf den Hintern.

»Wer so einen Astralkörper hat wie ich, der darf sich auch in so einer Hose zeigen, klar? Was war das eben gerade mit Yokozuna?«, fauchte mich Norbert mit erhobener Faust und seinem typischen Lachen an.

»Bei deinem tollen Körper solltest du vielleicht eher in einem String-Tanga rumrennen!«

»Hahaha, sehr komisch, Malte, wirklich sehr komisch!«, erwiderte Norbert.

Als Erstes gingen wir zur Wildwasserrutsche, in der man in drei Ebenen so richtig schön nass werden und fast absaufen konnte.

Wenn man die erste Ebene gesund und munter erreicht hatte, lag man in einem Auslaufbecken direkt vor einem Turm, dessen Turmspitzenpool man durch das Verlassen des Beckens über eine kleine Treppe erreichen konnte.

»Ich wette mit euch um eine Cola, dass ich das Turmbecken zum Überlaufen bringen kann, ohne reinzuspringen!«, rief Norbert.

Wir gingen die Wette gerne ein und Norbert setzte sich ganz locker flockig in diesem Turmbecken vor den Ablauf, durch den sich sonst das Wasser als Wasserfall in das erste Becken ergoss. Es wurde wirklich so hoch angestaut, dass das Turmbecken überlief und das Wasser die Treppen zügig zu einem neuen Wasserfall machte. Was Norbert in seiner überschwänglichen Freude leider nicht mitbekam, war, dass sich eine Oma mit typischer 1970er-Jahre-Lockenbadekappe nichtsahnend unter den von ihm verstopften Auslauf stellte, um auf ihren Enkel zu warten. Wettsieger Norbert ging zur Seite und das Wasser ergoss sich wasserfallartig. Die arme Oma machte einen regelrechten Salto nach vorne. Ich bin mir sicher, dass sie noch nie in ihrem Leben circa tausend Liter Wasser in einer so kurzen Zeit über die Birne bekommen hatte! Norberts Nachteil war jedoch, dass er den Ablaufabdruck auf dem Rücken hatte, wodurch die Oma wusste, über wen sie sich beim Bademeister beschweren konnte. Wir rutschten an der noch immer ihre Badekappe suchenden und schimpfenden Frau vorbei in das zweite Becken. Von dort aus ging es in das Sprühdüsenbecken, um danach über eine recht steile Rutsche hinweg in der Halle und dem großen Endbecken zu landen.

Als wir uns unten über die Salto freudige Oma schlapp lachten, erklang ein lauter Pfiff.

»Hey, du kräftig Gebauter mit dem Abdruck auf dem Rücken, komm bitte mal raus!« rief jemand, der, ganz in Weiß gekleidet, am Beckenrand stand.

»Der Bademeister, oh weh!«, sagte ich zu einem im Wasser stehenden Norbert, der gerade in diesem Moment einen Gesichtsausdruck präsentierte, als müsste er dem Bademeister beichten, dass er ins Wasser gepinkelt hatte.

Norbert bekam eine Standpauke, die sich gewaschen hatte, und von diesem Moment an für den Rest des Tages Wildwasserrutschen-Verbot.

Wir gingen zum Sprungturmbecken in die Halle und Torben wollte uns durch einen Sprung vom Drei-Meter-Turm zeigen, wie mutig er doch sei. Seinen Blick zu uns gerichtet, lief er erst mal gegen das Geländer der Turmtreppe.

»Nun kommt ein Torben-Heck-Spezial!«, rief er, verlor kurz vor dem Absprung das Gleichgewicht, da er an der Kante wegrutschte, und machte einen dreifach geschrienen Heckschen Bauchklatscher. Norbert und ich krümmten uns vor Lachen, doch die Steigerung war, dass Torbens Badehose durch den Aufprall an der Seite eingerissen war. Nun kam ich mit meinem wie immer langweiligen Normsprung, der von Torben und Norbert nur müden Beifall erntete. Ich war halt immer derjenige, der zwar auffallen, dabei aber doch irgendwie unsichtbar bleiben wollte.

»Gleiches Recht für alle, Norbert, nun bist du dran!« meinte ich zu unserem Wasser-Verdrängungs-Experten. Er stampfte die Treppe hoch, ging am Einer vorbei, ging am Dreier vorbei und wagte, was wir kleinen Angsthasen uns nicht zutrauten: Norbert wollte vom Fünfer springen!

Wir staunten nicht schlecht als er, oben stehend, »Bombe abwerfen!« rief. Norbert sprang, die Bombe fiel, doch dies geschah genau in dem Moment, als eine Rentnergruppe ihre erste Bahn im extra dafür abgesperrten Randbereich ziehen wollte. Es gab einen gigantischen Platsch, auf den eine Flutwelle folgte, die einem Tsunami gleichkam.

Das hatte zur Folge, dass einigen Omas die Badekappe vom Kopf flog und zwei von ihnen beinahe abgesoffen wären. Unsere Rentenkasse und möglicherweise einige Erben hätte dieses Unglück vielleicht gefreut, doch dem Bademeister trieb es erneut die Zornesröte ins Gesicht.

Als Norbert am Beckenrand auftauchte, stand er dort bereits mit nun gefluteten Badelatschen und maßregelte ihn aufs Neue. Unsere 140 Kilo schwere Fleischbombe verteidigte sich mit der Aussage, dass er doch nur gesprungen sei, worauf der Bademeister antwortete, dass er mit seiner gleich folgenden Sperrung des Sprungturmes auch nur verhindern wolle, dass das Becken nach einem weiteren Sprung leer wäre. Ich fragte mich, weswegen der Sprungturm nicht von vornherein gesperrt worden war, als die Rentnergruppe dort zu ihrem Wassersport antrat!

Man konnte in Norberts Gesichtsausdruck klar erkennen, dass er irgendwie sauer war, weswegen er vermutlich erst mal eine Runde abtauchte. Leider verlor er in der Tiefe ein wenig die Orientierung, tauchte genau unter einer anderen Oma auf und warf sie dabei regelrecht nach oben. Die Oma schrie, als würde ihr jemand ihre geliebte Heino-LP stehlen. Dieses

Schreien brachte den Bademeister dazu, Norbert und uns im Anhang recht wütend des Beckens zu verweisen.

Norbert reichte es fürs Erste, er ging und wollte sich in eine Sonnenliege, die auf einer Terrasse an den Whirlpools stand, legen.

Ich wartete auf Torben, der schnell mal für kleine Badenixen gegangen war. Als wir gerade die Terrasse betreten wollten, gab es ein lautes Knarren, ein Knacken sowie einen Abschlussknall, dann lag Norbert zwischen zahllosen Einzelteilen, die einmal eine Sonnenliege aus Holz gewesen waren. Nachdem wir ihn dort rausgezogen hatten, sprangen Torben und ich unter dem Kopfschütteln des Bademeisters in den sich daneben befindenden Whirlpool, doch als Norbert auch noch hereinhüpfte und bestimmt das halbe Wasser aus dem Becken schwappte, klopfte der Bademeister hocherfreut an die Scheibe und zeigte uns damit an, dass wir sofort herauskommen sollten.

Damit uns Norbert nicht noch verhungerte, was seinem Magenknurren nach nicht mehr lange dauern dürfte, gingen wir zum Bistro, welches sich unweit von unserem Liegeplatz befand. Torben und ich bestellten Pommes, Norbert ebenfalls, aber natürlich eine doppelte Portion. Nach diesem kleinen Appetitanreger eliminierte Norbert noch eine Bratwurst, auf die ein schönes, großes Eis folgte.

Als wir wieder auf unseren Handtüchern lagen, stellte ich aus einem Scherz heraus die Frage, wie es denn sei, wenn man sich auf der 90-Meter-Wasserrutsche vor dem Rutschen den Rücken mit Sonnenmilch eincremen würde. Völlig begeistert von diesem Scherz schmierten wir uns umgehend gegenseitig mächtig den Rücken ein!

Oben am Startpunkt angekommen, setzte bei uns der Nervenkitzel ein, jedenfalls bis zu dem Moment, als ich den ersten Versuch wagte.

Dabei ging ich auf dem Rücken liegend ab wie Schmidts Katze und fegte in das Auffangbecken wie nie zuvor. Nach mir folgte Torben, der durch seine zu hohe Geschwindigkeit und Ungelenkigkeit zu stark in die letzte Kurve hineinrutschte, sich dabei den Oberschenkel prellte und, auf diese Weise abgebremst, mit schmerzverzerrtem Gesicht im Becken landete. Was nun folgte, war eine Wasserverdrängung erster Güte, Norbert fegte ab der zweiten Kurve durch die Sonnencreme sowie sein Kampfgewicht unter »oooh«, »aaah« und Hilferufen dermaßen die Bahn hinunter, dass in allen Kurven das Wasser in einem 30-Liter-Wasserfall über den Rand nach unten klatschte und den ein oder anderen Badegast unerwartet traf. In der vorletzten Kurve hob es ihn fast aus der Bahn, jedenfalls war sein Hinterteil beinahe komplett zu sehen. Die letzte Kurve nahm er trotz Größe und Volumen so gut, dass ihm die Zielgerade noch einmal richtig Schub brachte. Wie ein Wasserwerferstrahl schoss er aus der Bahn, um mit einem Urknall das Endbecken zu erreichen.

»Oh mein Gott, ich wäre fast dort oben herausgeflogen, oh nein, mit der rutsche ich nicht wieder!«, stammelte Norbert kreidebleich.

Wir gingen in die Halle, um uns ein bisschen Erholung im Solebecken zu gönnen, das sich durch sein salzhaltiges Wasser auszeichnete, durch das man nicht einmal den Beckenboden sehen konnte.

An jeder Seite befanden sich jeweils drei Umwälzdüsen. Mit gerade diesen Düsen schloss Norbert nun Freundschaft, vor allem, da seine geliebte Wasserfall-Omi auch in unser Becken kam und sich an solch eine Massagedüse legte.

Torben und ich standen auf der anderen Seite und durften zusehen, wie Norbert sich gegen seine Düse legte und diese mit seinem Körper verschloss. Dabei erhöhte sich der Druck der anderen zwei Düsen so immens, dass die Oma von der Stufe rutschte und nach einem lauten »Huuuch« kurzzeitig in das Becken abtauchte. Nun war es erneut um ihre Badekappe geschehen! Nachdem sie diese wiedergefunden und ihren mittelschweren Hustenanfall hinter sich gebracht hatte, überließ sie uns das Becken.

»Passt auf, Jungs, die Düsen sind kaputt!«, meinte sie recht fürsorglich zu uns, während sie davonging. Norbert grölte vor Freude über seinen Streich das gesamte Solebecken zusammen. Danach waren wir doch sehr verwundert darüber, dass die Oma ihn mit seiner sehr einprägsamen Figur nicht erkannt hatte.

Wir spielten daraufhin wie Kinder an den Düsen herum; wenn Torben nicht nach einer erneuten Norbertschen-Druckerhöhung die Klöten weggeflogen wären, wären wir durch die warme Wassertemperatur sowie die aufkommende Müdigkeit wohl noch in diesem herrlichen Becken eingeschlafen!

Bei unserer nächsten Liegewiesen-Pause zog Norbert seine gewonnene 0,5-Liter-Cola in einem Zug weg, um kurz darauf unter einem Megarülpser zu entdecken, dass er sein Badehandtuch direkt auf einen Ameisenhügel gelegt hatte und die Ameisen in seiner Badetasche schon mit einem Schokoladenkeks Samba tanzten. Norbert reagierte hocherfreut, ungefähr so, als hätte er eine Woche nichts zu essen bekommen und die Ameisen hätten ihm gerade ein gebratenes Wildschwein vor der Nase weggezogen. Er fuchtelte urkomisch mit völlig unrhythmischen Armbewegungen in der Luft herum und versuchte dabei durch Anpusten seiner Kekse diese noch irgendwie zu retten, was ihm allerdings wegen der Vielzahl an Ameisen nicht gelang. Es handelte sich bei seinen neuen Freunden um rote Waldameisen und da eine von diesen unseren Norbert anpinkelte, bekam er an dieser Stelle in der Ellenbeuge in Windeseile ein paar kleine Pusteln.

Kurz nach Norberts Gymnastik-Vorführung, untermalt von schmerzvollen Schreieinlagen, spielten wir mit ein paar englischen Mädels Volleyball.

Leider hieß es bei Norbert nur ›Treffe seine dicke Rübe‹ oder ›Erwische mal einen von fünfzig Bällen‹. Konditionell am Boden, fiel uns ein, dass wir der Speedway-Wasserrutsche neben der Wildwasserbahn noch gar keinen Besuch abgestattet hatten. Das musste sich natürlich ändern!

Torben entdeckte in seiner Badetasche noch eine Tube Ringelblumencreme und meinte, dass diese stark wasserabweisend sei und er es gerne mal mit ihr anstatt der Sonnenmilch probieren wolle.

»Bist du verrückt, Torben, willst du dich umbringen?«

»Malte, ich arbeite seit drei Jahren mit Anton zusammen, mich bringt nichts und niemand um, außerdem ist die Rutsche eine Röhre, aus der man nicht rausfliegen kann!«, meinte unser Ringelblumencreme-Experte lachend.

Vor der Speedway-Rutsche war aus Sicherheitsgründen eine Ampel angebracht, damit man den gewünschten Abstand zum Vordermann einhielt. Dieses Mal sprang Torben als Erstes in die Bahn, um in Rekordzeit wie ein geölter Blitz jauchzend unten aus selbiger hervorzuschießen. Nun war ich an der Reihe und in der letzten Kurve schaffte ich es glatt, mich einmal in der geschlossenen Röhre zu überschlagen, also für einen kurzen Moment auf der inneren Oberseite zu rutschen. Ich bin in meinem Leben noch nie zuvor auf einer Wasserrutsche so abgegangen, nicht einmal auf der Sonnencreme-Freiluftrutsche. Die Krönung war einmal mehr unser Norbert, der rund zwei Sekunden nach seinem »Macht die Bahn freeeiii!« begann, um sein Leben zu schreien. Das Wasser wurde für einen kurzen Moment weniger und plötzlich schoss Norbert in die letzte Kurve und schaffte den Überschlag leider nicht ganz, sondern fiel wegen seines Gewichts regelrecht von der Röhrendecke nach unten und landete auf seiner Plauze, um kurz darauf mit schmerzverzerrtem Gesicht und schreiend wieder im Schwimmbecken aufzutauchen. Er prellte sich gehörig die Füße und Knie sowie dem Anschein nach auch noch seinen ziemlich dicken Bauch, und dass trotz dessen Polsterschicht!

Später erholten wir uns auf unseren Handtüchern und spielten dabei eine Kartenpartie – Schwimmen –.

»Lieber Apfel, nun bist du dran, spreche dein Testament«, sagte Norbert, den Apfel mit starrem Blick anschauend, den er zuvor aus seiner Badetasche geholt hatte, und biss beherzt wie in einer Zahnpasta-Werbung hinein.

»Nein, nein, oh nein!«, schrie Norbert plötzlich, denn sein vorderer Schneidezahn, seine Überkronung, die er einem Fahrradsturz zu verdanken hatte, blieb in diesem Apfel stecken. Er jammerte, was das Zeug hielt, da ein Zahnarztbesuch für ihn immer einem Weltuntergang glich.

»Wahahaha... du hättest wohl eher sagen sollen, dass deine Überkronung ihr Testament machen soll!«, lachte ich.

Nachdem wir uns noch weitere fünf Minuten über ihn schlappgelacht hatten, gingen wir dazu über, den vor sich hin jammernden Norbert zu beruhigen. In diesem Moment rutschte er langsam in eine gefühlte Psychose. Fortan ging bei ihm nichts mehr, er wollte nicht mehr ins Wasser, wollte – zu unserem Erschrecken – nur noch mit seinem Shirt über dem Kopf auf seinem Handtuch liegen, und er meinte, dass wir in Ruhe ohne ihn ins Wasser gehen könnten, da er sich erst mal von seinem Schock erholen wolle.

»Seid mir bitte nicht böse, dass ich jetzt erst mal runterkommen möchte!«

»Seid ihr mir nun böse?«

»Ihr guckt so, ist was? Ihr seid mir böse, stimmt's?«

Doch bevor Norbert uns noch weiter mit seinen Fragen nerven konnte, suchten wir nach an die hundert Verneinungen das Weite.

Torben und ich ließen den kleinen lebendigen Psycho-Fleischklops liegen und kühlten uns erst mal ein wenig im Freischwimmerbecken ab.

Nach etwa einer Stunde kamen wir zurück auf die Liegewiese und aus unserem Fleischklops war ein angebrannter Fleischklops geworden. Norberts Rücken glühte uns bereits von weitem feuerrot entgegen.

Ich weckte ihn und er wirkte im ersten Moment ein wenig tranig, wie jemand, der gerade aus einer Vollnarkose erwacht, doch dann merkte er, dass sein Rücken tierisch spannte. Gerade in diesem Moment setzte sich eine Wespe, angelockt durch ein paar Colaflecken, auf seine schöne, knallgelbe Badehose. Da Norbert dies nicht registrierte und sich just in diesem Moment zur Seite drehte, stach sie ihn in ihrer letzten Lebenssekunde, bevor sie plattgedrückt wurde, in den dicken Allerwertesten. Er schrie, als würde man ihn abstechen, ruderte und fuchtelte dabei mit seinen Armen wild umher und sprang, wie ich es noch nie von solch einem gewaltigen Kerl mit geprellten Füßen gesehen hatte, hoch. Das war es für ihn dann auch endgültig, er wollte nur noch nach Hause, er hatte die Schnauze so gestrichen voll, wie ich es bei ihm bis zu diesem Zeitpunkt noch nicht erlebt hatte.

Während der ganzen Rückfahrt jammerte Norbert über seine Schmerzen im Gesäß, die ihn nicht richtig sitzen ließen, das

Brennen am Arm, seinen Sonnenbrand auf dem Rücken, den gerade mit Pustelbildung beginnenden Sonnenausschlag, seine Angst, nun an Hautkrebs zu erkranken, seine schmerzende Plauze, die geprellten Knie sowie Füße und am meisten über den bevorstehenden Besuch beim Zahnarzt.

»Dein Sonnenbrand wird heute Nacht vor Wärme strahlen und dabei leuchten, was das Zeug hält, da brauchst du kein Licht heute Abend!«, meinte Torben zu unserem Jammerlappen.

»Der leuchtet nicht nur diese Nacht, sondern auch noch die ganze nächste Woche, tja, Ringelblumencreme ist nun mal keine Sonnencreme!«, fuhr ich fort.

»Norbert, weißt du, was gut am Celler Badeland ist?«

»Es hat keine Leitern und Sprossen, sondern Treppen und Stufen zu den Wasserrutschen!«

»Wie meinst du das?«, fragte Norbert mich.

»Na, wenn dort statt einer Treppe eine Leiter stehen würde...«

»Danke, Malte, dass du mich jetzt auch noch an meine Leiterphobie erinnerst, danke!«

»Ich wollte doch nur etwas Positives über den heutigen Tag erwähnen!«

»Nein, du wolltest nur wieder stänkern! Wie könnt ihr beide nur so unsensibel sein!«, schimpfte Norbert.

Wir hielten direkt vor seiner Haustür, übergaben ihn seinem leicht angetrunkenen Vater, und während Norbert noch seine Badetasche aus dem Kofferraum holte, erzählte ich Paul die Zahngeschichte durch mein geöffnetes Fenster und wünschte beiden viel Glück für den anstehenden Zahnarztbesuch.

»Und immer schön lächeln!«, meinte Paul noch trocken und etwas provokant, während Norbert voller Angst und mit schmerzverzerrtem Gesicht schweigend an ihm vorbeihumpelte.

<u>Auszug aus Renates Tagebüchern</u>

24.09.1998: Liebes Tagebuch, *Norbert ist gerade von seiner Freibad-Tour zurück und er hat sich einen Zahn ausgeschlagen, soll ein gezielter Ballwurf von Malte gewesen sein. Mein Kleiner hat sich auch noch einen Wespenstich eingefangen, da Torben ihn in ein Gebüsch geschubst haben soll, und er hat einen Sonnenbrand wie ich ihn noch nicht bei einem Menschen gesehen habe. Ich glaube, dass die beiden sogenannten besten Kumpels nichts für Norbert sind, die haben ja nur Flausen im Kopf und mein kleiner Norbert muss darunter leiden.*

25.9.1998: Liebes Tagebuch, *Norbert hat die ganze Nacht auf seinem schmerzenden Bauch geschlafen und sein Wespenstich hat sich wohl entzündet, es sieht aus, als hätte er eine dritte Pobacke.*

28.9.1998: Liebes Tagebuch, *der Zahnarztbesuch war ein Drama, Norbert hat die halbe Praxis zusammengeschrien und liegt nun im Bett und schläft, da ich ihm zur Beruhigung seine Tropfen ins Bier gemischt habe, was bei ihm eine Vollnarkose bewirkt hat. Muss ich mir mal merken, vielleicht wirkt das ja auch bei Paul, allerdings ist man dann wohl komplett lahmgelegt, ist ja auch nicht gut!*

23.11.1998: Liebes Tagebuch, *Malte sitzt schon zwei Stunden bei Norbert im Zimmer, jetzt muss ich für den auch noch Abendbrot machen, das geht mir hier ja alles auf den Keks, aber Norbert braucht sein Essen, sonst geht das Gequake gleich wieder los und Malte soll ruhig sehen, dass ich eine fürsorgliche Mutter bin. So etwas kennt der Vogel bestimmt nicht!*

Die Walpurgisnacht

Die Walpurgisnacht ist ein sehr bekanntes Hexenfest, das traditionell auf dem und um den Brocken im Harz veranstaltet wird. Die Nacht zum ersten Mai war schon für unsere Vorfahren von besonderer Bedeutung: In ihr wurden Freudenfeuer entzündet, um den Frühling zu begrüßen.

Im Harz trafen sich die Menschen um diese Feuer, tanzten und sprangen durch die Flammen. Die Walpurgisnacht auf dem Brocken wurde erst Ende des 19. Jahrhunderts in Anlehnung an Goethes Faust eingeführt. In dieser Nacht gehen abergläubische Bräuche vor sich, geweihte Kirchenglocken werden geläutet, dadurch können die Hexen, welche ihre Tänze in Gegenwart des Teufels abhalten, einem nichts anhaben. Um sein Hab und Gut zu schützen, wurde in dieser Nacht geweihtes Salz auf Türschwellen von Ställen und Häusern gestreut, da man glaubte, dass Hexen diesen Duft nicht leiden könnten. Besen wurden mit dem Reisig nach oben oder zu zweit gekreuzt vor die Tür gestellt, ebenso wurden auch Messer in Schlüssellöcher gesteckt. Junge Männer zogen Peitschen schlagend über Kreuzungen, um dafür zu sorgen, dass Hexen sich dort nicht versammeln konnten. Am ersten Mai ging niemand vor die Tür, bevor nicht der erste Hahn gekräht hatte!

Eine solche Walpurgisnacht im Harz, mit all' ihren Bräuchen, Maskeraden und der ganzen Atmosphäre, wollten wir natürlich einmal miterleben!

Norbert, Torben und ich freuten uns, dass Paul den Chauffeur mimte, da er zum einen nichts trinken und zum anderen mal wieder ohne seine Alte frische Luft schnappen wollte. Ebenfalls ist der Harz gut in einer Stunde zu erreichen.

Wir fuhren mit Pauls momentanem Zweitwagen, einem kleinen grünen Auto aus dem Radkappenwerk, da dieses laut seiner Aussage mal seinen ›Bergtest‹ absolvieren sollte.

Auf der Parkwiese angekommen, merkten wir, dass der Boden, da es zuvor geregnet hatte, doch recht aufgeweicht war. Paul freute sich in seiner humorvollen Art, die häufig seine Verzweiflung überspielen sollte, darüber, wie sehr das von ihm erst kurz zuvor gewaschene Auto nun sauber bleiben würde.

»Bin ich jetzt schuld, dass der Wagen dreckig wird?«, fragte Norbert, und Paul meinte, dass er indirekt daran beteiligt sei. Es begann eine Tortur aus An- und Entschuldigungen.

Von der Wiese aus gingen wir belustigt über Norberts leichten Psychoanfall in Richtung Bus, der uns zum Festplatz bringen sollte.

»Paul, hast du den Wagen abgeschlossen?«

»Weiß ich nicht, Norbert, aber wenn das Auto nachher weg ist, müssen wir eben nach Hause laufen, würde dir bestimmt guttun mit deinem Figurproblem!«, antwortete Paul seinem lieben Thronfolger.

»Willst du etwa sagen, dass ich dick bin, schau dich und deinen Anti-Astralkörper lieber selbst mal an!«, fauchte Norbert, worauf Paul nur grinsen konnte.

Der nächste Bus brachte uns ins Tal. Ein Schild wies uns den Weg bis vor einen Bauzaun: Eintritt fünf DM! Wir waren sprachlos und etwas verärgert. Ein Kassierer sagte, dass in den letzten Jahren einfach zu viel los gewesen sei und man die Veranstaltung als gute Einnahmequelle betrachten würde.

»Touristen-Abzocke, nicht mit mir, ich gehe hier irgendwo durch die Büsche!«, knöterte Paul.

»Ist ja wieder typisch für dich, Mr. Geizkragen!«

»Vorsicht, mein lieber Sohn, denke daran, dass ich heute der Fahrer bin!«, erwiderte Paul.

Norbert überkam wieder die für ihn typische Angst, sein Blick wurde binnen einer Sekunde zum Tunnelblick.

»M... meintest du das eben gerade ernst?«

»War nur ein Scherz!«, beruhigte Paul seinen stotternden und psychotisch hochfahrenden Sohn.

Für Norbert war es immer schön, irgendwo hinzufahren, aber er machte sich meist auf der Hinfahrt schon einen Kopf, wie und ob er gut und heile zurückkommen würde. Sowas kennt wohl jeder, doch bei Norbert waren gewisse Empfindungen, Ängste und Nöte immer stärker als bei vielen anderen Menschen! Weshalb das so war, wusste ich zu diesem Zeitpunkt jedoch noch nicht.

Während wir unseren Weg in der Schlange in Richtung Kassenhäuschen fortsetzten, sprachen wir mit Paul noch einen Termin und einen Treffpunkt für zwischendurch ab. Dabei killten wir ein von Norbert zuvor gekauftes Fläschchen mit rotem Kräuterlikör, destilliert in einem berühmten Ort im Ostharz.

Endlich auf dem Gelände angekommen, zog ein kostümierter Zug von Hexen, Teufeln und anderen sich an Peitschen und Reisigbesen klammernden Personen oder optischen Zuständen an uns vorbei.

Wir stellten mit Erschrecken fest, dass das groß angekündigte Feuer, auf dem abends eine Hexenpuppe, festgebunden an einem Holzstab, verbrannt werden sollte, nur die Größe eines großen Lagerfeuers hatte. Etwas Positives gab es dennoch: Met, also Honigwein, der Germanentrunk schlechthin!

Nach einigem Met, Likör, Bier sowie mehreren Bratwürsten und Steaks kam unser nächstes Problem. Wir mussten austreten, doch wo? Es war bis auf einige Fackeln im Boden und ein paar beleuchtete Ausschankbuden doch recht dunkel auf dem Festplatz, da eine rund sechzig Zentimeter hohe Fackel, aufgestellt in zwei Meter Abstand, bei der hohen Besucheranzahl, die sich über die Wege schob, nicht gerade eine hohe Leuchtkraft besitzt. Nachdem wir nahezu den ganzen Platz abgelaufen, oder eher abgestolpert hatten, fanden wir glücklicherweise einen Toilettenwagen. Leider standen wir am Ende einer sehr langen Schlange und entschlossen uns daher kurzerhand dazu, irgendwo in die Büsche zu gehen.

Da Norbert im Anschluss noch immer der Magen knurrte, suchten wir noch einmal die Bratwurstbude auf.

»Hier, damit du nicht vom Fleisch fällst, mein Lieber!«, meinte die Bedienung in der Bude.

»Wenn du die verdrückst, dann platzt du, das garantiere ich dir!«, kicherte ein anderer Kunde. Wir haben uns beim Anblick Norberts in diesem Moment fast an unserem Bier verschluckt, da er ein Gesicht zog, als habe man ihm gesagt, dass er eine Diät machen müsse. Die nächsten drei Biere bestellte Norbert nicht für uns, sondern für sich allein und erwies seinem neuen Spitznamen ›Schüttmeister‹, dem Namen, den er sich beim Schützenfest erarbeitet hatte, somit alle Ehre.

Am zuvor abgesprochenen Treffpunkt vor dem Feuer warteten wir auf unseren Fahrer. Langsam merkten wir, dass Norbert unruhig wurde, was sich wie beim Schützenfest darin äußerte, dass er alle zwei bis drei Minuten auf seine Uhr schaute. Er wurde von Minute zu Minute nervöser, was er mit einigen roten Likören zu betäuben versuchte. Zu seiner Erleichterung kam Paul fast pünktlich zu uns und meinte, dass wir uns um halb eins am Eingang treffen würden.

»Mein lieber Freund, und du zügelst dich jetzt mal in Sachen Alkohol, sonst kann ich mir wieder Renates Gejammer anhören, klar?«, schimpfte Paul, bevor er in Windeseile in der Menschenmenge verschwand.

Wir schauten uns den Hexentanz um das entzündete Feuer an und freuten uns über die brennende Stoffpuppe. Leider war der Gesang der Akteure eher so zu deuten, als hätten diese selbst gerade Feuer gefangen. Es war eine Mischung aus Schreien, Kreischen und winselndem Gejammer.

Plötzlich trug das Feuer, begünstigt vom leichten Wind, mehrere Rauchschwaden sowie Glutstücke in unsere Richtung. Die Glut drehte sich regelrecht in der Luft wie ein kleiner Tornado ein und legte sich, trotz eines riesigen Hechtsprungs von Norbert, auf seine Jacke.

Er zog sie sich schnellstens aus, doch es war schon zu spät, beim Hochziehen der Jacke konnte er uns durch das ›Brandloch des Jahres‹, wie wir es später tauften, anschauen.

»Gratulation, Norbert, das gibt bestimmt einen Arsch voll von Mami!«, meinte ich zu ihm.

Eine Sekunde später war in Norberts Augen nur noch eine gewisse Leere zu sehen, eine Leere, die einen Heulkrampf mit sich zog. Norbert fing an, zu schluchzen, und wollte eine Antwort auf die Frage, wie er seiner Mutter das mit der Jacke bloß beibringen solle, da sie ihm wohl vorher gesagt hatte, dass er sich lieber seinen älteren uncoolen Parka anziehen solle. Für ihn brach mal wieder eine Welt zusammen, denn er befürchtete obendrein auch noch, dass Paul ihn deswegen mit Lästereien fertigmachen würde. Torben war dieses ganze Theater recht egal, da er dem roten Likör, dem ›Schierker Feuerstein‹, so verfallen war, dass er sich nur noch mit einem breiten Grinsen im Gesicht irgendwo, wo man sich festhalten konnte, sternhagelvoll festhielt und sich irgendetwas Unverständliches in den Bart brabbelte.

Der Abend auf dem Festplatz ging zur Neige, der ausgemachte Treffpunkt am Eingang wurde trotz unseres Alkoholpegels recht zügig erreicht.

»Na, habt ihr euch etwa verlaufen?«, meinte Paul leicht schnaufend.

»Stell dich wegen fünf blöden Minuten nicht so doof an, ja!«, fuhr Norbert seinen Vater an.

»Eines sage ich dir gleich, mein lieber Sohnemann, ich bin noch immer der Fahrer und erwarte eine gewisse Pünktlichkeit, da der Shuttle zurück zum Parkplatz nur alle dreißig Minuten fährt und ich Renate gesagt habe, dass wir um zwei Uhr wieder zu Hause sind!«

Stille kehrte ein, Norberts Gesichtszüge hingen auf Halbmast.

»Iiiesch kann doch aaauch fahren! Waaat macht a denn hiea wieda füaaan Theater, i schlag daaa gleich zwischen!«, lallte Torben hicksend.

Nach einem kurzen, aber leicht torkelnd zurückgelegten Weg erreichten wir den Bus genau in dem Moment, in dem ein tierischer Regen einsetzte.

Norbert setzte sich im beleuchteten Bus so hin, dass Paul ihn und vor allem das Brandloch nicht sehen konnte. Der Regen peitschte an die Scheiben, das Licht ging aus und ich hörte zwischen all dem Gerede der Mitfahrer ein tiefes, ja fast erlösendes Durchatmen. Von wem es kam, konnte man sich ja denken... Eindeutig von Norbert!

Die Busfahrt neigte sich nach ein paar Serpentinen bereits wieder dem Ende zu, wir waren nur noch wenige Meter von der Endstation entfernt und Norberts Adrenalinspiegel stieg und stieg, seine Schweißausdünstungen erreichten meine Nase und ich ahnte schon, was noch auf uns zukommen sollte. Er versuchte, sich auf seinem Sitz klein zu machen, um irgendwie das Brandloch zu verdecken. Nun saß er da und sah aus wie ein Schuljunge, der sich gerade in die Hose gemacht hatte und nicht wollte, dass es jemand mitbekam. Es gab einen kleinen Ruck und der Bus kam zum Stehen, in Windeseile sprang Norbert von seinem Sitz auf und musste sehen, wie unser Kumpel Torben sich nahezu vor ihn warf, da dieser sich, durch

Gleichgewichtsstörungen gezwungen und verstärkt durch die schlechte Luft im Bus, nicht gerade gut auf den Beinen halten konnte. Da Torben uns den Weg versperrte, bildete sich eine Schlange, an deren Ende ein herüberschielender Paul stand. Wir kamen mit Mühe und Not aus dem Bus heraus und stellten fest, dass Petrus seine Schotten just in diesem Moment wieder geschlossen hatte.

Der durchnässte Wiesenboden erschwerte uns das Gehen, Norbert schnaufte bereits nach ein paar Metern wie ein liebestolles Nashorn.

Am Auto angekommen, zog er ruckartig seine Jacke aus, doch was er nicht hoffte, kam natürlich: »Du brauchst deine Jacke gar nicht zu verstecken, ich habe eh schon gesehen, dass da ein riesiges Brandloch drin ist, mein Sohnemann, hahaha, da hat morgen, wenn Renate das sieht, dein Arsch bestimmt wieder Kirmes!«, lachte Paul schadenfroh.

»Es tut mir leid, ich kann es doch auch nicht mehr ändern, soll ich jetzt auf die Knie fallen?« jammerte Norbert seinem grinsenden Vater entgegen.

»Mach du das mal morgen bei Renate, vielleicht bringt es was, brauche ich wenigstens einen Monat nicht die Küche wischen!«, meinte Paul scherzend.

Wir setzten uns ins Auto, doch wo war Torben? Er war nicht mehr da! Wir hatten ihn verloren! Norberts Augen offenbarten wieder eine Leere und er hielt sich folgend die Hände vors Gesicht.

»Das fehlt jetzt gerade noch, Norbert kurz vor dem Nervenzusammenbruch und Torben verschwunden, Bingo!«, grummelte ich in meinen Bart.

»Torben findet das Auto in seinem Zustand doch nie!«, meinte Paul völlig zu Recht.

Da Norbert auf der Rückbank des Autos bereits von einer Schockstarre befallen worden war, gingen Paul und ich allein in Richtung Einfahrt. Zu unserer Erleichterung stand Torben dort schwankend an einem Busch und erleichterte sich gerade.

Als wir später alle im Auto saßen, meinte Paul, Oberhäuptling der Wunderlichen Lach- und Schießgesellschaft, ob Norbert nicht noch einmal austreten wolle.

»Nein, ich will nicht, ich habe schon gepinkelt«, stammelte Norbert trotzig.

»Nicht, dass wir in fünf Kilometern anhalten müssen, kennt man von dir ja, mein Sohn!«

»N... notfallls ziiiehste hoch und spuckst eees aus!«, lallte Torben.

Wunderlicher Weise, unseres Kampfgewichts wegen, kamen wir entgegen anderer Fahrzeuge gut von der durchweichten Wiese weg.

Bergauf, bergab, die Autofahrt nahm ihren Lauf, gleiches galt für die Alkoholeinwirkung in unseren Körpern. Norbert und ich saßen auf der Rückbank und Torben gab als Beifahrer alles, aber auch wirklich alles, was in seinem Zustand möglich war! Er erzählte alkoholisiert-nuschelnd seine Lebensgeschichte und erklärte, wie die Politik in Wirklichkeit funktionieren würde. Wie ein wild gestikulierender Politiker schlug er dabei im Minutentakt unüberhörbar auf das Armaturenbrett des kleinen grünen Laubfrosches. Bei jedem Schlag zuckte Norbert, der sich mittlerweile wieder die Hände vor das Gesicht hielt, zusammen.

»Hör mal zu, Torben, hör jetzt auf, immer auf das Armaturenbrett zu hämmern, sonst geht noch der Airbag hoch!« Torben hatte sich allerdings so in Rage geredet, dass er Pauls Worte überhaupt nicht wahrnahm. So nahm das Unheil seinen Lauf... Torben schlug... Paul bat, forderte, fauchte. Und auf der Rückbank saß ein sich in die Polsterung drückender, von

Schweißausbrüchen geplagter Norbert, der sich zitternd und mit Tränen in den Augen am liebsten eingegraben hätte!

Der Punkt war erreicht, der Punkt der ersten allgemeinen Verschlechterung seiner Psyche.

Mit jedem weiteren Kilometer, mit jedem weiteren Schlag ging es Norbert schlechter, er litt und war einem Nervenzusammenbruch nah.

»Na, war doch eine tolle Walpurgisnacht, oder?«, meinte Norbert mit zittriger Stimme.

»Halt bloß deine Klappe, Torben schläft gerade«, fauchte Paul leise zurück, bevor er am Gifhorner Schützenplatz anhielt.

Nachdem wir Torben, der erst kurz vor Gifhorn eingeschlafen war, geweckt hatten, stiegen wir aus. Wir verabschiedeten uns von Paul und... und... Wo war Norbert?

»Willst du nach vorne, mein Sohn, oder hast du Angst, dass der Beifahrerairbag hochgeht?«, kicherte Paul, doch Angesprochener saß kauernd in der letzten Ecke des Autos, schaute stumm zum Fenster hinaus und winkte lediglich kurz ab.

»Macht es gut, Jungs, ich muss jetzt erst mal meinen Trauerkloß mit dem Brandloch in der Jacke nach Hause bringen!«, rief uns Paul zu, bevor er den Kopf in Norberts Richtung drehte und noch einmal ganz laut und kräftig »Brandloch!« in den Wagen rief. Ich schlug die Autotür zu und Paul sauste davon!

<u>Auszug aus Renates Tagebüchern</u>

*02.05.1999: **Liebes Tagebuch,** ich bin sehr sauer auf meinen Paul, er hat bei der Walpurgisnacht doch wirklich nicht auf unseren Sohn aufgepasst und so hat Norbert seine neue Jacke ruiniert. Außerdem hat Norbert heute den ganzen Tag gekotzt, obwohl er nur wenige Liköre, ein paar Bier und einen Liter Honigwein durcheinandergetrunken haben soll! Ich habe ihm geraten, in Zukunft, wenn überhaupt, nur eine Art von Getränk* *zu sich zu nehmen. Wenn ich das mit Jonny oder Jack kann, dann kann Norbert das auch, ist ja schließlich mein Sohn. Sollte noch einmal die Walpurgisnacht besucht werden, bin ich zum Aufpassen jedenfalls dabei, garantiert! Ich kann das wenigstens, ich habe ja meine mütterlichen Adleraugen! Mir entgeht nichts!*

08.05.1999: Liebes Tagebuch, *Malte und Norbert feiern ihr fünfjähriges Kennenlernen nach, ich glaube langsam, die beiden sind verheiratet! Norbert war gerade da und meinte, dass Malte hier schlafen werde, da er nicht mehr fahren könne. Na ja, unser Haus ist ja groß genug!*

15.06.1999: Liebes Tagebuch, *ich bin so stolz auf meinen Jungen, er hat eine Lehrstelle bekommen und ich trinke deswegen gerade, zur Feier des Tages, meinen Jahrhundert-Whisky, yes!*

21.08.1999: Liebes Tagebuch, *meine Flattermänner sind der Hit, Norbert sitzt auf dem Schacht und Paul machte gerade die Biege, oh Mann, und dass nur, weil ich gesagt habe, dass ein Quickie mal wieder guttun würde. Jetzt fegt er doch glatt die Terrasse. So ein Blödmann, als ich ihn gefragt habe, ob er mich auch mal so rannehmen möchte wie den Besen, sagte er doch glatt, dass dieser Besen vom Verhältnis Preis-Aufwand-Nutzen her der bessere Fang für ihn gewesen sei. Ich habe ihm darauf geantwortet, dass ich nun wisse, mit welchem Lappen ich meine Bratpfanne polieren würde! Schlagfertig bin ich ja, Prost!*

Adam und Eva

»Ich heirate und lade euch alle ein!«, schrie mir eine euphorisch wirkende Stimme in mein gerade taub werdendes Ohr und ich ließ vor Schreck fast den Telefonhörer fallen.

»Wie, was, wer, hallo, wer ist denn da?«

»Ich bin's, Udo!«

»Udo, das ist doch nicht dein Ernst, du willst heiraten, wen denn?«

»Na, Eva, sie hat mich gefragt, ob wir am 09.09.99 heiraten wollen, und ich habe sofort ›Ja‹ gesagt!«

Udo und Eva, muss man wissen, kannten sich erst seit rund drei Monaten. Sie hatten sich bei einem Osterfeuer getroffen, besser geschrieben zog Eva ihren Fang sturzbetrunken im Bollerwagen zu sich nach Hause, wo sie ihm wohl zeigte, wie der Stecker in die Steckdose kommt, damit bei ihm einmal die Birne leuchtet. Allerdings leuchteten bei Udo wohl nur die Glocken, sonst hätte er, meiner Meinung nach, nicht so schnell vorgehabt, zu heiraten.

Kurz nach Ostern saß ich gerade mit meiner neuen Freundin Jana beim Kaffeetrinken, als uns Udo und seine angehende Ehefrau besuchten. Stille stellte sich bei Jana und mir ein, da wir bei erster Betrachtung dachten, dass er einen Kerl mitgebracht hätte. Eva war rothaarig, in allen Bereichen recht schlank gebaut und hatte sehr herbe sowie sehr männlich wirkende Gesichtszüge. Es gibt natürlich die Liebe auf den ersten Blick, aber dieser erste Blick sollte doch wohl irgendwann nüchtern geworden sein! Dass Udo dann nicht schreiend davongelaufen ist, kann ich bis heute nicht verstehen. Egal, alles Geschmackssache, wo die Liebe halt hinfällt, und vielleicht hatte Udo einfach andere Werte bei ihr erkannt, von denen wir nichts wussten!

»Ich lade alle Kumpels mit Anhang ein, dich mit Jana, Norbert, Torben, Tim und sogar Ingo, den ich aus der Disco kenne!«

Ich fragte Udo, ob zeitlich alles passen würde, denn der besondere Tag sei ja schließlich nur noch ein paar Monate entfernt, doch Udo sagte, dass sie großes Glück gehabt hätten, da Evas Cousine im Standesamt arbeite, dort eine Hochzeit abgesagt worden sei und die beiden natürlich schon über ein halbes Jahr auf der Warteliste gestanden hätten.

»Man muss nicht nur schlau sein, sondern benötigt auch Vitamin B!«, sagte Udo und wirkte dabei etwas arrogant und überheblich in seiner Ausdrucksweise.

Ich gab Udo die Adresse von Norbert, da unser ›Mr. Schlau‹ nicht mehr wusste, wo dieser wohnte. Die gemeinsame Faschingsfeier lag schließlich schon fünf Jahre und die Gartenparty ganze zwei Jahre zurück und da kann man so etwas, wenn man so drauf ist wie Udo, natürlich mal vergessen!

Die Adresse von Tim konnte ich den Hochzeitsfreudigen jedoch leider nicht geben, da seit dessen Umzug nach Braunschweig vier Jahre zuvor keiner mehr Kontakt zu ihm hatte.

Bereits am selben Abend rief mich Norbert an und konnte sich vor Lachen kaum noch halten. Seine Eltern waren gerade nicht zu Hause und er war überrascht, als plötzlich das neue Traumpaar an seiner Haustür stand.

Verdutzt ließ er beide rein. Eva fielen schier die Augen aus dem Kopf, als sie in Norberts Jugendzimmer trat. Ihr stockte regelrecht der Atem und sie war sprachlos beim Anblick der

Vielzahl an Comics, Videokassetten, CDs und Videospielen, die sich in diesem Zimmer befanden.

Udo war recht kurz angebunden, da er laut Norberts Vermutung wohl Angst bekam, dass seine Perle nach dieser Zimmermusterung nicht mehr nach Hause wollte. Welten trennten Udo mit seiner Junggesellenbude, in der ein Kassettendeck mit Radio, rund dreißig Musikkassetten, ein kleiner Fernseher und zwei Grünlilien standen, von Norberts Zimmer. Als Letzterer dann noch erwähnte, dass dieses Jugendzimmer lediglich sein Hobbyzimmer sei, rutschte Eva endgültig die Kinnlade nach unten.

»Ich lach mich schlapp, der stupide Trottel will heiraten, und dann diesen Kerl, das ist doch keine Frau, oh Gott, das Debakel möchte ich erleben, zwei Tage Urlaub bekomme ich auf alle Fälle!«, schrie Norbert lachend ins Telefon.

»Du, Malte, die Eva hat mich ja förmlich mit ihren Blicken ausgezogen. Wenn ich sie gefragt hätte, ob sie mich heiraten möchte... wahahaha!«

»Norbert, jetzt spinn doch nicht rum!«, fiel ich ihm ins Wort.

»Malte, willst du damit etwa sagen, dass ich keine gute Partie bin?«

»Du bist klasse, Norbert, und unwahrscheinlich pfundig, dich mögen alle Markos.«

»Arschloch!«

»Sie Arschloch, bitte! So viel Zeit muss sein!«, antwortete ich, woraufhin wir uns erst mal schlapplachten.

Nach diesem Gespräch merkte ich, dass sich Norbert meinem Humor angeglichen oder zumindest gelernt hatte, diesen zu verstehen.

Auszug aus Renates Tagebüchern

*30.04.1999: **Liebes Tagebuch,** Norbert wurde von Stau-Udo zur Hochzeit eingeladen. Udo will doch glatt am 09.09.1999 heiraten. Ich weiß ehrlich gesagt gar nicht so richtig, wer dieser Udo ist. Laut Norbert war er bei der Faschingsfeier als Gespenst verkleidet, Udo-Bu sagte er. Ich kann mich nur noch an das Abmähen von Pauls Wiese erinnern! Bei der Gartenparty war er wohl auch da, ach, egal, Norbert möchte hin und da Paul, der Geizkragen, keinen neuen Anzug für ihn kaufen möchte, darf ich nun Pauls Anzughose kürzen. Gut, dass meine Mutter noch lebt, die kann das! Ich bin doch eher grobmotorisch veranlagt, lieber Bratpfanne und Keule als Nadel und Faden!*

So zogen die Tage ins Land und nach einem ›Wunderlichen Urlaub‹ stand bereits die Hochzeit von Udo und Eva an.

Norberts Anrufintervalle wurden, wie immer, kürzer und seine Aufregung natürlich größer!

Der Tag X.

Norbert wurde bereits um sieben Uhr von Paul gebracht.

»Geiler Zwirn, Alter, man erkennt dich gar nicht wieder.«

»Hauptsache, Eva sagt nicht ›Nein‹ zu Udo und zieht mich vor den Altar!«, lachte Norbert, was das Zeug hielt.

»Was ist denn los, Norbert, hast du jetzt schon einen im Tee?«

»Nein, Malte, Paul meinte eben bei der Verabschiedung, dass ich Adam und Eva schön von ihm grüßen solle, Adam und Eva, ich lach mich kaputt, hahaha!«

Nachdem Jana ihre Schminkstunden beendet hatte, stand vor unserer Abfahrt noch eine kleine Fotosession im Garten an.

»Bitte lächeln!«, rief meine Mutter, bevor sie sich vor Lachen nicht mehr halten konnte, da unser euphorisch wirkender und sehr gut gelaunter Norbert einen Kussmund in meine Richtung machte und sein Bein beim nächsten Foto an mich drückte, als würde er mich gleich bespringen wollen. Unsere Stimmung war sehr ausgelassen, da wir zu jener Zeit recht große Spaßvögel waren und fast aus dem Nichts einfach bis ins Unendliche albern sein konnten.

Morgens um zehn Uhr wurde unser Hochzeitspaar im Eiltempo im Standesamt Gifhorn getraut und kam danach etwas abgehetzt in die Dorfkirche unseres eingemeindeten Nachbarortes, in der die große Hochzeitsgesellschaft schon wartete. Das ›Groß‹ bezieht sich leider auf die zweite Hochzeit, die zeitgleich stattfand, da es dem Pastor an diesem besonderen Datum nicht anders möglich war, alle Hochzeitsanfragen unter einen Hut zu bekommen. Da dies den Brautpaaren egal war und die evangelische Gemeinde es ebenfalls abgesegnet hatte, da sie sich generell über die Anzahl der Trauungen freute, stand dem ganzen Prozedere nichts im Wege. Hochzeiten am Fließband, komme, was wolle!

Es saßen gut hundertzwanzig Gäste in der Kirche, von denen nur rund dreißig zu Udo und Eva gehörten. Wir waren die einzigen sogenannten Kumpels, die zur Hochzeit erschienen. Für alle anderen Eingeladenen war es angeblich zu kurzfristig gewesen oder sie hatten an diesem Donnerstag schlichtweg keinen Urlaub bekommen.

Während der Trauung flennte Udo von Emotionen überwältigt wie ein Schlosshund. Norbert tat es ihm gleich, allerdings waren es bei ihm Tränen der Albernheit.

»Oh Gott, eine Sintflut, oh Gott, erlöse mich... wahahaha!«, kicherte er. Als ich dann noch sagte, dass der Trauzeuge als Schlange verkleidet dem Brautpaar statt der Eheringe einen

Apfel hinhalten müsste, grölte Norbert mit seinem bekannten Blecheimerlachen die ganze Kirche zusammen. Alle drehten sich kopfschüttelnd zu uns um und wir bekamen beide einen leichten Nackenschlag von Jana. Noch bevor die beiden ihr Ehegelübde abgaben, erhellten Sonnenstrahlen das Innere der Kirche und ein Sonnenstrahl schien Udo dabei mitten auf den Kopf, weswegen dieser schier geblendet wirkte.

»Na, ob unserem Staufahrer gerade ein Licht aufgeht?«, überlegte Norbert passend dazu.

»Meinst du wirklich, dass sowas passieren kann? Ich glaube, er sagt auf alle Fälle ›Ja‹!«, kicherte ich zurück.

»Nein! Wird er nicht sagen!«, antwortete Norbert just in dem Moment, als Udo ›Ja!‹ sagen wollte, und alle guckten den Bruchteil einer Sekunde, da sie nicht wussten, von wem das ›Nein!‹ gerade gekommen war, raunend durch die Gegend. Bis Udo umgehend ganz laut ›Ja!‹ sagte, verging zwar nur der Bruchteil einer weiteren Sekunde, doch für mich fühlte es sich, bedingt durch die Peinlichkeit, die ich in dieser Situation verspürte, wie eine halbe Ewigkeit an.

Als die frischvermählten Paare bei wunderschönem Sonnenschein aus der Kirche kamen, wurden sie von einem Blumenmeer überschüttet. Hier muss man leider erwähnen, dass sich lediglich die andere Hochzeitsgesellschaft um Blumenkinder und -schmuck gekümmert hatte. Aus der Udo- und Eva-Ecke kam lediglich von Evas Tante eine Ladung Reis, die ihresgleichen suchte und mit der die Frischvermählten regelrecht abgeworfen wurden. Udo lachte darüber in seiner typisch stupiden Art und Evas Gesicht nahm vor Freude die rote Farbe ihrer Haare an, die man noch leicht unter ihrem Schleier erkennen konnte.

Wir machten schnell ein 08/15-Hochzeitsfoto, welches jemand von der anderen Hochzeitsgesellschaft schießen musste, da ›Mr. Vitamin B‹ keinen Fotografen gefunden hatte. Norbert machte dem Bräutigam bei diesem Foto mit seinen Fingern ein paar Hasenohren und freute sich danach wie ein kleines Kind über diesen ›Joke für die Ewigkeit‹, wie er ihn nannte.

In der Gaststätte angekommen, setzten wir uns gleich auf unsere Plätze. Eine kurze Rede folgte bis zum Drei-Gänge-Menü der nächsten.

Es war schon merkwürdig, dass von Udos Seite nur ganze acht Personen da waren, eben seine engsten Familienmitglieder: seine Eltern, sein Trauzeuge und Bruder Tom sowie Opa Hansen, wie dieser von allen liebevoll genannt wurde, ja, und wir drei.

Udo saß bis zum Anschneiden der Hochzeitstorte stocksteif auf seinem Platz und grinste sich einen weg. Seine Braut wirkte zeitgleich völlig abwesend, als würde sie nicht dazugehören. Sie war an diesem Tag auch recht ungesprächig, lächelte hin und wieder in Norberts Richtung und das war's dann auch schon.

»Udo, sitzt du auf irgendetwas oder weswegen grinst du die ganze Zeit?«, fragte ich provokant.

»Ich freue mich einfach, dass ich von uns Kumpels nun der Erste bin, der verheiratet ist!«

»Hauptsache, du bist nicht der Erste, der geschieden wird!«, kicherte ich, worauf Udo recht sauer wirkte und uns fortan nicht mehr großartig beachtete.

Da Udo und Eva nicht tanzen konnten, wurde aus dem Hochzeitstanz lediglich ein kurzer Stolpertanz, frei nach dem Motto, so, zweimal gestolpert, fünfmal gehopst, abgearbeitet, Feierabend. Einzig interessant war das Werfen des Brautstraußes, da diesen beim ersten Versuch unser lieber Norbert an seine dicke Birne bekam.

»Wie war das mit dem Fangen?«

»Malte, stänkere nicht, ich habe den Strauß doch gefangen, halt mit meiner Birne, genau wie den Volleyball im Celler Badeland, sollte eben ein Kopfball zu Jana werden! Aber lass mal sein, sie hat ihn bekommen und ihr seid jetzt die nächsten, ätsch!«, konterte Norbert, was mich glatt verstummen ließ.

Bereits um 20.00 Uhr, kurz nach dem Buffet, verabschiedeten sich Udos Eltern, da sein Vater in die Nachtschicht musste und auch Udos Bruder loswollte, da er noch den müde gewordenen Opa Hansen nach Wolfsburg fahren musste.

Wir saßen mit Evas Cousine und gleichzeitig Trauzeugin am Tisch, Claudia war ihr Name, und kamen ziemlich schnell ins Gespräch, da wir uns bereits aus einer Discothek recht gut kannten.

»Diese dusselige Kuh hat mir schon vor Jahren in der Sandkiste erzählt, dass sie am 09.09.99 heiraten werde, notfalls würde sie dafür einen von der Straße holen!«, äußerte sich Claudia geradezu lästernd über ihre Cousine.

»Na ja, die Straße liebt unser Staufahrer, also hat sie es durchgezogen, oder?«, entgegnete Norbert inmitten unser aller Gelächter.

Wir gingen viele Szenarien durch, wie und wann die Ehe der zwei zu Ende gehen würde. Es war an bösartigem Sarkasmus nicht zu übertreffen! Grausig schön und für uns in diesem Moment ziemlich belustigend.

Ich habe bis zu diesem Tag noch nie so eine gruselige Stimmung bei einer Hochzeitsfeier erlebt, es glich eher einer Beerdigung als einer Vermählungsfeier. Einzig wir vier hatten etwas Spaß und machten uns darüber lustig, dass unser Norbert den Brautstrauß abbekommen hatte und Claudia fest davon überzeugt war, dass Eva ihn bewusst zu ihm geworfen hatte, da sie ihr mal gesagt habe, dass sie Norbert ganz nett fände.

»Eigentlich passt es ja mit dem Brautstrauß, den bekommt doch immer eine Jungfrau zugeworfen, oder?«, fragte ich in die Runde.

»Woher willst du wissen, ob ich noch Jungfrau bin, Malte? Ich sage nichts mehr ohne meinen Anwalt!«, erwiderte Norbert lachend.

»Ich frage Werner einfach mal!«

»Malte, jetzt fang nicht wieder mit dieser Sache beim Karneval an, bei der der süße Werner mich hübsch aussehenden jungen Mann angegraben hat!«, lachte Norbert mir entgegen.

»Leute, der Brauch besagt, dass die Frau, die den Brautstrauß fängt, als Nächstes vor den Traualtar tritt!«, klärte uns Jana auf.

»Malte, ich werde dein Trauzeuge!«

»Ich erschieße mich!«

»Was habe ich da gehört? Weswegen willst du dich erschießen, wegen Norbert oder wegen einer Hochzeit, häh?«, fauchte Jana während eines erneuten Nackenschlages, der ausschließlich mich traf.

»Ich geh gleich rüber in den anderen Saal, da ist wenigstens Party, Gott, ist das hier trostlos!«, maulte Jana nach ihrer Schulter-Arm-Hand-Gymnastik-Einlage zu Recht, was für uns der Startschuss war, bereits um 22.00 Uhr, recht früh also, die Heimreise anzutreten. Es war auch ganz gut so, da Norbert nach einer schnellen Druckbetankung, dieses Mal einfach aus Trinklaune, ein Bier zu viel konsumiert hatte und bereits damit anfing, Apfelscheiben aus dem kalten Buffet herauszupulen um damit, wie er etwas angeheitert sagte, Udo bewerfen zu wollen.

Zu unserer Verwunderung und Udos Glück waren unsere Vermählten plötzlich, ohne ein Wort zu sagen, verschwunden. Lediglich einige von Evas Onkel waren noch an der Theke und machten der Bierzapfanlage, recht betrunken, mit

Umarmungen und Küssen einen Heiratsantrag. Vielleicht brannte bei Udo und Eva schon das Feuer der Leidenschaft oder sie wollten schnell die Hochzeitsnacht hinter sich bringen, frei nach dem Motto: Zweimal gestolpert, fünfmal gehopst, abgearbeitet, Haken hinter, fertig!

In den nächsten drei Wochen wurde es etwas still um Udo, wir hörten absolut nichts mehr von ihm und seiner Perle. In dieser Zeit lästerten wir beinahe in jedem Telefonat über die zwei. Der Renner bei unseren Gesprächen war immer: Udo und Eva in Paradise oder dass Udo die Hochzeitsnacht versaut hatte, da er einen Stau vorfand!

Vielleicht war Udo auch wegen Norberts Hasenohren-Aktion beim Hochzeitsfoto sauer, wer weiß!

An einem Samstagnachmittag Mitte Oktober klingelte es an meiner Haustür. Ich öffnete und Udo stand vor mir.

»Hast du mal Zeit?«, fragte Udo mit zittriger Stimme und sichtlich verheulten Augen.

Als wir kurz darauf in meinem Wohnzimmer auf dem Sofa saßen, erzählte Udo, dass seine geliebte Frau abgehauen sei, dass sie zu ihm gesagt habe, dass sie einen anderen liebe, nur mit diesem Typ zusammen sein wolle und dafür nichts unversucht lassen würde. Dann fragte er mich doch ernsthaft, ob sie bei mir wäre! Ich fragte mich im ersten Moment, ob Udo nun zu hundert Prozent bekloppt sei, doch mir wurde schnell klar, dass er sich gerade in einer Situation befand, in der man nicht klar denken konnte. Sofern er es in Bezug auf seine Hochzeit mit Eva überhaupt jemals getan hatte!

Als ich Udo gerade etwas zu trinken hinstellte, klingelte mein Telefon.

»S... s... sie ist hier!«, flüsterte jemand auf der anderen Seite in den Hörer.

»Wer ist denn da? Norbert, bist du es, und wer ist bei dir?«, fragte ich unüberhörbar mit einem großen Fragezeichen im Gesicht.

»Dem haue ich eine aufs Maul!«, schrie Udo, während er wie angestochen von meinem Sofa aufsprang und fluchtartig meine Wohnung verließ.

So viel Kombinationsvermögen hatte ich Udo bis dato gar nicht zugetraut. Man soll halt niemanden unterschätzen!

Norbert bestätigte Udos Auffassungsgabe und meinte, dass Eva bei ihm sei, da sie dem Anschein nach ihren Adam in ihm, Norbert, sehen würde!

Mir wurde ganz anders und er fragte anschließend auch noch, was er nun machen solle. Ich riet ihm, die Tür nicht aufzumachen, egal, wer oder was auch käme, und auf seine Eltern zu warten oder doch besser sofort die Polizei anzurufen. Hinfahren konnte ich leider nicht, da mich zuvor schon ein kleines Fläschchen Rotwein angelächelt hatte. Jana war obendrein mit meinen Eltern unterwegs und somit hatte ich auf die Schnelle keinen Fahrdienst parat.

»Mist« dachte ich, während Udo mit quietschenden Reifen davonsauste! Wir beendeten das Gespräch, da Norbert bemerkte, dass seine Eltern zum Glück nach einem kurzen Einkauf zurückkamen.

Rund zwei Stunden später rief er mich erneut an und erzählte mir ziemlich aufgeregt, was geschehen war: Norberts Eltern waren gerade zum Einkaufen gefahren, da klingelte es an seiner Haustür, ziemlich zeitgleich wie Udo bei mir! Norbert stoppte sein neues Konsolenspiel und rannte zum Eingang, um zu öffnen. Als er auf die Tür zuging, erkannte er durch die Scheibe ein rosa Fahrrad und eine recht schlanke Person. Norbert öffnete und vor ihm stand: Eva! Er ließ sie rein, was laut ihm der Fehler seines Lebens war, doch Norbert war halt ein gutmütiges und stets nichtsahnendes Schaf. Vielleicht war er auch einfach baff und überrumpelt worden.

Beide setzten sich im Jugendzimmer aufs Sofa und Norbert fragte die stark schnaufende und ausgepumpte Eva, was denn passiert sei.

Diese antwortete nicht, sondern fragte nach einem Glas Wasser. Norbert verließ den Raum, um nach gut zwei Minuten mit dem Durstlöscher zurück ins Zimmer zu kommen. Zurück in diesem traute er seinen Augen nicht: Eva saß nackter als Adams Eva, also splitterfasernackt, breitbeinig vor ihm auf dem Sofa und rief: »Nimm mich wie keiner zuvor!«

Norbert erschrak dermaßen, dass er glatt das Wasserglas fallen ließ. Er stotterte sich einen ab, dass er sich noch etwas frisch machen und ein Kondom suchen wolle, und verschwand schnurstracks nach oben in Richtung Telefon um mich anzurufen.

»Hättest auch gleich sagen können, dass du heute noch zu deiner Skatrunde möchtest und keine Zeit für einen großen Einkauf hast, wenigstens habe ich die neue Bratpfanne bekommen!«, schimpfte Renate lauthals über den Flur zu ihrer Dunkelkammer schreitend, in welcher sie dann auch die Tür zuknallend verschwand.

Norbert, der das Schimpfen seiner Mutter nach Beendigung unseres Telefonats gut hören konnte, rief seinem Vater von oben leise zu und winkte so lange, bis dieser ihn sah und zu ihm nach oben kam.

Als Norbert seinem Vater sagte, dass Eva splitternackt auf seinem Sofa säße, und ihn anschließend fragte, was er nun machen solle, meinte Paul ganz trocken, dass er Kondome für ihn holen wolle.

»Nein, die ist hässlich wie die Nacht und hat doch Udo geheiratet und der ist unterwegs und will mir ans Leder!«, wedelte Norbert verzweifelt und wild gestikulierend vor Pauls Nase herum.

»Weil mein Sohn einen Klops in der Hose hat und mal wieder in ein Fettnäpfchen getreten ist, darf ich einmal mehr alles ausbaden, das kostet dich aber was, mein Freund!«, meinte Paul leicht erbost und mit erhobener Hand und ging nach unten.

Als Paul ins Zimmer kam, war Eva gottlob schon wieder angezogen und er fuhr sie sofort an, dass sie schnell das Haus verlassen möge. Paul begleitete sie alleine zur Tür, da sich Norbert vor lauter Angst in hockender Position am Treppengeländer der oberen Etage festhielt. Den Türgriff in der Hand, sah man durch das Glasfenster in der Tür, wie Udo mit seiner Radkappenschleuder eine riesige Spur in die Wunderliche Einfahrt bremste. Er sprang aus dem Auto und in Richtung Haustür. Als Paul diese fatalerweise und die Gefahr nicht erkennend öffnete, traf ihn schon Udos Faust mitten aufs linke Auge. Volltreffer, alle Neune! Paul hielt sich stöhnend die Hand vors Gesicht und Udo zog Eva an Paul vorbei durch die Türöffnung nach draußen. Gerade in diesem Moment kam Renate mit ihrer neuen Bratpfanne in den Händen wutschnaubend aus der Dunkelkammer geschossen.

»Ich liebe dich, nur dich, Wunderlich!«, schrie Eva, zwischen Tür und Auto stehend, die ganze Nachbarschaft zusammen.

Renate kannte die liebestolle Eva nicht, konnte durch die einsetzende Dunkelheit nicht ihr jugendliches Alter erkennen und sah somit lediglich, dass ihr – bei anderen Frauen – stets geiler Paul einen auf die Zwölf bekommen hatte. Nun schlussfolgerte sie korrekt, dass der Schlag vom Ehemann der Frau gekommen war. Obendrein schrie eine Frauenstimme, dass sie einen, wohl den ihren, Wunderlich, womit sie nicht richtig schlussfolgerte, lieben würde. Dass auch Norbert gemeint sein könnte, so weit konnte oder wollte sie in diesem Moment leider nicht mehr denken! Nun knallte der leicht angeschwipsten Renate völlig die Sicherung durch.

Der erste gongenden Pfannenschlag traf Paul, dieses Mal erwischte es sein anderes Auge, und den zweiten, wesentlich heftigeren Schlag bekam Udo ab, als dieser einen Moment unaufmerksam war, da er gerade Eva anschrie, dass sie ›die Fresse‹ halten solle. Renate traf Udo regelrecht in einem Flugsprung vom Flur durch die geöffnete Tür nach draußen mit voller Breitseite im Gesicht. Bei ›Bum Bum Becker‹ hätte man von einem 150-kmH-Aufschlags-Ass gesprochen. ›Advantage-Renate!‹ fällt einem dazu ein. Udo legte sich nach einem erneuten, dem zweiten recht hohlklingenden ›Gong-Laut‹, kurzzeitig schlafen und die ganze Situation endete letztlich mit einem Polizeieinsatz, da Pauls geliebter Nachbar diese verständigte.

Als sich die ganze Sache im Einsatzbus der Polizei klärte, vereinbarten beide Parteien, die jeweils andere nicht anzuzeigen, da es ja irgendwie pari pari ausgegangen war. Allerdings hatte Udo ein mächtiges Horn und einen schönen Scheitel gezogen bekommen und Paul rannte die nächsten Tage mit zwei blauen Augen herum. Norbert durfte seiner Mutter übrigens eine neue Bratpfanne kaufen, da er ja irgendwie ein wenig Mitschuld an den Geschehnissen hatte.

Auszug aus Renates Tagebüchern

*23.09.1999: **Liebes Tagebuch,** langsam verschwindet bei Paul die Schwellung rund um die Augen, hätte er mal bloß woanders eine, die könnte dann gerne bleiben! Er sieht jetzt aus wie eine Eule, ist übrigens sein neuer Spitzname geworden: Uhuuu, u-huuu!*

Norbert traf Eva rund zwei Jahre später in Gifhorn beim Einkaufen, sie hatte wohl rund 50 Kilo zugenommen und maß nun 1,50 mal 1,50! Als Norbert sie ansprach, drehte sie sich ganz schnell nach unten schauend weg und verschwand hinter einem Verkaufsregal. Udo sahen wir nie wieder, allerdings hörte ich von Evas Cousine, dass die beiden damals sehr schnell geschieden wurden, da die weitere Ehe laut Scheidungsrichter nicht zugemutet werden konnte. Somit gab es auch kein Trennungsjahr, da sich beide Parteien einig waren. Ach ja, das Hochzeitsfoto hatte Claudia bei einem Kurzbesuch bei ihrer Cousine Eva gesehen, die Hasenohren waren glasklar und gut platziert zu erkennen, und als Claudia ihre Cousine, scherzhaft auf das Bild zeigend, fragte, ob sie ihren Ex-Rammler Udo mal wieder gesehen habe, wurde sie glatt von dieser vor die Tür gesetzt!

Laut Udos Discofreund Ingo, den Jana und ich bei einem Kneipenabend trafen und den ich nur flüchtig kannte, gründete Udo den ersten Staufahrer-Club Deutschlands! Wenn diese Info wirklich stimmt, wünsche ich Udo-Bu für die Zukunft gut Gummi oder gut Stau und ›Möge die Straße mit ihm sein!‹.

Auszug aus Renates Tagebüchern

10.10.1999: Liebes Tagebuch, *Norbert ist heute beim Reinigen des Teichs natürlich reingefallen und liegt nun mit den ersten Anzeichen einer Erkältung im Bett, ich mache ihm erst mal was zu essen, damit der arme Junge nicht verhungert!*

1, 2, 3, vorbei!

Was haben eine Laugenbrezel, eine Kartoffel und eine Fliege gemeinsam?

Wer denkt, dass man sie essen oder verfüttern kann, der hat sich, zumindest in Bezug auf unser Erlebnis, mächtig getäuscht!

Unser Kumpel Torben arbeitete von 1992 bis zur Jahrtausendwende in einem Einzelhandelsgeschäft, bei dem man von der kleinsten Schraube bis zum schönsten Spielzeug alles bekam.

Norberts ganz spezieller Freund Anton entwickelte sich innerhalb von wenigen Monaten wohl auch wegen der letzten Nettigkeiten auf dem Schützenfest und im Vergnügungspark zu einem richtigen Kollegenschwein. Er legte Torben bei seiner Arbeit ständig Steine in den Weg und haute ihn bei jeder Gelegenheit in die Pfanne. Während die Belegschaft um Torben vor dem täglichen Feierabend die Waren aus der Freifläche einräumte, ging er, der Anton des Jahrhunderts, mit einem »Schönen Feierabend noch!« nach Hause.

Als der alljährliche Weihnachtsmarkt in Gifhorn öffnete, war Anton plötzlich nachmittags nicht mehr im Geschäft zu sehen, stand aber zu unserer Verwunderung in einer Brezelbude, keine zwanzig Meter von seiner Arbeitsstätte entfernt, und verkaufte die dort angebotene Backware.

Als Norbert, Torben und ich dies bei einem Treffen an einem für uns arbeitsfreien Tag sahen, kam uns bei einem schönen heißen Met an unserer Glühweinbude eine Idee:

Wir wollten uns mal für Antons Nettigkeiten revanchieren, denn seine schon beschriebene Freundlichkeit war kaum noch zu ertragen.

So schickten wir Anton ein Päckchen mit folgender Aufschrift: ›An den besten Brezelverkäufer und Mitarbeiter des Monats: z. H. Anton Kleister‹ an seine Arbeitsstätte. Der Inhalt des Päckchens war natürlich... eine Brezel!

Am Abend der Zustellung kam Torben bei mir vorbei und wir schalteten eine kleine Telefonkonferenz mit Norbert, in der Ersterer uns unter Freudentränen diese besondere Zustellung an Anton zum Besten gab.

Torben hatte an diesem Arbeitstag die Aufgabe bekommen, alte, unverkäufliche Warenbestände zu entsorgen. Als er die erste Kiste Schrott gerade an der Warenannahme in die dort stehenden Müllcontainer warf, kam der Postbote mit seiner täglichen Lieferung und übergab diese an den Lageristen der Firma. Da das besondere Paket oben lag, konnte Torben es sehen und ahnte sogleich, dass es in den nächsten Minuten sehr spannend werden würde.

Es war elf Uhr und Anton wurde durch die Sprechanlage zum Chef gerufen. Hocherfreut richtete er mit hochgereckter Nase ein paar nette Worte an Torben und äußerte, dass der Chef ihm bestimmt endlich sagen wolle, dass er demnächst zum Leiter der Angelwarenabteilung befördert werden würde, da Torben zu so etwas ja ohnehin nicht in der Lage sei. Letzterer musste zufälligerweise kurz darauf das Dachlager, welches sich direkt neben dem Chefbüro befand, aufräumen und wurde Zeuge dessen, wie Anton den Anschiss seines Lebens bekam. Er hörte zwar nicht die genaue Wortwahl seines Chefs, aber Lautstärke, Stimmhöhe und Sprechtempo klangen nicht gerade nach einer Lobeshymne.

Anton kam wie angestochen und mit hochrotem Kopf aus dem Büro, legte Torben das geöffnete Päckchen vor die Nase und fragte ihn, was Norbert, dem er das Päckchen sofort zuschrieb, sich schon wieder erlaubt hätte. In dem Päckchen befanden sich auch noch zwei Zettel, auf dem einen stand ein Brezelrezept und auf dem anderen nur: »Brezel dir einen!«

Wir waren schon recht verwundert, dass Anton gleich auf Norbert gekommen war, also immerhin auf ein Drittel des Absenders, obwohl wir als Absender ›Macho Man‹ sowie die Anschrift von Anton verwendet hatten. Trotzdem haben wir selten so gelacht wie an diesem Abend.

An den folgenden Tagen stammelte Anton peu à peu die warmen Worte des Chefs nach. Von falscher Berufswahl und sich am Arbeitsplatz einen ›faulen Lenz‹ zu machen war die Rede, ebenso vom Ende der Zeit, in der er die Überstunden seines Vaters, der auch in der Firma arbeitete, abbummeln könne. Anton stand nach diesem Tag nie wieder in der Brezelbude und räumte jeden Abend unter den Augen seines Chefs fleißig den Laden mit ein. Was eine kleine Brezel doch für eine große Wirkung auf das Arbeitsleben von Anton hatte!

Da dies Norbert noch nicht genug erschien, setzten wir die von ihm so benannte ›Triple A‹- ›Dreifache A‹- oder ›Anti-Anton‹-Aktion fort. Wir trafen uns zu einem gemütlichen Junggesellenabend bei mir. Man glaubt ja gar nicht, was für tolle Ideen einem zu dritt einfallen, wenn man gerade innerhalb einer Stunde ein Fünf Liter-Fass Bier geleert hat!

Norbert wollte Anton, seinem ganz ›besonderen Freund‹, dem er das ›Du kleine, schwule Sau!‹ beim Schützenfest noch immer nicht verzeihen konnte, noch mal einen schönen Streich spielen. Leicht betrunken waren Torben und ich sofort Feuer und Flamme.

Da Anton durch seine Vereinstätigkeiten im Sport- und Schützenverein recht häufig unterwegs war, hatte er, wie wir natürlich wussten, einen Anrufbeantworter, und so starteten wir unser Drama in drei Akten.

Erster Akt: Wir spielten ihm das Lied ›Kein Schwein ruft mich an, keine Sau interessiert sich für mich!‹ auf den Anrufbeantworter, in voller Länge natürlich, da wir ihn schnell voll bekommen wollten.

Zweiter Akt: Wir taten so, als ob er sich bei einem Telefongewinnspiel nicht richtig gemeldet habe und nun tausend Mark verloren hätte.

Dritter Akt: Wir spielten die Auftrittsmusik eines amerikanischen Proficatchers, des Undertaker, den Anton sehr mochte, und fügten ein dunkles »Rest in Peace, Anton« hinzu.

»Diese Mailbox kann zurzeit keine weiteren Nachrichten aufnehmen!«, erklang beim nächsten Anruf und wir beendeten unsere Aktion mit Bauchkrämpfen sowie Freudentränen in den Augen.

Bereits am nächsten Abend rief Norbert bei mir an und meinte lachend, dass Paul gerade eine Begegnung der dritten Art gehabt habe. Kein anderer als unser geliebter Anton war in diesem Fall die dritte Art, und das Komische an der Sache war: Er glaubte glatt, Norbert am Telefon gehabt zu haben. Paul nahm freundlich, wie er nach außen immer war, den Hörer ab und nannte seinen Nachnamen, worauf umgehend der erste Schreiton durch den Flur hallte.

»Hör mir jetzt mal zu, du kleine, blöde schwule Sau, wenn das mit deinen Anrufen und den anderen Dingen nicht bald aufhört, dann haue ich dir die Kartoffel vom Hals!«

Der Hörer fiel und Paul hatte ein großes Fragezeichen im Gesicht. Renate, die Eifersucht in Person, suchte mit Norbert gerade Bettwäsche im großen Schrank auf dem Flur und konnte Antons Worte natürlich nicht überhören.

Am nächsten Abend fand ich bei meinem Besuch einen sehr betrübten Norbert vor. Er wollte von der ganzen Anti-Anton-Aktion nichts mehr hören und erzählte mir, dass Renate an besagtem Abend eine von Neugier getriebene Entscheidung getroffen hatte, denn sie durchsuchte, als ihre Männer zum Einkaufen waren, mal so mir nichts, dir nichts sämtliche Jackentaschen ihres Ehegatten. Das machte sie zwar nicht zum ersten Mal, aber sie fand erstmalig das Passfoto einer fremden Frau!

Als die zwei zur Haustür reinkamen, flog Paul schon die berühmte ›eiserne Familienbratpfanne‹ entgegen.

Norbert suchte umgehend das Weite und verkroch sich für mindestens eine Stunde mit einer Kiste Bier in seinem Zimmer, während im Wohnzimmer Töpfe und andere Haushaltsgegenstände, also wahrhaftig die Fetzen, flogen. Zwischendurch öffnete Paul völlig durcheinander Norberts Zimmertür, da er einen Besen sowie einen Müllbeutel suchte.

»So ein Mist, jetzt hat die Alte auch noch ein Foto von Antje in meiner Tasche gefunden, ich bin ja auch so dämlich, warum habe ich es nicht gleich besser versteckt?«, fluchte und fragte Paul zugleich.

Ebenso erzählte Norbert, dass an diesem Abend sogar von Trennung die Rede gewesen sei und er in der Nacht erst nach dem zwölften Bier habe einschlafen können.

Damals ahnten wir leider nicht, dass Antons Antwort eine bei Norberts Familie so einschlagende Wirkung haben sollte! Ähnliche Ereignisse gab es bei Norberts Eltern ja hin und wieder, doch eine Scheidung? Das Wort war noch nie zuvor gefallen und machte Norbert richtig Angst!

Ich glaube, hätten wir es eher gewusst, wäre das alles nicht unbedingt so geschehen, aber hinterher ist man ja bekanntlich immer schlauer, nicht wahr?

Nach diesem Dämpfer, den Norbert und Paul wohl irgendwann bei einer Herren-Frustrations-Biersause als Angriff Antons ansahen, schickten sie ihm ein Päckchen nach Hause, doch der Inhalt war dieses Mal keine Brezel, sondern... eine Kartoffel!

Anton bekam die Kartoffel die er bildlich gesehen Tage zuvor Norbert beziehungsweise Paul vom Hals hauen wollte, fuhr zu Norbert nach Hause und drückte diese in den Briefkasten der Familie Wunderlich. Renate meinte darauf nur, dass sich die Kinder aus dem Neubaugebiet wohl wieder einen Scherz erlaubt hätten. Norbert und Paul gaben ihr, wohl wissend, von wem die Kartoffel kam, natürlich Recht und lachten sich eins ins Fäustchen.

Kurz darauf gab es noch ein weiteres für Anton einschneidendes Ereignis: Er wurde von seinem Chef mit den Füßen auf dem Tresen beim Zeitunglesen während der Arbeitszeit erwischt, was ihm eine Abmahnung einbrachte.

Es war die zweite, da er die erste durch sein nicht angemeldetes Abbummeln von Überstunden in der Brezelbude bekommen hatte.

Gut eine Woche später sollte Anton in Auftrag des Chefs frisch gelieferte Maden, welche in der Angelwarenabteilung verkauft wurden und sich in einer großen Plastikbox befanden, in kleinere Gebinde umfüllen. Jeweils 30 Gramm pro Dose, die danach in den Kühlschrank gestellt werden sollten. Anton allerdings wollte an diesem Tag lieber mit der neuen, ziemlich hübschen Praktikantin an der Rampe Kartons zerreißen und bat deswegen Torben darum, seine Aufgabe zu übernehmen. Er scheuchte diesen regelrecht weg, da er meinte, dass Torben wegen der üblen Streiche von Norbert ja auch noch was bei ihm gut habe. Torben wog einige Maden in Dosen ab und stellte diese wie immer bei ungefähr fünf Grad in den eigens dafür angeschafften Kühlschrank.

»Herr Heck, bitte dringend in den Verkauf!«, erklang es plötzlich aus der Sprechanlage. Voller Verkaufsdrang vergaß Torben, die Kiste mit den restlichen Maden zu verschließen und in den Kühlschrank zu stellen.

Anton schwänzelte den restlichen Tag, im Glauben, dass Torben mal wieder für ihn die Arbeit erledigt hatte, um die hübsche Praktikantin herum.

So kam, was kommen musste: Am Wochenende wurden bei angenehmen Temperaturen Fliegen aus den Maden. Der Keller, in dem sich fast das komplette Lager der Firma befand, wurde von diesen Brummern nur so verseucht.

Am nächsten Arbeitstag öffnete der Chef Anton mit einer Fliegenklatsche in der Hand die Mitarbeitertür und bat ihn für ein Vier-Augen-Gespräch in sein Büro. Anton bekam seine dritte Abmahnung sowie die Kündigung und Torben konnte zusammen mit der hübschen Praktikantin zwei Tage lang im Keller Fliegen fangen.

Torben ging zwar noch zum Chef und erklärte ihm, wie das Ganze abgelaufen war, doch der Chef meinte, dass er Anton den Auftrag erteilt und dieser ihn verweigert habe, um irgendwo irgendwem tief in die Augen zu schauen.

Antons Abschiedsgeschenke von den Kollegen waren ein Paket Angelhaken und das Buch »Freizeit ist mein Leben«. Außerdem klebte ihm irgendjemand ein großes Poster auf die

Motorhaube. Auf diesem war eine immer kleiner werdende Landebahn zu sehen, an deren Ende etwas Dickes, im Keller Gefangenes klebte... eine Fliege!

Anton sprach fortan nie wieder mit Torben, mir und vor allem nicht mehr mit Norbert, der sich ehrlich gesagt nach seinem für die elterliche Ehe geschossenen Eigentor auch keinen Kontakt mehr wünschte.

Nun wisst ihr, was eine Brezel, eine Kartoffel und eine Fliege gemeinsam hatten! Genau: Anton!

Auszug aus Renates Tagebüchern

*28.12.2000: **Liebes Tagebuch,** ich war gerade bei den lachenden Gockeln in Norberts Zimmer. Malte und mein Kleiner diskutieren ziemlich belustigt, wie es eigentlich bei einer Inventur im Angelgeschäft wäre, wenn gekaufte Maden schlüpften und zu Fliegen werden würden, ob man dann jede erschlagene Fliege zählen müsste, als Froschfutter verkaufen könnte oder diese Maden als Verlust in eine Liste eingetragen werden müssten? Oder gar die Fliege auf den Angelhaken gesteckt werden könnte, was dann ja kein Verlust, sondern eine Umwandlung wäre? Ich glaube, die beiden haben einen Knall! Malte meinte auch, dass Anton jetzt wüsste, dass es nicht immer gut sei, wenn ein Laden brummen würde! Wie hat er denn das gemeint? Alberner Kerl!*

29.12.2000: Liebes Tagebuch, *Paul hat mir als Wiedergutmachung für seine Antje-Geschichte versprochen, alles dafür zu tun, dass mein kleiner Norbert seinen Führerschein bekommt. Dann kann Norbert mich ja in Zukunft zum Einkaufen fahren und ich Gitti, der blöden Kuh, mal zeigen, sobald wir sie treffen, dass Norbert ein ›ganzer Kerl‹ mit Führerschein ist und nicht so eine Rollerlusche wie ihr ›süßer‹ Marko!*

30.12.2000: Liebes Tagebuch, *ich finde es seltsam, dass eine Anzahlung für den Führerschein 5000 DM kostet! Der geile Bock zahlt doch wohl nicht irgendwelche Alimente?*

Lehrjahre

Norbert schloss 1999 sein Wirtschaftsschuljahr mit ›befriedigend‹ ab und bekam sogar einen Ausbildungsplatz in einem Sanitärgeschäft. Zu diesem gehörte auch der oft übliche Bereich Heizungsbau. Er lernte somit indirekt in einem Gas-Wasser-Scheiße-Betrieb, dem zwar der Ruf eines harten oder zumindest fordernden Ladens vorauseilte, doch in den letzten Jahren schlossen die Auszubildenden dieser Firma die Ausbildung stets als Jahrgangsbeste ab.

Der Firmenchef war sehr ungeduldig und schwierig, doch was er machte, hatte halt Hand und Fuß und man konnte sich wirklich auf ihn verlassen. Wie er seinen Mitarbeiter und fast Schwiegersohn, seinen Nachfolger in spe, vor die Tür setzte, als dieser seine Tochter betrogen hatte, von Ohrfeigen und Tritten in den Allerwertesten war hier die Rede, sucht seinesgleichen und wird noch heute in Handwerkerkreisen erzählt. Dieser Big Boss liebte es, schwierige Typen, ganz nach seinem Ebenbild, als Filialleiter einzustellen, und auf solch einen traf unser doch recht zart besaiteter Norbert natürlich auch. Sid Wandermann war sein Name und er war wie ein ständig hungriger Wolf, der nur darauf wartete, ein gut genährtes Lämmchen reißen zu können.

Norbert, unser XXL-Lämmchen schlechthin, ging diese Lehre ziemlich blauäugig und mit einer hohen Selbstüberschätzung an.

»Hey Malte, hier ist alles tutti frutti!«, rief Norbert mir nach den ersten Arbeitstagen noch recht euphorisch ins Telefon.

Er war bei Dienstantritt umgehend von seinem Boss zur Begrüßung ins Büro gerufen worden. Dort war ihm klargemacht worden, wie der Hase hoppeln oder das Schäfchen grasen soll und dass man aus ihm einen Starverkäufer machen würde. Mit etwas Zucker im Allerwertesten ging Norbert erleichtert mit seinem direkten Vorgesetzten ins Lager, um sich einzelne Lagerposten und Positionen erklären zu lassen.

»Ich werde den Laden rocken!« rief er überzeugt.

»Na, Norbert, du alter Rocker, dann kannste ja bald auf dein erstes selbstverdientes Geld einen ausgeben, was?«

»Ja, wenn mir Paul etwas vom Konto abhebt!«

»Wie bitte, habe ich jetzt richtig gehört?«, fragte ich verdutzt.

»Na, ich habe doch noch kein eigenes Konto, das wollten wir erst machen, wenn ich einen Lehrvertrag habe, und nun kommt Paul nicht in die Pötte.«

»Was ist das denn für ein Mist? Aber den Schlüssel für dein Sparschwein hast du und ohne Erlaubnis pinkeln gehen darfst du auch, oder?«

»Malte, wie meinst du das jetzt schon wieder?«

»Ey, Junge, du bist volljährig, warum gehst du nicht selber zur Bank und eröffnest ein Konto, bist du entmündigt, oder was?«

»Nein, natürlich nicht, Paul macht das Finanzielle in der Familie und er hat es halt noch nicht geschafft und wollte das mit mir zusammen machen, deswegen dauert es wohl noch! Egal, Hauptsache, ich bekomme bald den ersten Zaster!«, sagte der kleine Rocker abschließend.

In den nächsten Wochen wurde der Kontakt zu Norbert immer spärlicher. Wenn ich ihn mal ans Telefon bekam, fiel mir mehr und mehr sein Alkoholkonsum auf. Dem Anschein nach benötigte er ihn zum Frustrationsabbau und als Motivationshilfe. Die Erwartungshaltung in der Firma wurde von Woche zu Woche, von Monat zu Monat höher. Dadurch verspürte

Norbert einen Druck wie nie zuvor in seinem Leben, dem er absolut nicht gewachsen war.

Einmal rief ich Norbert an und bekam kein »Hallo«, sondern nur »Schuhe« zu hören!

»Schuhe, bitte? Sag mal, bist du wieder betrunken, Norbert?«, fragte ich ihn verdutzt.

»Schuhe sind mein Problem und deswegen hat mich Sid, dieser Arsch, richtig schön vor allen bloßgestellt!«, lallte Norbert mir schluchzend ins Telefon.

»Ich kann mir doch nicht selbst die Schnürsenkel zuschnüren, habe ich nie gelernt, klappt auch mit meinen Wurstfingern von der Feinmotorik her nicht, und Sid, der Arsch, hat mich in einer Pause gefragt, weswegen ich nur Schuhe mit Klettverschluss trage.«

Als Norbert ihm die Wahrheit erzählte, zog sich Sid seine Schuhe aus und ließ Norbert so lange das Schleifenbinden üben, bis die Pause unter großem Gelächter aller Kollegen zu Ende war.

»Ich habe mich so zum Affen gemacht, das ist mir so peinlich, das möchte ich nicht einmal meinen Eltern erzählen! Ich bin ja so ein Feigling! Jetzt würde ich mich am liebsten einbuddeln!«, ließ Norbert noch verlauten, eher verlallen, bevor wir unser Gespräch beendeten, da er merklich nicht mehr aufnahmefähig und in Gesprächslaune war.

Nachdem Renate ihn einmal morgens bei der Firma krankgemeldet hatte und an den Oberboss geraten war, schrie dieser so laut fragend ins Telefon, ob man Norbert den Kehlkopf entfernt habe und er aus diesem Grund nicht selbst in der Lage zum Telefonieren sei, dass bei diesem eine Wunderheilung seiner Heiserkeit einsetzte. Er nahm der schlotternd am Telefon sitzenden Renate den Hörer ab, um sich erst einmal eine ordentliche Standpauke abzuholen.

»Ist Ihre Mutter hier angestellt, oder was? Haben Sie einen Klops in der Hose oder sind Sie ein Weichei?«, musste Norbert sich anhören.

Nachdem ich dann zu seiner Verärgerung sagte, dass sein Chef leider Recht hatte, da Norbert ja der Arbeitnehmer sei und nicht Renate, meldete sich ›Mr. Eingeschnappt‹ ganze zwei Wochen lang nicht mehr bei mir.

Was unsere Freundschaft anging, so merkte man schon ein wenig, dass er einen gewissen Neid an den Tag legte. Neid, da Torben und ich fest in unserem erkämpften Arbeitsleben standen und ihm der Weg dorthin, wie es schien, sehr schwerfiel, ja, von Woche zu Woche schier unerreichbarer wurde. Norbert merkte, dass es das rosarote Leben, das ihm seine Eltern so vorgelebt hatten, in Wirklichkeit gar nicht gab. Er dachte dabei wohl zu oft an Paul und dessen Tapetenladen, bei dem es nicht unbedingt auf den Umsatz ankam, sondern eher um Beschäftigung ging. Bei jedem Telefonat erwähnte Norbert, dass er sich wieder etwas Neues gekauft hatte und seine CD- sowie Konsolenspiel-Regale vor Fülle auseinanderbrechen würden. Das war meistens das Positivste, was er zu berichten hatte, das einzige Erfolgserlebnis unseres Musterlehrlings! Vielleicht meinten seine Eltern, dass man seinen Lehrstress mit Geschenken eindämmen oder belohnen musste, frei nach dem Motto: ›Fein hast du dein Zimmer aufgeräumt, hier hast du einen Lutscher!‹. Kann natürlich auch mit der ganzen Saunageschichte, dem berühmten Sauna-Geld zusammenhängen.

Nach dem Berufsschulzeugnis des zweiten Lehrjahres und der darauffolgenden Zwischenprüfung, die er beide mit ›befriedigend‹ abschloss, wurde er zu seinem Chef gerufen und bekam mächtig den Kopf gewaschen.

Ihm wurde sehr deutlich klargemacht, dass man von ihm viel mehr fokussierten Einsatz im schulischen Bereich und vor allem arbeitstechnisch erwarten würde. Ebenso teilte man ihm mit, dass er große Defizite im Bereich ›Mitdenken‹ habe. »Junge«, dachte ich, »einerseits haben sie ihn gut beobachtet, doch andererseits kennen sie leider nicht seine Vergangenheit. Wie kann man von jemandem, der zwanzig Jahre gefüttert wurde, verlangen, dass er von gestern auf heute selbstständig essen kann?«

Norbert wurde daraufhin noch verschlossener und ich empfinde es bis heute als Unding, dass Paul nicht den Arsch in der Hose hatte und sich mal mit dem Chef unterhielt, da er ja hätte merken müssen, dass Norbert dies nicht konnte. Vielleicht war es bei Paul auch nur die Angst davor, dass der Oberboss die beiden als erziehungsunfähig bezeichnen würde.

Mit dem dritten Lehrjahr wuchs erneut die betriebliche Anforderung nach einer noch größeren Selbstständigkeit Norberts. Mit dieser für gute Auszubildende gewöhnlichen Angelegenheit kam Norbert noch weniger klar. Er legte jedes vom Filialleiter nicht immer ernst gemeinte Wort auf die Goldwaage, was ihm natürlich jede Menge selbstverursachten Stress einbrachte.

Bei einem Telefonat mit Renate erfuhr ich nicht nur, dass Norbert gerade mal wieder mit Paul unterwegs war, sondern auch von einem großen Sachschaden, den Ersterer in der Firma verursacht hatte. Norbert und sein Vorgesetzter Sid mussten nach Feierabend noch eine Badezimmergarnitur ausliefern und trotz Sids Ansage »Schrank festhalten, jetzt kommt eine Kurve« bekam Norbert es nicht hin, dies zu beherzigen, und die rechte Scheibe des Schrankes ging zu Bruch. Norbert bekam den ›Anschiss seines Lebens!‹, wie Renate es nannte.

Die beiden mussten in die Firma zurück, um eine neue Tür zu holen, die sie einfach von einem Ausstellungsstück abbauten.

Als sie später im Treppenhaus des Kunden waren, stellte Norbert den Schrank völlig schweißgebadet und entkräftet schräg auf die letzten beiden Stufen.

»Gute Fettabbauübung, nicht wahr?«, meinte Sid zu Norbert, dem just in diesem Moment der Schrank aus den Händen rutschte. Statt irgendwie nachzufassen, ließ er ihn, noch immer völlig am Ende, durch die Beine auf der Treppe nach unten rutschen. Wie der Schrank bei dieser geraden 32 Stufen umfassenden Altbautreppe unten liegend aussah, könnt ihr euch denken! Auch wenn er vorsorglich in einem Karton verpackt war, so war er auf gut Deutsch im Arsch! Renate meinte, dass Sid fast ins Treppengeländer gebissen und so laut geschrien habe, dass alle Mieter des Hauses ihre Wohnungstüren öffneten, um zu sehen, wie er ihrem kleinen Norbert einen Tritt in den Allerwertesten gab.

Ein paar Tage später traf mein Vater Norberts Chef auf einer Geburtstagsfeier, wo die beiden, die sich schon seit ihrer Kindheit kannten, ins Gespräch kamen. Norberts Chef meinte über sein Sorgenkind, dass man einen guten Verkäufer daran erkennen würde, dass ein Kunde, der eine Dichtung für seinen Spülkasten haben möchte, das Geschäft am Ende mit einem kompletten Kasten verlassen würde. Norbert sei eher derjenige, der eine Stunde im Keller verschwinde, um dann durchgeschwitzt wieder im Laden anzukommen und zu sehen, dass der Kunde von einem Kollegen glücklich bedient worden war und den Laden bereits mit jenem Komplettset verlassen hatte.

Auszug aus Renates Tagebüchern

20.08.2000: Liebes Tagebuch, *mein lieber Norbert kann nicht mehr, seine Lehre macht ihn fertig, er ist so ein Weichei wie sein Vater, bei mir war es in meiner Lehrzeit anders, da habe ich meinem Chef umgehend ordentlich den Kopf gewaschen!*

Ende August stand wie in jedem Jahr das Altstadtfest auf dem Programm, das Norbert unbedingt mit uns besuchen wollte. In jenem Jahr konnte er auch nicht mit seiner Urlaubsausrede kommen, da er diesen bereits um seinen Geburtstag herum mit seinen Eltern in Norwegen verbracht hatte. Theoretisch blieb also nur wieder die Ausrede irgendeiner Krankheit, wovon ich, mit einer gewissen Vorahnung ausgestattet, auch ausging.

Ungefähr eine Woche vor dem Altstadtfest rief ich Norbert an, um mich nach seinem Allgemeinbefinden zu erkundigen, und er meinte, dass Sid ihn in der letzten Zeit ganz schön im Auge habe und er ständig etwas falsch machen würde. Man muss dazu daran erinnern, dass Norbert immer in Panik geriet, sobald ihm jemand zu verstehen gab, etwas falsch gemacht zu haben. Er nervte dann so lange mit seiner »Bist du mir jetzt böse?«-Fragerei, bis er ein »Nein, ist ja alles okay!« zu hören bekam. Bei Sid dauerte dieses Generve natürlich nicht lange, da es bereits nach der ersten Frage einen Erdbeben-Anschiss gab.

Anforderungen erfüllen, Normen entsprechen und sich vielen Bewertungen unterziehen zu müssen, so etwas blockierte Norbert immer sehr, ganz besonders in der Lehrzeit. Anschisse schlugen dort natürlich wie eine Bombe in sein überempfindliches Seelenleben ein. Als er plötzlich aus heiterem Himmel meinte, dass er seine Lehre auf alle Fälle durchziehen würde, war ich sehr irritiert! In jenem Moment klang er erschreckend aufgesetzt und redete obendrein mit einer für ihn untypischen, merkwürdig anmutenden Betonung, so dass ich sehr erschrak.

Blitzartig kam mir die Überlegung, dass bestimmt schon familienintern mit dem Gedanken, abzubrechen, gespielt wurde, wenn er dies ohne eine Frage meinerseits so sagte. Ich riet Norbert, doch das eine oder andere Mal zu seinem Big Boss zu gehen, um sein Problem mit Sid anzusprechen, denn auch, wenn der Chef ein grantiger, kantiger und schroffer Typ war, so war er auch ein Gerechtigkeitsfanatiker. Wenn ein Filialleiter etwas falsch machte, und war es noch so minimal, kreiste gewaltig die Keule. Norbert äußerte daraufhin, dass er schon mit dem Chef geredet habe, doch das bezweifle ich bis zum heutigen Tag! Wie ich ihn kannte, konnte dieses Gespräch, wenn überhaupt, nur so abgelaufen sein, dass er sich mit voller Hose vor dem obersten Boss einen zurechtgestottert, »Ja und Amen« gesagt und mit anschließendem Flattermann schnell den Raum verlassen hatte.

Es kam wie erwartet... Kurz vor unserem Altstadtfest rief Paul mich an und erzählte, was passiert war. Norbert war nach der Arbeit zu Hause tierisch abgedreht. Dabei hatte er seinen Kleiderschrank zerlegt und seinen CD-Ständer auseinandergepflückt, und das wohl nur, weil er von Sid wegen falsch einsortierter Dichtungsringe angemacht worden war. Paul fuhr mit Norbert zum Nervenarzt und sein Sohnemann wurde erst mal für drei Wochen arbeitsunfähig geschrieben.

»Wir fahren erst mal nach Dänemark, damit Norbert seinen Kopf frei bekommt!«, meinte Paul zu mir, bevor ich allen eine gute Erholung wünschte. Damit hatte sich ein erneuter Besuch des Altstadtfestes mit Norbert, wie schon erahnt, erledigt!

Da Norbert sich in Dänemark noch eine tierische Grippe einfing und folglich krankgeschrieben wurde, erschien er erst Mitte Oktober, nach ganzen sechs Wochen, wieder zur Arbeit. Nach Feierabend rief er mich an und meinte, dass er sich am liebsten irgendwo aufhängen würde.

»Ich musste zum Chef, hatte ein tolles Vier-Augen-Gespräch!«

»Was hat er gesagt?«, fragte ich Norbert.

»Er meinte, dass ich froh sein solle, einen guten Arzt zu haben und obendrein Auszubildender zu sein! Er wollte das mal für mich, zum Nachdenken, so im Raum stehen lassen!«

»Alter, was für ein Arsch!«, äußerte ich erschrocken, da ich so ein Verhalten von seinem Chef nicht erwartet hatte.

»Ich war nach dem Gespräch einfach nicht mehr zu gebrauchen! Alles Mist!«, lallte Norbert.

Ich sprach ihm erneut Mut zu, doch irgendwie wirkte Norbert noch deprimierter, hilfloser und betrunkener als sonst.

An genau diesem Abend, direkt nach unserem Telefonat, zerlegte er den Wohnzimmerschrank, riss Renates übergroßem Teddybären, dem Lieblingsbären ihrer Sammlung, den Kopf ab und schrie mit Teddys Kopf in der Hand in Elchbrunft-Lautstärke: »SIIID, SIIID, ich kriege dich, ich mach dich aaallle!« Danach rannte er mit dem Kopf in der Hand nach draußen und warf ihn über den Gartenzaun. Im Anschluss schnappte sich Norbert die am Morgen geleerte Mülltonne und warf sie, weiterhin schreiend, auf das Garagendach.

Dieses Ereignis war wohl der letzte Tropfen, der das Fass zum Überlaufen brachte, weshalb der liebe Paul sich Norbert gleich am nächsten Montagmorgen schnappte, um mit ihm zum Firmenchef zu fahren.

Der Ausbildungsvertrag wurde durch einen Aufhebungsvertrag mit sofortiger Wirkung aufgelöst und Norbert drei Monate vor Beginn der Abschlussprüfungen aus seiner Lehre herausgeholt.

Pauls Beobachtungsgabe und sein blitzartiges Kombinationsvermögen waren schon bemerkenswert, er war ein echter Chefkoch: Erst wenn das Wasser im Topf verdampft war, merkte er, dass man die Nudeln vergessen hatte und den Herd doch besser ausstellen sollte!

Paul erzählte von einem Meer der Tränen, das erst durch einen neuerlichen Besuch beim Nervenarzt medikamentös gestillt werden konnte, und einem jetzt schweigenden Norbert, der, schon im Auto sitzend, mit heraushängender Zunge und Tunnelblick auf die Fahrt nach Dänemark warten würde.

»Norbert soll jetzt erst mal den Kopf frei bekommen, dann schauen wir, wie es mit seiner Lehre weitergeht, da drängen wir ihn zu nichts!«, meinte Paul und entschuldigte sich noch in Norberts Namen dafür, dass er auch nicht bei unserer Silvesterfeier, die wir noch ein paar Tage zuvor verabredet hatten, erscheinen würde.

Tja, wie sagte mein Vater immer: Lehrjahre sind keine Herrenjahre!

<u>Auszug aus Renates Tagebüchern</u>

*20.10.2000: **Liebes Tagebuch,** wir haben Norbert aus seiner Lehre geholt, da es eine Zumutung war. Diese Affen sollen sich Sklaven von sonst woher holen, aber nicht mehr meinen Norbert verheizen. Schluss! Außerdem hat Norbert gefragt, ob er mit Malte und Torben Silvester in Gifhorn feiern kann. Das fehlt mir gerade noch, ich habe wie der Blitz mit Paul geklärt, dass wir jetzt sofort bis zum Jahresende nach Norwegen fahren! Fehlt ja noch, dass die beiden Zecken sich von meinem Jungen die Böller und womöglich die Party bezahlen lassen. Paul war damit sogar einverstanden, da er bestimmt froh ist, nicht so oft ›Wilder Westen‹ mit mir spielen zu müssen, doch da hat er seine Rechnung ohne mich gemacht. Man glaubt ja nicht, was für schöne K.o.-Tropfen ich für Norbert besorgt habe! Außerdem hat mein lieber Paul noch mächtig was gut bei mir wegen dieser Antje-Geschichte!!!*

31.12.2000: Liebes Tagebuch, *so ein Mist, Paul und Norbert haben die Gläser vertauscht! Paul ist sogar auf dem kalten Plumpsklo vor der Hütte eingeschlafen und wir mussten den Fettsack dort herausbekommen, sonst wäre er noch erfroren!*

Oma

Kurz nach Neujahr 2001 verstarb Norberts Oma, die Mutter von Paul, an Herzversagen, genau während ihrer wöchentlichen Altweiber-Kaffeeklatschrunde. Norbert rief mich am selben Abend an, um mir diese traurige Neuigkeit mitzuteilen. Zu meiner Verwunderung wirkte er jedoch nicht gerade trauernd, da er mit dieser Oma nicht viel am Hut gehabt hatte. Ihr waren alle, die hin und wieder ein Geschenk bekommen mussten, ein Dorn im Auge gewesen.

»Sie war geizig bis unter die Perücke ihrer Mutter!«, meinte Norbert, was sie aber nicht davon abgehalten hatte, mitten in der City von Braunschweig ein Vierfamilienhaus zu besitzen, in dem Paul mit der Hilfe seiner Schwiegermutter erfolglos seinen Tapetenladen führte. Diese Oma hatte jenes Haus von ihrem Mann, Pauls Vater, geerbt, und dass im Testament ein lebenslanges mietfreies Wohnen für Paul sowie ein Verkauf nur mit seiner Zustimmung festgehalten waren, stank ihr gewaltig. Ständig kamen Sprüche über fehlende Mieteinnahmen oder dass eine nicht zu zahlende Miete an sie schon Geschenk genug für die Familie Wunderlich sei.

Norberts Oma schmiss bei ihrem letzten Sturz noch eine Torte auf ihren schönen Perserteppich, woraufhin eine ihrer Freundinnen, ohne zu ahnen, was wirklich passiert war, »Nein, die schöne Torte!« schrie.

So starb Norberts Oma unter den besänftigenden Klängen von ›Jenseits von Eden‹ im Kreise ihrer alten Millionärs-Kaffeetanten.

Nachdem sie zwei Wochen später beerdigt in ihrem Erdmöbel lag, wurde der Tapetenladen geschlossen, da die Konkurrenz durch die Baumärkte laut Paul ›plötzlich‹ einfach zu groß war.

»Wir haben es uns zwei Jahre angeschaut, doch es geht nicht mehr, es waren jeden Tag nur zwei bis drei Kunden im Laden und einer davon wollte wissen, wie man zum Bahnhof kommt!«, meinte er und fügte noch hinzu, dass er den Laden sowie die restlichen Wohnungen nun vermieten würde, um von den Mieteinnahmen über die Runden zu kommen. Später fragte ich Norbert, wie es denn sein könne, dass man sich trotz zwei bis drei Kunden am Tag mit dem Laden, auch wenn man keine Miete zu zahlen hatte, über Wasser halten konnte.

»Es war nur Beschäftigungstherapie!«, meinte Norbert. Innerlich strahlte ich, da ich es schon immer vermutet hatte!

Paul hatte den schwierigen Part der Buchhaltung innegehabt, es war ja schließlich auch nicht einfach, die Unterlagen einmal im Monat zum Steuerberater zu bringen!

Renates Mutter war hauptsächlich dabei, um auf Paul aufzupassen, damit dieser sich nicht wieder anderweitig vergnügte.

Renate schlug damit nicht nur zwei Fliegen mit einer Klappe: Ihre Mutter war nach dem Tod ihres Mannes beschäftigt und Paul war unter Beaufsichtigung aus dem Haus und konnte dadurch weder fremdgehen noch ihr gemeinsames Eigenheim mit seinen Geniestreichen zum Einsturz bringen, während sie sich erholen und sich schön mit Jack oder Jonny in der Dunkelkammer festquatschen konnte. In diesem Fall war Renate wohl zum tapferen Schneiderlein geworden, obwohl sie es ja bekanntlich nicht so mit Nadel und Faden hatte, und die Fliegenklatsche war womöglich eine Bratpfanne!

Nun kamen wir der Sache schon etwas näher! Ich bohrte nach und fragte Norbert an diesem Abend so geschickt aus, dass ich erfuhr, dass Norberts Opa, also Pauls Vater, nach dem Krieg ein sehr einflussreicher Geschäftsmann geworden war, der mehrere Häuser in der City besaß und auch mitgeholfen hatte, viele weitere wieder aufzubauen. Da er keine Erben besaß, angelte er sich mit der Absprache, ihm einen solchen zu schenken, eine zwanzig Jahre jüngere Frau.

Dieser Erbe, Paul in Person, kam und Norberts Oma musste fortan nicht einmal mehr den Haushalt erledigen. Als Pauls Vater starb, erbte seine Mutter bis auf einen kleinen Teil, den Paul bekam, alles. Nun war die Katze aus dem Sack! Norberts Familie war also reich, vor allem nun durch das Ableben der Oma!

An diesem Abend erzählte Norbert noch ein paar lustige Storys über seine Oma und auch über den Teppich- und Tapetenladen. Einmal lieferten sie einen Teppich selbst aus, da sich Paul wegen zu hoher Transportkosten mit seiner Auslieferfirma angelegt hatte. Was er seinem Sohnemann jedoch verschwieg, bevor dieser der Auslieferung zustimmte, war die Tatsache, dass das gute Stück in den siebten Stock eines Altbauhauses getragen werden musste. Einen Fahrstuhl gab es natürlich nicht und das Treppenhaus war extrem eng. Die beiden Experten im Transportwesen haben dafür sage und schreibe zwei Stunden benötigt. Paul musste danach zum Arzt und bekam mehrere Spritzen, da er sich den Rücken verrenkt hatte. Norbert erhielt indes über zwei Wochen eine Reizstromtherapie, weil er sich, bedingt durch sein Übergewicht und seine Ungelenkigkeit, das Knie verdreht hatte. Als die Kundin Paul dann zu verstehen gab, dass es der falsche Teppich sei, schenkte er ihr ihn mit den Worten »Frohe Weihnachten« und zog schnaufend von dannen.

»Malte, du glaubst ja nicht, was wir mal beim Entrümpeln des Kellerlagers gefunden haben: einen Dildo aus Holz! Von wem der wohl war?«

»Vielleicht von deiner Oma!«

»Malte, von welcher?«

»Von der Geizigen?«

»Dann ist der Dildo bestimmt ein antikes Erbstück ihrer Mutter!«, antwortete Norbert lachend.

Paul stellte das gute Stück, als Witz gedacht, kurzzeitig ins Schaufenster, doch als umgehend ein paar besoffene Fußballfans reinkamen und nach Mädels zum Poppen grölten, war der hölzerne Penis dort ziemlich schnell wieder verschwunden.

»Ich möchte nicht wissen, was meine geizige Oma an Geld auf dem Konto hat, vermute aber, dass sie die ganze Nacht stehen müsste, wenn sie es unters Kopfkissen gelegt hätte!«, lachte Norbert. Obendrein meinte er auch noch, dass er sich freuen würde, wenn Paul ihm ein paar Moneten von dem Erbe geben würde, damit er überhaupt nicht mehr zur Maloche oder zum Arbeitsamt gehen müsse.

»Ich helfe dann meiner Oma bei der Gartenarbeit, dann habe ich ein wenig Abwechslung und sie Unterstützung!«, meinte er.

Wer glaubt, dass die Nationalmannschaft von Liechtenstein Fußballweltmeister wird, der glaubt auch, dass Norbert etwas im Garten seiner Oma machen würde – außer eventuell Würstchen zu essen, die sein Vater vorher gegrillt hat!

Auszug aus Renates Tagebüchern

*12.02.2001: **Liebes Tagebuch**, wir waren heute beim Notar und haben erst mal das ganze Erbe klargemacht, jetzt will Paul so schnell wie möglich Schwiegermutters Haus verkaufen, aber eines kann man festhalten, und zwar ganz klar: Wir brauchen nicht mehr zu arbeiten! Das Geld kann man normalerweise in seinem Leben nicht mehr verbraten, ist doch schön, darauf einen Whisky!*

*13.02.2001: **Liebes Tagebuch**, Paul hat gesagt, dass unser Haus in der City laut Makler 950.000 Euro bringen wird, dazu noch die 580.000 Euro Bargeld, alter Falter, da können sich die ganzen Lutscher um uns herum mit ihrem angeblichen VW-Megaverdienst verpissen!*

Paul verkaufte noch im Februar das Mietshaus, in dem sich sein ehemaliger Laden befand, um sich durch den Erlös gar nicht erst beim Arbeitsamt anmelden zu müssen. Er hatte keinen Bock auf Mieter, auf arbeiten schon gar nicht und wollte lieber sofort viel Geld haben, komme, was wolle, und wurde somit Frührentner!

Was Norbert sauer aufstieß, war die Tatsache, dass sein Erzeuger erst gar nicht darüber nachdachte, seinem Sohnemann zu sagen, dass er dem Arbeitsamt ebenfalls fernbleiben könne. So stieg Norberts Frust in den nächsten Tagen so immens in die Höhe, dass er nur noch unzufrieden mit sich und der Welt war. Dies äußerte sich bei ihm darin, dass er unter einem ständig hohen Promillewert von einem psychosomatischen Krankheitssymptom in das nächste schlitterte. Seine körperlichen Missempfindungen reichten von Schwindelgefühlen über Magen- und Darmbeschwerden mit Übelkeit, Erbrechen und Durchfall bis hin zu starken Schmerzen in allen Körperregionen. Wehe, man machte mal einen Spruch von wegen: »Lass mal den Alkohol weg, dann haste alles nicht mehr!«, dann war man gleich ›Dr. Klugscheißer von Bösewicht‹!

Irgendwie konnte ich Norberts Frust aber auch nachvollziehen: Da haben seine Eltern wohl Geld ohne Ende und er selbst bekommt nur sein Taschengeld und kostenloses Essen und Wohnen, dabei würde er doch so gerne einmal die Sau rauslassen und einfach mit noch mehr Scheinen wedelnd als ohnehin schon durch ein CD- oder PC-Geschäft gehen. Zudem sollte

Norbert malochen, was sein lieber Vater ihm ja sein ganzes Leben lang in herausragender Art und Weise vorgemacht hatte.

Wir verabredeten uns für das nächste Wochenende zu einer kleinen gemeinsamen Kneipentour. Bevor wir unser übliches Langzeittelefonat beendeten, versprach Norbert, sich nach seinem Termin beim Arbeitsamt – oder den Arbeitsaffen, wie er sie nannte – zu melden.

Leider hielt er sein Versprechen nicht, stattdessen rief Renate mich einen Tag später mit leicht verzweifelter Stimme an und meinte, dass das Amt Norbert bei seinem Vorstellungsgespräch regelrecht die Pistole auf die Brust gesetzte habe. Er solle seine Lehre fortführen, eben einfach in einer anderen Firma ab dem dritten Lehrjahr weitermachen. Das Amt regelte sogar, dass er noch am selben Tag eine Stelle bekam, für die er nur noch, aber ›sofort‹, eine Bewerbung abgeben sollte. Als Norbert dies seinen Eltern erzählte, meinten natürlich beide, dass er schnell die Bewerbung schreiben und dann die Stelle annehmen könne. Darauf drehte Norbert zu Hause durch, und zwar so extrem, dass sein Zimmer in der Folge laut Renate einem Schlachtfeld gleichkam.

»Es sah aus, als hätte jemand eine Handgranate in sein Zimmer geworfen, Norbert hat vom Nervenarzt erst mal zwei Wochen absolute Ruhe verschrieben bekommen!«, meinte sie noch.

Damit war der Kneipenabend mit Livemusik auf unbestimmte Zeit verschoben, da Familie Wunderlich umgehend zwei Wochen nach Dänemark fahren wollte, weil sich ›klein Norbert‹ wieder beruhigen sollte!

Halt die berühmte ›Den-Kopf-frei-bekommen-Tour‹, um es einmal zynisch auszudrücken!

Norbert hatte im Hause Wunderlich irgendwie alle in seiner Hand, mal war es durch irgendwelche Dummheiten von Paul, die er intelligent in Form von Schweigegeld ausnutzte, oder es war die Pulle Jack oder Jonny, die er seiner Mutter blödsinnigerweise heimlich besorgte. Wenn dann doch nichts mehr zu gehen schien, nahm er eben sein Zimmer auseinander.

Ich bin mir manchmal nicht so sicher, ob er dabei wirklich einen richtigen Anfall hatte, oder diesen nur vortäuschte, denn so, wie ich ihn bis zu diesem Zeitpunkt kennengelernt hatte, wurde er bei diesen Anfällen eigentlich sehr ruhig und eher weinerlich. Andererseits war da auch oft ein Tunnelblick, bei dem man in seinen Augen eine beängstigende Leere sah. Norbert und seine Eltern waren mir bis dato ein großes Rätsel.

Das Osterfeuer

Kurz vor Ostern und seinem 22. Geburtstag rief mich Norbert an und verkündete, dass er heimlich in Braunschweig in der Fahrschule von Pauls ehemaligem Schulfreund seinen Führerschein gemacht hatte. Auf die Frage, weshalb er das heimlich gemacht habe, antwortete er, dass er alle damit überraschen wollte. Ich freute mich damals tierisch, da Norbert endlich mal wieder ein Erfolgserlebnis genießen konnte.

Am Samstag nach Karfreitag war bei uns immer Osterfeuer angesagt und Norbert stellte seinen vor zwei Wochen zur bestandenen Prüfung bekommenen Wagen vor. Es war jener kleine Wagen, mit dem wir zur Walpurgisnacht gefahren waren, genau der, dessen Armaturenbrett schon durch den ›Torben-Test‹ musste! Wir nannten ihn Laubfrosch, da die Räder fast im Radkasten verschwanden, wenn Norbert mit seinen bereits 145 Kilogramm darinsaß und der Wagen beim Ausstieg regelrecht in die Höhe hüpfte! Das Tollste war, dass Norbert an diesem Tag seinen Wagen steuerte, Paul die Strecke aber als Begleitschutz mit seiner neuen Familienkutsche hinterherfuhr. Als Norbert seinen Wagen vor meiner Haustür parkte, brauste Paul mit seiner neuen Eierschaukel laut hupend wieder davon. Mit einem Grinsen bis über beide Ohren stieg Norbert – verständlicherweise stolz wie Oskar – aus seinem kleinen, aber für einen Anfänger ausreichenden Wagen aus.

»Hallo Männer, der Biervernichter des Jahres ist da!«, kicherte er.

»Was blinzelt denn dort aus deiner Brusttasche heraus, Alter, hast du ein Handy?«

»Ja, Malte, der Fortschritt lässt grüßen! Das Handy habe ich zur bestandenen Führerscheinprüfung bekommen, ist zwar nicht das neuste Modell, aber soll schon ein sehr gutes sein«, sagte Norbert und hielt mir sein neues Schmuckstück, ein Nokia 3210, vor die Nase.

Das Wetter an diesem Tag versprach zwar Kälte, aber auch richtig schönen Sonnenschein, da bislang keine einzige Wolke am Himmel zu sehen war.

In meiner Küche mischten und tranken wir Anis-Schnaps mit Cola auf unser Siebenjähriges. Damals waren wir eine reine Herrenrunde, da Jana mit ihren Eltern ins Saarland zu einer Familienfeier gefahren war und ich auf gar keinen Fall mitwollte. Das Osterfeuer in Gifhorn durfte man nicht verpassen und außerdem hatte ich bei meiner Arbeit keinen Ersatz für den Pflanzen-Gießdienst gefunden.

Als Torben nach einer kleinen Zigarettenpause auf dem Balkon wieder ins Wohnzimmer kam, fragte er Norbert, ob er jetzt in Zukunft mit dem Hintern an der Wand entlanglaufen müsse oder ob Norbert nicht mehr Fan seiner Lieblingsband R.E.M. sei. Ihr müsst wissen, dass sich deren Sänger als schwul geoutet hatte. In diesem Moment brach für Norbert eine kleine musikalische Welt zusammen, vor allem, weil sein Umfeld und allen voran Paul mit Lästereien auflief.

»Na, Norbert, schläfst du nach dem Outing deines musikalischen Idols nun auch mit dem Finger im Hintern?«

»Torben, wenn du nicht mit der Sprücheklopperei aufhörst, hole ich meinen Dampfhammer raus!«

»Es macht mich richtig an, dass du so aggressiv wirst!«, meinte Torben daraufhin lachend.

»Ach, Torben, nur weil er schwul ist, ist der ›Steif‹ kein schlechterer Sänger, oder?«

»Malte, hör jetzt auf mit deinen homophoben Kalauern, der Sänger heißt nicht ›Steif‹, sondern ›Stipe‹!«

»Uuui, da geht aber einer in den Verteidigungsmodus eines Gesinnungsbruders!«

»Torben, willst du noch zum Osterfeuer?«, fragte Norbert ihn leicht erzürnt, worauf ich erst mal neues Bier einschenkte.

»Prost, Norbert, frohe Ostern, wo sind deine dicken Eier?« fragte ich ihn und Torben rief dazwischen, dass er uns gleich mal seine zeigen würde. Bevor dies geschehen konnte, machten wir uns mit unseren Getränkevorräten auf zum Schlosssee, an dem in diesem Jahr, genau wie in den letzten Jahren, unser Gifhorner Osterfeuer stattfinden sollte.

Bevor es entzündet wurde, lagen wir schon, wie konnte es bei unserer Trinklaune anders sein, zum Ausnüchterungsschlaf auf unserer mitgenommenen Decke.

Irgendwann rochen wir, dass das Feuer bereits von der Feuerwehr entzündet worden war. Wir legten die Decke zusammen, verstauten sie im Rucksack und drückten diesen Norbert in die Arme.

Das Feuer brannte sich in Richtung der an einem Holzpfahl befestigten Hexenpuppe aus Stroh hoch und wir schossen ein paar richtig schöne Bilder.

Da es bedingt durch die Dunkelheit schon recht kalt geworden war, gingen wir näher an das Feuer heran. Norbert meinte großkotzig, dass er Wärme gewohnt sei, und stellte sich fast direkt ins Feuer.

»Du bist aber mutig, hast du die Walpurgisnacht vergessen?«

»Ist mir egal, ich habe heute eine alte Jacke von Paul an, die kann ruhig abfackeln!«, frotzelte Norbert.

Torben und ich blieben ein paar Meter entfernt stehen, da die Wärme uns fast das Gesicht verbrannte. Norbert wollte dem

Anschein nach etwas beweisen und blieb felsenfest direkt am Feuer stehen!

Plötzlich gab es einen Schrei und Norbert rannte mit brennenden Schuhen an uns vorbei! Super, seine Schuhe hatten Feuer gefangen!

Zu seinem Glück lief er schnurstracks einem Feuerwehrmann in die Arme, der – im wahrsten Sinne des Wortes – nicht lange fackelte und diese Gelegenheit nutzte, um seinen Feuerlöscher auszuprobieren.

Nach diesem für uns mal wieder tragikomischen Ereignis verschwand Norbert unter dem Eindruck des allseitigen Gelächters in der Dunkelheit, um sich erst mal einer Bier-Druckbetankung zu widmen. Außerdem säuberte er seine Schuhe am beleuchteten Feuerwehrauto mit einem Lappen, den er von dem Feuerwehrmann in die Hand gedrückt bekam.

»Ich nehme die gammeligste Jacke mit, ziehe aber meine besten Schuhe an und sprühe diese noch mit Nässespray ein, Renate wird mich erschlagen, wenn sie das sieht!«, stammelte er, als wir ihn leicht am Boden zerstört vorfanden.

Eine Stunde später standen wir an einem mittlerweile nur noch leicht lodernden Feuer. Norbert wurde kalt, worauf er sich mutig getrunken wieder mit dem Rücken zum Feuerchen drehte.

Plötzlich sahen Torben und ich, wie sich seine Kunststoffjacke am Rücken zusammenzog und schon leicht zu qualmen anfing. Ich schubste Norbert weg und verbrannte mir dabei leicht die Hand, da die Jacke mittlerweile wirklich ungemein heiß geworden war. Das war für Norbert der zweite Brandschaden an diesem Abend und er wirkte restlos bedient.

»Na, wenigstens haste nicht wieder ein Brandloch, Norbert.«

»Danke, Malte, dass du mich immer wieder an die Walpurgisnacht erinnerst, du legst auch immer gerne den Finger in die Wunde, oder?«, fauchte Norbert mir entgegen.

Nach der nächsten Druckbetankung gingen wir noch in Richtung Bratwurstbude, an der Torben und ich jeweils eine Krakauer bestellten und Norbert natürlich gleich zwei. Hierdurch bekam er erst richtig Appetit und fegte eine Portion Pommes, einen Schaschlikspieß und an einem anderen Stand zwei (!) Gyrosfladi weg.

»So, das war die Vorspeise, und nun zum Hauptgericht!«, meinte er in seiner manchmal lustigen Art, während er sich über seine dicke Wampe strich. Wenn Norbert von seinen Eltern eines gelernt hatte, war es neben Faulenzen auch Essen, denn umsonst hatten sie ja nicht alle diesen Bauchumfang!

Nach unserem kleinen Imbiss zog es uns natürlich zurück an das noch glimmende Feuer, an dem Norbert sich mit einem Feuerwehrmann anfreundete, der es nicht prickelnd fand, dass unser Wonneproppen eine leere Flasche Cola, leicht übermütig, ins Feuer warf.

»Hol sie doch wieder raus, wenn du scharf auf das Pfand bist!«, schrie Norbert den Feuerwehrmann an.

Irgendwann sprach uns ein kleiner, frecher, ausländisch aussehender Kerl an, ob wir eine Zigarette für ihn hätten. Norbert meinte, auf den glimmenden Haufen zeigend, dass das Einzige, was wir für ihn hätten, Feuer sei. Kurz darauf zog Torben eine Schachtel aus der Hosentasche und rauchte mit Norbert, der ja bekanntlich schon ein paar Monate auf Renates Pfaden wandelte und sie sich zum Vorbild genommen hatte, genüsslich eine Selbstgedrehte.

»Ey, du Penner, mir sagen, dass du keine hast und kaum bin ich weg, steckst du dir eine an, ey, das bringt mich ja jetzt auf die Palme, komm her, gehen wir zum Wald, uns schlagen, komm her, ey, dich Fettsack mache ich fertig!«, fuhr der kleine Schnorrer unseren Riesen an.

Der kleine Ausländer war nicht nur zwei Köpfe kleiner als Norbert, nein, er war bestimmt auch um die achtzig Kilo leichter! Norbert drehte sich nur weg und meinte, er solle doch abhauen. Nun wollte dieser kleine Giftzwerg ihm jedoch an die Wäsche, und hätten wir ihn nicht zur Seite geschubst und davongejagt, wer weiß, welches Grillfleisch abends noch gegessen worden wäre!

Körperliche Gewalt, abgesehen von Kabbeleien mit seinen Kumpels auf dem Rasen, war für Norbert ein unbekanntes Terrain. Man musste sich schon sehr wundern, da stand ein Elefant, mittlerweile nicht mehr auf den Mund gefallen, und hatte Angst vor einer kleinen Maus.

Dieser kleine Mäuserich geriet später noch in die Fänge wild gewordener Hauskater mit Punkfrisur, die zuvor ordentlich vorgeglüht hatten, und verschwand danach unter blauem Licht in einem Rettungstaxi in Richtung Krankenhaus!

Ohne, dass wir es bemerkten, zogen Wolken auf und das Wetter änderte sich schlagartig. Es wäre schön, wenn man sagen könnte, dass es nur geregnet hätte, doch es war eher, als würde die Feuerwehr einen Brand löschen wollen. Der Platz um die Wiese veränderte sich in Sekundenbruchteilen in eine wahre Matschlandschaft.
Die Lage vor Ort glich mittlerweile eher dem aus den USA bekannten Regenkonzert Woodstock als unserem Osterfeuer.

Als nach einer halben Stunde der Starkregen aufhörte und in Nieselregen überging, sprangen wir über Pfützen zum nur noch leicht glimmenden, aber noch viel Wärme ausstrahlenden Feuer.

Dort trafen wir unsere Stadtikone Helmut, der seit geschätzten sechzig Jahren keine Feierlichkeit ausgelassen hatte und auch dementsprechend fertig aussah. Er kam mit seinem Fahrrad an uns vorbei und sagte, dass er die Schnauze voll habe von diesem ganzen jugendlichen Pack, das ihn nur verarschen würde.

»Wenn ich Bundeskanzler wäre, würden alle diese Jugendlichen ausgewiesen werden!«, meinte Helmut und setzte sich mit seinem Suffkopp auf sein Fahrrad, sackte im Matsch ein und strampelte drauflos, ohne vom Fleck wegzukommen, da ihm jemand zuvor die Fahrradkette abgenommen hatte. Nach kurzer Zeit kippte er im Zeitlupentempo um und landete klatschend im Matsch.

Es war ein Bild für die Götter!

»Wenigstens bist du weich gefallen, Helmut!«, rief ich ihm zu, doch er war wie in Trance nur am Schimpfen und hörte meine Worte nicht mehr. Wir halfen ihm natürlich auf, konnten uns allerdings das Lachen nicht verkneifen! Helmut war nicht der Einzige, den es mit Pfützentauchen erwischte, ständig rutschte irgendwo jemand aus, um danach unsanft, aber durch das Wasser etwas abgedämpft, im Matsch liegen zu bleiben.

Am besten war die Aktion der Freiwilligen Feuerwehr, die krampfhaft versuchte, ihre Fahrzeuge vom Platz zu bekommen und dabei kläglich scheiterte. Na, wie konnte man das auch schaffen, wenn lediglich der Fahrer nicht sturzbetrunken war? Die Hinterräder des Feuerwehrautos wurden zu Matsch-Mühlenrädern und verpassten einigen Feuerwehrleuten ein neues Aussehen. Die Feuerwehr versuchte, weswegen auch immer, das Fahrzeug irgendwie herauszuschaukeln. Ein paar Einsatzkräfte schoben vorne, ein paar schoben in rhythmischen Bewegungen hinten und wir konnten uns vor Lachen mal wieder nicht halten.

Wir entschieden uns, nachdem Norbert im Morast einen Kniefall hingelegt hatte, das Weite zu suchen.

Da das Bier nicht nur rein, sondern auch raus wollte, erleichterten wir uns im nächstgelegenen Gebüsch, Norbert stolperte dabei zu meiner Rechten und flog kopfüber hinein.

Habt ihr schon einmal versucht, betrunken rund 145 Kilo aus einem Gebüsch zu bekommen? Hinzu kamen die schlechte Sicht, der Matsch und der Nieselregen.

Diese Mammutaufgabe gestemmt, machte als Nächstes Torben eine Rolle vorwärts, da er an ein paar Zweigen hängen blieb.

»Sagt mal, sind hier alle außer mir besoffen, oder was?«, schrie ich in den Abendhimmel.

»Torben, bleib mit deinem Lasso nicht am Baum hängen!«, frotzelte Norbert.

»Schon passiert, tja, mein Lieber, man kann sich eben nicht alles kaufen!«, lallte Torben in Anlehnung an die Länge seines besten Stückes und Familie Wunderlichs Reichtum.

»Meint ihr etwa, dass ich reich bin? Meint ihr, dass ich mir alles kaufe? Meint ihr, dass ich verwöhnt bin? Meint ihr, dass ich alles haben will? Wie habt ihr das gemeint?«, startete Norbert ein bis dahin noch nie so extrem gewesenes Fragen-Gewitter. Dass diese Psychoattacke, dieser regelrechte Platzregen aus Fragen, so plötzlich kam, überraschte mich doch sehr! Wir benötigten fast den gesamten restlichen Heimweg, um Norbert zu beruhigen, und mussten erneut erkennen, so wir es zu später Stunde noch konnten, dass Norbert ein Problem hatte.

Er und ich saßen nach unserer Trockenlegung noch bis in die frühen Morgenstunden in meinem Wohnzimmer, bis Norbert, erneut mit Fragen nervend, irgendwann, welch Wunder – oder welch Promillewert! –, auf dem Sofa einschlief.

Nach dem Ausnüchterungsschlaf sowie einem kleinen Frühstück schmissen wir uns noch ein paar dringend nötige Kopfschmerztabletten ein und ließen den vorherigen Tag Revue passieren, bevor Norbert am Abend des Ostersonntags das Feld, dieses Mal ohne Begleitschutz und etwas deprimiert wirkend, räumte. Vielleicht war ihm seine Fragerei im Nachhinein doch unangenehm oder er hatte auch nur Angst davor, sich mit mir zu streiten.

Was mir von diesem Osterfeuer noch blieb, außer den Kopfschmerzen natürlich, war das Debakel im Flur, denn es sah aus, als wäre eine ganze Kompanie Elefanten nach einem Schlammbad durch das Treppenhaus gelaufen. Es kostete mich damals ungefähr zwei Stunden, alles wieder sauber zu bekommen, außerdem freute sich die Waschmaschine über eine komplette Garnitur Kleidung.

Am Dienstag nach Ostern rief mich Norbert an und meinte, dass irgendjemand in der Nacht von Ostersonntag auf Ostermontag über sein Auto gelaufen sei und es nun einige Beulen auf dem Dach und der Motorhaube habe. Renate schwang daraufhin im Hause Wunderlich die Bratpfanne, weil sie vermutete, dass es Paul gewesen sei, da er solch einen Scherz früher auch mal bei einem ihrer Verehrer gebracht hätte. Doch weswegen sollte der gebrandmarkte Ehemann und Vater vor der eigenen Haustür über Norberts Auto laufen?

Was Paul als Jugendlicher damals in seinem Alkoholdusel übrigens nicht mitbekommen hatte, war die Tatsache, dass es sich bei dem Auto um ein Cabrio handelte. Dessen Dach brach unter seinen Kilos umgehend zusammen, die Feuerwehr musste ihn aus der Plane schneiden und übergab ihn direkt der Polizei und dem Notarzt, da er sich beim Einbrechen durch das Autodach übel die Glocken an einer Dachstrebe sowie einer Sitzlehne geprellt und sich obendrein hilflos zwischen den

Lehnen der Vordersitze verkeilt hatte. Na, dann frohe Ostern und dicke Eier!

<u>Auszug aus Renates Tagebüchern</u>

16.04.2001: Liebes Tagebuch, da ist doch irgendein Arsch über Norberts Auto gelaufen und ich werde herausfinden, wer es war!

17.04.2001: Liebes Tagebuch, Paul war der Übeltäter, er hat mit seinem Freund Rüdiger den Auszug von Heidi gefeiert und deswegen gerade den Auszug meiner neuen Edelstahl-Bratpfanne aus dem Küchenschrank mitbekommen! Paul sagte, dass er aber aus seiner Jugendsünde gelernt und nur die Schuhsohlen schmutzig gemacht habe, um einen Fußabdruck auf das Auto zu bekommen, und das Ganze im Stehen vor dem Auto. Es war wohl ›nur‹ ein Joke im Alkoholdusel, na, und er hat nun ›nur‹ aus Joke eine Beule am Kopf! Wenigstens will Paul morgen das Auto durch die Waschanlage fahren. Ziemlich komisch, diese Waschanlage zieht ihn irgendwie magisch an, wer weiß, welche Busentussi dort arbeitet. Ich glaube, da lasse ich mich mal von Norbert in unserem anderen Auto hinfahren!

18.04.2001: Liebes Tagebuch, wir sind mit Norbert ins Krankenhaus gefahren, da er sich, wie er meinte, sein bestes Stück mitsamt Hoden am Fahrradsattel gequetscht hat. Später habe ich dem Bengel mal auf den Zahn gefühlt, denn die ganze Sache kam mir etwas komisch vor, da ich bei Norbert im Zimmer einen Staubsauger gefunden habe und er noch nie freiwillig gestaubsaugt hat. Außerdem verstaubt sein Fahrrad schon lange in der Garage! Nach ein paar Whiskys hat er mir unter Tränen gestanden, dass er in einem Film gesehen habe, wie sich ein

Blödian mit einem Staubsauger befriedigt. Da hat mein kleiner Sohnemann das doch direkt nachgemacht und sich so die Klöten gequetscht, mein Gott, das ist ja manchmal die reinste Komödie mit dem Bengel, weiß doch jeder, dass man den Staubsauger nicht anmachen darf, wenn man etwas in das Saugrohr steckt! Wenn ich Paul die Geschichte erzähle, lacht er sich bis ins nächste Jahrhundert schlapp! Vielleicht kann ich das ja irgendwann mal einsetzen, wenn Norbert nicht so will wie ich!

19.04.2001: Liebes Tagebuch, Norberts Klöten sind noch immer ganz grün und blau und er denkt ständig, dass sie entfernt werden müssen. Dieser Bengel ist einfach unglaublich!

Bammel

Manch großartiges Erlebnis möchte man nicht nur einmal erleben, nein, es kann auch mehrmals sein. Aus diesem Grund wollten wir die berühmte Walpurgisnacht ein zweites Mal feiern. Leider waren Torben und meine Freundin Jana durch ihre Arbeit verhindert.

In jenem Jahr fuhren wir also zu fünft in Pauls neuer Familienschleuder, einem Reiskocher auf vier Rädern in den Harz. Er mimte wieder den Fahrer und als Beifahrerin war Renate in diesem Jahr mit von der Partie.

Die Rückbank nahmen Norbert und ich ein und da ja eben von fünf Fahrgästen die Rede war, sollte auch Nummer fünf erwähnt werden: eine kleine und ganz niedliche Golden-Retriever-Hündin, die Familie Wunderlich aus dem letzten Dänemarkurlaub mitgebracht hatte. Ihr Name war Berta und diese mittlerweile einjährige Hündin war die letzte von einem Sechserwurf, den die Zuchthündin, die Hundemutter, bereits zum fünften Mal hinbekommen haben soll.

Ihr eigentlicher Wurfname war Frida, aber da Pauls Mutter denselben Vornamen besaß, entschloss man sich dann doch lieber für Berta.

Diese Hündin passte ins Familienbild wie die Faust aufs Auge, überzüchtet und leicht verdreht, perfekt also!

Wir fuhren die übliche Strecke in Richtung Harz, dies war gleichzeitig der erste richtige Härtetest für die neue Familienkutsche, drei Schwergewichte, ein Leichtgewicht und eine Hündin.

Von Steigungsmeter zu Steigungsmeter wurde das Auto langsamer.

»Gleich geht es rückwärts!«, rief Renate mit leicht ängstlichem Unterton.

»Soll ich vielleicht aussteigen und schieben?«, stichelte Norbert.

»Du kommst doch bei der Kindersicherung der Tür eh nicht raus und wenn, würdest du Dussel wahrscheinlich vorne schieben!«, antwortete Paul in das Gelächter von Renate und mir hinein.

Trotz teils ohrenbetäubender Motorgeräusche und einiger von Paul geäußerter Zweifel, ob der Reiskocher-Kauf richtig gewesen war, erreichten wir leicht durchgeschwitzt unseren Zielort. Auf der bereits bekannten ›Matschwiese des Grauens‹ parkten wir, dann fuhren wir nicht runter nach Thale, sondern blieben im Ort Elend, da der dortige Festplatz etwas geläufiger und übersichtlicher erschien. Außerdem war man dort dichter am Parkplatz und konnte schneller die Heimreise antreten.

Nach der Ankunft trennten sich erst einmal unsere Wege, Renate, ihr räudiger Köter und Berta gingen noch ein wenig spazieren, wir dagegen wollten sofort das Schlachtfeld erkunden.

»Ich bin froh, dass Renate mitgekommen ist, da brauch ich mir wenigstens keine Sorgen mehr zu machen, dass ich nicht mehr nach Hause komme!«, meinte Norbert lächelnd zu mir.

Zwischen hohen Eichen hindurch kamen wir über eine kleine Brücke in Richtung Festplatz. Feierlustige waren zu sehen und zu hören, der Sprecher war akustisch zwar nicht genau zu verstehen, aber er kommentierte irgendein gerade stattfindendes Ereignis.

Plötzlich flog über uns ein kleines Motorflugzeug und Norbert meinte, dass man wohl gerade Filmaufnahmen machen würde. Als wir uns gerade mittig auf der Brücke befanden, ertönte ein lauter Schrei und ein Krachen, als würde die kleine, alte Holzbrücke unter unserer Last zusammenbrechen. Wir schauten nach unten und entdeckten die Hauptattraktion, das Ereignis des Abends, mit abgeknicktem Bein und leicht aufgespießt in einer Baumwurzel am Brückengraben hängend.

Es war ein Fallschirmspringer, oder das, was noch von ihm übrig war! Norbert befand sich sofort in einer Schockstarre und bekam keinen Ton heraus.

»So lange er schreit, ist er am Leben!«, meinte ich zu ihm.

Da sich eine ganze Besatzung Ersthelfer und auch der zweite, sicher gelandete Springer sofort auf den Weg machten, brauchten wir uns, was natürlich eine Selbstverständlichkeit gewesen wäre, nicht aufzumachen, um die großen Retter zu spielen. So gingen wir weiter, um uns, noch etwas geschockt, an den ersten Getränkestand zu begeben.

Wir trafen dort noch einen ehemaligen Klassenkameraden von Norbert, Axel und dessen Schwester Annabell, die durch ihr süßes Antlitz und die Aura, die sie versprühte, schon ein kleiner Stern war. Sie hatte dunkelblond gelockte Haare, eine schlanke Figur bei einer Größe von rund 1,65 Meter und es war schon so, dass einem glatt die Spucke wegblieb, sobald sie einen mit ihren rehbraunen Augen anblickte.

In gemütlicher Runde zogen die ersten Stunden bei einigen Getränken ziemlich schnell ins Land. Nachdem Norbert sich, wie so oft, mit drei auf ex getrunkenen Bieren seine Schockstarre weggetrunken hatte, versuchte ich immer wieder, ihn dazu zu motivieren, doch mal Axels Schwester anzugraben.

Norbert blockte allerdings ab, da Annabell, wie er meinte, mit ihren siebzehn Jahren noch zu jung für ihn war und er die Familie seit der Kindergartenzeit kannte.

Langsam brach der Abend herein, das recht große Feuer wurde entzündet und Renate, Berta und Paul gesellten sich zu uns. Platz nahmen beide auf zwei Campingstühlen, da sie ja auch in einem gewissen Alter waren, in dem man sich nicht mehr auf eine harte Wiese setzen konnte!

Renate erfreute sich der alkoholischen Getränke, der Kontrollblicke in Richtung Sohnemännchen und der betrunkenen älteren Herren, die sie, leicht bis stark wie Landstreicher aussehend, zur heißesten Biene des Platzes kürten. Vielleicht war Renate auch die Einzige, die sich mit den Typen unterhalten wollte, jedenfalls lebte sie in den nächsten Stunden wieder in ihrer Welt, ganz ›back to the seventies‹. Das ehemalige Blumenkind, wie Norbert sie vor ein paar Jahren mal genannt hatte, war wieder voll in seinem Element.

Durch die Wärme des Feuers ging der Alkohol Renate richtig schön in den Schädel.

»Hör jetzt langsam mal auf, so viel zu trinken!«, ranzte Paul.

»Lass mich in Ruhe, geh lieber mit deiner neuen Freundin spazieren, komm wenigstens einmal deiner Pflicht als Hausherr und Möchtegern-Familienoberhaupt nach, du alter Weichspüler!«, fauchte eine sich vor ihm aufbäumende Renate. Paul suchte darauf recht schnell und grummelnd mit Berta das Weite.

»Der Hund kann wenigstens das, was du nicht kannst, mein Lieber, nämlich mit dem Schwänzchen wedeln, wenn er mich sieht!«, schrie sie ihm unter meinem Schmunzeln noch hinterher.

Norbert schaute plötzlich aus der Wäsche wie jemand, der seit zwei Jahren jede Stunde am Tag einen Ehekrach miterlebte. Leider erlebte er solch einen Ehekrach tatsächlich regelmäßig, doch in der Öffentlichkeit schien es in dieser Art und Weise, selbst bei der Gartenparty, noch nicht vorgefallen zu sein.

Paul holte, um seine Alte zu beruhigen und vor uns mal richtig gönnerhaft zu erscheinen, zwei Flaschen Billigsekt sowie ein paar Becher aus dem Wagen. Nachdem er diese und nicht Renate geköpft hatte, wurde sie für einen Moment ruhig, denn er hatte wohl richtig erkannt, dass seine Frau, das alte Schandmaul, nur durch noch mehr Alkohol beruhigt werden konnte.

Paul band Hündin Berta an Renates Stuhl, da er wohl dachte, dass sein geliebter Ehedrache schwerer als er selbst sei, und setzte sich in den anderen, um, wie wir alle, gespannt auf das kleine, auf einem Plakat beworbene Feuerwerk zu warten. Für einen Moment wehte nach diesem Theater ein Hauch von Frieden über den Platz, ein Frieden, den Norbert brauchte, um ohne Albträume und Durchfall leben zu können. In Anbetracht dieser Situation schaute er nach geraumer Zeit wieder einigermaßen zufrieden aus der Wäsche.

Der erste Böller explodierte genau hinter unserem Rücken, Berta sprang wie vom Blitz getroffen einen Meter in die Höhe und zog dabei Renate den Stuhl unter ihrem Schlachtschiff-Hintern weg. Diese machte einen Salto rückwärts, wie ihn eine olympische Bodenturnerin nicht hätte besser vollbringen können.

Berta rannte, gefolgt von dem Stuhl, der ja noch an der Leine hing, immer panischer werdend davon, und Paul schmiss sich mit einer von uns niemals erwarteten Reaktion auf den Stuhl, was zur Folge hatte, dass dieser zerbrach.

»Du nichtsnutziger Blödmann, halt den Hund und nicht den Stuhl!«, schrie Renate, doch dafür war es bereits zu spät! Berta drehte und wand sich und schaffte es im Rückwärtsgang, aus ihrem Geschirr zu schlüpfen, um im Anschluss unter weiteren Böllerschüssen wie ein gedopter 100-Meter-Weltrekordler über die Wiese in Richtung Wald zu laufen.

Bei jedem Böller änderte sie zum Grauen des hinterher joggenden Pauls ihre Laufrichtung. Durch das Feuer sowie das Licht der Fackeln und der Raketen konnten wir alles sehr gut sehen. Das ganze Jagdszenario dauerte mehrere Minuten und hätte, wenn man es gefilmt hätte, den ersten Platz bei jeder TV-Pannen-Show gewonnen!

Zum Glück aller war der Platz großräumig eingezäunt und zudem besser beleuchtet als der letztmalige Platz, sodass das Jagen des Hundes irgendwann doch noch sein Ende fand.

Renate setzte sich danach gemütlich auf Pauls Klappstuhl und genoss ihren neu eingeschenkten Becher Sekt und den sie zum Lachen bringenden Anblick, wie Paul mit heraushängender Zunge versuchte, die im Maschendrahtzaun verfangene und winselnde Hündin zu befreien.

Paul kam mit der genauso wie Norbert schlotternden Hündin im Arm an und meinte, dass er mit Berta ins Auto gehen würde, damit sie nicht noch kollabieren würde. Als Norbert das hörte, stiegen ihm die Tränen in die Augen und er fing an, zu wimmern, wie es zuvor sein süßer Hund getan hatte. Er startete umgehend sein mittlerweile typisches Fragengewitter. Dieses Gejammer und Generve fand erst ein Ende, als Renate meinte, dass er gleich ebenfalls ins Auto gebracht werden würde, sollte er nicht umgehend die Klappe halten!

Norbert rannte daraufhin im Laufschritt in Richtung Bierbude an uns vorbei und trank zwei Bier auf ex.

Mit leichtem Tunnelblick versehen kam er zurück und musste miterleben, wie seine Mutter, auf ihrem Campingstuhl sitzend, mit einem der wie ein Landstreicher aussehenden neuen Kumpel knutschte. Wir trauten unseren Augen nicht, ja, sie knutschte wirklich mit irgendeinem dahergelaufenen Typen, der vor ihr kniete und sie aufs Widerlichste abschleckte, oder eben sie ihn!

»Ey, der knutscht mit deiner Ollen herum! Kaum ist dein Vater, eigentlich der Lustmolch der Familie, nicht da und schon sowas, Norbert, mach was, und zwar schnell!«, fuhr ich ihn an, da ich geschockt von dem war, was ich gerade sah.

Als dann plötzlich noch das Fummeln anfing und eine Hand unter das Hemd an die mütterliche Brust ging, reichte es Norbert. Er presste sinnbildlich beide Pobacken zusammen und stampfte los.

»Hey du, lass meine Mutter in Ruhe, sonst gibt es Backenfutter!«, schrie er den Kerl an und dieser bekam ob der Größe und Breite von Norbert Angst, beendete umgehend seine Fummelei und suchte das Weite.

Was für ein Abend, dachte ich, einfach gelungen und zum Totlachen, Walpurgisnacht mit Norbert eben!

Kurz darauf verließen Axel und seine Schwester den Platz, wir verabschiedeten sie an der Brücke, um gleichzeitig Paul in Empfang zu nehmen.

»Wo, wo ist Berta?«, stotterte Norbert.

Pauls Gesichtszüge gingen sichtlich nach unten und er meinte nur ganz trocken, dass er sie gleich am Straßengraben beerdigt hätte!

Norbert wollte gerade mit seinem berühmten Hyperventilieren starten, als Paul ihm seine Hand auf die Schulter legte und tief in die Augen blickte: »Sie hat sich im Auto unter dem Sitz verkrochen und will nicht mehr raus, es ist aber alles in Ordnung mit ihr!«, sagte er seinem Sohn in einem ruhigen Tonfall. Norbert holte tief Luft und beim Ausatmen war ihm sofort eine riesige Erleichterung anzusehen.

An diesem Abend fanden wir auch noch einen passenden Spitznamen für Berta: ›Bammel‹!

»Wo ist Renate?«, fragte Paul, und ich antwortete, dass sie noch auf ihrem Stuhl am Feuer sitzen oder liegen würde.

Kurze Zeit darauf verließen wir, auch Bammel zuliebe, die Arena. Paul hakte seinen Hausdrachen unter, da Renate so betrunken war, wie wir sie noch nie zuvor gesehen hatten. Paul war vielleicht nicht nur an diesem Tag die ärmste Sau überhaupt. Seine Hündin entpuppte sich als nicht schusssicher und überängstlich, seine Frau war sternhagelvoll und sein Sohn verhielt sich wie ein möglicherweise in jeder Sekunde ausbrechender Psycho-Vulkan, der sich während der Rückfahrt sorgenvoll jede zweite Minute im Auto umdrehte, um zu schauen, ob Bammel noch lebte. Hinzu kam noch die Sache mit Norberts Handy, das ihm zum Glück erst im Auto aus der Tasche rutschte. Er wühlte plötzlich hektisch zwischen uns herum, so dass es aussah, als habe er gerade einen epileptischen Anfall.

»Stechen dich gerade die Flöhe, mein Sohn, oder was zappelst du da hinten so rum? Waschen, einfach öfter waschen, mein Kleiner!«, fuhr Paul unter meinem Kichern fort.

»Ich suche mein Handy!«

»Du sitzt bestimmt mit deinem rosigen Hintern drauf, oder es ist dir in den Fußraum gefallen, mein lieber Sohnemann!«

Norbert fand sein Handy wirklich im Fußraum. Oh Gott, ich möchte mir nicht ausmalen, was geschehen wäre, wenn er es an diesem Abend verloren hätte!

Als Renate nach einem kurzen Schlaf von ihrem neuen wilden Freund und ihrem kurzen Erlebnis lallte und obendrein von diversen sexuellen Fantasien berichtete, die er bestimmt besser umsetzen würde als Paul, biss dieser fast ins Lenkrad.

Da war es wieder, sein Problem mit einem unberechenbaren und betrunkenen Beifahrer! Letztes Jahr war es der Armaturenbrettschlagkräftige Torben gewesen, in diesem Jahr seine Pfannenschlagkräftige Renate!

Norbert verkroch sich wie üblich neben mir im Autositz. Ich glaube, in genau diesem Moment wäre Paul ein aufs

Armaturenbrett schlagender und von Politik faselnder Torben lieber gewesen, denn Renate fing auch noch an, zu erzählen, welche früheren Prärieausritte an den unterschiedlichsten Orten für sie am schönsten gewesen waren, da sie nicht mehr mitbekam, dass wir auch noch mit im Wagen saßen. Paul drehte daraufhin aus Scham das Radio so laut, dass wir Renates ›Wunderlichsche Sexgeschichten‹ nicht mehr verstehen konnten.

Ich konnte zu den Klängen von ›Licence to kill‹ klar spüren, dass Paul, so wie er wirkte und durch den Innenspiegel erkennbar aussah, wenn ich nicht dabei gewesen wäre, am nächsten Tag bestimmt allein zu Fuß nach Hause gekommen wäre, wohl wissend, dass er alles Nervenaufreibende in eine Schlucht hatte rollen lassen.

Dieser Abend in Elend wurde für Familie Wunderlich zu einem ›Elend‹ und war somit unsere letzte gemeinsame Walpurgisnacht. Norbert bekam die Jahre darauf jedes Mal eine leichte Schnappatmung, sobald ich bei den unterschiedlichsten Anlässen auf die beiden Walpurgisnächte zu sprechen kam und ihn dabei fragte, ob wir noch einmal zu einer fahren sollten. Elend hin, Elend her, aller guten Dinge sind doch eigentlich drei, oder?

Auszug aus Renates Tagebüchern

*01.05.2001: **Liebes Tagebuch,** ich bin erst um 18.00 Uhr aufgewacht, was ist passiert? Paul hat mir nur gesagt, dass es besser wäre, es nicht zu wissen, und er sich gerade eine Kiste Hefeweizen gekauft habe, die er auf ex trinken möchte, um den gestrigen Tag bei der Walpurgisnacht zu vergessen!*

Titanic

Als Norberts Mutter mir bei einem Besuch kurz vor dem Altstadtfest die Tür öffnete, merkte ich blitzschnell, dass mal wieder etwas nicht stimmte.

»Na, Renate, was ist denn heute wieder los?«, fragte ich sie, doch diese deutete nur, ob vor Sprachlosigkeit oder weil niemand ihre Alkoholfahne riechen sollte, mit zwei Fingerzeigen in die Richtung von Pauls und anschließend Norberts Zimmer und verschwand dann abwinkend in ihrer Dunkelkammer.

»Alter Schwede, da hat es bestimmt wieder im Karton geraucht, wenn es der sonst so redegewandten und nicht auf den Mund gefallenen Renate doch glatt die Sprache verschlagen hat«, dachte ich bei mir und öffnete Norberts Zimmertür. Beim Eintreten wurde ich vor Freude beinahe von Berta umgesprungen. Ich glaube, wenn ein Einbrecher das Wunderliche Haus betreten würde, würde er nicht gebissen, sondern angesprungen und aus dem Haus geschlabbert oder geleckt werden. Ob nun von Berta oder von Renate, sei mal dahingestellt und ist natürlich eine Frage von Aussehen, Erkennen und Alkoholpegel. Norbert lag wieder in seinem von Rauch vermieften und verdunkelten Raum auf dem Sofa und starrte auf die Mattscheibe seiner Flimmerkiste.

»Na, Norbert, wenn ich mir das hier gerade so ansehe, fällt unser Altstadtfest wieder flach, nicht wahr?«

Norbert war schon im ersten Moment anzumerken, dass ihm ein kleiner, aber feiner Stein vom Herzen fiel, als er meine Worte hörte. Er wirkte wirklich sehr erkältet und war dabei auch recht heiser.

»Vielleicht schaffe ich es ja noch bis dahin!« meinte er, doch die Sache war in Bezug auf ähnliche Vorfälle der letzten Jahre für mich eh durch!

»Seid mir bitte nicht böse, du und Torben seid doch meine besten Kumpels!«, kam es unzählige Male aus Norberts Mund.

»Mit Halsschmerzen krank, aber rauchen, was?«, fuhr ich ihn flachsend an, doch Norbert schien noch ein ganz anderes Problem zu haben.

»Malte, du wirst nicht glauben, was uns passiert ist!«, begann Norbert, ohne Punkt und Komma zu krächzen.

Paul hatte sich bei einem in der Sauna kennengelernten Typ ein schönes, kleines Segelboot mit zugehörigem Anhänger gekauft.

Den Bootsführerschein besaß er seit seiner Jugend, eine Kapitänsmütze fand er in einem Karton seines Vaters auf dem Dachboden und somit war für ihn laut Norbert klar, dass er für das große, weite Meer gemacht war. Welches Kind hatte nicht einmal den Traum gehabt, in See zu stechen? Er, der selbsternannte Seefahrer James Cook, wollte sich diesen Traum nun endlich erfüllen! Renate war dem Ganzen gegenüber, um die ständigen Schildbürgerstreiche, Schnapsideen und Tollpatschigkeiten Pauls wissend, nicht gerade positiv gesonnen. Mit ihren Vorahnungen lag sie natürlich immer mindestens zu 99,99 Prozent richtig. Sie hatte Paul, der laut Norbert am liebsten gleich an die Nordsee gefahren wäre, dermaßen den Marsch geblasen, dass er sich durch einen Bratpfannenschlag dazu entschloss, die Seetauglichkeit des Bootes und der Besatzung erst einmal auf einem nahegelegenen See zu testen.

Paul wollte der Kapitän sein und Norbert musste den Matrosen mimen!

»Du, Malte, wenn ich jetzt auf diese tolle ›The Simpsons‹-Zeichentrickserien-Box schaue, mit der mich Paul geschmiert hat, könnte ich brechen!«, krächzte Norbert und fuhr fort:

„Paul und ich, geschmiert bis unter die Schädeldecke, fuhren bei der nächsten Gelegenheit, also bei wieder richtig schönem Wetter, los, um ›in hohe See‹ zu stechen. Gerade aus dem Dorf gefahren, rutschte unser Boot aus der Anhängerstandschiene und setzte sich auf dem Anhänger leicht quer.

Paul bemerkte es zum Glück sofort, und er wäre ja nicht Paul, wenn er nicht ein Abschleppseil im Wagen gehabt hätte, um das Boot danach zusätzlich fachmännisch schlecht mit einem für ihn adäquaten Schifferknoten auf dem Anhänger zu befestigen.

In der letzten Kurve vor dem See, die Paul frei nach dem Motto ›Weg da, hier kommt Krösus mit seiner Jacht auf dem Anhänger!‹ nahm, gab es im Wagen einen kleinen Ruck und der Hänger sauste trotz angeblich funktionierender Notseilbremse, da Paul sofort in die Eisen ging, linksseitig an uns beiden im Wagen sitzenden und blöd aus der Wäsche schauenden Protagonisten vorbei und rollte in den Graben neben der Straße.

Die Deichsel des Anhängers bohrte sich in den weichen Grabenrand und das Boot schoss, da es ja so fachmännisch mit dem Abschleppseil gesichert worden war, auf die nächstgelegene Wiese und blieb zwischen Maulwurfshügeln liegen!

Mit der Hilfe einiger Augenzeugen schafften wir es, das kleine, aber feine Boot und den Anhänger wieder auf die Straße zu wuchten.

Da es die Tage zuvor geregnet hatte und der Boden generell weich war, waren Anhängerkupplung und Kupplungsmaul weder großartig verbogen noch gebrochen, sondern einfach nur richtig schön verdreckt.“

Norbert schlug sich stöhnend die Hände vors Gesicht!

»Wie habt ihr nach dieser Aktion ausgesehen?«, fragte ich ihn und Norbert fuhr fort: »Wir waren bis zum Hals voller

Schlamm und natürlich völlig durchgeschwitzt, als wir den Anleger erreichten.«

*23.08.2001: **Liebes Tagebuch,** Paul und Norbert sind gerade losgefahren und wollen auf dem Tankumsee einen auf Captain Cook machen! Hoffentlich endet das nicht in einem Fiasko! Ich habe richtig Angst um Norbert! Wenigstens habe ich für beide ordentlich Klamotten und Handtücher in den Kofferraum gelegt, einer von meinen Männern wird bestimmt ins Wasser fallen!*

Die nächste Prozedur wurde, wie Norbert erzählte, das Slippen, das in der Schifffahrt bedeutet, das Wasserfahrzeug mit Hilfe eines Bootstrailers oder Slipwagens zu Wasser zu lassen. Paul löste dabei leider zu früh einen verbogenen Halterungsgriff und das Boot schob den kleinen Norbert, da die Kippvorrichtung des Slip-Anhängers auch zu hoch gepumpt wurde, ins Wasser.

Als Norbert in frischen Klamotten wieder an den Steg kam, sah er, wie es Paul im Boot nicht gelang, das Segel richtig in die Halterung zu bekommen. Im starken Schwanken des Bootes versuchte Paul, mit dem Segel im Arm sein Gewicht auszugleichen. Es sah laut Norbert beinahe aus, als würde ein Drahtseilakrobat bei Sturm mit seinem Stab in luftiger Höhe seine Künste vorführen. Paul fegte fluchend über das Boot, um dann laut schreiend einen schönen Bauchklatscher in das kühle Nass zu machen. Dabei kippte das Boot auch noch auf die Seite und sank.

»Das war es dann also mit eurem Bootsausflug, ja?«

»Hast du eine Ahnung, Malte! Gut zwei Stunden später schwankte das von Paul vor unserem gemeinsamen Einstieg auf seine Schwimmtauglichkeit geprüfte und wieder trocken-gelegte Drei-Personen-Boot am Anleger!«

»Na, Norbert, im Schwergewichtsfall der Familie Wunder-lich eher ein Zwei-Personen-Boot!«

»Hahaha, Malte, sehr komisch!« fuhr Norbert mich an, be-vor er meinte, dass er einen kräftigen Schluck aus der Pulle, ganz in Seefahrermanier eben, nehmen musste, damit bei ihm einigermaßen die Angst vor dem ›In-See-Stechen‹ ver-schwand.

»Mein lieber Vater wollte trotz meiner Bedenken nicht ab-brechen! Seebär Paul machte die Festmacherleine los, damit unsere Seefahrt endlich beginnen konnte!«

»Wie ging es weiter?«, fragte ich Norbert, doch ihm stockte plötzlich der Atem und er bekam kein Wort mehr heraus. Es war auf einmal wie eine Mischung zwischen leichter Atemnot und Angstzustand, die sich in so einem Tempo bemerkbar machte, dass ich lieber schnell mit einem anderen Thema an-fing, um ihn etwas abzulenken. Kurze Zeit später machte ich mich auf den Weg nach Hause, da Norbert an die Decke star-rend zum ›Schweigen im Walde‹ mutiert war. Noch bevor ich das Weite suchte, schielte ich – überhaupt nicht neugierig – um die Hausecke und sah den Anhänger ohne Boot und konnte mir den Rest schon irgendwie denken!

Selbst Wochen später änderte sich Norberts Gesichtsfarbe und seine Mimik verkrampfte jedes Mal in Windeseile, sobald ich ihn fragte, was damals passiert sei. Norbert wollte oder konnte es mir trotz meiner grenzenlosen Neugierde nicht er-zählen.

Durch Renates Tagebücher erfuhr ich, wann genau Paul und Norbert in See gestochen waren, leider aber nicht, was genau passiert war. Ich besorgte mir Zeitungen aus diesem Zeitraum, fand jedoch leider nichts über die Wunderliche Seefahrt. Da es mittlerweile das Internet gibt, fand ich bei meiner Recherche etwas sehr Interessantes, denn mittlerweile kann man dort alte DLRG-Berichte über deren Website einsehen, und ihr werdet nicht glauben, was ich dort fand!

23.08.2001 Alarmierung um 15:38 Uhr im Rahmen des Rettungsdienstes über FME und Telekom-Alarmruf. Grund: Gekentertes Segelboot und zwei Personen treiben auf Tankumsee ca. Höhe Seemitte. Alarmierte Kräfte: Freiwillige Feuerwehr Gifhorn, FF Isenbüttel, DLRG Gifhorn, DLRG Wolfsburg, DRK Rettungswagen Gifhorn und Polizei. Abfahrt um 15:42 Uhr zur Einsatzstelle und zum Slippen in Isenbüttel Tankumsee. Ankunft in Isenbüttel um 16:07 Uhr. Die gewässerten zwei Personen wurde durch die Besatzungen der Boote aus FF Gifhorn an Bord genommen, das gekenterte Segelboot wurde von DLRG Gifhorn und DLRG Wolfsburg gesichert, aufgerichtet und in Schlepp genommen. Da im Rumpf des Bootes mehrere Leckstellen waren und das Boot somit nicht mehr seetüchtig war, wurde es direkt auf eine höher gelegene Wiese gebracht und gesichert. Die gewässerten Personen wurden vom DRK Rettungswagen Gifhorn zur Untersuchung in das KK Gifhorn gebracht. Einsatzende 18:30 Uhr; elf ausgerückte Einsatzkräfte der DLRG Wolfsburg und Gifhorn.

Auszug aus Renates Tagebüchern

*15.09.2001: **Liebes Tagebuch,** Paul hat eben gerade die Rechnung für seine Aktion bekommen und meinte auf mein Fragen nur, dass er eine Versicherung habe, die alles begleichen werde. Ich frage mich nur, wo man sich gegen Idiotismus und Trottelei versichern kann, aber was soll's, wir haben es ja!*

20.09.2001: Liebes Tagebuch, Norbert hat auf dem Herbst-markt ein paar aufs Maul bekommen. Tja, er hätte ja auch zu Hause saufen können, können andere ja auch! Aber nein, lass die Alte mal reden, die weiß ja eh immer alles besser.

21.09.2001: Liebes Tagebuch, Norbert hat die ganze Nacht geflennt wie ein Schlosshund, weil ihm diese blöde Seefahrerei im Traum erschienen ist. Er hat nach fast zehn Jahren sogar wieder ins Bett gemacht! Land unter, sage ich nur! Paul hat kurzentschlossen einen Dänemarkurlaub gebucht!

Freunde

Es war Wuttkes Freundin, die mich bei unserem ersten Kennenlernen bei Norbert in eine Schockstarre versetzte, sie war kreidebleich und leicht abwesend.

»Hast du etwas Falsches gegessen, Manuela?«, fragte ich, doch bevor sie den Mund aufmachen konnte, antwortete Wuttke, dass sie immer so blass sei, wenn sie ihre Tage habe. Die beiden fühlten sich von mir irgendwie auf die Füße getreten und verschwanden mir nichts, dir nichts, ohne auf Norberts Horror-DVDs zu warten, die er die ganze Zeit für die beiden suchte.

»Was war denn das?«, fragte ich ihn.

»Seit sie in diese komische neue Raver-Disco gehen, sind sie so merkwürdig geworden, es ist mir ein Rätsel, echt!«, meinte Norbert. Besonders war es ihm beim letzten Herbstmarkt aufgefallen, da Wuttke an diesem Abend sehr aggressiv war.

Norbert hatte sich in den letzten Wochen hin und wieder mit den beiden getroffen, um sich seine freie Zeit zu vertreiben. Obendrein wollte er auch seine alte Freundschaft mit Wuttke reaktivieren, da dieser in der Nachbarschaft der einzige gleichaltrige Bekannte war, den er hatte.

Eine Woche später rief Norbert an, seine Stimme war so aufgeregt wie selten zuvor und ich kam überhaupt nicht zu Wort. Er war an einem Nachmittag mit Wuttke und seiner Flamme in die ortsansässige Videothek gefahren und vor dieser hatte Manuela bemerkt, dass ihre Handtasche weg war, woraufhin sie in Panik geriet, dass die Schwarte krachte. Sie ging richtig ab und

Wuttke sagte nur, dass sie keine Szene machen möge und die Tasche bestimmt bei Norbert zu Hause liegen würde. Sie liehen sich also einen Gruselfilm aus und fuhren zu Norbert zurück, wo Manuela hocherfreut ihre Tasche an sich nehmen konnte. Norbert und Wuttke schauten in Ruhe den Film und Manuela zappelte die ganze Zeit, noch immer ihre Tasche festhaltend, auf dem Sofa herum.

»Geh doch auf Toilette, wenn du mal musst, und zapple hier nicht so durch die Gegend!«, sagte Wuttke forsch zu seiner Freundin, die auch sofort das Weite suchte. Zu Norberts Verwunderung kam sie erst nach einer halben Stunde wieder und meinte nur, dass sie Durchfall gehabt hätte.

Als Norbert wieder allein war, riefen ihn seine Eltern zu sich ins Wohnzimmer.

»Norbert, mein lieber Sohn, wir haben ein großes Problem!«, meinte Renate und fuhr fort, dass sie in Norberts Zimmer, gerade als sie das Fenster aufmachen wollte, regelrecht über Manuelas Handtasche gestolpert sei. Sie habe sich dieser neugierig mal angenommen, da ihr Manuelas Zustand in den letzten Wochen recht merkwürdig vorgekommen sei. Dabei fand sie einen angekokelten Teelöffel, ein seltsames Pulver, ein Feuerzeug und eine kleine Einwegspritze!

Norbert meinte, dass er zum ersten Mal seit langer Zeit echt sprachlos war! Drogen, wohl richtig harte Drogen, bei seinen Freunden, bei ihm zu Hause und dann auch noch in seinem Zimmer!

Als seine Eltern ihn dann noch sehr ernst fragten, ob er etwas mit der Sache zu tun habe, blieb ihm fast die Spucke weg. Danach setzten sie ihm regelrecht die Pistole auf die Brust und sagten ihm, dass er in Zukunft einen Bogen um die beiden machen solle oder sie die Bombe um Manuela platzen lassen würden, sollten die beiden noch einmal das Haus betreten oder er sich nicht von ihnen fernhalten.

Norbert befand sich die nächsten Wochen in einer Zwickmühle. Jedes Mal, wenn Manuela und Wuttke vor der Tür standen, musste er sich eine neue Ausrede einfallen lassen, da er sich einfach nicht traute, Tacheles zu reden. Ebenfalls wollte er nicht als ›Freundeanscheißer‹ bezeichnet werden und machte sich ständig einen Kopf, wie und was Renate Manuelas oder Wuttkes Eltern und womöglich auch der Polizei sagen würde.

Wenn Norbert die beiden in den folgenden Wochen zufällig mal bei einem Fest, beim Einkaufen oder bei einer Gassirunde traf, ergriff Erstgenannter, wie er am Telefon meinte, sofort die Flucht, was damit endete, dass die beiden recht verärgert begannen, zu lästern und sich über ihn lustig zu machen, was Norbert wiederum richtig ärgerte, gleichzeitig aber auch bedrückte.

Zu Norberts Seelenglück zog Wuttke kurze Zeit später mit Manuela nach Braunschweig, da er dort einen Studienplatz bekam. Ich fragte Norbert, wo er diese Info denn herhabe und meinte daraufhin, dass er beim Gassigehen mit Berta den Vater von Wuttke getroffen und dieser ihm alles erzählt habe.

Auszug aus Renates Tagebüchern

*30.09.2001: **Liebes Tagebuch,** ich bin mal wieder richtig stolz auf mich und meinen Paul, wir haben es geschafft, unserem Jungen Manuelas Zuckerkrankheit als Drogensucht zu verkaufen und er hat sogar angebissen. War doch gut von mir, die Kleine im Supermarkt mal über Erbkrankheiten auszufragen, fehlt ja auch noch, dass diese Plagen Norbert ausnehmen. Ich glaube nämlich, dass die nur auf Norberts Geld aus waren! Gut, dass ich mir das mit dem Pulver und dem Löffel habe einfallen lassen, das hat Norbert wahrlich umgehauen.*

Außerdem war es wohl wirklich nur eine oberflächliche Freundschaft, wenn man sich nicht mal über Krankheiten oder so etwas unterhält!

21.10.2001: Liebes Tagebuch, *ich habe gerade Manuelas Mutter beim Einkaufen getroffen, Manuela ist mit ihrem Freund Wuttke nach Braunschweig gezogen, da dieser dort einen Studienplatz bekommen hat. Na, das wird jetzt bestimmt ein ewiger Student! Wer weiß, was das für eine Wohnung ist, bestimmt irgendeine Kiffer-Wohngemeinschaft!*

Sandra

Eines schönen Tages rief Norbert hocherfreut wie lange nicht mehr an, um mir zu erzählen, dass er bis über beide Ohren verliebt sei, es ihn richtig erwischt habe.

Wer also war die Auserkorene? Jedenfalls handelte es sich nicht um Mami, nein, es war ein Mädchen aus der Nachbarschaft. Den Freund dieses Mädchens lernte er in der Videothek im Ort kennen. Dieser bewegte sich in derselben Gewichtsklasse wie Norbert, war aber etwa einen Kopf kleiner. Mit ihm tauschte er seit kurzem Videospiele und DVDs. Dieses Tauschen war bei Norbert leider sehr einseitig, er verlieh, bekam selbst jedoch nichts und nur selten etwas zurück!

Auf jeden Fall brachte dieser Typ seine Freundin mit. Ihr Name war Sandra und sie war blond, hatte strahlend blaue Augen, einen birnenförmigen Po und eine ordentliche Oberweite. Sandra hatte eine richtig gute Figur, schien allerdings ein wenig naiv zu sein. Bingo!

Das Blödeste und für Norbert Unbegreiflichste war, dass Sandra mit so einem Ekelpaket, gerade was Aussehen und Hygiene betrifft, zusammen war und sich obendrein, laut diesem Ekel, regelmäßig von ihm vögeln ließ. Norbert fand sie umwerfend süß und da dumm angeblich gut vögelt, lebte er seine pornografischen Fantasien, sobald er Sandra erblickte, vollends aus.

Er schaffte es sogar, dass sie ein paar Mal ohne ihren pomadigen Freund vorbeikam. Norbert schwebte im siebten Himmel der Liebe, anders als seine Mami, die ein Konkurrenzverhalten an den Tag legte, wie man es irgendwie erwarten konnte. Das freundliche und betüddelnde Getue, welches sie in der Öffentlichkeit stets zur Schau stellte, war wie weggeblasen.

Norbert hatte dadurch nicht nur ein Problem: Er wusste nicht, wie er seiner Angebeteten diese Liebe gestehen sollte, dann war da noch ihr Freund und obendrein das Eifersuchtsdrama mit Renate.

So dauerte es einige Wochen und unzählige Telefonate sowie SMS, bis Norbert so weit zu sein schien, Sandra seine Liebe gestehen zu können.

Es war ein Mittwochnachmittag und Sandra weinte sich bei Norbert, dem neuen Seelenheiler für Blondinen, mal wieder über ihren Freund aus. Sie war endlich dahintergekommen, dass ihr Primitivo nur mit ihr poppen und sonst nichts von ihr wollte! Sie wollte mit ihrem Freund ins Kino gehen, doch ihm war es wichtiger, bei seinem Pac-Man-Computerspiel eine Runde weiterzukommen. »Nur beim Poppen biste nicht nervig und sowieso nur dafür zu gebrauchen!«, hatte er sie völlig abwertend und niederträchtig angefahren.

Norberts Herz hüpfte vor Freude, allerdings wusste er noch immer nicht, wie er ihr seine Liebe gestehen sollte!

»Wenigstens läufst du mir nicht sabbernd hinterher, du kleiner Teddybär, leider bist du trotz aller Arschlöcher, die dort draußen herumlaufen, nicht mein Typ, habe dich aber als Kumpel wie einen großen Bruder total gern!«, kam von Sandra, bevor nun Norbert zu flennen anfing und Sandra ihn trösten musste!

Für Norbert brach in diesem Augenblick eine Welt zusammen, eine Welt der Gefühle. Eine Traumwelt, in der die beiden nackt über eine Perserteppich-Landschaft, verliebt wie Adam und Eva am ersten Tag, nur so dahinschwebten. Als Norbert mir die ganze Sache am Telefon erzählte, wusste ich nicht, was ich sagen sollte.

»Malte, ich verstehe das Ganze nicht! Ich sehe um so vieles besser aus als dieser Idiot und sie findet, dass ich nicht ihr Typ bin!«

»Norbert, das hast du doch auch bestimmt schon erlebt, manche Personen sind für dich einfach nicht hübsch, obwohl eine andere Person ›Wow!‹ sagt, oder?«, worauf Norbert schwieg.

Ich spürte, dass er die Angelegenheit mit Sandra nicht verkraften würde, hatte an diesem besagten Abend nur leider keine Zeit und wir beendeten unser Gespräch recht abrupt.

Als ich am nächsten Tag im Hause Wunderlich anrief, meinte Renate, dass Norbert am vorherigen Abend, vermutlich kurz nach unserem Gespräch, völlig von seinen Emotionen überrannt wurde. Es platzte nur so aus ihm heraus, es war der Moment, in dem er zum Psycho-Nobbie wurde. Es war ein so schlimmer Anfall, dass sogar die sonst nicht gerade ängstliche Renate, gefolgt von einigen DVDs, die Norbert ihr hinterherwarf, zur eigenen Sicherheit in ihre Dunkelkammer floh und sich erst zum Abendbrot, als Norberts Zimmer zu Kleinholz zerlegt war und er sich beruhigt hatte, wieder heraus traute. Paul bekam von der ganzen Aktion nichts mit, da er bei seinem Stammtisch war und ziemlich spät zur Tür hereingekrochen kam und dann gleich den Weg in Richtung Bett suchte.

Auszug aus Renates Tagebüchern

*12.11.2001: **Liebes Tagebuch,** der heutige Tag war beängstigend und zugleich sehr schön, Norbert ist bei der Tusse abgeblitzt und hat darauf einen Wutanfall bekommen, wenn doch bloß unser Alter mal einen bekommen würde, das macht mich immer so an, wenn mein Paul vom Weichspüler zum wilden Stier wird! Nur blöd, dass wir jetzt wieder neue Möbel kaufen können!*

Norbert fühlte sich in den nächsten Wochen um seine Zeit betrogen, die Zeit, in der er den Beichtvater und Seelentröster für Sandra gespielt und ihr immer recht gegeben hatte, obwohl er in sexuellen Dingen und Fantasien wahrscheinlich anders dachte. Ebenso ärgerlich war er über jeden noch so kleinen Schweißausbruch, der ihn ereilt hatte, wenn sie ihm nähergekommen war.

Nun kam ich wieder ins Spiel, wurde aber eher zum erfolglosen Seelenheiler für Blondinen-Seelenheiler! Ich schaffte es nicht einmal annähernd, Norbert zu beruhigen, da ich nicht wusste, wie er bei gewissen Ratschlägen reagieren würde, da wir solch eine Situation noch nicht erlebt hatten. Ich hatte bei jedem Besuch in einigen Momenten wirklich Angst, dass ich womöglich ein falsches Wort, oder einen für mich typischen Spruch machen könnte und Norbert daraufhin – oder sobald ich auf dem Heimweg war – wieder ausklinken und Kleinholz aus seinem Zimmer machen würde.

Man muss es sich, wenn auch für Normaldenkende etwas übertrieben, so vorstellen: Man(n) legt ein Zimmer voller Rosenblütenblätter aus, zwängt sich in ein Jackett, stellt hunderte Kerzen auf, hat in einer Samtschatulle einen Diamantring, möchte seiner Angebeteten einen Heiratsantrag machen und sie steht plötzlich vor einem und sagt, dass man für sie wie ein kumpelhafter Bruder sei, nicht mehr und nicht weniger. Das ist hart und schwer zu verdauen, für jeden, aber vor allem für einen psychisch instabilen Norbert!

Ja, so war es mit seiner ersten richtigen, aber wohl eher gedachten großen Liebe, die wie eine rosa Seifenblase zerplatzte. Was ihm blieb, waren die Erinnerungen an ein paar schöne feuchte Träume, also an die Morgen, in denen seine Bettdecke durch seinen Mittelpfosten einem Indianerzelt glich.

19.11.2001: Liebes Tagebuch, Norbert schaut schon eine Stunde aus dem Fenster und das nur, weil Sandra vorhin vorbeigefahren ist. Oh Mann, jetzt flennt er schon wieder, hoffentlich zerlegt er nicht gleich seine neue Einrichtung! Ich mache ihm erst mal meinen berühmten Kakao, dann wird er bestimmt etwas ruhiger! Hoffentlich!

Musterung

Anfang 2002 landete ein Brief, vor dem Norbert jahrelang innerlich gezittert hatte, im Briefkasten der Villa Wunderlich. Er öffnete ihn wie jemand, der sechs Stunden am Stück einen Presslufthammer in der Hand gehalten hatte, um mit großem Schrecken zu lesen, dass seine schlimmste Befürchtung wahr wurde.

Norbert bekam seinen Musterungsbescheid!

Mein Telefon klingelte...

»Die werden ihm den Arsch aufreißen, hahaha!«

»Wie, wer, was, wo?«, fragte ich überrascht.

»Malte, hi... hi... hier ist Norbert, Paul, das finde ich jetzt gemein von dir!«, sagte Norbert stotternd und mit weinerlicher Stimme, doch Ersterer lachte sich im Hintergrund weiterhin lauthals schlapp.

»Ich... ich habe meinen Musterungsbescheid bekommen, oh Gott, was mache ich nur?«, war der erste Part eines stotternden Fragengewitters, welches ich nur mit dem Versprechen eines sofortigen Besuchs unterbrechen konnte.

Der noch immer sehr belustigte Paul machte mir die Tür auf, da Norbert eingekauert in seiner Sofaecke hockte und durch sein Starren an die Decke selbst nicht dazu in der Lage war. Auch wenn ich es hätte wissen können, so konnte ich trotzdem nicht glauben, dass so ein Brief jemanden dermaßen aus der Bahn werfen konnte.

»Stillgestanden! Rührt euch!«, begann ich mitten in Norberts Zimmer zu exerzieren. Norbert rührte sich auf seinem Sofa in völliger Schockstarre nicht einen Millimeter.

»Wie geht es dir?«, sprach ich ihn durch sechs leere Flaschen Bier, die zwischen uns standen, mit ironischem Unterton an, doch Norbert meinte nur, dass er das Bier auf ex getrunken habe, um den ersten Schock zu überwinden.

Ich sagte ihm darauf, dass er sich da nicht so reinsteigern dürfe, doch das war bei Norbert leichter gesagt als getan.

Ihm wurde von seinen Eltern ja noch immer alles abgenommen und deswegen warf ihn solch eine Sache, bei deren Abarbeitung er im Wehrdienst letztlich auf sich allein gestellt wäre, gleich aus der Bahn. Ich glaube, so hat man ihn richtig weich gemacht. Man kann ein Kind doch nicht in dieser Art auf das Leben vorbereiten, oder?

Vielleicht wollten seine Eltern auch gerade dies erreichen: dass er immer unselbstständig um Hilfe betteln musste, dass sie für immer ihr kleines Nobbilein behalten konnten. Ich riet ihm, dass er seine medikamentöse Vorgeschichte und seine ›psychiatrischen Gutachten‹ vorlegen sollte, um ausgemustert zu werden.

Norbert stellte an diesem Nachmittag viele Fragen danach, was sie bei der Musterung genau mit einem machen würden und weswegen. Er wollte alles bis ins kleinste Detail wissen. Ich habe am Anfang gesagt, dass er sich warm anziehen müsse und sie ihm sogar sein bestes Stück langziehen würden, doch als ich merkte, dass er erneut leicht panisch wurde, beendete ich meine Scherzaktion und erzählte lieber nicht, dass sie ihm dort auch an den Glocken kraulen und nachsehen, ob diese richtig hängen. Eine eventuelle Prostatauntersuchung verschwieg ich lieber ganz.

In den folgenden Tagen drehten sich seine Anrufe nur um das Thema Musterung und die Frage, weswegen gerade er erst kurz vor seinem 23. Geburtstag einen Musterungsbescheid bekommen hatte. Leider konnte ich ihm diese Frage nicht genau beantworten, sondern lediglich erwähnen, dass ich selbst einst mit zwanzig Jahren zur Musterung erscheinen musste.

Der Tag der Musterung stand an und wir hatten, so schien es mir, einen richtig guten Schlachtplan. Norbert wollte auf jeden Fall als ›nicht wehrdienstfähig‹ ausgemustert werden, um nicht einmal in den Zivildienst zu müssen.

Es verwunderte mich damals schon sehr, als Norbert bei meinem erneuten Besuch erzählte, dass er an diesem Tag allein zur Musterung gefahren sei.

Trotz unserer Gespräche im Vorfeld meinte er noch vor der Untersuchung, dass er den Wehrdienst verweigern und stattdessen den Zivildienst antreten wolle.

Der Wehrdienst hätte Norbert mit seiner versauten Figur bestimmt ganz gutgetan, doch viele Wochen ohne Mami, das wäre niemals gegangen, das hätten Mutter und Sohn nicht überlebt, und so konnte er wenigstens zu Hause bleiben. »Na ja, was soll's! Seine Sache, oder etwa nicht?«, fragte ich mich.

Norbert glaubte doch glatt, dass er mit der Verweigerung um die Untersuchung herumkommen würde, doch als der Wehrbeauftragte ihm sagte, er solle schon mal ins Nebenzimmer gehen und sich bis auf die Unterhose ausziehen, musste er vor Schreck dringlichst auf die Toilette. Der Offizier gab ihm gleich einen Becher mit, da sie auch eine Urinprobe von ihm haben wollten.

Normalerweise ist es kein Problem, doch im Stehen ging es nicht, da Norbert schnellstmöglich für ganz große Elefanten musste.

Den Becher zwischen seine dicken Oberschenkel zu bekommen, im Sitzen zu dirigieren oder auch zu halten, ging für ihn bei der Gefahr, sich auf die Hand zu urinieren oder ein Ei in den Becher zu hauen, überhaupt nicht.

Ehe er noch weiter nachdenken konnte, saß er schon und beförderte einen richtigen Angstschiss in die Schüssel. Danach musste er einem Bundeswehrarzt mit hochrotem Kopf die peinliche Sache gestehen. Dieser meinte nur, dass es selten sei, dass jemand es nicht gebacken bekäme, eine Urinprobe abzugeben, er solle es später noch einmal versuchen.

Nach kurzer Wartezeit fanden die üblichen Untersuchungen statt. Man stellte natürlich fest, dass Norbert reichlich Übergewicht hatte, was ihn aber nicht umwarf. Unangenehm wurde für ihn dann das Glockenspiel, welches er unweigerlich über sich ergehen lassen musste.

Irgendwann verspürte Norbert endlich wieder Druck auf der Blase und ging mit dem Becher zur Toilette. Dort angekommen, musste er dann so dringend, dass im ersten Moment alles über das Ziel hinausschoss, bevor er dann seine Hand erwischte und daraufhin vor Schreck den Becher fallen ließ. Er hob ihn wieder auf und haute ihn trotz allem noch randvoll. Es muss für ihn wahrlich ein Balanceakt gewesen sein, ihn dann, ohne etwas zu verschütten, zum Bundeswehrarzt zu bringen.

Dort angekommen, holte er sich einen Anpfiff ab, ob er zu seiner leichten Dusseligkeit denn auch noch taub sei, da man ihm vorher noch gesagt hätte, dass er den Becher nur zu einem Drittel füllen solle.

»Da habe ich mich gerade wieder beruhigt, war stolz, den Becher getroffen, voll bekommen und heile transportiert zu haben, und nun bekam ich von diesem Arschloch in Uniform einen auf den Deckel!«, schimpfte Norbert, bevor er weitererzählte: »Ich sollte den Becher zurück zur Toilette balancieren, um ihn dort etwas zu entleeren. Leider entleerte ich ihn schon mitten auf dem Flur zur Hälfte, da ich dank der Aufregung meine bekannte Presslufthammer-Zitteritis bekam. Folglich durfte ich mit ein paar Papiertüchern den Flur trockenwischen.«

»Mit Papiertüchern solltest du alles trockenwischen, nicht mit einem Wischmopp?«

»Nein, Malte, habe danach gefragt, doch ich habe ihr wohl allgemein zu viele Fragen gestellt und die Arzthelferin drückte mir daraufhin, ziemlich genervt wirkend, diese Papiertücher in die Hände und schlug die Flurtür hinter sich zu!«

»Na, wer dein Fragengewitter nicht kennt...«

»Malte, was meintest du eben?«

»Ach, alles gut, Norbert!«, wich ich seiner Frage aus.

Norbert musste nach seiner Reinigungsaktion eine halbe Stunde warten, bevor er zu einem Abschlussgespräch ins Untersuchungszimmer geholt wurde.

Man sagte ihm glatt ins Gesicht, dass die Wehrdienstverweigerung in Form des Zivildienstes gut gewesen sei, denn ein Wehrdienst wäre für ihn aus rein körperlichen Gründen schier unmöglich gewesen!

Irgendwie war es mit Norberts Familie komisch: Sie erzählten einerseits oft, was sie schon Negatives erlebt hatten und wie schlecht es ihnen und Norbert dabei gegangen wäre, doch wenn ein Anlass wie beispielsweise die Musterung oder eine Folge daraus, ob Zivildienst oder Wehrdienst, anstand, war mit Norbert auf einmal alles in Ordnung, er früher nie krank und stets in blendender Verfassung. Konnte man, ironisch betrachtet, ja auch die letzten Jahre ganz klar erkennen! Ich sage nur: Absagen bei den unterschiedlichsten Anlässen oder Kleinholz...

Doch warum dieses ewige Vortäuschen, schämten sie sich oder wollten sie ein gewisses, bereits veröffentlichtes Bild vor sich und anderen wahren?

Auszug aus Renates Tagebüchern

11.03.2002: *Liebes Tagebuch, Paul hat Norbert heute zum Kreiswehrersatzamt gefahren, er war den ganzen Morgen so flatterig, dass er es bestimmt nicht geschafft hätte, unversehrt dort anzukommen. Ich habe auch echt Angst, dass Norbert sich ausmustern lassen will, dann geht dieses ganze Theater mit den Berichten aus seiner Kindheit wieder los, es wäre dann so, als würde man ein durch mich geschlossenes Grab wieder öffnen. Ich habe Paul eingeimpft, auf der Fahrt noch einmal mit Norbert zu reden und ihn vom Zivildienst zu überzeugen.*

12.03.2002: *Liebes Tagebuch, Norbert ist total stinkig mit mir, weil Malte ihm gesagt hat, dass er auf ihn hätte hören sollen und er dann ausgemustert worden wäre. »Na, da hast du dir jetzt aber schön selbst ins Bein geschossen!«, hat Malte, der freche Kerl, doch glatt gesagt. Ich ärgere mich gerade maßlos, dass dieser Dünnbrettbohrer Malte wohl recht gehabt hat und auch, dass mein lieber Norbert ihm immer alles erzählen muss! Selbst schuld, wenn dann so ein Spruch kommt! Dann meinte Malte auch noch, dass man sich sogar mit einem psychologischen Gutachten für den Zivildienst untauglich schreiben lassen könne. Schlauschiss, elendiger! Ich wäre nicht Renate, wenn ich das mit dem Aussetzen des Zivildienstes nicht noch irgendwie hinbekommen würde, und das auch ohne diesen tollen Rat von Malte.*

Der Hammer folgte dann einige Tage später: Norbert bekam ein Schreiben, in dem er, trotz aller Anstrengung, bei der Musterung nicht aufzufallen (hahaha), verpflichtet wurde, einen Nervenarzt aufzusuchen! Ihr hättet Renate sehen müssen, es war auch Tage später, als ich mal wieder zu Besuch war, noch gefühlt der erneute Untergang der Titanic, nun aber in ihrem

Gesicht. Es wirkte, als hätte man ihr schier den Boden unter den Füßen weggezogen.

Norbert wurde für eine Gehirnstrommessung sowie eine Befragungsrunde zu einer vom Kreiswehrersatzamt benannten Nervenärztin geschickt. Als der Bericht Norberts Hausarzt erreichte, vereinbarte Renate einen Gesprächstermin für ihren Norbert und begleitete ihn natürlich.

Auszug aus Renates Tagebüchern

20.09.2002: Liebes Tagebuch, *Norberts Hausarzt hat doch glatt erwähnt, dass der Nervenarzt Norbert eine gestörte Mutter-Kind-Beziehung attestiert hat. Von Ödipuskomplex war die Rede! Er riet sogar, dass es für Norberts Zukunft langsam vonnöten sei, mal zu Hause auszuziehen. Mein Kleiner bekam noch an Ort und Stelle einen Weinkrampf und ich habe den Arzt gefragt, weswegen er denn nur so unsensibel sei, wo er doch wissen müsste, wie Norbert tickt. Er war der Meinung, dass etwas Selbstständigkeit und eine Aufgabe für Norbert sehr gut wären und er den Zivildienst auf alle Fälle begrüßen würde. Er schlug vor, Norbert danach mal wegen seiner bedenklichen Gewichtszunahme zu einer Kur zu schicken. Dann fragte er doch glatt, wie es in Sachen Alkoholkonsum um ihn stehe, da er laut seiner letzten Blutuntersuchung zu viel Vitamin B im Blut habe und die Nierenwerte auch nicht prickelnd seien. Steht das ›B‹ in Vitamin B etwa für Bier? Mir ist der Kragen geplatzt und wir sind gegangen. Zu diesem Idioten gehen wir nicht mehr! Später bin ich noch zu meinem Nervenarzt gefahren und habe mir wieder ein Beruhigungsmittel verschreiben lassen. Es ist geschmacksneutral und ich glaube, dass Norbert mich nun nicht mehr darauf ansprechen wird, weswegen sein Kakao so komisch schmeckt.*

Einige Wochen später wurde Norbert erneut zu einem Antrittsbesuch verpflichtet, in dem es um allgemeine Aufgaben seines Zivildienstes ging. Kurz darauf fand er, durch Zufall, wie er sagte, eine Zivildienststelle in einer mobilen Alten- und Krankenpflege, die über eine Zeitungsannonce einen Zivi gesucht hatte. Dort sollte er als Essensfahrer eingesetzt werden. Die Hauptstelle seiner Arbeit war nur zwei Kilometer entfernt und die zu beliefernden Kunden befanden sich in einem Umkreis von zehn Kilometern.

Norbert erwähnte trotz seiner eigentlich leichten Aufgabe als Zivi zwischenzeitlich immer wieder, dass er sich im Nachhinein in den Hintern beißen könne, weil er von vornherein verweigert habe, da er nun den Zivildienst antreten musste und es mit einer möglichen Ausmusterung hätte einfacher haben können.

Auszug aus Renates Tagebüchern

*10.10.2002: **Liebes Tagebuch,** Paul hat für Norbert in einem Altenheim ab November eine Zivildienststelle gefunden und mit einer kleinen Spende, die er dem Besitzer des Altenheimes gab, dafür gesorgt, dass Norbert dort ein paar ruhige Monate verbringen kann.*

Hamburg

Was für Norbert die amerikanische Musikgruppe R.E.M. aus Athens war, waren für mich die britischen New-Wave-Experten von Depeche Mode! Mehr als nur eine Musikband, eine Religion, und diese Religion sollte zu einem Open-Air-Konzert nach Hamburg kommen!

Auf einen scherzhaft gemeinten Spruch, dass man als Nicht-Fan und angezogen mit den falschen Klamotten ohne selbige nach Hause gehen würde, reagierte Norbert im ersten Moment mit einer leichten Panikattacke und wollte gar unser gemeinsames Wochenende absagen. Zum Glück konnte man ihn manchmal so schnell, wie man ihn am Telefon beunruhigen konnte, auch wieder beruhigen!

Da Janas Freundin, Steffi war ihr Name, in Hamburg eine Drei-Zimmer-Wohnung bewohnte und Jana schon lange dort vorbeischauen wollte und sollte, nahmen wir ihre Einladung, sie am Konzertwochenende, zwei Übernachtungen inbegriffen, zu besuchen, gerne an.

Auszug aus Renates Tagebüchern

*15.10.2002: **Liebes Tagebuch,** Norbert hat die letzten Nächte schlecht geschlafen, ich frage mich, ob es die Aufregung wegen der Fahrt nach Hamburg ist oder wegen seines Zivildienststarts! Am liebsten würde ich ihm die Fahrt nach Hamburg ausreden, doch so kann ich mir wenigstens mal wieder den lieben Paul zur Brust nehmen, den alten Gaul mal wieder richtig zum Laufen bringen, damit mir dieser Schlappschwanz nicht ganz zum Erliegen kommt!*

*18.10.2002: **Liebes Tagebuch**, ich bin ja vom Glauben abge-*
fallen, da hat doch dieser Malte meinem Norbert eine SMS,
oder wie der Blödsinn heißt, geschrieben und in dieser stand,
dass die beiden so richtig einen drauf machen wollen. Norbert
hat mir das auch noch freudestrahlend vor die Nase gehalten!
So langsam habe ich richtige Zweifel, ob ich Norbert fahren
lassen soll. Paul meinte, er soll sich mal die Hörner abstoßen
und dass er bei Malte schon in guten Händen sei. Na ja, mein
lieber Paul, und du wirst dir dann hier bei mir mal dein Horn
abstoßen, denn du bist bei mir in noch besseren Händen, Prost!
Der Jonny schmeckt heute wieder, ist ja nicht zu glauben!

So kam es, dass wir uns an einem Freitag im Oktober für ein
ganzes Wochenende, inklusive Konzertbesuch am Samstag,
auf den Weg nach Hamburg machten. Norbert verabschiedete
sich von seinen Eltern, die ihn zu mir brachten, und packte,
man staune, seine einzige Tasche, abgesehen von einer Sporttasche, in der sich laut seiner Aussage zwölf Halbe-Liter-Do-
sen Bier befanden, in den Kofferraum meines Daimlers. Bevor
es für Norberts Eltern weiterging, nahm mich Renate, recht fürsorglich wirkend, noch einmal kurz zur Seite und bat darum,
auf Norbert ganz besonders aufzupassen, da er ja so ein Tollpatsch sei, was er natürlich von seinem Vater geerbt habe. Außerdem sollte ich darauf achten, dass er keine Drogen außer
Zigaretten und ein wenig Alkohol zu sich nehmen würde.

»Was wollte Renate denn schon wieder?«, fragte Norbert.
»Dass ich dir noch Windeln kaufe!«, antwortete ich.
Die ersten zehn Kilometer nervte Norbert so lange mit Fragen danach, was Renate zu mir gesagt habe, dass es mir irgendwann reichte und ich ihm die Wahrheit erzählte, worauf er sofort zwei Dosen Bier aus seinen großen Jackentaschen zog und
sie beinahe in einem Zug nacheinander wegfegte.

Bereits nach zwanzig weiteren Kilometern drückte Norbert so vehement die Blase, dass wir, unter Janas Grollen, gezwungen waren, einen Zwischenstopp für eine Pinkelpause einzulegen.

Nachdem Norbert sich ähnlich einem Feuerwehrstrahl erleichtert hatte, schritt er zum Kofferraum, öffnete seine Sporttasche und zog zwei neue halbe Liter Bier heraus, um, wie er meinte, erst mal gemeinsam einen zu trinken. Ich wollte zuerst nicht, aber da Jana schon immer mit meinem Wagen fahren wollte und es auch eilig hatte, tranken wir ihr gegenüber sehr kompromissbereit, letztlich während der Fahrt.

Nach fünf weiteren Pinkelpausen kamen wir nach knapp vier Stunden in Hamburg an. Es war doch eine beachtlich lange Fahrt gewesen, da man Hamburg von Gifhorn aus sonst in ungefähr zweieinhalb Stunden erreichte.

Jana hatte die Schnauze voll und wollte nur noch zu ihrer Freundin Steffi, doch wir fanden in ihrer Straße im Stadtteil Eimsbüttel keinen Parkplatz. Jana wurde von Runde zu Runde unruhiger, bis ich ihr sagte, dass sie ruhig aussteigen könne und ich mit Norbert schon einen Parkplatz finden würde. Mir war in jenem Moment egal, dass ich schon bestimmt fünf halbe Liter Bier intus hatte.

Jana stieg sichtlich erleichtert aus und ich sagte zu Norbert, der immer noch recht bequem breitbeinig auf der Rückbank saß, dass er sich festhalten solle, um mit quietschenden Reifen wie im berühmten Blues-Brothers-Film durch die Straße zu heizen. In der Nebenstraße fand ich dann auch durch reinen Zufall einen Parkplatz.

Als ich gerade das Auto abschließen wollte, fiel mir ein, dass wir ja noch die ganzen Taschen im Kofferraum hatten. Gut, dass Norbert recht kräftig gebaut war, allerdings nicht so kräftig, wie man es bei seiner Statur annehmen sollte.

Als wir Steffis Treppenhaus erreichten, hing ihm bereits die Zunge bis zur Kniekehle, er war schweißgebadet und fix und fertig.

Da brachte es auch nichts, dass ich ihm eine der fünf Taschen abgenommen hatte!

»So, Norbert, jetzt müssen wir nur noch zwei Stockwerke schaffen, dann hast du dickes, graues Lastentier mit Rüssel Feierabend!«

»Danke, Malte, du bist zu nett, aber das eine kann ich dir sagen, erst mal werde ich duschen und wenn danach dort oben nix zu essen und trinken ist, kreist der Hammer!«

Nachdem Norbert unter vielen »oooh, kalt, uuuh, saukalt«-Schreianfällen geduscht hatte, da der Boiler im Bad defekt war, plünderten wir Steffis Kühlschrank und unser schlotternder Eiszapfen Norbert haute vor unseren Augen eine Packung Bockwürstchen weg.

»Ich bin nun mal pfundig!«, meinte Norbert, während er das Essen glücklich mit einem Humpen Bier herunterspülte.

Später meinte Steffi, dass sie vergessen hätte, Zigaretten zu holen, worauf wir uns ›gentlemanlike‹ auf den Weg machten, um welche am Automaten vor dem Weinlokal um die Ecke zu besorgen. Die beiden Mädels waren davon sichtlich begeistert, da sie sich auch mal allein unterhalten wollten.

»Wir sind gleich wieder da!« meinte ich zu den zwei Gackerliesen, bevor wir gingen.

Steffi und Jana kannten sich bereits seit der Grundschule und waren bis zur zehnten Klasse schier unzertrennlich gewesen. In der Schulzeit nannte man sie laut Jana ›die Zwillingsschwestern‹, da sie sich hinsichtlich der recht großen und schlanken, trotzdem gut gebauten Figur, den grünen Augen, der beinahe identischen Brille sowie den langen roten Haaren ziemlich ähnlich sahen und sich auch vom Klamottengeschmack her ähnlich kleideten. Steffi hatte lediglich gelockte

Haare und Jana eben nicht, obendrein hatte Erstgenannte ein etwas loseres Mundwerk. Mittlerweile war Steffis lange Lockenpracht einer Kurzhaarfrisur gewichen und die modernen Klamotten waren eher in einen Öko Style umgewandelt worden.

Vor dem Lokal angekommen, bemerkte Norbert, dass er, genau wie ich, kein Kleingeld hatte, weswegen wir zum Wechseln in das Weinlokal gingen. Beim Anblick der Schönheit des Lokals und aufgrund der sensationellen Atmosphäre entschieden wir uns dafür, einen schönen Schoppen Wein zu bestellen. Da der eine nicht reichte, genehmigten wir uns natürlich gleich eine ganze Flasche, bevor wir mit den Zigaretten aus dem Automaten und einer weiteren Flasche Wein für die Mädels, tierisch einen im Socken, zurück zu Steffis Haus schwankten. Gut, dass wir beide unsere Handys in Steffis Wohnung vergessen hatten, sonst wären wir wohl aufgrund zahlreicher Anrufe und SMS nicht zu unserem kurzen Herrenabend gekommen. Die Dunkelheit in der schlecht beleuchteten Umgebung machte uns leider einen Strich durch die Rechnung. Wir hatten Steffis Haus im Hellen verlassen, es dann bei Dunkelheit wiederzufinden, und das auch noch in unserem Zustand und ohne Handys, glich schon einem wahren Glücksspiel. So blieb nur noch das Hoffen auf irgendeinen blöden Zufall. Norbert wurde glücklicherweise an diesem Abend zu genau diesem, denn er stolperte genau an derselben Stelle, an der es ihn schon beim Verlassen des Hauses fast aus den Schuhen geworfen hatte. Jackpot!

Mit einem Gesicht wie sieben Tage Regen öffnete Jana uns zwei Stunden nach unserem Verschwinden die Tür, um sich erst, nachdem wir alle die Flasche Wein weggefegt hatten, wieder einigermaßen zu beruhigen.

Norbert schnarchte in dieser Nacht, als würde er den ganzen Harz mit einer Motorsäge fällen.

In einem Zimmer lagen er und ich auf unseren mitgebrachten Luftmatratzen und im anderen schlief Jana bei Steffi im Doppelbett.

Leicht verkatert erwachten wir bereits um acht Uhr aus unserem Schönheits- oder Ausnüchterungsschlaf, um festzustellen, dass die beiden Grazien schon in der Küche saßen und mal wieder recht albern wie die Hühner gackerten. Als wir die Küche betraten, mussten wir erkennen, dass beide schon am frühen Morgen eine neue Flasche Rotwein geköpft hatten. Zu unserer Freude bekamen wir gnädigerweise auch ein halbes Glas ab. Mit diesem Frühschoppen im Magen machten wir uns auf den Weg zu einer kurzen Stadttour.

Wir gingen in die erste U-Bahn-Station und fuhren in die City; dort angekommen, trennten sich unsere Wege. Jana und Steffi gingen auf Klamottentour, Norbert und mich zog es in den nächsten CD-Laden, in dem wir leicht angeschwipst, aus reiner für uns typischen Albernheit, einen auf sich streitende Teenager machten.

Immer, wenn Norbert eine CD seiner Lieblingsband aus dem Ständer zog, kam von mir der Spruch, wie man nur so einen Mist hören könne, was er mit ›Sadomaso-Mukke‹ in Andeutung an die von Depeche Mode gern getragenen Lederklamotten konterte. Als der erste Verkäufer Norbert bat, die Contenance zu bewahren, drehten wir beide erst richtig auf, was uns den ersten Rauswurf an diesem Tag einbrachte. Den zweiten gab es, als wir uns im Hamburger Schwulen- und Lesbenviertel mit Jana und Steffi trafen. Norbert wusste erst nicht, wo er war, doch als er die ersten Kerle knutschend auf einer Bank sitzen sah, brach sein berühmtes Blecheimerlachen aus ihm heraus.

Wir gingen in die nächste Eisdiele und Norbert bestellte für uns ein Eis: »HAALLÖLE, IICH MÖCHTE VIER EIIS UND EINES DAVON MIT SEX KUGELN!«, näselte er provozierend über die Theke und erhielt sie prompt, und das, was er als Kassenbon gereicht bekam, entpuppte sich als Visitenkarte, auf der »Von oben bis unten, von vorn bis hinten, immer für DICH da!« und eine Adresse standen. Norbert fielen fast die Augen aus dem Kopf und er fing wieder an zu lachen, jedenfalls bis zu dem Moment, als Steffi zu ihm meinte, dass er aus der Nummer nur noch ganz schwer rauskommen würde, da der Verkäufer ein Bekannter sei und er in Sachen Liebe sehr schnell aufs Ganze ginge. Diese Aussage zauberte ihm einen Blick in sein Pfannkuchengesicht, welchen man auch als Schockstarre bezeichnen konnte.

Als er später ganz laut durch die Eisdiele fragte, ob ich mal an seinen Kugeln lutschen möchte, verschluckten wir drei uns fast vor Lachen, vor allem, da sich alle Gäste mit großen Augen zu uns drehten. Die Bedienung kam und meinte, dass es für uns wohl besser wäre, zu gehen, da sich schon einige andere Kunden beschwert hätten.

»Tschüss, ihr rosa Einhörner, euer Nobbi verlässt jetzt auf einer Sternschnuppe reitend das Wolkenschloss«, kicherte unser Wonneproppen beim Verlassen der Eisdiele.

Kurz darauf stießen wir im nächsten Lokal mit einem schönen Bier an, um zu merken, dass wir langsam wieder zurück zu Steffi mussten, da das Konzert in wenigen Stunden stattfinden würde und wir uns noch umziehen wollten.

»Da ist er!«, schrie ich mit dem Finger zeigend, nachdem ich das untere Ende der U-Bahn-Rolltreppe erreicht hatte. Alle drehten sich um, leider auch zwei Polizisten in Zivil, die Norbert, unten angekommen, erst mal kontrollierten. Dieser war danach so in Rage, dass er sich bei Steffi schweigend und an die Decke guckend einem halben Liter Hefeweizen in zehn Sekunden widmete. Das anschließende Rülpsgewitter versteht sich von selbst.

Ich schaute aus dem Fenster auf das Plakat und las ›Rennbahn‹ als Veranstaltungsort. Diese Rennbahn war von Steffis Wohnung aus in circa fünfzig Minuten zu Fuß zu erreichen. Da am Himmel schon recht dicke Regenwolken aufgezogen waren, entschlossen wir uns, lieber mit der U-Bahn zu fahren. »Ihr müsst auf jeden Fall mit der U2 zum Hauptbahnhof und danach, glaube ich, in die S-Bahn umsteigen! Sicher bin ich mir aber nicht!«

»Du, Steffi, wir haben ja viel Zeit, um zu fragen, und dann sehen wir ja bestimmt noch andere Depeche-Mode-Fans, denen wir folgen können«, antwortete ich, bevor wir ihre Wohnung verließen.

Die U-Bahn-Station befand sich nur zwei Straßen weiter und nach kurzer Wartezeit waren wir sehr schnell in der U-Bahn auf dem Weg zum Hauptbahnhof. Eine Station davor stiegen ein paar Fans ein und meinten zu uns, dass die Linie U2, in der wir uns befanden, bis zur Rennbahn fahren würde. Ich schaute auf den Stationenplan, der seitlich im unteren Deckenbereich angeklebt war.

»Hey Leute, wir brauchen doch nicht umsteigen, noch acht Stationen, dann haben wir die Rennbahn erreicht!«, sagte ich zu Jana und Norbert, die sich nicht nur darüber freuten, sondern obendrein auch darüber, dass wir sehr früh da sein sollten, um uns möglichst weit vorne in der Zuschauermenge einreihen zu können.

»Ist doch irgendwie stark, oder?«

»Malte, was ist stark?«, fragte Jana mich.

»Na, wir fahren mit der U2 zum Depeche-Mode-Konzert. U2 hören wir doch auch gerne und diese Band um Bono hat sich ja auch nach einer U-Bahn-Linie benannt, oder?«, antwortete ich.

»Ne, Malte, sie haben sich vor kurzem nur in einer Berliner U-Bahnstation, der U2, während ihrer Zoo-TV-Tour fotografieren lassen, der Name soll von irgendeinem Flugzeug stammen!«, erwiderte Norbert.

»Aha, da kennt sich ja jemand gut aus, na, irgendwas musst du ja auch mal wissen!«

»Malte, stänkerst du schon wieder, meinst du, dass ich blöd und nicht intelligent bin?«

»Nein, Norbert, niemals, bei manchen Dingen bist du wirklich sehr schlau!«

»Manchen?«

»Leute, hört jetzt auf, wir sind gleich da!«, rief Jana dazwischen.

Als wir aus der U-Bahn stiegen, kamen uns schon zahlreiche Fans, teils sehr verärgert, entgegen!

Wir waren am falschen Ort gelandet, es handelte sich um die falsche Rennbahn!

Hamburg hat nicht nur eine Rennbahn, sondern eine Galopprennbahn und eine Trabrennbahn. Beide wurden aber auf den Fahrplänen als Rennbahn betitelt, allerdings eine als Rennbahn in Horn, eine als Rennbahn in Bahrenfeld! Als ich mich, wartend auf die nächste U-Bahn, welche laut Anzeigetafel in zehn Minuten erscheinen sollte, zu einer Werbetafel drehte, sah ich dort ein angeklebtes Depeche-Mode-Tourposter. Auf diesem stand unter ›Rennbahn‹ in wesentlich kleineren Buchstaben geschrieben: ›Bahrenfeld‹! Ich wäre am liebsten vor Wut über meine Blödheit und Leichtgläubigkeit explodiert! Als Jana mir dann noch, lachend auf das Poster zeigend, »Tja, wer richtig lesen kann, ist klar im Vorteil!« zurief, war ich dermaßen stinkig, dass ich erst mal einen Mülleimer mit einem Tritt aus der Halterung beförderte! Norbert stand sichtlich bedröppelt zwischen uns und sagte gar nichts mehr.

Während der ganzen Rückfahrt zum Hauptbahnhof ärgerte ich mich schwärzer, als ich angezogen war, und Norbert versank förmlich in seinem ergatterten Sitz. Es war ein wahr gewordener Alptraum, wer kennt es nicht: Man fährt auf ein Ziel zu und entfernt sich doch immer mehr. Habt ihr so etwas schon einmal geträumt, dann wisst ihr, wie man sich in einem solchen Moment fühlt!

Norbert stand trotz oder gerade wegen seines sinkenden Alkoholpegels kurz vor einem Nervenzusammenbruch und ich hätte am liebsten in den Sitz gebissen, vor allem, da Jana sich wegen meiner Blödheit noch immer schlapplachte. Sie wollte zwar auch gerne zu diesem Konzert, war aber nicht der größte Depeche-Mode-Fan, sie wollte die Band einfach mal live erleben, egal, in welcher Reihe. Vielleicht war es einfach der Alkohol, der mich nicht richtig nachdenken ließ, denn wenn unser Ziel zu Fuß in fünfzig Minuten erreichbar gewesen war, weswegen sollte man dann mit der U- und S-Bahn, ohne in der Station lange warten zu müssen, wesentlich mehr Zeit benötigen?

An der Zielstation angekommen, nahmen wir die Beine in die Hand. Leider standen wir schon nach wenigen Metern am Ende einer ziemlich langen Schlange.

»Pech gehabt, durch meine Blödheit haben wir ja auch mindestens neunzig Minuten Zeit verloren!«, dachte ich, ziemlich knatschig in der Reihe stehend. Es dauerte noch eine halbe Stunde, bis wir endlich auf dem Gelände waren. Dort mussten wir leider erkennen, dass wir uns, wie erwartet, ziemlich weit hinten einreihen durften.

Der gesamte Platz war absolut überfüllt und ich gehe stark davon aus, dass viele mit gefälschter Karte auf das Gelände gekommen waren. Die Freifläche war laut Vorbericht in der Zeitung für 25.000 Zuschauer ausgelegt, doch es wurde im

Hamburger Abendblatt später von rund 42.000 Konzertbesuchern berichtet.

Noch bevor der Headliner auf die Bühne kam, drückte bei mir die Blase und ich verließ unsere holde Dreisamkeit, um mich zu erleichtern.

Das Beste an der ganzen Sache war, dass ich Jana und Norbert danach erst einmal nicht mehr wiederfand. Ich rief beide im Wechsel an, doch durch den Lärm der zweiten Vorgruppe, anders kann man diese schlechte Musik leider nicht bezeichnen, haben sie ihre Handys nicht gehört und einen Vibrationsalarm gab es bei unseren Schmuckstücken noch nicht. Kurz bevor die Depechies starteten, erreichte ich Norbert und Jana ziemlich abgekämpft. Ersterem merkte man sofort ein tiefes Durchatmen an, als er mich sah.

»Ich dachte schon, wir hätten dich verloren!«, schrie er, bevor es plötzlich zu regnen anfing. Dieser Regen ging innerhalb von Sekunden in Starkregen über.

Da wir sehr vorausschauend gewesen waren, was Hamburg betrifft, hatte jeder von uns in einer kleinen Gürtelbeuteltasche eine Regenjacke mit. Unser größtes Problem war nun jedoch, wie man sich diese in einem solchen Gedränge anziehen sollte. Wir quetschten, drückten und schoben andere Konzertbesucher unter ihren Schimpfkanonaden zur Seite und schafften es letztlich recht schnell, unsere Regenjacken anzuziehen. Nach gut einer halben Stunde beendete der Wettergott seine Zuschauerbewässerung und das Hauptkonzert startete, nachdem die Bühne geschobert und trockengewischt worden war.

Der Bühnenaufbau war verglichen mit den Depeche-Mode-Touren der letzten Jahre recht schlicht gehalten, da die Band mittlerweile die Auffassung vertrat, dass zu viele Videoleinwände und Lichteffekte zu sehr von den Künstlern ablenken würden. Man sollte den Fokus wieder mehr auf die Band richten! Deswegen standen lediglich vier große Videowürfel, zu einem großen zusammengesetzt, beiderseits neben der Bühne. Die Musikinstrumente waren so auf der Bühne angeordnet, dass die beiden Keyboards im Hintergrund standen und das Schlagzeug mittig dazwischen. Frontman Dave Gahan wirbelte davor in gewohnter Art und Weise herum und es ertönte ›Dream on‹ als erster Depeche-Mode-Song des Abends.

Bereits beim zweiten Song begann es erneut, wie aus Kübeln zu schütten. Einige Videowürfel fielen aus und das Konzert wurde kurzzeitig unterbrochen, da die Bühne in Bruchteilen einer Sekunde einem See glich und schon eine große Rutschgefahr für den Frontmann Dave bestand. Dieser blickte vor dem Verlassen der Bühne nach oben und fragte mit dem Finger in den Himmel zeigend, wohl den Regengott meinend, ob ihm der Song nicht gefallen würde. Der Song trug den Titel ›The Dead of Night‹ und beinahe alle Konzertbesucher lachten sich über diesen mit Ironie beladenen Joke von Dave Gahan schlapp.

Nach rund einer halben Stunde – und nachdem die Bühne erneut trockengewischt worden war – ging es dann unter ›nur noch‹ leichtem Nieselregen weiter. Depeche Mode gaben an diesem verregneten Abend alles. Leider setzte kurz vor Konzertende der Starkregen wieder ein und sorgte dafür, dass plötzlich beinahe die gesamte Bühnentechnik ausfiel, was meine Lieblingsband dazu zwang, ihre Zugaben akustisch mit den Fans zusammen zu singen. Es wurde zwar ein feuchter, aber auch seltener und echt genialer Abschluss dieses Konzertes, eine Seltenheit und Rarität für Bootleg-Live-CD-Sammler, da es die Songs, live und aufgenommen in dieser akustischen Version, noch nie zu hören gegeben hatte.

Der Weg runter vom Konzertgelände wurde zu einer reinen Katastrophe und man durfte gar nicht daran denken, was bei einem Unfall, einer Massenpanik oder Ähnlichem hätte passieren können. Alle möglichen Tore wurden geöffnet, teilweise auch eingerissen, dennoch blieben es schlimme Zustände. Zum Glück konnten Jana und ich uns hinter unserer Planierraupe Norbert zügig einen Weg runter vom Gelände verschaffen.

Kennt ihr die wilden Händler, die, meist aus dem Osten Europas kommend, gefälschte Tour-T-Shirts und Poster verkaufen? Auf solche Tour-T-Shirts hatten wir es natürlich abgesehen! In der ersten dunklen Ecke auf dem Parkplatz stand auch schon ein solcher Mann mit Taschenlampe und dem gesuchten Merchandise.

»Zehn Euro pro Shirt!«, sagte dieser Händler mit seinem typischen Akzent, worauf Norbert und ich erst mal richtig zuschlugen. Jana zog sich die Shirts fast alle über, da sie von uns dreien am meisten fror. Als wir beim nächsten der fünf oder sechs in der Dunkelheit erkennbaren Männer landeten, fing dieser plötzlich an, zu laufen, und wir dachten, er würde vor Norbert und seiner Security-Statur fliehen. Allerdings lief er vor einigen richtigen Security-Leuten und Zollbeamten weg. Ob sie den Kerl letztlich gefasst haben, weiß ich nicht, jedenfalls haben wir in dieser Nacht keinen von ihnen mehr gesehen. Ich habe Norbert mit seiner Körpermasse noch nie so schnell in einem Busch verschwinden sehen wie an diesem Tag. Wir folgten ihm natürlich, denn sicher ist bekanntlich sicher!

Was den Punkt Glück betraf, so fanden wir in diesem Gebüsch zwanzig verkaufsfertige und in Folie verpackte Bootleg-Poster, die der Originalqualität im späteren Vergleich sehr ähnlich waren. Diese Poster konnten wir natürlich nicht liegenlassen! Mit ihnen unter den Achseln versuchten wir nun, glücklich, wie wir waren, einen Bus zu bekommen. Zu unserem Pech erwiesen sich alle Wegekonzepte unter der zuvor wohl nicht eingeplanten Zuschauermenge als stark verbesserungswürdig.

Wir bekamen nicht einen Bus, geschweige denn ein Taxi, und die S-Bahn war ebenfalls so überfüllt, dass nichts, aber auch rein gar nichts mehr ging. Es sah überall so aus, als hätte man zwanzig Personen in eine Konservendose gepresst.

Wir stellten uns die Frage, ob wir eine halbe Stunde oder sogar länger warten oder zu Fuß zu Steffi gehen sollten. Trotz der Kälte und der schmerzenden Füße entschieden wir uns dazu, dass Bewegung guttun würde, nahmen also unsere Beine in die Hand und gingen los, leider erst in die falsche Richtung! Wir merkten es schnell, da wir nach einigen Metern vor einem Autobahnschild standen und der Fußweg dort endete. Jana maulte, dass sie nicht mehr laufen könne, und ich machte ihr den Vorschlag, nun doch ein Taxi zu rufen. Sie rief bei zwei Taxiunternehmen an, doch beide Mitarbeiter meinten ziemlich genervt, vermutlich bedingt durch den Betrieb an diesem Abend, dass ihre Fahrzeuge mindestens noch bis Weihnachten ausgebucht seien. Somit mussten wir doch weiterlaufen!

Der nächste Kilometer war bis auf Janas nervtötendes Gejammer einigermaßen zu ertragen, doch als anschließend der Regen wieder einsetzte, war ihre Laune derart im Keller, dass sie und ich uns fast nur noch anfauchten. Norbert trottete schweigend neben uns her und sank mit jedem Streitgespräch mehr in sich zusammen. Man konnte fast das Gefühl bekommen, dass er glaubte, an der ganzen Situation schuld zu sein.

Auf halbem Weg kamen wir an einer Tankstelle vorbei, wo wir uns, uns mit einem Kaffee wärmend und mit einem Bier den Durst löschend, für einen Moment mit anderen nassen Konzertbesuchern aufhielten.

»Wenn ich bei Steffi durch die Tür trete, werde ich duschen und dann geht es ab auf die Luftmatratze!«, rief ich und Norbert stöhnte nur, dass er es mir gleichtun würde.

»Vergiss es, Norbert, ich dusche allein!«

»Malte, was soll das wieder? Wenn ich das wollen würde, dann würde ich dich auf der Luftmatratze vernaschen!«, schmunzelte Norbert.

»Werdet ihr jetzt langsam fertig, mir reicht es, ich will zu Steffi!«, fauchte Jana uns an, bevor wir uns, nicht lebensmüde genug, um sich mit ihr anzulegen, dazu entschieden, unseren Weg zu Janas Freundin fortzusetzen.

Als wir etwas später endlich die Haustür von Steffis Fünf-Etagen-Altbau öffneten, kam uns schon ein tierischer Lärm aus ihrer Wohnung entgegen und dieser wurde immer lauter, je näher wir kamen. Die Küche war mit blauem Dunst vollgenebelt und auf dem Tisch stand eine Wasserpfeife; an den drei Shisha-Schläuchen hingen Steffi und zwei noch unbekannte Personen.

»Hier ist Party, bis die Bullen kommen, yeaaah!«, schrie Steffi völlig aufgedreht, und Jana fragte, was wohl die Nachbarn dazu sagen würden. Steffi meinte, dass sich die Nachbarn der oberen Wohnung gerade zu dritt und ohne irgendwelche Hintergedanken im Bad vergnügen würden, während die anderen von nebenan und aus der unteren Wohnung sich zur Rum-Cola-Party in den Abstellraum verkrümelt hätten. Damit waren anscheinend alle Nachbarn bei Karo und das Duschen somit fürs Erste gestrichen. Wir verzogen uns erst mal in unsere Zimmer, damit wir uns wenigstens unserer verschwitzten und nassen Kleidung entledigen konnten.

Plötzlich ertönte aus der kleinen Anlage, die in Steffis Küche stand, ›Sunday Bloody Sunday‹ von U2.

»Alter, das hat mir jetzt auch noch gefehlt, schön, dass hier jemand bei mir den Finger in die Wunde legt. U2, U2, nein, mein Puls steigt gerade!«

»Ach, Malte, das kann doch jedem mal passieren, außerdem hätten wir ja auch richtig gucken können, anstatt uns blind auf dich zu verlassen!«

»Danke, Norbert, jetzt baust du mich aber so richtig auf!«, antwortete ich.

Als wir in die Küche kamen, saßen Jana und Steffi bereits kichernd an der Stereoanlage und Letztere spielte unter den Worten »Für unseren U-Bahn-Fan« ›Mysterious Ways‹ von U2. Ich holte tief Luft und bekam zum Glück bereits beim Ausatmen von Norbert eine Dose Bier in die Hand gedrückt, wodurch ich mir einen ansonsten garantiert erfolgten Schreianfall verkniff.

»Ich wollte nur erwähnen, dass U2 sich laut Norbert nach einem Flugzeug und nicht nach einer U-Bahnlinie benannt haben sollen!«

»Egal, Malte, U2 ist, sind, bleibt oder bleiben U2!«, rief Steffi mir lachend und mit leicht provokanter Betonung zu.

Norbert taute wie immer von Bier zu Bier mehr und mehr auf und ich traute meinen Augen nicht, als er, was das Zeug hielt, an der Shisha zog wie kein anderer vor oder nach ihm an diesem Abend. Ich fragte ihn, bevor er zog, dass die Kohle glühte und sich die Küche dadurch erhellte wie danach nicht mehr, ob er sich seinen folgenden Zug, wohl wissend, was sich im Tabak befand, gut überlegt habe. Norbert meinte daraufhin augenzwinkernd, dass er mit Wuttke schon Gras geraucht habe, welches bestimmt nicht im Fangkorb eines Rasenmähers landen würde.

»Oooh, ist mir duselig!«, säuselte er, bevor er unter den Tisch rutschte. Dort lagen nun rund 150 Kilogramm Lebendgewicht und träumten wohl ziemlich zugedröhnt von rosa Elefanten, die auf einem Schlitten den Mount Everest hinunterrutschten.

Um vier Uhr klopfte es an der Tür, weil wir wohl das Klingeln überhört hatten. Da wir uns alle nicht so recht rühren wollten und konnten, standen plötzlich die grünen Männchen mit der Wohnungstür unter dem Arm in der Küche und beendeten die Party. Der eine Polizist fragte, was denn mit dem großen, kräftig gebauten jungen Mann los sei und ich antwortete, dass er schlafe, da er wohl ein wenig zu viel getrunken habe. Der Polizist klopfte Norbert auf die Schulter und rüttelte ihn wach.

»Lass mich schlafen, du grünes Marsmännchen!« nuschelte Norbert, nachdem er kurzzeitig die Augen etwas geöffnet hatte, und ich konnte mir das Lachen nicht verkneifen. Der Polizist bestand im ersten Moment darauf, dass Norbert aufstehen sollte, doch noch während er seine Bitte äußerte, schnarchte Genannter ihm schon ›Highway to Hell‹ vor.

»Der junge Mann hat ein Riesenglück, dass er so schwer ist und ich keinen Kran im Kofferraum habe, da wir ihn sonst zu einem Drogentest mitnehmen würden!«, sprach Norberts Marsmännchen in die illustre Runde.

Unser Glück war es, dass sie einen Anruf, wohl einen Notruf, aus der Zentrale erhielten, und als die Polizisten, seit diesem Abend Schnarchnasen genannt, aus dem Haus waren, ging die Party eben ohne Musik bis in die frühen Morgenstunden weiter.

Man muss sich das mal vorstellen: Die ganze Bude war blau und grün von sonst etwas Gerauchtem, alle lagen oder saßen, sofern sie es noch konnten, irgendwo, und diese Pappnasen in Grün wollten ausgerechnet Norbert mitnehmen, Norbert und keinen anderen!

Nachdem Jana, Steffi und ich uns um acht Uhr ins Bett oder auf die Matratze geschmissen hatten, kam Norbert aus der Küche in unser gemeinsames Zimmer gerobbt und blieb bis zum späten Nachmittag dort auf seiner Matratze liegen.

Nach dem Aufstehen, das bei Norbert eine halbe Stunde in Anspruch nahm, jammerte er, dass ihm vom Laufen und Stehen des Vortages die Füße und Knie weh tun würden und er Magen- und Kopfschmerzen wegen des ganzen Alkohols und der Rauchware habe. Dann kam noch ein Funken Angst hinzu, dass die Polizei wiederkommen würde, um ihn doch noch zu holen, denn er erfuhr von uns von seinem Partylacher schlechthin und es wurde ihm darauf so richtig mulmig. Norbert schlang sein Abendbrot hinunter und drängelte wie ein kleines Kind, dass er nach Hause wolle, bis wir doch recht überstürzt losfuhren. Er meinte, als wir gerade den Elbtunnel hinter uns gelassen hatten, dass es für ihn trotz seiner Schmerzen am ganzen Körper ein richtig geiles Wochenende gewesen sei und es ab diesem Abend einen neuen, einen männlicheren Norbert gäbe!

»Mist, die Kupplung reagiert nicht mehr!«, erwiderte ich, und Norbert wusste in den nächsten Minuten nicht mehr, wohin er kriechen sollte. Er bewegte sich plötzlich hypernervös und hyperventilierend auf dem Rücksitz hin und her.

»War nur ein Scherz, Norbert!«, meinte ich, und dieser antwortete erleichtert, dass er sich so etwas schon gedacht habe. Na ja, wer es glaubt, wird selig, und vor allem unser neuer Norbert, Amen!

<u>Auszug aus Renates Tagebüchern</u>

*22.10.2002: **Liebes Tagebuch**, Norbert hat Ohrensausen und sein ganzes Taschengeld nur für T-Shirts und Poster ausgegeben. Ich wusste gar nicht, dass er ohne mich Klamotten kaufen kann! Die werde ich jetzt erst mal richtig heiß waschen, mal sehen, ob sie dann noch passen.*

05.11.2002: Liebes Tagebuch, *Norbert ist heute beim Auslie- fern des Essens mit dem Wagen in den Graben gerutscht und was macht Paul, der Trottel? Er fährt hin und rutscht beim An- halten auch hinein. Norbert war, nachdem die Autos von einem Landwirt und dessen Traktor herausgezogen worden waren, so fertig, dass Paul das restliche schon kalt gewordene Essen ge- gen neues austauschen und ausliefern musste. Norbert liegt nun jammernd mit Berta auf seinem Sofa und will niemanden hören oder sehen!*

22.11.2002: Liebes Tagebuch, *Norbert geht mir mit seiner SMS-Sucht langsam auf den Keks, ich habe ihn mir erst mal richtig zur Brust genommen und mit ihm die Vereinbarung ge- troffen, dass das Handy beim Essen in der Küche fernbleibt!*

11.12.2002: Liebes Tagebuch, *Norbert hat schon wieder eine Grippe, ich glaube, dass der Bursche mal eine Auszeit von sei- ner schweren Arbeit benötigt, ist ja nicht normal, dieser Stress, das greift ja sogar mich an.*

20.12.2002: Liebes Tagebuch, *Norbert hat sich krankschrei- ben lassen und wir sind, nachdem wir den gelben Urlaubs- schein abgegeben haben, sofort nach Dänemark gefahren, um dort mal in Ruhe zu relaxen. Das Arbeiten war für Norbert bis jetzt auch eine sehr harte Zeit!*

23.12.2002: Liebes Tagebuch, *Norbert ist schon wieder den ganzen Tag am SMS-Schreiben, ich möchte nicht wissen, wo- her er die Kohle für sein Handy hat, denn ich bezahle das Ganze nicht! Ich glaube, dass meine beiden Kerle da irgendwie unter einer Decke stecken, denn von seinem Konto hat er lange kein Geld mehr abgehoben!*

25.12.2002: **Liebes Tagebuch,** *Malte hat eben angerufen, fröhlichen Weihnachten gewünscht und gefragt, ob der Weihnachtsmann bei uns nach der Erbschaft ordentlich was gebracht hat. Ich glaube, Norbert hat ihm wieder zu viel erzählt, hoffentlich weiß Malte nichts von unserem ganzen Geld, das wir durch den Hausverkauf und das Bargeld geerbt haben! Malte ist nicht dumm und daher wird er mir langsam gefährlich, nicht, dass er noch irgendwie meinen Norbert abzockt, obwohl, ich habe ja seine Ausgaben im Blick!*

Frauenliebe

Nach einer kurzen krankheits- sowie urlaubsbedingten Auszeit nahm der Zivildienst im Frühjahr 2003 für Norbert wieder so richtig Fahrt auf. Er musste um sechs Uhr in der Früh raus, hatte abgesehen von ein paar Pausen bis abends um 19.00 Uhr reichlich Essen auszuliefern und war bis auf ein paar seltene Wochenenden durch Erschöpfung so gut wie gar nicht zu gebrauchen.

Jana und ich nahmen ihn mal an einem späten Freitagabend mit ins Kino, um uns ›Jurassic Park‹ als Wiederaufführung zum DVD-Verkaufsstart von ›Jurassic Park 3‹ anzusehen. Keine fünf Minuten nach Filmbeginn schlief Norbert tief und fest wie ein kleines Baby in seinem Sessel ein, um genau in jenem Moment wieder aufzuwachen, in dem ein Velociraptor-Saurier durch eine Bodenluke auf uns zusprang. Da wir in der ersten Reihe saßen, war der Effekt gerade für Norbert echt umwerfend. Er erschrak dermaßen, dass er lauthals den ganzen Kinosaal zusammenschrie. Es war in diesem Moment auch wirklich hart für ihn: Da träumt man süß, wie man in einer Brauerei in ein Tausend-Liter-Fass Bier fällt, wacht auf und wird fast von einem Leinwand-Monster gefressen. Wer würde in solch einer Situation nicht schreien?

Bereits eine Woche später lud Norbert uns alle zu seinem 24. Geburtstag zum Grillen ein. Dieses Grillen gestaltete sich natürlich immer so, dass Paul den Grillmeister mimte, Renate den ganzen Laden schmiss, sich also um die Vorbereitung und Planung kümmerte, und Norbert das Ganze wohlwollend beaufsichtigte und sich daran erfreute, wie seine Eltern ihm diese ganzen Dinge vor die Füße, die Plauze oder auch auf den Teller legten.

In gemütlicher, kleiner Runde saßen wir, das heißt Norbert, Jana, Torben und ich, in der kleinen schon bekannten Hütte und ließen Norbert hochleben. Gerade als wir Berta beim Versuch, einen Maulwurf auszubuddeln, beobachteten, ging Norbert plötzlich leicht beschwipst aus der Hütte.

»Paul, wann liegen endlich die Würstchen auf dem Grill?«, schrie er, um danach hocherfreut grinsend wieder zu uns zu stoßen.

»Haben sich die männlichen Machtverhältnisse im Hause Wunderlich wieder verändert?«, fragte ich Norbert, der nur auf ein hinter dem Teich stehendes Sechs-Personen-Zelt zeigte. Wegen dieses Zeltes hing bei Familie Wunderlich mal wieder der Haussegen schief, wie Norbert im nächsten Moment erläuterte.

Bei solchen Gelegenheiten konnte er sich gegenüber Paul immer mehr erlauben, da Renate, wenn Paul das Wort gegen Norbert erheben würde, bei ihrer vorhandenen Wut die Bratpfanne nach dem Motto ›Lass deinen Frust nicht an dem kleinen Jungen aus!‹ schwingen würde!

»Nur wegen so einem Zelt hängt bei euch der Haussegen schief?«

»Eigentlich schon, Malte, denn es folgte durch diesen Zeltkauf noch mehr: Ich habe zu Paul gesagt, dass er ein Schnäppchenjäger sei, worauf dieser erwiderte, dass es mich nicht geben würde, wenn er kein solcher wäre! Frech, oder? ›Waaaaas hast du gerade gesagt, Paul?‹, schrie Renate umgehend wutschnaubend, da sie durch Zufall unsere Reiberei mitbekommen hatte, und testete im selben Moment ihre Bratpfanne auf Stabilität sowie Klang, indem sie Paul damit eins überzog!«, kicherte Norbert voller Schadenfreude.

»Wollt ihr euch mal mein neues Zelt anschauen?«, fragte Paul in unsere illustre Runde.

»Paul, Norberts Gäste haben Hunger, mach jetzt endlich den Grill an und hör auf, zu quatschen!«, schrie Renate just in diesem Moment in einem recht forsch wirkenden Umgangston aus der Terrassentür.

Leicht eingeschnappt folgte Paul den Anweisungen, ehrlich gesagt hatte er auch keine andere Wahl, ansonsten hätte Renate bei ihrer Laune garantiert sein Würstchen auf den Grill gelegt!

»Wenn Paul eines kann, dann ist es Grillen!«, meinte Norbert, worauf Paul antwortete, dass sich gleich ein ganz dickes Spanferkel mit Namen Norbert über dem Grill drehen würde. Nach einigen weiteren Nettigkeiten zwischen Vater und Sohn waren die Bratwürstchen fertig gegrillt und Paul dackelte brav mit einem reichlich bestückten Teller zu seiner Herrin ins Haus.

»Beim Essen hält sie wenigstens die Klappe, deswegen bekommt sie den ganzen Teller voll, hoffentlich erstickt sie daran!«, grummelte Paul noch, bevor er die Terrassentür für den Moment zuschob.

Nachdem Torben uns seine neue ›Schnapsbombe‹, eine schwarze Glasflasche in Form einer runden Bombe, wie man sie aus Comicfilmen kennt, vorgestellt hatte, und uns daraus eine hochprozentige Köstlichkeit einschenkte, ließ er sich von Paul dessen Neuerwerbung zeigen.

Als ich in der Zwischenzeit mit Norbert in seinem Jugendzimmer verschwand, um mir seine neue Spielkonsole anzusehen, gesellte sich Renate für ein Gespräch unter Frauen etwas angetrunken zu Jana.

Nun überschlugen sich die Ereignisse: Nach kurzer Zeit kam Torben aufgeregt in Norberts Spielzimmer und meinte, dass Renate mit hochrotem Kopf und schnaufend in ihrer Dunkelkammer verschwunden sei.

Wir gingen zügig zur Hütte und Jana meinte, dass sie zu dem eben Geschehenen lieber nichts sagen und sofort mit oder ohne uns nach Hause fahren würde. Damit war der Abend nach diesem anscheinenden Vorfall zwischen den beiden Frauen gelaufen.

An der ebenfalls schnaufenden Jana vorbeigehend, fiel Torben ein, dass er sein Glas mit der Cola-Schnapsbomben-Mischung im neuen Partyzelt stehen gelassen hatte.

Als wir alle auf das Zelt zugingen, stand ein sich vor Lachen krümmender Paul davor.

»Ich lache mich schlapp, schaut euch den blöden Köter an, der hat doch das ganze Glas weggeschlabbert und kann jetzt nicht mehr geradeaus laufen, wie der Hund, so sein Frauchen, hi-hi!«, meinte er, bevor Berta nach zwei getorkelten Metern auf den Rasen fiel.

Dabei landete sie auf dem Rücken und streckte alle vier Pfoten in den Himmel. Dass ein Hund eine Whisky-Wodka-Anisschnaps-Cola-Mischung anrührt und dann einen dermaßen starken Abgang macht, hatte ich bis zu diesem Zeitpunkt noch nicht gesehen.

»Paul, Paul, B... B... Berta ist tot!«, rief Norbert panisch und mit zittriger Stimme. Paul lachte nur und meinte, dass er sich mal beruhigen solle, da Berta nur Renate am Abend nachspielen würde, außerdem habe er, sein lieber Sohn, einen solchen Abgang auch schon hingelegt.

»Himbeergeist mit Sahne, sage ich nur!«, kicherte Paul in Norberts Richtung, doch dieser nahm Bammel schluchzend auf den Arm und verschwand ohne ein Wort im Haus. Wir suchten nach einer kurzen Verabschiedung von Paul das Weite, da wir dem erneuten ›Wunderlichen Familiendrama‹ lieber aus dem Weg gehen wollten.

Nach fünf Schweigekilometern fing Jana an, von ihrem Gespräch mit Renate zu erzählen.

»Du, Jana, ich kann nicht verstehen, dass mein kleiner Norbert noch keine Freundin hat, dabei ist er doch ein gutaussehender, junger Mann!«, hatte Renate zu ihr gesagt. Jana antwortete darauf, dass Norbert einfach noch zu sehr von seinen Eltern abhängig sei und von Selbstständigkeit noch nicht viel gehört habe. Außerdem möge sie auch mal an die Zukunft denken, eine Zukunft ohne lebende Eltern.

Jana sprach weiter zu einer den Mund nicht wieder schließenden Renate, dass sie durch ihre Arbeit als Angestellte in der Psychiatrie viele Fälle wie Norbert kennengelernt habe. Alle seien nach dem Ableben der Eltern vor Unselbstständigkeit dermaßen abgerutscht und viele hätten ein frühzeitiges Ende genommen, über das sie lieber nicht reden wolle.

Das saß, den Holzpflock hatte sie ihr mitten ins Herz gestoßen!

Renate ging nach ein paar Sekunden ab wie eine Rakete!

Sie meinte, dass Mädchen von heute die wahren Werte einer familiären Beziehung gar nicht mehr zu schätzen wüssten, nur noch auf materielle Dinge, Discotheken und Partys auf dem Ballermann aus seien und sie nicht verstehen könne, dass ihre Erziehung nach den alten Werten falsch gewesen sein solle.

»Norbert ist sowas von selbstständig, das kann er allen bei jeder Gelegenheit beweisen!«, fauchte sie Jana lauthals an.

Jana meinte daraufhin, dass Norbert ja lieb und nett, doch wenn er plötzlich allein wäre, nach fünf Tagen verhungert wäre und das Haus bestimmt einer Müllhalde gleichkäme. Außerdem fragte sie, vielleicht etwas frech, wo denn die Mädels seien, die nur auf materielle Dinge stehen würden, an denen es im Hause Wunderlich ja überhaupt nicht hapern würde, und ob sie damit vielleicht Udos durchgeknallte Eva oder sogar Sandra meinen würde! Obendrein fragte sie, wo Renate aufgewachsen sei und welche alten Werte sie meine.

»Jetzt reicht's!«, schrie Renate, schlug auf den Tisch und rauschte danach schwer angeknackst mit Tränen in den Augen schnaufend aus der Hütte.

»Die Alte hat sich doch schon ihr Hirn weggesoffen, die müsste mal zu einer Entziehungskur, damit sie mal wieder klar denken kann, sofern das noch geht!«, schimpfte meine Freundin, bevor wir zu Hause ankamen.

Gut, dass Norbert diesen Streit nur indirekt mitbekommen hatte, denn die Sache mit Berta hatte bei ihm ja fast schon zu einem erneuten Nervenzusammenbruch geführt!

Nach diesem Ereignis sprachen Renate und Jana kein Wort mehr miteinander!

Norbert fragte bei unserem nächsten Telefonat zwar nach, was zwischen den beiden Frauen vorgefallen wäre, gab sich dann aber doch mit Janas Antwort, dass es ein ›geheimes Frauengespräch‹ gewesen sei, zufrieden. Ich war erstaunt über seine Reaktion, da ich, der Vergangenheit mit Norbert wegen, nicht erwartet hatte, dass er sich mit dieser Aussage zufriedengeben würde.

Auszug aus Renates Tagebüchern

31.03.2003: **Liebes Tagebuch,** *ich bin ja fix und fertig, da meint doch die Freundin von Malte, dass mein Norbert, mein lieber Junge, unselbstständig und ein Muttersöhnchen sei! Der habe ich aber den Marsch geblasen! Die alte Ziege soll sich hier am besten nicht mehr blicken lassen, wenn ich da bin! Ich muss in Zukunft mehr auf Norbert im Umgang mit seinen tollen Freunden aufpassen! Am besten wird er hier mal eine Party ganz allein schmeißen, dann kann diese Besserwisserin mal sehen, was er dank mir alles kann! Das Schlimmste ist ja noch,* *dass Malte laut Norbert unsere Berta abgefüllt hat. Ja, dieser Saukerl hat fast unseren Hund auf dem Gewissen! Berta hat die ganze Nacht vor Pauls Bett gebrochen und ich konnte den Mist wieder wegwischen, einfach zum Kotzen!*

Das Zelt

An Pfingsten gibt es bei vielen Jugendlichen das berühmte Pfingstzelten. Ort auswählen, ausknobeln, wer in puncto Fahrtätigkeit die Arschkarte gezogen hat und sein Auto zum Opfer diverser Spaßattacken machen muss, loskommen, Zelt aufbauen, Campingstuhl aufklappen, Kühlbox aufmachen, Flasche öffnen, Trinken-lass-reinlaufen-Luke auf und weg mit dem Bier... Dann sitzt man bis zum Abwinken im Stuhl, ja, bis zum Abwinken eben, bis man buchstäblich umkippt oder von Außerirdischen entführt wird!

So wäre es perfekt – wäre es in Bezug auf das, was passierte:

Jana und ich waren in der glücklichen Situation, an Pfingsten frei bekommen zu haben. Bei unserem seit einer Woche ehemaligen Zivildienstleistenden Norbert war die Zusage ein wahrer Glücksfall, da seine Eltern eigentlich schon wieder in den Startlöchern in Richtung Norwegen standen. Um die zelttechnische Versorgung brauchte ich mich nicht zu kümmern, da Norberts alter Herr vorgeschlagen hatte, dass wir sein tolles bei Norberts Geburtstagsparty bekannt gemachtes, durch Schnäppchenjagd ergaunertes neues Multifunktionszelt des Typs GEHT-JA-GAR-NIX-SCHMEISS-LIEBER-WEG-DAT-DING testen sollten.

Norbert und ich suchten uns einen Campingplatz und waren sehr erfreut, diesen ganz in der Nähe, circa 30 Kilometer von uns entfernt, zu finden.

Zwei Tage später rief Norbert mich an und meinte, dass er auf Pauls Anraten hin einen noch besseren, nur zehn Kilometer weiter entfernt liegenden Platz gebucht habe, da Letzterer auf diesem schon einmal gewesen und er einfach genialer sei. »Na gut!«, dachte ich, dann lassen wir uns mal überraschen.

<u>Auszug aus Renates Tagebüchern</u>

02.04.2003: **Liebes Tagebuch,** *Norbert will mit Malte und seiner Freundin zum Pfingstzelten. Da hat er sich jetzt ja wieder so richtig in die Brennnesseln gesetzt, auf seiner Party hat er die Runde großkotzig gefragt, ob sie zum Zelten wollen und als Malte wissen wollte, ob er das organisieren könnte, meinte mein Kleiner doch glatt, dass das für ihn kein Problem sei! Ich glaube, dass Malte oder seine tolle Freundin, die blöde Ziege, meinen Kleinen nur prüfen oder bloßstellen wollen! Die sollen ihr blaues Wunder erleben, Paul und Norbert sind gerade los und kaufen einen neuen Campinggrill und ich schaue jetzt mal, auf welchem Campingplatz aus Pauls Camping-Guide ich die Bande in Norberts Namen anmelde, damit ja keiner sagen kann, dass Norbert nichts organisiert hätte!*

03.04.2003: **Liebes Tagebuch,** *Norbert bekommt das mit dem Zeltaufbau von Pauls neuem Zelt einfach nicht hin, das Zelt glich nach dem Aufstellen oder besser Auflegen eher einer Hundehütte als dem, was es werden sollte, und Berta hat dann auch noch reingepinkelt! Ich glaube, dass es besser ist, wenn Paul zum Aufbauen mitfährt!*

Jana und meine Wenigkeit fuhren in Richtung von Norberts Zuhause los, zuvor hatten wir natürlich einige wichtige Utensilien zusammengepackt, Schnaps, Bier, Schnaps, Bier, ach ja, ein paar Klamotten und Essen nicht zu vergessen.

»Alter Schwede, Norbert, das kann doch nicht wahr sein, bin ich Reinhold Messner, oder was?«

»So viele Klamotten habe ich nun auch nicht mit, Malte!«, erwiderte Norbert.

»Ob man drei Tage oder zwei Wochen wegfährt, man muss ja immer die gleiche Menge mitnehmen!« In puncto Alkohol hatte Renate bei ihren Abschiedsworten wohl recht gehabt! Braucht ihr allerdings zehn Unterhosen und zwanzig Paar Socken für drei Tage? Und weswegen hatte er dann in Hamburg nicht so viel Gelumpe dabei?

Paul fuhr mit seinem Roller vor, da ja laut seiner Aussage nur er den Weg kannte und wir uns nur mal an unsere NDW-Party zurückerinnern sollten! Eine Landkarte lesen oder sich an Hinweisschildern orientieren, das konnte ja nicht jeder! Wir verfuhren uns dank Paul auch nur zweimal, was bei ihm, laut Norbert, ein gutes Ergebnis war. Jedenfalls wusste ich nun, von wem Norbert seine Orientierungslosigkeit hatte.

Am Campingplatz angekommen, zahlten wir die Standgebühr, erhielten unsere obligatorische Einweisung über das gewünschte Verhalten auf dem Platz und suchten einen selbigen auf dem schönen, weitläufigen Grün. In unserem Rücken befand sich ein kleiner Bach, der sich, wie wir meinten, gut zum Bierkühlen eignen sollte.

Der Zeltaufbau lief dann recht typisch für Norbert ab. Meine Wenigkeit, Jana und Paul erledigten den Aufbau, ich natürlich mit dicker Halsschlagader, da Norbert als Erstes seinen Campingstuhl in einen Dauerbelastungstest nahm. Während des Aufbaus schmissen sich Vater und Sohn natürlich ihre üblichen Sticheleien an den Kopf:

»Wenn ich nicht da wäre, würde hier nicht so ein Schmuckstück stehen, sondern nur ein Müllsack mit Halterung«, meinte Paul, worauf Norbert erwiderte, dass es ja genau das nun geworden wäre. Daraufhin gab es einen Tritt gegen den Campingstuhl, einen Knall und Norbert wurde mitsamt dem Stuhl tiefergelegt.

Der Tag ging zur Neige und Paul musste das Feld zur Freude aller räumen, da ›Renate ganz allein zu Haus‹ bei Dunkelheit immer Angst bekam. Es gab zwar noch Berta oder Jonny, aber wenn es mal irgendwo knallte, konnte man Erstere, die dann zu Bammel wurde, aus einer leeren Konservendose ziehen!

Als Paul nach einigen Sticheleien Norberts und einem Hilfeanruf mit regelrechtem Faustschlag, bezogen auf Renates verbale Äußerung am Telefon, endlich mit seiner Harley für Arme von dannen gezogen war, machten wir uns über die nächsten Flaschen Bier her. Norbert und ich begossen mit Jana unseren Jahrestag und begrüßten das neue, das neunte Jahr unserer Freundschaft.

Norberts Blase drückte anschließend so sehr, dass er den kürzesten Weg zum Wasserlassen suchte; dieser führte ihn hinter unser Zelt.

»Dass hier eine Pinkelrinne ist, ist doch reiner Luxus!«, rief er, bevor es ein lautes Klatschen gab und er, lang, wie er war, in dieser kleinen luxuriösen Pinkelrinne, in der eigentlich das Bier zum Kühlen lagerte, seinen Freischwimmer machte. Jana und ich sprangen sofort auf, um unseren dicken Fisch wieder an Land oder halt aus dem kleinen Bächlein zu ziehen. Danach ging Norbert, ziemlich nass im Schritt, doch ein paar Meter weiter zum Sanitärgebäude. Als er zurückkam, zog er sich natürlich erst mal um. Wann wir alle in dieser Nacht oder am folgenden Morgen auf unsere Matten fielen, weiß ich nicht mehr, doch es wurde gerade wieder hell!

Der erste Kopfschmerz und die schlechte Luft im Zelt ließen uns keine andere Wahl, als sich bereits gefühlte zwei Stunden später aus dem Zelt zu quälen.

Beim Frühstück wurden wir Zeuge von etwas Unglaublichem:

Es fuhr eine Familie, wie man sie noch nie gesehen hatte, auf den Platz. Die Fahrzeugtür des weißen Kombis ging auf, Vater und Mutter, 1,80 mal 1,80, stiegen aus, danach die beiden Kinder, 1,50 mal 1,50. Ein Wunder, dass diese vier Flusspferde in so ein kleines Auto passten!

Wir konnten uns vor Lachen nicht halten, es war wie im Zirkus, wo fünfzig Pinguine aus einer Zigarettenschachtel hüpften.

»Sag mal, Norbert, ist diese Familie mit dir verwandt?«

»Malte, hör auf zu stänkern! Ich bin nicht dick, ich bin nur pfundig, und außerdem sind das bei mir mittlerweile nur Muskeln und Samenstränge, klar?«, antwortete Norbert.

Nun begann diese Familie mit dem Zeltaufbau. Es war ein mittleres Igluzelt und wir dachten, es sei für die Kinder. Norbert witzelte schon, seiner Ausmaße, besser gesagt Muskeln und Samenstränge wegen, dass es doch recht eng für die beiden Teenies wäre. Wir irrten uns, denn es war das Zelt für die ganze Familie!

Wie diese vier Kanonenkugeln es schafften, dort reinzukommen, ist mir heute noch ein Rätsel! Es war das Unterhaltungsprogramm schlechthin und mit Worten wirklich nicht zu beschreiben. Vor allem, als Big Mama versuchte, die Luftmatratzen mit Hilfe einer Luftpumpe zu füllen:

Sie drückte beim ersten Versuch die Pumpe in den Boden, rutschte beim zweiten ab, um dann nach dem dritten erfolglosen Versuch Big Papa ranzulassen. Von Schweißausbrüchen geplagt, schaffte er es in gut einer Stunde. Wir tauften die Familie ›The Big Whoppers‹.

»Norbert, du hattest recht!«

»Womit?«

»Damit, dass die ›Big Whoppers‹ nicht mit dir verwandt sind!«

»Oh, Malte, so etwas von dir zu hören, wie kommst du darauf?«

»Na, schau mal, wie gelenkig diese Familie im Gegensatz zu dir ist!«, lachte ich.

»Alter, du bist ja so ein Sack! Ich bin so gelenkig wie Otto, die Gummipuppe von Captain Future!«, antwortete Norbert, wohl wissend, dass ich diese Zeichentrickserie aus den frühen 1980er Jahren kannte und als Grundschüler des Jahrgangs 1973 wie damals beinahe alle Jungs geliebt und schier vergöttert hatte.

»Bist du dann doch mit dieser Familie verwandt?«

»Malte, ich schreie gleich, nein, nein, nein!«

»Jetzt reicht es mir aber, lasst uns hier nicht blöd rumlabern, sondern schwimmen gehen, Abkühlung würde besonders euch beiden guttun!«, funkte Jana schmunzelnd und energisch dazwischen.

Direkt neben dem Campingplatz befand sich ein durch Kiesabbau entstandener Baggersee; diesen nutzten wir als Badedomizil, da bei einem leichten Schädel nichts besser hilft als ein schönes, kühles Bad. Doch bevor wir jenes kühle Nass erreichten, mussten wir Norbert noch aus dem kaputten Maschendrahtzaun ziehen, in dem er wegen seiner Ungelenkigkeit und seiner dicken Plauze natürlich stecken geblieben war.

»Hey Otto, alles gut bei dir?«

»Ja, das kann ich mir jetzt bis zum Lebensende anhören, ›Mr. Gummipuppe‹ kommt nicht mal durch ein großes Loch im Maschendrahtzaun! Malte, du bist ein Stänkerkopf!«, lachte mir Norbert entgegen.

Dem schönen Wasser folgte ein ausgedehntes Sonnenbad, wobei sich Norbert einen Sonnenbrand holte, bei dem ich sofort an unseren schönen Tag im Celler Badeland denken musste. Etwas Sorgen machte mir das Ganze schon, da ich vermutete, dass er im nächsten Moment wieder eine Panikattacke wegen einer möglichen Hautkrebserkrankung bekommen könnte.

Da neben uns ein paar Engländer ihre Zelte aufschlugen, lag es, der Fußballrivalität wegen, nahe, doch ein kleines Spiel auf dem Platz auszutragen. Dies geschah zum Leidwesen der übergewichtigen Familie von gegenüber, denn diese bekam einen von Norbert abgefälschten Ball ab, der ihren noch den reichlich gefüllten Tisch abdeckte. Einmal mehr stellte mein Kumpel unter Beweis, dass er – abgesehen vom Schwimmen – einfach unsportlich war. Einen Gewinner gab es nicht, da wir nach diesem Volltreffer unser Fußballspiel abbrachen. Ich glaube, dass wir wohl nur ein Elfmeterschießen hätten machen sollen, um zu gewinnen, aber egal!

Es wurde der erste und letzte Abend der Engländer, denn es folgte bis in die frühen Morgenstunden eine dermaßen überschwängliche Party, dass der Platzbesitzer ihnen einen Platzverweis erteilte und sie am nächsten Morgen trotz vergeblicher Bestechungsversuche den Platz räumen mussten. »Oh, come on, man!« oder »Fucking Germans!« waren dabei ihre ständigen Ausrufe.

»You´ll never walk alone, brothers!«, schrie Norbert ihnen noch hinterher, als sie mit ihrem Wagen an uns vorbeisausten und provokant ihre Räder durchdrehen ließen.

Bevor Paul uns am ersten Tag verlassen hatte, hatte er uns noch den Tipp gegeben, doch mal mit dem Kanu die Örtze, die in der Nähe unseres Campingplatzes entlangfloss, zu erkunden. Von diesem Tipp waren wir so angetan und wohl noch vollen Biermutes, dass wir dachten, die Olympiasieger im Kanu würden ihr Comeback geben. Ebenfalls wussten wir, dass man in der Örtze überall sehr gut stehen konnte. Was sollte uns da schon passieren?

Nachdem wir für unseren Drei-Personen-Canadier bezahlt hatten, gingen wir an den kleinen Anleger und sahen, dass bereits andere Paddler, bereits im Canadier sitzend, auf uns warteten. Es waren letztlich zehn Canadier, die diese Strecke bewältigen wollten. Wir wurden scherzhaft von den beiden Organisatoren vor dieser Strecke gewarnt, die für Anfänger schwierig, aber machbar sei. Nachdem Erstgenannte die Tour belustigt in Rennmanier mit »Are you ready? Attention! Go!« starteten, konnte die Aktion ›Wir überholen sie alle!‹ beginnen.

Norbert sollte in die Mitte, da wir dachten, dass wir, wenn er sein Gleichgewicht verlieren würde, dies an Bug und Heck gut ausgleichen könnten.

Nach zehn Metern kam die erste Brücke, welche wir gewaltig schaukelnd und schon in leicht unkoordinierter Lage quer erreichten.

Mit einem gewaltigen Kraftakt schafften wir es unter ihr hindurch, wobei die Örtze an dieser Stelle noch recht breit war.

Bereits zwei Meter hinter der Brücke ragte eine Baumwurzel aus der Uferböschung. Ein leichtes Streifen und Schaukeln des Bootes brachte Norbert dermaßen aus dem Gleichgewicht, dass wir keine Chance hatten, sein Gewicht, das dem von Jana und mir zusammen entsprach, auszugleichen. Er brachte unser Boot im Bruchteil einer Sekunde zum Kentern. Jana und ich realisierten das Endergebnis erst, als ihre mitgenommene Handtasche vor unseren Augen langsam blubbernd unterging.

»Wasser, Wasser, nein, nicht schon wieder absaufen!«, schrie Norbert, die Arme geöffnet und zum Himmel schauend, wohl Gott fragend, während ich versuchte, schnell an die Tasche zu kommen, um sie ans Ufer zu werfen. Danach tauchten Norbert und Jana, nicht gerade freudestrahlend, nach ihren Handys.

Ist doch zu blöd, wenn man Jackentaschen mit Reißverschluss hat und diese offen lässt!

Am Ufer sitzend und mit der Aussicht, ohnehin als Letztes anzukommen, da bereits keiner mehr zu sehen, lediglich zu hören war, trockneten wir kurz unsere Scheine und mussten natürlich feststellen, dass wir bis auf die Unterwäsche nass waren. Außerdem fragten wir uns, weswegen wir so dämlich gewesen waren und die Wertsachen nicht im Auto gelassen oder in eine wasserdichte Brotdose gepackt hatten.

»Ja, aus solchen Aktionen lernt man für sein ganzes Leben!«, meinte ich, wohl wissend, dass mein Handy in meiner zugeknöpften Neoprenweste nichts abbekommen hatte.

Norbert sagte, dass er sich bis zu seinem Lebensende Sprüche anhören könnte, wenn sein Vater von dem Geschehenen erfahren würde.

»Egal, das schaffen wir, wir erreichen das Ziel!«, schrie ich, worauf meine Mitstreiter lautstark »Jawoll, Captain Iglo!« erwiderten. Man hätte natürlich gleich aufgeben und zum Anleger zurückpaddeln können. Doch unser Ehrgeiz war dafür in jenem Moment einfach zu groß!

Traurig und schwach war es, dass die Crew ziemlich schnell weggepaddelt war. Zwar hieß es ›auf eigene Gefahr‹, doch was wäre, wenn wir abgesoffen wären? Selbst schuld, oder was? Man sollte doch wirklich erwarten, dass einer vorweg paddelt und einer das Ende bildet, oder sehe ich das falsch?

Der Fluss wurde zum Flüsschen, der Wasserstand noch niedriger und das Dickicht noch belaubter.

Ständig mussten wir das Kanu verlassen, da wir mit unserem Tiefgang nicht über querliegende Äste oder Wurzeln kamen oder schier durch unser Gesamtgewicht auf Grund liefen. Trockener wurden wir natürlich auch nicht, da es einer von uns immer wieder schaffte, einen ungewollten Hechtsprung ins Wasser zu machen. Unsere Sandalen sahen nicht mehr nach solchen aus und unsere Klamotten waren trotz des vielen Wassers einfach nur verdreckt.

Es wurde eine wahre Tortur mit Slapstick pur!

Jedes Mal schmissen wir unsere Wertsachen von Bord, um sie später im Böschungsbewuchs suchen zu dürfen.

Als wir das Kanu erneut wegen ›Auf-Grund-Laufens‹ verlassen hatten und am Ufer standen, drehte sich Norbert zu mir um, da er etwas sagen wollte.

»Das Kanu, das Kanu!«, schrie ich.

»Das Kanu? Was, das Kanu?«

»Norbert, das Kanu schwimmt davon!«, rief ich ihm zu, woraufhin er sich mit einer überraschenden Leichtigkeit und einem Hechtsprung hinterher machte. Er schaffte es, unser Gefährt zurückzubringen, doch trotzdem bekam Jana einen Schreikrampf, da sie, genau wie wir, am Ende ihrer Kräfte war.

»Aaaalter, wenn man am Ufer zurückgehen könnte, würde ich dieses bescheuerte Kanu versenken und zurücklaufen!«, fluchte ich.

Norbert, der durch die Anstrengung der letzten Stunde überhaupt nicht zum Grübeln oder Hyperventilieren gekommen war, wurde ganz blass um die Nase.

»Au Mann, und ich bin an allem schuld, wenn mein Alter uns nicht den Tipp gegeben hätte und...«

»Norbert, hör auf damit, wir wollten ja alle ganz mutig und großkotzig diese Tour machen! Jeder Mensch überschätzt sich halt mal!«, fiel Jana unserem Norbert ziemlich genervt ins Wort, worauf er schleunigst zum sprichwörtlichen Schweigen im Walde mutierte.

Auf den nächsten Metern wurden wir von Mücken angefallen und zwischen den Paddelschlägen waren ständige Klatschgeräusche zu vernehmen, um dem Vordermann die Blutsauger auf dem Rücken platt zu hauen. Zum Pech für ihn selbst saß Norbert mittlerweile hinten und wurde von uns allen am schlimmsten erwischt.

»Ständig Kurven, auf Grund laufen, Äste, die uns wie Peitschenhiebe ins Gesicht ballern, die verfluchten Mücken, das ist wirklich die Kanutour des Grauens!«, schrie ich wütend und schlug mit dem Paddel ins Wasser.

Nach fast zwei Stunden erreichten wir Kanuanfänger stinkig und nervlich am Ende der Belastbarkeit unser erstes Etappenziel, den Allerkanal. Die Erleichterung im Boot war groß und wir freuten uns sehr, durch den einsetzenden Wind etwas trockener zu werden und obendrein die kleinen Blutsauger loszuwerden.

»Gott sei Dank geht es nur noch geradeaus!«, rief Jana.

»Jetzt wird es langsam angenehm, oder?« Dies gerade von mir ausgesprochen, folgte ein plötzlich sehr stark werdender Gegenwind, der uns trotz aller möglichen Kraftanstrengungen und Paddelverbiegungen dazu brachte, kurzzeitig rückwärts zu schwimmen.

»Oh, ah, was ist denn nun loooos?«, schrie Norbert erschrocken.

»Du hast einfach zu viel Angriffsfläche, Norbert!«, schrie ich in den Wind, während wir kämpften, um überhaupt wieder voranzukommen.

Plötzlich fielen aus einer kleinen, eher unscheinbaren Wolke dermaßen viele Freudentränen, dass wir nicht wussten, womit wir das verdient hatten, und schon gar nicht, wo wir hinsollten. Vier Minuten stürmischer Regen, wir mittendrin und schon wieder nass!

Der Regen endete, wie er begonnen hatte, und wir erreichten völlig erschöpft den Zielanleger. Alle anderen Seefahrer standen bereits mit der Crew an der Bratwurstbude und wir waren erneut uns selbst überlassen.

So paddelten wir den Canadier an den provisorisch errichteten Steg, stiegen irgendwie aus, zogen ihn an Land, kippten ihn um und entfernten uns schnell von diesem grausigen Ort. Dieser Tag war für uns gelaufen!

Als wir gerade am Grill vorbeikamen, fragte doch glatt einer der Tour-Organisatoren, ob wir noch helfen könnten, unser Kanu auf einen Anhänger zu verladen, doch als er unsere Blicke sah und Jana ganz laut »Aaaalter« schrie, nahm er umgehend Abstand von seiner Bitte.

Wir ließen Bratwurst Bratwurst sein, was bei Norbert schon eine Seltenheit war, und fuhren mit dem ersten Shuttle zum Startpunkt, wickelten uns mit Decken, die für Notfallübernachtungen immer in meinem Auto lagen, ein und drehten die Heizung im Daimler auf die höchste Stufe.

Die nächste Tankstelle war unsere, ebenso sechs belegte Baguettes und zwei Pullen Rum, welche den Tag trotz all des Mists, den wir erlebt hatten, gut ausklingen lassen sollten.

Während wir fröhlich, lustig und überschwänglich in der Örtze badeten, schlug eine große Gruppe von Bikern ihre Zelte dort auf, wo die Engländer das Feld hatten räumen müssen.

Am Abend, kurz nach unserer Rückkehr, folgte eine noch nie da gewesene Party, die sogar die Feier der Engländer an Lärm, Tanzeinlagen und Alkohol in den Schatten stellte. Ab und an setzen sich einige Biker, die an unserem Zelt vorbeimussten, um neues Bier aus der Campinggaststätte zu holen, zu uns und wir teilten und tauschten alles, was da war. Die Party der Biker dehnte sich wahrlich bis zu unserem Zelt aus.

In den frühen Morgenstunden konnten die Biker zeigen, dass sie nicht solche Weicheier wie die Engländer waren: Der Platzbesitzer ging irgendwann schnaufend an uns vorbei und ließ eine Schimpfkanonade wegen Ruhestörung bei den Bikern ab, um nur wenige Minuten später im schnellen Dauerlauf, gefolgt von Bierflaschen sowie einigen Rockern um sein Leben rennend, wieder an uns vorbeizukommen.

»Yeaaah, da kann der alte Sack aber laufen!«, schrie Norbert ziemlich betrunken in die Runde.

Das Ganze wurde noch ein krönender Abschlussabend mit bester Rockmusik und einem noch besseren Polizeieinsatz, bei dem diese mit zwei Einsatzfahrzeugen anrückte! Die Musik wurde ausgeschaltet und den Bikern wurde sehr deutlich klar gemacht, dass sie nach der Ausnüchterung, spätestens um zehn Uhr, den Campingplatz zu verlassen hätten. Die Party war vorbei!

Hämmernde Kopfschmerzen, wie sollte es auch anders sein, begleiteten uns am Abreisetag. Dieses Mal wollten wir aber nicht zum See, eine Dusche sollte es auch tun.

Wisst ihr, was echt doof ist? Doof ist, wenn man nach dem Duschen merkt, dass man für große Jungs muss! Schüssel hoch und los, doch ich traute meinen Augen nicht, da lag eine bestimmt zwanzig mal sechs Zentimeter große Wurst, die ein Mensch normalerweise nicht schaffen kann. Aber halt, wir hatten doch die Familie der Elefanten gegenüber! »Ja, der Vater, der konnte es nur gewesen sein«, dachte ich. Egal, gespült, gespült, gespült, Klo verstopft!

Danach bin ich dann doch lieber auf das andere WC gegangen.

Am Zelt angekommen, sah ich schon, wie Norbert plan- und hilflos schier Amok um Pauls Schnäppchenzelt lief.

»Norbert, geh mal auf Toilette, während wir hier in aller Ruhe einpacken«, meinte ich, doch dieser antwortete nur, dass er bereits dort gewesen sei und bestimmt fünf Kilo auf einen Schlag verloren habe!

Wenigstens wusste ich nun, leicht schmunzelnd, wem dort auf dem Klo was gehörte!

Das Einpack-Fiasko nahm seinen Lauf...

Es war, als ob Norbert Knoten in den Fingern hätte.

»Das passiert halt, wenn man sich immer alles von Mama packen lässt!«, meinte ich zu ihm, worauf Norbert nur rot wurde, ob aus Scham oder Wut, weiß ich nicht. Er leuchtete jedenfalls wie eine Glühbirne! Nachdem Jana und ich unsere Sachen im Wagen verstaut hatten, standen wir vor dem Zelt und erinnerten uns an den Abend zuvor, an dem Norbert nach einigen Sticheleien von uns großkotzig gesagt hatte, dass er das Zelt auch allein abbauen könnte. Also, nun war er dran!

Jana und ich setzten uns auf den zerfurchten Rasen und harrten gespannt der Dinge, die da folgen sollten. Das Herausziehen der Heringe funktionierte ja noch, doch die Plane war nach Norberts Zusammenlegen gefühlt zehn Mal so groß wie vorher.

Da stand er nun, abgekämpft, in Schweiß badend und mit einem großen Fragezeichen im Gesicht, und neben ihm lag eine kleine Plastiktasche, in die das Zelt hineingepackt werden sollte.

Norbert erinnerte sich nun wohl an die Zeit, in der er jede Hüpfburg unsicher gemacht hatte, und hüpfte und sprang auf der von der Erde schon recht dunkel gewordenen Plane herum wie ein Flummi auf einer Betonfläche.

Bis dato wussten Jana und ich nicht, dass ein Schwergewicht so abheben kann! Seine Plauze rutschte unter dem T-Shirt hervor und bewegte sich so vor unseren Augen, als würde eine großbrüstige Frau ohne BH auf einem Trampolin umherhüpfen. Am Ende ließen wir Gnade walten und halfen ein wenig mit, da wir ja auch nicht erst an Weihnachten zu Hause sein wollten. In die Tasche haben wir das Zelt letztlich zwar bekommen, nur an das Schließen des Reißverschlusses war überhaupt nicht zu denken, dafür war es einfach zu falsch zusammengelegt.

»Scheiß auf den Reißverschluss, Paul nimmt mich eh aus-einander, lasst uns fahren, ich will nach Hause!«, meinte ein konditionell fix und fertiger sowie glühender Norbert zu uns.

»Ja, Osram, wird gemacht!«

»Hör auf mit deinen ewigen Kalauern, Malte!«

Die Heimfahrt verlief wie erwartet, Norbert wirkte von Mi-nute zu Minute angespannter und nervöser. So, wie das Zelt aussah, auch kein Wunder!

Vielleicht lag es auch am sinkenden Alkoholpegel, dass un-ser kleiner Hypochonder wieder hochfuhr, denn plötzlich be-merkte Norbert erstmalig seinen Sonnenbrand und die Mü-ckenstiche machten sich ebenfalls bemerkbar. Innerlich fragte ich mich, was er noch alles aus der Schublade holen würde.

»Egal, Musik aufdrehen und ab zu Norbert nach Hause!« dachte ich.

Bei ihm angekommen, luden wir schnell dessen Sachen aus und redeten noch ein wenig mit Paul, bevor wir uns auf die Heimreise machten.

»Ich melde mich, tschüss!«, verabschiedete uns Norbert mit zittriger Stimme, da Paul zuvor gemeint hatte, dass er sich jetzt erst einmal seinem Schnäppchenzelt widmen würde.

Am nächsten Tag rief Norbert mich an und sagte, dass Paul vor Freude über den Zustand, in dem sich das Zelt befand, in selbiges gebissen habe – die Wörter der Freude, mit denen Paul seinen Unmut äußerte, lassen wir jetzt mal lieber außen vor, sonst wäre dieses Buch nicht jugendfrei!

So kommt es eben, wenn man aus einem Schnäppchen ein Zelt ohne Wiedererkennungswert macht!

Auszug aus Renates Tagebüchern

09.06.2003: *Liebes Tagebuch,* *Paul hat heute einen Schrei-krampf bekommen, da Norbert das Zelt in einem Zustand wie-der mitgebracht hat, dass man es eigentlich nur noch weg-schmeißen kann! Da hat doch bestimmt Malte wieder seine Finger mit im Spiel gehabt, der gönnt uns ja auch nix! Paul hat sich meine Pulle Jack reingeschüttet und beerdigt nun pünkt-lich um Mitternacht bei Vollmond jaulend das Zelt im Garten!*

22.06.2003: *Liebes Tagebuch,* *gestern war Malte zu Besuch und Norbert hat ihm etwas angeberisch erzählt, dass unsere Berta ein luxuriöseres Leben habe als er, da unser Hund sogar auf einem Flokatiteppich liegen würde, wovon er, Malte, nur träumen könnte! Ich habe mich schlapp gelacht, als ich das hörte. Leider ist Malte nicht auf den Mund gefallen und meinte doch rotzfrech, dass der Teppich bei Norberts Hund eher ein Flohkatiteppich sei! Ich hätte ihm liebend gern meine Brat-pfanne durch seine Visage gezogen! So ein blöder Stänkerkopf!*

Pizza Norbert Speciale

Kurz vor Weihnachten besuchte ich Norbert und nahm mein kleines, weißes Anhängsel, einen amerikanisch-kanadischen Schäferhund, mit, da wir sehen wollten, ob Berta und mein Hund Ben sich vertragen würden. Meine Eltern und ich hatten Ben bereits seit vier Jahren und man musste sich schon etwas schämen, dass wir es in den zwei Jahren, in denen Berta im Hause Wunderlich war, noch nicht geschafft hatten, dass unsere Hunde sich einmal kennenlernten. Ben war ein reinrassiger, weißer, kurzhaariger Schäferhund und hatte ein sehr liebes Wesen. Er bellte sehr gerne und wenn er sich mit breiter Brust vor einem aufstellte, war er schon recht respekteinflößend, doch sobald jemand, trotz aller Einschüchterung, auf ihn zuging, trat der Hund, wenn auch noch immer meldend, den Rückzug an.

»Große Klappe und nichts dahinter, genau wie sein junges Herrchen!« scherzte mein Vater immer und war nach meiner darauffolgenden Gestik und meinem Abwinken stets sehr belustigt.

Nach einer kurzen Beschnüffelung tollten die Hunde, die sich auf Anhieb mochten, im Flur herum. Norbert zeigte stolz auf seine schöne und angeblich selbst gekaufte neue Lederjacke.

Auch Renate schielte bei dem lauten Toben der Hunde um die Ecke und begrüßte Ben und mich beinahe überschwänglich. Es schien mir, als hätte sie den Streit mit Jana vergessen.

Plötzlich begann Ben, an Norberts neuer Jacke, die über dem Stuhl vor dem Telefonschrank hing, zu schnüffeln.

»Na, Ben, ist eine schicke Jacke, was?«

Kaum von mir ausgesprochen, ging Ben schon in Position und hob eiskalt das Bein. Ich hechtete noch in Richtung der Jacke und versuchte, den Hinterlauf herunterzudrücken, doch der See war schon gemacht.

»Mist!«, dachte ich im ersten Moment, aber als Renate einen Lachkrampf bekam, überkam es auch mich. Norbert war beim Anblick seiner schönen, neuen Jacke gar nicht zum Lachen zumute, er sah eher aus, als würde er im nächsten Moment wie ein Baby losheulen. Norbert war eben richtig angepisst! Das muss man sich mal vorstellen: Da kauft er sich wohl zum ersten Mal – abgesehen von Tour-T-Shirts – selbstständig etwas zum Anziehen, präsentiert es seinem besten Kumpel, und was passiert? Dessen Hund pinkelt an dieses neue Schmuckstück. Das nennt man dann wohl eine gelungene Taufe!

Als wir später wieder beruhigt, wohl wissend, dass Jacke und Fußboden sauber waren, in Norberts Zimmer saßen, gesellte sich Renate zu uns.

»Was macht ihr denn an Silvester?«, fragte sie.

Ich schaute zu einem vor Scham rot gewordenen Norbert.

»Paul und ich wollen bei meiner Cousine feiern und da Norbert nicht mitkommen möchte, kann er ja mal sein Talent als Hausmann unter Beweis stellen!«

Nachtigall, ick hör dir trapsen! Wie naiv war ich zuvor bloß gewesen, zu glauben, dass Renate den Disput mit Jana vergessen haben könnte!

»Na ja, was soll's, stecken wir eben nicht meine Bude in Brand, sondern lassen uns mal wieder in der Partyhütte in die Luft sprengen!«, dachte ich.

Am nächsten Tag sprach ich mit Torben, der, genau wie Jana, nichts gegen eine Feier bei Norbert einzuwenden hatte.

Die Abstände von Norberts Anrufen wurden an den folgenden Tagen wie so oft immer kürzer und die Telefonate immer länger. Ich fühlte mich manchmal schon regelrecht belästigt oder einfach nur genervt, denn man spürte seine übliche Verunsicherung sehr. Ich war schon fast soweit, nicht zu der Feier fahren zu wollen, da das Gejammer unseres Hausmannes mir irgendwann echt auf den Wecker ging. Ich glaube, dass Norbert auch genau darauf spekuliert hatte. Jana, Torben und ich haben es letztlich natürlich nicht zugelassen, dafür war die Vorfreude auf das Norbert-Chaos dann doch zu groß.

Am Silvestertag fuhren Jana, Torben und ich in Richtung Norberts Zuhause los und es verging nicht eine Minute während der Fahrt, in der nicht etwas, das schief gehen konnte, aufgezählt wurde. Von Feuer im Backofen legen, flambierten Kanarienvögeln, sich aussperren und in der Kälte übernachten müssen bis hin zu einer Brandruine am Neujahrsmorgen wurde beinahe alles genannt, was uns, inspiriert durch diverse Klamaukfilme, einfiel. Als wir bei Norbert eintrafen, waren Renate, Paul und Bammel wie erwartet nicht da, lediglich ein nervös herumlaufender Norbert, der wie ein Huhn, das gerne ein Ei legen würde, aber nicht konnte, von einer Ecke in die andere rannte.

»Komm jetzt sofort an den Küchentisch, damit wir mal einen zur Beruhigung trinken können!«, sagte Torben mit erhobener Stimme, bereits leicht gereizt von Norberts Rumgerenne.

An diesem Abend sollte es neben der üblichen Böllerei, die einen Nachbarn seinen Briefkasten kosten würde, und einem mittelschweren Trinkgelage auch selbstgemachte Pizza geben.

Wir nahmen fertig gekauften Pizzateig, schmierten Tomatensoße darauf, belegten den Boden mit Salami, Schinken, Paprika und Pilzen und bestreuten alles ordentlich mit Käse. Mit ›wir‹ meine ich nicht Norbert, der saß nämlich recht teilnahmslos am Tisch und bestaunte, hauptsächlich sich Getränke nachschenkend, das Szenario.

»Norbert, mach bitte schon mal den Backofen an!«, meinte Jana, und wir sahen alle einen Norbert, der binnen Sekunden Schweißperlen auf der Stirn sowie ein großes Fragezeichen im Gesicht hatte.

»Na, in welche Richtung drehen wir nun welchen Knopf?«, fragte ich ihn leicht provozierend.

»Ich bekomme ihn ja nicht mal gedreht!«

»Du musst den Knopf auch erst mal rausdrücken, du Hausmann«, lachte Jana dem verzweifelt dreinblickenden Norbert entgegen.

Nach einigen Minuten und Versuchen gelang es ihm dann doch, den Backofen anzustellen, und wir freuten uns natürlich alle auf unsere Mafiatorte.

Eine Pizza bekamen wir eigentlich schon vor der eigentlichen Pizza zu sehen, da Norberts Gesicht durch seinen Panikschub ganz ähnlich aussah!

Als die richtige Pizza noch nicht ganz fertig war, fing er erst einmal an, die Backofenhandschuhe zu suchen, fand sie aber wie erwartet nicht!

Auf Renate schimpfend, ging er ins Bad, um ein paar Handtücher zu holen, da er auch nirgends Topflappen finden konnte.

»Aber die Handtücher findest du doch, oder?«, rief Jana dem nicht antwortenden Norbert belustigt hinterher. Zu unserer Verwunderung konnte er diese tatsächlich ausfindig machen und bereits wenige Minuten später stand unsere Pizza auf dem Tisch.

»Prost, liebe Leute, auf unsere leckere Pizza!«, rief Norbert in die Runde. Wir schauten uns an, jeder dachte sich seinen Teil, da er eigentlich nur die Handtücher dazu beigesteuert hatte, und prostete Norbert zu. Gesättigt nach einem halben Blech Pizza, eine Flasche Bier in der Hand, war Norbert voll in seinem Element!

Nach dem Essen stellten wir fest, dass die Spülmaschine nicht funktionierte und wir alles mit der Hand abwaschen mussten.

»Das wird der Unfall des neuen Jahres, wenn Paul sich zum Reparieren an die Spülmaschine begibt«, meinte Norbert lachend.

Ihr müsst wissen, dass Pauls Reparaturen immer damit endeten, dass Renate einen Notarzt oder die Feuerwehr rufen musste, da er irgendwie aus welchem Haushaltsgerät auch immer herausgeschnitten oder -gesägt werden musste. Außerdem war das entsprechende Gerät nach seiner ›Wunderlichen Qualitätsreparatur‹ dermaßen im Arsch, dass eine Neuanschaffung unumgänglich wurde.

Jana stellte unsere Teller in die Spüle und merkte verwundert an, dass nur kaltes Wasser aus dem Wasserhahn käme, worauf Norbert erwiderte, dass wohl der Boiler nicht angeschaltet sei.

»Aus meinem Wasserhahn kommt warmes Wasser!«, meinte Torben, worauf Jana antwortete, dass er damit bestimmt nicht das Becken voll bekommen würde.

Nun ging die Suche nach besagtem Boiler los, den wir nach kurzer Zeit hinter einer Küchenschranktür versteckt fanden. Leider ging er nicht an, das wäre ja auch zu schön gewesen! Ich fragte Norbert, ob Paul vielleicht eine Sicherung herausgenommen habe, an die der Boiler sowie die Spülmaschine geklemmt seien. Dieser Geistesblitz brachte uns schon deswegen nichts, da Norbert nicht einmal wusste, wo im Haus sich der Sicherungskasten überhaupt befand!

Zum Glück stand ein Wasserkocher auf der Arbeitsplatte, mit dessen Hilfe wir das Wasser etwas anwärmten. Seltsamerweise funktionierten die Steckdosen in der Küche nämlich. War wohl, wie auch das Licht, ein anderer Stromkreis.

Als die Frage nach den Trockentüchern kam... ja, ich schreibe lieber, dass Norbert sich den nächsten Spruch fing, da er nicht wusste, wo diese waren! Wir nahmen die Handtücher, mit denen wir zuvor die Pizza aus dem Ofen geholt hatten, und trockneten das Geschirr und alles andere damit ab. Nachdem die Küche wieder wie geleckt aussah, die Chips auf dem Wohnzimmertisch standen und Bier wie Wein flossen, merkte man dem guten Norbert an, dass er sehr erleichtert war, das Schlimmste überstanden zu haben.

Doch falsch gedacht! Um Punkt 23.00 Uhr saßen wir mit unserem Talent im Dunkeln! Stromausfall!

»Norbert, hast du eine Taschenlampe?«, rief ich.

Norbert, müsst ihr wissen, war, was die Dunkelheit anging, ein Angsthase. Aus diesem Grund war zu unserem Glück in jedem Zimmer mindestens eine Taschenlampe versteckt. Notfalls wäre bestimmt auch eine in Norberts berühmtem begehbaren Kleiderschrank gewesen, doch wir wurden auch schnell woanders fündig, da neben der Drei-Personen-Ledercouch, direkt an Pauls Lese-Stehlampe, eine lag.

Mit der Taschenlampe in der Hand machten wir uns auf die Suche nach dem Sicherungskasten, fanden ihn in der an das Haus angrenzenden Garage und stellten die Hauptsicherung wieder an.

Als Torben kurz darauf meinte, dass es verschmort riechen würde, bekam Norbert seinen bekannten Psychoblick und lief im Haus schier Amok. Dabei rannte er alle Räume ab und schnüffelte, was das Zeug hält.

Man konnte fast meinen, er sei ein räudiger Straßenköter, der eine Woche nichts zu essen bekommen und für den man einen schönen, fleischigen Knochen versteckt hatte.

Bevor der zu erwartende Psychoanfall noch richtig eintrat, beruhigten wir alle ihn damit, dass es sich bei dem Geruch nur um durch die Fenster hereinziehenden Böllergestank handele.

Norbert rannte daraufhin noch einmal ums Haus, bevor er etwas beruhigter, aber vor Unterkühlung leicht schlotternd, wieder hereinkam. Nach diesem Schock startete er mit seiner üblichen Frustweg-Druckbetankung.

»Warum sitzen wir heute nicht in der Partyhütte?«, fragte ich in die Runde und Norbert wusste nicht, was er darauf antworten sollte.

»Genau, dort mal einen schönen Schoppen alter Zeiten wegen nehmen, das wäre doch mal was!«, meinte Torben und machte sich sofort auf den Weg zur Hütte. Norbert rief ihm zu, dass die Heizung defekt und die Hütte mit den Gartenmöbeln vollgestellt sei.

Torben schob mit einem Knarren die Tür zur Partyhütte auf. »Hm, hier ist doch gar nichts drin!«, rief er uns zu.

»Dann hat Paul wieder alles ausgeräumt«, meinte Norbert noch, bevor Torben den Elektroofen anschmiss.

Unerklärlich für uns, begann für Norbert das Spiel ›Wie bekomme ich alle aus der Hütte?‹ und er fing an, uns schon fast in der Manier eines Verkäufers das Wohnzimmer schönzureden.

»Lasst uns doch reingehen, drinnen warten der Fernseher, die Getränke, die Knabbersachen, nun kommt doch!«

Es hätte nur noch gefehlt, dass Norbert vor Flehen auf die Knie gegangen wäre. Torben rauchte noch eine Zigarette in der Hütte und wir gingen, zur Beruhigung von Norbert und leicht verwundert über dessen Verhalten, ins Haus.

Zum Jahreswechsel ließen wir mächtig die Korken knallen, doch bevor wir zu unseren Kriegsspielen ausrücken konnten, klingelte das Telefon.

»Frohes neues Jahr, mein Sohn, warum hat es so lange gedauert, bis du dran warst? Ich hoffe nicht, dass ihr in der Hütte sitzt, sonst kommt gleich 'ne Pfanne geflogen«, rief Paul ins Telefon.

»Ja, nö, äh, wir sitzen im Wohnzimmer und wollen gleich rausgehen«, antwortete Norbert leicht drucksend. Wir bekamen alles mit, da Norbert beim Abheben des Hörers mit seinen dicken Wurstfingern auf die Mithörtaste kam und vor Schreck anschließend die Taste zum Ausschalten nicht mehr fand.

»Sag mal, weswegen sollten wir denn nicht in der Hütte sitzen?«, fragte ich, wie immer sehr neugierig, worauf Norbert in Windeseile schweigend an mir vorbeisauste, in die Abstellkammer rannte und eine kleine Flasche von Omas Eierlikör wegzog.

»Erzähl ich nachher, lasst uns erst mal böllern« rief er uns kurz darauf mit seiner Kiste Böller unter dem Arm und gerade zur Tür heraustretend zu.

»Prost Neujahr, ihr verlogenen, schwulen Säcke!«, schrie Norbert torkelnd seinen Nachbarn zu und legte im Anschluss einen riesigen, gelblichen Kuhfladen in die Einfahrt des von Familie Wunderlich geliebten Nachbarn. Ich habe bis zu diesem Morgen noch nie gesehen, wie jemand so schnell so viel erbrochen hat wie unser kleiner Norbert! Zum Glück waren die Nachbarn nicht da, ansonsten hätte er wohl auch nicht so mutig seine Neujahrsgrüße an selbige in den Neujahrshimmel geschrien oder wir hätten Norberts Sauerei entfernen können.

Da Norbert sich nach unserem Böllern wahrlich ins Koma trank, viel hatte ja eh nicht mehr gefehlt, lag er den Rest seiner Silvesterparty wie ein nasser Sack schnarchend und sternhagelvoll auf dem Sofa.

Am frühen Nachmittag des ersten Januars, nachdem wir wieder fit waren, sahen wir Norbert nur ganz kurz, als er im Dauerlauf auf die Toilette rannte.

Wir machten uns gerade auf die Socken, als Norberts Eltern eintrafen. Paul lachte sich über seinen Sohn schlapp und meinte noch, dass man es doch mit dem Alkohol sein lassen sollte, wenn man nichts vertrug. Renate verschwand nach einem Neujahrsgruß, ohne Jana eines Blickes zu würdigen, sofort in ihrer Küche. Berta bekam sich indes vor Freude gar nicht mehr ein und ließ uns erst die Heimreise antreten, nachdem sie sich ihre üblichen Streicheleinheiten von uns allen abgeholt hatte.

Bevor wir ins Auto stiegen, begrüßten wir noch freundlich den grimmig dreinschauenden Nachbarn, der gerade mit Norberts festgefrorenem Kuhfladen kämpfte. Pizza Norbert Speciale eben!

Auszug aus Renates Tagebüchern

*02.01.2004: **Liebes Tagebuch**, mein lieber Norbert hat, wie er gerade erzählt hat, allen, ja vor allem dieser Jana, gezeigt, was für ein toller Hausmann er doch sein kann, er liegt zwar noch mit Kopfschmerzen auf dem Sofa, weil er von der Bande wieder abgefüllt wurde, aber egal. Paul streitet sich gerade wieder mit dem Nachbarn, weil irgendein Vollidiot in seine Einfahrt gekotzt hat, und dieser Trottel meint doch glatt, dass das erneut Paul gewesen sei! Ich habe aus der Haustür geschrien, dass Paul in diesem Jahr nicht einmal vor Ort war und er sofort seine Klappe halten möge, da er sonst meine Bratpfanne kennenlernen würde. Nach seiner Antwort, dass ich eine solche doch noch nie in der Hand gehabt hätte und selbst die Klappe halten solle, bin ich... Na ja, ich brauche nun eine neue Bratpfanne und dieser Arsch einen plastischen Chirurgen! Soll der Sack mich doch anzeigen, wenigstens hält er ein paar Wochen seine blöde Fresse.*

Nachbarschaftsstreit an Neujahr endet im Krankenhaus! Frau schlägt pöbelnden Nachbarn mit Bratpfanne krankenhausreif!

Zu einem Streit mit anschließender tätlicher Auseinandersetzung kam es am Neujahrstag in Seershausen. Ein Mann wurde dabei von einer Frau verletzt. Wegen Erbrochenem im eigenen Eingangsbereich und der Vermutung, dass es, wie bereits Jahre zuvor, der Nachbar war, geriet ein 57-jähriger Seershausener am Neujahrstag mit Erstgenanntem und dessen Ehefrau in Streit. Als er ihn an dessen Haustür zur Rede stellen wollte, mischte sich die Ehefrau des Nachbarn in das Gespräch ein. Sie soll dabei sofort aggressiv reagiert haben und schlug ihm mehrfach eine Bratpfanne ins Gesicht, bis er, benommen durch die Treffer, zu Boden ging. Die Polizei nahm die Frau kurzzeitig in Gewahrsam, da dies nicht der erste Vorfall mit ihr gewesen sein soll. Ein Alkoholtest ergab einen Wert von über 1,5 Promille. Gegen die Frau wird wegen gefährlicher Körperverletzung ermittelt.

Auszug aus Renates Tagebüchern

*03.01.2004: **Liebes Tagebuch,** ich bin gerade wieder zu Hause eingetroffen. Ich bin ja so sauer auf alle. Wenn es diese blöde Silvesterparty nicht gegeben hätte, keiner, weswegen auch immer, dem Nachbarn vor die Haustür gekotzt hätte, hätte ich diese Erniedrigung der Bullen nicht über mich ergehen lassen müssen. ›Bereits mehrmals auffällig geworden‹ durfte ich mir anhören! Unglaublich, und dabei habe ich doch mich und meine Familie, halt auf meine Art, verteidigt.*

*14.01.2004: **Liebes Tagebuch,** der Nachbar, dieses blöde Arschloch, hat mich doch wirklich wegen Körperverletzung angezeigt! Na warte!*

*15.01.2004: **Liebes Tagebuch,** so, nun habe ich ihm seinen ganzen Briefkasten mit Strohhalmen vollgedrückt, da er momentan ja nur Flüssignahrung zu sich nehmen kann. Wird er bestimmt gebrauchen können! Ich bin auch zu gut!*

*14.02.2004: **Liebes Tagebuch,** Paul hat mir zum Valentinstag einen riesigen Strauß mit roten Rosen geschenkt, nur aus seiner Karte werde ich nicht so ganz schlau, warum schreibt er dort: Meinem scharfen, heißen Feger als Valentinsgruß, dein Pummelchen! Ein scharfer und heißer Feger bin ich natürlich, aber ich habe ihn noch nie Pummelchen genannt!*

*15.02.2004: **Liebes Tagebuch,** ich habe Paul wegen der etwas seltsamen Karte auf den Zahn gefühlt, worauf er nur noch am Rumdrucksen und Stottern war. Hat der Sack etwa noch immer eine Affäre mit dieser Antje und die Karten vertauscht? Na warte, Paul, die Wahrheit bekomme ich schon aus dir heraus!*

*20.02.2004: **Liebes Tagebuch,** unser Anwalt hat alles geregelt und der Nachbar hat durch eine kleine Zahlung von 5000 Euro seine Anzeige zurückgezogen. Ich scheiße auf den Eintrag in meiner Akte!*

Norwegen

Der Urlaub in Norwegen war für Familie Wunderlich, allen voran Renate, immer das Schönste im ganzen Jahr.

»Man muss sich ja mal von den Strapazen des Jahres erholen, irgendwann ist der Akku leer!«, hatte Norbert noch bei einem kurzen Telefonat Ende März 2004 gemeint.

Im ersten Moment fiel ich fast vor Lachen vom Hocker! Norbert, der Mister ›Ich habe die Lehre geschmissen, keinen Bock mehr zu arbeiten und von Beruf Sohn‹, Renate, die gestresste Hausfrau, die den ganzen Tag in ihrer Dunkelkammer sitzt, raucht und säuft, Paul, der ehemalige Star aller Teppich- und Tapetenverkäufer, der einen Sauna-Almanach schreiben könnte, und ja, Bammel, der schussunsichere Wachhund, wollten stressbedingt nach Norwegen. Ich glaube, der einzige Stress der Familie war der, den sie sich selbst machte! Das war für mich dann auch schon die Antwort auf die Frage, ob wir mal wieder zum Osterfeuer gehen oder vielleicht das Schützenfest zusammen feiern würden. Sei es drum, sie fuhren nach Norwegen, nicht für drei Wochen, nicht für vier, nein, für zehn Wochen!

An einem Samstag Ende Juni klingelte das Telefon, auf meinem Display sah ich, dass es Norbert war.

»Na, du Anti-Gestresster, wie geht es dir?«

»Ach, Malte, du glaubst nicht, was uns im Urlaub alles passiert ist und weswegen ich auch keine Lust hatte, mich per SMS zu melden!«, sagte ein stimmlich zwischen tot und verzweifelt schwankender Norbert. Kaum hatte er seinen Satz zu Ende gesprochen, knackte es in der Leitung.

»Paul, hörst du schon wieder mit?«, schrie Norbert ins Telefon, worauf es erneut knackte und der zweite Telefonhörer des Hauses wohl aufgelegt wurde. Wir beendeten das Gespräch, da wir nicht auf Stasimethoden standen, und verabredeten uns für den Nachmittag.

Gesagt, getan – so stand Norbert etwas später vor meiner Tür, ich öffnete sie und sah nur ein Häufchen Elend vor mir stehen: Seine Schultern hingen fast bis zu seinem dicken Hintern hinab. Ich bot ihm einen starken Kaffee an, aber er wollte lieber ein Bier und sagte im Anschluss, dass er die kommende Nacht hier pennen würde, da es nicht bei einem Bier bleiben sollte. Ich war natürlich begeistert, da wir uns recht lange nicht gesehen hatten und ich gerne ein paar lustige Ereignisse aus dem Erholungsurlaub hören wollte. Nachdem Norbert dann noch drei Biere jeweils in einem Zug weggezischt hatte, sprudelte es nur so aus ihm heraus: »Malte, der ganze Urlaub war für mich eine einzige Katastrophe! Den Anfang machte meine liebe Mutter, sie gab Berta am Abend vor dem Start den Rest einer Bohnensuppe zu fressen. Als wir noch keine fünf Kilometer von zu Hause weg waren, fing der blöde Köter schon an, zu furzen. Es war richtig ekelhaft und wurde noch schlimmer, da sie zu den Blähungen noch die Kotzerei bekam. Wenn ich mich danach nicht hätte nach vorne setzen können, wäre ich am liebsten wieder nach Hause gelaufen! Nach gut sechzig Kilometern stellte meine Mutter dann fest, dass Paul die Papiere für die Fähre und für den Hund auf der Kommode im Flur hat liegen lassen. Als wir deshalb zurückmussten, war die Luft im Auto nicht nur wegen der Furzerei sehr dünn und die Stimmung auf dem Nullpunkt. Vor allem fetzten sich meine Alten andauernd und ich saß dazwischen!«, meinte Norbert, bevor er sich das nächste Bier reinschüttete und weitererzählte: »Das Einzige, was mich in diesem Moment aufbaute, war die Tatsache, dass im Kofferraum unser neues Bierbrau-Set lag, da Paul und ich zum ersten Mal selbst Bier brauen wollten. Die Fahrt bis zum dänischen Zielhafen dauerte ungefähr zwei Stunden länger als sonst, da Bammel nicht nur wegen ihrer Blähungen oder der gerade überstandenen Kotzerei unruhig war, nein, sie bekam ab Hamburg auch noch Durchfall. Dem Köter muss bestimmt der Hintern weggebrannt sein, Junge, hat Berta gejammert! An einer Gaststätte vor der Fähre stellte ich mich auch noch, weil ich natürlich zu faul war, um in die Gaststätte zu gehen, zum Pinkeln etwas schräg in einen Graben und merkte nicht, dass ich mir dabei selbst ans Bein pinkelte.«

Ich hörte Norbert weiter zu und kam gar nicht zu Wort.

»Wir wurden auf die Fähre gewunken und was passierte just in diesem Moment? Das Auto, der blöde neue Familienreiskocher, sprang nicht an! Erst schoben wir mit der Hilfe anderer den Wagen und danach den Anhänger die zum Glück nicht so steile Auffahrtrampe hinauf.

Paul gönnte sich nach dem Abendessen einen schönen Whisky mit Cola, um danach mit leichtem Dusel auf die blöde Idee zu kommen, verbotenerweise noch mal nach seinem Auto zu schauen. Beim Gang auf das untere Parkdeck rutschte er auf der Mitte der Treppe aus und hopste die letzten Stufen auf seinen Pobacken nach unten. Der Schiffsarzt diagnostizierte eine Steißbeinprellung, worauf Renate klarstellte, dass er mit seinem darauffolgenden Jammern mit der noch immer ständig furzenden Berta in der Nebenkabine schlafen dürfe.«

Nun wurde mir klar, dass Norbert mal wieder bei Mami im Zimmer – oder der Kabine – geschlafen hatte, ging ja auch gar nicht anders!

»Du hast bestimmt die ganze Nacht aus lauter Angst, nun die restliche Strecke fahren zu müssen, nicht geschlafen, nicht wahr?«

»Ja, Malte, obendrein habe ich dann noch Durchfall vor Aufregung und vor Sorge um Berta bekommen! Am nächsten

Morgen ging es Paul dann, wie erwartet, so schlecht, dass ich völlig übermüdet, nachdem das Auto aus der Fähre geschoben und repariert oder vielmehr betankt worden war, weiterfahren musste. Bei dem blöden Wagen war lediglich die Tankanzeige defekt, sonst nichts, trotz allem meinte Paul, dass dieser Wagen der größte Glücksgriff in seinem Leben gewesen sei, allerdings auch der einzige, worauf Renate die nächsten zwei Stunden kein Wort mehr sagte. Malte, ich begreife es nicht, wenn man viel fährt, merkt man doch, dass die Anzeige defekt sein muss, da die Nadel sich nicht rührt, und außerdem fährt man vorm Start in den Urlaub doch tanken, oder?«, nörgelte unser Dickerchen.

Norbert haute, auf meinem Sofa liegend, ein Bier nach dem anderen weg und wir fingen, wohl wegen des Alkoholpegels, damit an, die eigentliche Dramatik dieser Reise in eine Komödie zu verwandeln. Es war beinahe wie ein Abenteuer der berühmten, netten amerikanischen Familie mit dem Familienoberhaupt Sparky Griswold!

»Die ganze Fahrt, die Serpentine hoch und runter durch die schönen norwegischen Wälder, entlang an den Fjorden, bis zur Hütte, hörte ich von Paul nur: langsamer, aua mein Steiß, schneller, Vorsicht, aua, langsamer, aua! Erst, als Renate durch das Auto schrie, dass Paul seine Fresse halten solle oder sonst umgehend geknebelt mit gebrochenem Kiefer im Anhänger liegen würde, wurde es, abgesehen von etwas Gewinsel von Berta, still im Auto. Paul begann allerdings mit Funktionstraining ähnelnden Arm- und Handbewegungen, um mir nun in Zeichensprache anzuzeigen, wann ich etwas zu bremsen hatte. Dabei zeigte er regelmäßig auf seine Kauleiste und biss sich wohl vor Schmerzen auf die Hand, da ihm gewisse Fuchteleien anscheinend in den Steiß zogen. Selbst schuld!

Endlich am Ziel angekommen, waren wir hocherfreut, dass die Holzhütte noch in altem Glanz erstrahlte und dass noch alles an seinem Platz stand. Unsere Hütte liegt etwa zwei Kilometer vom rund 400 Einwohner zählenden Dorf entfernt, an einem Waldhang mit herrlichem Blick auf einen Fjord. Einfach richtig schön! Das Ausladen übernahmen Renate und ich, da sich Paul umgehend ins Bett legte, der alte Drückeberger!«, lachte Norbert, bevor er erst mal meine Toilette aufsuchte.

Auszug aus Renates Tagebüchern

11.04.2004: Liebes Tagebuch, *ich habe gerade Norbert und mein gemeinsames Doppelbett bezogen, Paul kann sein Bett trotz großer Schmerzen selbst machen! Ich habe jetzt Urlaub! Hoffentlich kann Norbert die ersten Nächte ruhig schlafen, er hat ja in der Fremde anfangs immer solche Angstzustände und ich kann ihm ja nicht jeden Abend Beruhigungstropfen in seinen Kakao oder sein Bier kippen, na, wenigstens ist er jetzt seinen stressbedingten Durchfall los und Berta geht es auch besser.*

Danach erzählte Norbert mir, dass es ihn und den noch immer nicht so gut zu Fuß laufenden Paul Mitte der übernächsten Woche in die einzige Dorfkneipe verschlug. Da der Alkohol in Norwegen ein Vermögen kostet, sie aber dennoch wieder ein wenig beduselt Kneipenluft schnuppern wollten, hauten sie sich auf dem Weg dorthin erst mal ein wenig gebunkerten Schnaps zur innerlichen Erwärmung rein.

»Na, Norbert, da bist du doch schon sternhagelvoll gewesen, oder?«

»Kennst mich auch zu gut, was?«, lachte Norbert, bevor er fortfuhr:

»Nach diesem kleinen Spaziergang saßen wir an der Theke und zeigten den Einheimischen, die wir noch nicht kannten, dass wir mit unserem Norwegisch schon beinahe Landsleute waren. Mit einem Gast, Lasse war sein Name, kamen wir recht schnell ins Gespräch; er erzählte uns, dass er Schafhirt sei, worauf Paul ihn fragte, ob er ein Lieblingsschaf habe. Der Typ lachte und meinte, dass er deswegen nicht verheiratet sei! Nach dem nächsten Schnaps fing dieser Kerl an, richtig eklig zu werden, er erzählte, dass sein Lieblingsschaf eine extra enge Box habe und immer Bier bekäme, um es gefügiger zu machen, wenn er mal... na ja...

›Für einen Schnaps kannst du auch mal ran, siehst ja aus, als würdest du es mal nötig haben mit deinem dicken Bauch!‹, meinte dieses Ekelpaket auf Norwegisch zu Paul. ›Määääääähääähäääh!‹, rief ich dazwischen, worauf wir uns erst mal eine Pause an der frischen Luft vor der Kneipe gönnten, da uns vor Lachen schon der Bauch wehtat. Nachdem obendrein mein Nikotinspiegel wieder im Gleichgewicht war, fragte Lasse uns, ob wir in die Kneipengemeinschaft aufgenommen werden wollten. Wir sagten natürlich nicht nein und Lasse verkündete, dass wir nur eine kleine alkoholische Mutprobe vollziehen müssten. ›Ich bin bereit, ich will Erster sein!‹, rief ich recht großkotzig. Der Wirt nahm eine Flasche Wodka, stellte ein Schnapsglas vor meine Nase und schenkte ein. Ich nahm unter den Worten ›drikke opp‹, was wörtlich übersetzt ›trink aus‹ bedeutet, jenes Schnapsglas, ohne danach zu schauen, und schüttete den flüssigen Inhalt in einem Zug runter. Als ich es wieder absetzte, grinsten Lasse und der Wirt, der vor meiner Nase mit der Wodkaflasche umherwedelte. Ich war total entsetzt, als ich sah, dass in der Flasche ein Finger schwamm und sich gerade in diesem Moment ein leicht traniger Geschmack in meinem Mund breit machte. Ey, mir fielen fast die Augen aus dem Kopf und ich rannte, als hätte man mir meine Lunte angezündet, an Lasse vorbei, der noch grinsend seine Vierfinger-Hand hochhielt, aus der Kneipe, um den Schnaps wieder ans Tageslicht zu bringen. Paul fiel unter einem Lachkrampf fast vom Barhocker und folgte mir nach draußen, da der Feigling danach keine Lust mehr auf diese Mutprobe hatte!«

Gleich am nächsten Morgen widmeten sich Vater und Sohn ihrem Bierbrau-Set. Sie fühlten sich laut Norbert an diesem Tag wie zwei Mönche aus Mesopotamien, nachdem diese durch einen Zufall die Bierbraukunst entdeckten. Leider hatte sich Paul beim Kauf verlesen und dachte deswegen, dass das Bier in zwei bis vier Tagen fertig werden würde, doch wie sich bei nochmaligem Lesen der Schritt-für-Schritt-Anleitung herausstellte, sollte der Prozess nach zwei bis vier Wochen beendet und das Bier somit dann erst trinkfertig sein!

Während ihr Gebräu in den nächsten Tagen zum Bier wurde, beschäftigte sich die Familie damit, die anderen Schnapsvorräte, die Paul in den letzten Jahren nach Norwegen geschmuggelt hatte und die eigentlich als Zahlungs- und Bestechungsmittel für Notfälle angedacht waren, zu vernichten.

In einer Nacht bekam Norbert ein dringendes Bedürfnis und machte sich auf den Weg zum Klo; dieses war natürlich ein Plumpsklo, welches zehn Meter vom Haus entfernt stand. Er meinte, dass man bei Kälte aufpassen musste, da man sonst an der Kloschüssel festgefroren wäre.

Auf dem Lokus angekommen, hörte er neben seinen eigenen Körpergeräuschen ein paar sehr seltsame Laute. Er öffnete im Sitzen das kleine Toilettenfenster und sah, dass sich vor dem Fenster etwas bewegte.

Im ersten Moment dachte er, dass Paul ihm mal wieder einen Streich spielen wollte, doch als er dann sein Sturmfeuerzeug anmachte, fiel er vor Schreck schreiend von der Kloschüssel. Es schob doch glatt ein Elch mit einem leichten Brunftschrei seine Schnauze zum Fenster herein!

Norbert schrie sich dermaßen die Seele aus dem Leib, dass seine Eltern dachten, man würde ihn abstechen. Sie schalteten in Windeseile die Außenbeleuchtung an und sahen gerade noch, wie der Elch unter Norberts anscheinenden Brunftschreien das Weite suchte.

Auszug aus Renates Tagebüchern

*24.05.2004: **Liebes Tagebuch,** Norbert hat heute beim Gang auf die Toilette einen Elch begrüßt, oder eher der Elch ihn. Nun will er nicht mehr alleine rausgehen und wir haben ihm hier in den Vorflur eine Tonne und Klopapier hingestellt, falls er nachts wieder muss! War eine Idee von mir, damit er nicht stundenlang im Flur auf und ab rennt, bis wieder etwas in die Hose geht!*

»Norbert, wie ging das mit dem Bier weiter?«

»Ach ja, das Bier, hast du übrigens noch ein Bier, meins ist schon wieder alle!«

»Alter Trinker, du Suffkopp!«, fuhr ich ihn scherzend an.

»Malte, das sagt genau der Richtige! «

Aber nun zum Bier: Es war geschafft, das Bier war zum Abzapfen bereit und wir drei waren so heiß auf unsere erste selbstgebraute Hopfenkaltschale, dass wir uns um jeden Schluck fast schlugen. Das Ende vom Lied bei dieser Feier war, dass wir unsere Zehn-Liter-Braukunst an einem Abend in Rekordzeit leerfegten. Selbst Berta bekam ihre Ration und schlabberte diese mit Genuss weg. Zum Schlafen blieben wir dort liegen, wo wir unseren letzten Tropfen Bier getrunken hatten, da die Alkoholwirkung unerwartet plötzlich und recht umwerfend war. Alter, das war die Krönung aller innerfamiliären Feiern! Der folgende Kater sowie der Flattermann in den nächsten Tagen allerdings auch...«

»Wie ging dieser Brauvorgang ab und was habt ihr falsch gemacht, weswegen war das Bier nachher – wohl – so hochprozentig?«, fragte ich neugierig.

»Das lag mutmaßlich daran, dass unser lieber Paul das Braumalz und die Hefe für zwei Zehn-Liter-Fass-Ansetzungen zu einer gemacht hatte und ich ihm natürlich blind vertraute. Bei diesem ›Maischen‹ wird der Zucker aus dem Braumalz gewonnen, der später von der Hefe zu Alkohol und Kohlensäure umgewandelt wird. Das Malz wird mit dem Wasser vermischt und erhitzt. Danach kommt das ›Läutern‹, dabei trennt man das Malz von der Flüssigkeit, wobei der Restzucker ausgewaschen werden soll. Ich glaube, das hat auch nicht richtig funktioniert! Diese eben genannte Flüssigkeit nennt sich nun ›Würze‹ und beim nächsten Schritt, ›Hopfen kochen‹, wird dieser Würze der Hopfen zugegeben und ganz leicht aufgekocht. Nun kommt die ›Gärung‹. Dabei wird die Hefe mit der Würze in die Zehn-Liter-Gärflasche gegeben. Die Hefe stürzt sich auf den Malzzucker und wandelt diesen in Alkohol um. Dadurch entsteht dann das Bier! Jedenfalls hat Paul, unser Dr. Biertod das so aus seiner Beschreibung herausgelesen.«

Norbert prostete mir zu und während ich erst mal ein paar Nudeln mit Tomatensoße zubereitete, ging er auf den Balkon, um sich seinem Nikotinspiegel zu widmen.

»Sag mal, ist die Gärflasche bei der doppelten Menge Hefe nicht explodiert und was habt ihr noch alles falsch gemacht?«, fragte ich Norbert nach dem Essen.

»Die Flasche hat die nächsten Tage ganz schön geblubbert und ich kann mir eine ausgebliebene Explosion auch nur so erklären, dass unsere Temperatur im Nebenraum der Hütte zwar recht konstant, aber letztlich etwas zu kühl gewesen sein muss. Nach ganzen zwei Wochen hat sich das Resteextrakt am Flaschenboden nicht mehr geändert und das Bier war somit ausgegoren. Wir haben das Ganze, um das Bier zu reinigen, in große Töpfe umgefüllt und später mit Hilfe von Renates Suppenkelle in die saubere Gärflasche zurückgekippt, um es, natürlich verschlossen als ›Flaschenreifung‹, noch mal reifen zu lassen. Nach einer weiteren Woche hatte sich dann Kohlensäure gebildet. Der Durchfall kam vermutlich dadurch, dass wir doch noch ein paar Resteextrakte im Bier hatten, wer weiß?«, seufzte Norbert fragend und meinte, dass es später Schuldzuweisungen unterschiedlichster Art gehagelt habe, obendrein bekam jeder von jedem für etwas an den Haaren Herbeigezogenes etwas auf den Deckel. Familie Wunderlich ging sich wohl so richtig gegenseitig auf den Zeiger, was damit endete, dass Berta, Norbert beim Mittagessen dermaßen in den großen Onkel schnappte, dass er glatt seine Schneidezahn-Überkronung verlor, da er just im Moment der Schmerzempfindung zu stark auf seine Gabel biss. Bei seiner Zahnarztphobie waren die nächsten Tage für ihn natürlich erledigt. Konnte man sich ja ganz klar ausmalen, gerade da Norbert noch erwähnte, dass sie bedingt durch seine Zahnschmerzen mit ihm zum Zahnarzt in die nächste Kleinstadt mussten. Dabei fuhren sie von ihrem Ort, Flåm, mit der Flåmbahn, über die steilste Bahnstrecke der Welt, nach Myrdal. Dabei waren ihm auch die schönen Schluchten, Wasserfälle und vom Schnee bedeckten Berggipfel, die er aus den Vorjahren eh kannte, völlig egal, wie er meinte.

Norbert holte tief Luft und erzählte weiter: »Zwei Stunden haben meine Ollen benötigt, um mich in die Praxis zu bekommen, von der strapaziösen Behandlung, dem Betäuben, Schleifen und Aufkleben der Krone ganz zu schweigen. Obendrein musste ich noch zum Allgemeinarzt, da sich mein großer Onkel entzündet hatte. Beim Doktor bekam ich erst mal eine Tetanusauffrischung, da Paul, der Blödmann, meinte, dass meine letzte Impfung mindestens fünf Jahre her gewesen sei. Danke!

Danach kam von ihm noch der scherzhafte Hinweis, dass ich bei einer eventuellen Amputation meinen Zeh dem Kneipier aus der Dorfkneipe spenden könne. Ich hätte ihm am liebsten in den Hintern getreten, doch mein Zeh tat mir schon genug weh!«, moserte Norbert.

»Norbert, da ist ja schon einiges passiert, nicht wahr?«

»Das Schlimmste daran ist, dass das noch nicht alles war: Am Ende des Erholungsurlaubes galt es nur noch, die Heimfahrt zu überstehen. Diese war bis zum Erreichen der Fähre nach Dänemark ein wahrer Totentanz, denn keiner von uns sprach auch nur ein Wort. Selbst auf der Fähre wurde schweigend gegessen, danach verzog sich jeder in eine andere Ecke. Auf der Rückfahrt nahmen wir eine Tagfähre und brauchten dadurch keine Schlafkabinen. Nach rund einer Stunde Fahrtzeit in Dänemark hatten wir eine Reifenpanne und mussten leider feststellten, dass der Ersatzreifen nicht so einfach zu erreichen war. Wir räumten den kompletten Kofferraum aus, um dann zu entdecken, dass sich der Ersatzreifen gar nicht unter dem Kofferraumboden befand. »Paul kauft ein neues Auto und weiß nicht, wo das Ersatzrad ist, wie kann man nur so dämlich sein!«, schrie Renate so laut, dass es fortan besser war, nichts mehr zu sagen.

»Habt ihr das Rad noch gefunden?«

»Ja, Malte, es befand sich unter dem Fahrzeug in einer Reifenbox, doch die nächste Frage war die nach dem Schraubenschlüssel. Er war nicht auffindbar!

Plötzlich fiel es Paul wie Schuppen von den Augen: Er hatte ihn beim Wechseln der Winterreifen zu Hause in der Garage liegen gelassen! Renate meinte darauf vor Freude, dass sie sich zum Schlafen ins Auto legen würde und Paul sie mal sonst wo könne. Dieser hielt ein anderes Fahrzeug an und ließ sich in den nächsten Ort fahren, dort kaufte er an einer Tankstelle zu einem leicht überteuerten Preis einen Schraubenschlüssel. Als

Anhalter gefahren, kam Paul rund eine Stunde später ziemlich geladen wieder zurück. Als ich ihn dann noch fragte, ob er den Schraubenschlüssel aus Sibirien geholt habe, da seine Besorgung so lange dauerte, warf er mir den Schraubenschlüssel mit ganzer Kraft entgegen.

Paul traf trotz meiner Breite nicht mich, sondern die hintere Autotürscheibe. Der Knall sowie das Splittern der Scheibe ließen Renate genauso jaulen und schreien wie die zu Bammel gewordene Berta. Es wirkte glatt, als wären zehn Hühner auf einmal von einem Kanonenschlag erschrocken worden. Renate, im Gesicht vom Hund zerkratzt und in die Hand gebissen, schoss schreiend aus dem Wagen und pfefferte Paul dermaßen eine, dass man es bestimmt noch kilometerweit hören konnte. Mein lieber Vater schaffte es dann mit viel Wut im Bauch sowie meiner Hilfe und unter Renates Drohungen, den Reifen recht zügig zu wechseln.

Fünf Kilometer vor der Heimat merkte Renate, dass sie dringend mal für kleine Mädels musste, und feuerte Paul an, doch etwas ins Pedal zu treten, da sie keinen Bock darauf hatte, beim Pinkeln in irgendeinen Straßengraben zu stürzen, ins Gebüsch zu fallen, von einem Wanderer angesprungen oder von Mücken am Allerwertesten zerstochen zu werden.

Paul trat wie gewünscht auf die Tube, da er keine Lust auf ein erneutes Grollen und Explodieren von ihr hatte. Plötzlich blitzte es, doch nicht etwa, weil sich über uns ein Gewitter zusammenbraute, nein, es blitzte, weil Paul in der Eile einen Starenkasten übersehen hatte!

»Bevor du weitererzählst, mal eine Zwischenfrage: Weswegen wurde Renate denn von Berta gebissen, der Hund ist doch normalerweise im Kofferraum, oder?«

»Stimmt, Malte, allerdings war ich so nervös, dass Renate mich aus dem Auto jagte, daraufhin musste natürlich unser toller Wachhund als ›ihr Leibwächter‹ auf sie aufpassen.«

Norbert schlug sich laut klatschend die Hände vors Gesicht und fuhr fort: »Dann sagte Renate recht amüsiert und ziemlich trocken, in Anspielung auf den vergessenen Schraubenschlüssel und das zu erwartende Foto, zu ihm, dass es für einen ›Demenzian Blindschleiche‹ halt normal wäre, dass so etwas passiert, da er diese Strecke schließlich ganze zehn Wochen nicht mehr gefahren sei. Paul hielt umgehend an und meinte, dass er die letzten Meter zu Fuß gehen würde. Bevor Renate den Mund erneut öffnen konnte, war Paul, der das Auto vorher mit Warnblinklicht am Straßenrand abstellte, im Wald verschwunden.

Ich durfte den Wagen die letzten drei Kilometer nach Hause fahren und konnte mir die ganze restliche Fahrt über die schönsten Ideen von Renate anhören, was sie bei seiner Heimkehr alles mit Paul machen würde.

Er kam am späten Abend stark betrunken nach Hause und schloss sich gleich in seinem Zimmer ein. Glücklicherweise hatte Renate an diesem Abend vor Pauls Eintreffen schon ›einen flotten Dreier‹ mit Jack und Jonny und ihr war deswegen alles egal, man kann sagen, dass sie nichts mehr mitbekam!

Sie sparte sich diese Aktion für den nächsten Tag auf, an dem dann erwartungsgemäß die Bratpfanne kreiste.«

Bevor Norbert auf meinem Sofa einschlief, erwähnte er noch mehrmals, dass es wirklich sein letzter Norwegenurlaub mit seinen Eltern gewesen sei und dass das einzig Befriedigende an dem Urlaub die regelmäßige Zeit auf dem Plumpsklo war, während der er sich als Frustrationsabbau einen schleuderte!

<u>Auszug aus Renates Tagebüchern</u>

30.06.2004: Liebes Tagebuch, *Norbert hat gesagt, dass er nicht mehr mit nach Norwegen fahren möchte, na, das werde ich ihm noch ausreden, jede Wette!*

20.07.2004: Liebes Tagebuch, *ich bin gerade vom Glauben abgefallen! Da fährt Norbert mit Malte zum ›Shoppen‹ nach Hannover und was passiert? Norbert kauft so viele Videokassetten, dass Malte ihm noch beim Hereintragen helfen muss. Alles Akte-X-Videos! ›Geile Boxen‹, sagte Malte noch dazu. Geil wäre es, dich zu boxen, kann ich dazu nur sagen! Norbert meinte, dass diese Boxen irgendein Angebot gewesen seien, da es als nächstes nur noch DWDs oder DVDs oder so einen Mist geben würde! Was weiß ich, was er damit meinte! Er fängt schon genau wie sein Vater an! Paul kauft ja beinahe alles, was als Angebot gekennzeichnet ist, ob er es braucht oder nicht, egal!*

24.07.2004: Liebes Tagebuch, *Norberts Kumpel Malte ist gerade aus dem Haus, da hat sich doch dieser Zahnstocher, einen Mercedes CLK gekauft! Dieser Lutscher! Paul sagte auch noch ernsthaft, dass es ein wahres Traumauto sei. Ich habe ihm geantwortet, dass wir auch ein Traumauto hätten, wenn ich mich nackt in unseres setzen würde, doch der blöde Sack hat gemeint, dass es dann wohl eher einem Leichenwagen gleichkäme! Wenn Norbert gleich mit Berta Gassi geht, bekommt Paul erst einmal eine Tracht Prügel! Man muss ja schließlich seine neue Bratpfanne einweihen, nicht wahr?*

Norbert Morgana

Ganze zehn Jahre dauerte es, bis etwas von mir nicht mehr Geglaubtes geschah.

Da stand er nun, unser Norbert! Nach vielen Anläufen schaffte er es wirklich, ein Altstadtfest mit uns erleben zu können, zu wollen oder zu dürfen.

Torben und Jana schienen ebenfalls überrascht, als das Wunderliche Familienauto um die Mittagszeit vorfuhr, um Norbert, dessen Wagen wegen eines Getriebeschadens in der Werkstatt war, vorbeizubringen.

»Kann mich mal jemand kneifen, bist du es wirklich, sehe ich eine Fata Morgana?«, waren Torbens erste Worte, als er Norbert mit Jana auf dem Sofa sitzen sah.

»Hat ja auch nur ein paar Jahre gedauert, bis wir es mal schaffen, aber ihr wisst ja, Urlaub oder diese nervigen Krankheiten immer, nun bin ich eben in voller Lebensgröße da!«, meinte Norbert, bevor er erst mal ein schönes Pils auf Ex wegzischte.

Eine Freiluftveranstaltung dieser Größenordnung ist auch immer sehr wetterabhängig, doch in jenem Jahr schien es, als meinte der Wettergott es zu gut mit uns, die Sonne gab an diesem Tag einfach alles, ja, fast schon zu viel. Wir machten uns ziemlich schnell auf den Weg in unsere City. Jana traf sich mit ihren Arbeitskollegen und wir gönnten uns am ersten Stand zum Abkühlen ein schönes, frisch gezapftes Bier.

Da wir von der starken Sonne geblendet wurden, erwarben wir alle kurz entschlossen am nächsten Stand eine Sonnenbrille. Der Vorteil einer solchen ist nicht nur das Blockieren der UV-Strahlen, sondern obendrein noch die Tatsache, dass nicht jede Frau es gleich sieht, wenn man ihr in den Ausschnitt oder auf den Hintern schaut. Torben war dabei besonders stolz, da ihm endlich mal eine Brille passte und vor allem auch gefiel. Nun konnten wir drei uns, ausgestattet mit Brillen und irgendwie richtig cool aussehend, der ersten Coverband, die Abba-Songs spielte, widmen.

Dieser schöne Altstadtfest-Samstag weckte in Norbert von Stunde zu Stunde mehr das Gefühl, in den letzten Jahren tierisch etwas verpasst zu haben.

»Ey, wisst ihr was, ich hole heute getränketechnisch alles nach, was ich in den letzten Jahren verpasst habe!«, sagte Norbert zu uns verdutzt Dreinblickenden. Er lebte an diesem Tag frei nach dem Motto »Wo früher mal mein Leben war, ist heute eine Minibar!« und so kam es, dass nicht nur Norbert, sondern auch Torben und ich schon am frühen Spätnachmittag völlig fertig auf der Wiese an unserem Schlosssee lagen und erst einmal ein kleines Nickerchen machten. Tja, wer zu schnell zu viel trinkt!

Nach diesem kleinen, für alle nötigen Mittagsschlaf, fing Torben plötzlich an, etwas zu suchen.

»Hat jemand meine Sonnenbrille gesehen?«

»Ich kann dir sagen, wo sie nicht ist!«, meinte ich belustigt.

Als Torben mir den Stinkefinger zeigte, merkte Norbert plötzlich, dass unter seinem dicken Hintern etwas Plattgedrücktes lag.

»Oh Gott, das ist ja Torbens Brille, Malte, der wird mich killen!«, flüsterte Norbert mit seinem üblichen Panikblick.

»Ach Quatsch, er reißt dir nur was ab und dann ist es auch wieder gut!«, meinte ich zu meinem blass gewordenen Freund.

Ich nahm die Brille und warf sie von Torben unbemerkt etwas entfernt von uns ins hohe Gras.

»Ich habe sie! Oh nein, Mist! Ich bin beim Suchen wohl draufgetreten, meine schöne Brille ist kaputt, nein, wie ärgerlich!«, rief Torben erst erfreut, dann fluchend, und setzte sich die verbogene Brille auf die Nase. Norbert und ich konnten uns bei dem Anblick vor Lachen kaum noch halten. Die mimischen Bewegungen seiner Gesichtsmuskulatur, welche sich in Sekundenbruchteilen durch sein Gesicht zogen, und die Gestik, die er im selben Moment rumfuchtelnd mit seinen Armen und Händen an den Tag legte, gepaart mit seinem Schimpfen, waren ein absolutes Highlight. Besser wurde es noch, als ich meinte, dass er die Brille doch vorsichtig wieder geradebiegen solle. Torben nahm die Brille, bog sie leicht und es knackte laut! Nun hatte er nur noch Einzelteile in der Hand.

»Tolle Idee, Malte, Mist!« fauchte Torben in unser hämisches Gelächter!

Kurz darauf kaufte sich Torben diese Sonnenbrille noch einmal und wir gingen wieder von Bühne zu Bühne und nahmen alle guten Live-Vorführungen mit. Hier und da trafen wir alte Bekannte, Klassenkameraden oder Verwandte, dabei trank Norbert, was das Zeug hielt, trank, wie zuvor angekündigt, einfach alles! Ebenso musste er alles essen, was ihm in die Quere kam.

Als wir an einem Müllcontainer vorbeikamen, sprang Norbert zur Seite, schob den Deckel des Containers auf und – Heidewitzka! – erbrach, was die volle Plauze hergab! War ja mittlerweile auch genug drin in dem 160-Kilo-Bengel!

Norbert beugte sich dabei so in den Container, dass ich im ersten Moment dachte, dass er blitzartig sein Gleichgewicht verlieren und hineinfallen würde.

Danach trank er gut und gern zwei Liter Wasser, um wieder einen einigermaßen ordentlichen Durchblick zu bekommen, was ihm aber, bedingt durch seine zuvor vernichtete Alkoholmenge, nicht so recht gelang.

Als Norberts Blase drückte, gingen wir zu unserer alten Schule, die sich in der Mitte der angrenzenden Festmeile befand. Dort angekommen und im Gebüsch erleichtert, kam der Kinderspielplatztrieb in uns durch.

Ein riesiger Eichenstamm lag zum Balancieren längs im Sand und stellte für uns alle bei unserem Promillewert eine herausfordernde Mutprobe dar, die wir in unserem Übermut gerne annahmen. Ich sprang auf den liegenden Stamm und balancierte einmal hin und einmal her, was Torben dazu bewegte, es ebenfalls zu versuchen. Er schaffte es einmal rüber, um dann so aus der Puste zu sein, dass gar nichts mehr ging. Jetzt kam Norbert, unser Mister Supergrobi, mit der Show des Jahrhunderts. Kaum in der Mitte angekommen, verlor er das Gleichgewicht und machte im Flug nach unten einen Spagat auf dem Balken, nicht wie eine Balletttänzerin, nein, wie jemand, der breitbeinig meterhoch in einen Sattel springt. Dieser dumpfe knirschende Knall, gefolgt von einem mächtigen Aufschrei, ging uns durch Mark und Bein.

Eiersalat, großer Eiersalat!

Norbert krümmte sich sofort mit schmerzverzerrtem Gesicht im Sand und brauchte mindestens fünf Minuten und anschließend zwei Flachmänner, um über den Schmerz hinwegzukommen.

Nach dem Sturzflug des Jahres sowie der dazugehörigen Schmerzbetäubung bemerkten wir, dass die mit Paul zum Abholen von Norbert ausgemachte Zeit schon sehr nah herangerückt war. Wir blieben noch ein wenig auf der Außentreppe der Schule sitzen, da Norbert dort auch abgeholt werden sollte, und sprachen über Gott und die Welt. Als er beim Punkt eigene Selbstständigkeit dermaßen übertrieb, platzte Torben und mir der Kragen, denn Norbert meinte doch glatt, dass er der Einzige unter uns Anwesenden sei, der in allen Belangen selbstständig wäre, er, der an jedem einzelnen Finger mehr lebenspraktische Fähigkeiten habe als Torben und ich zusammen. Jetzt reichte es aber!

Ich kochte innerlich, hatte eine nie dagewesene Betriebstemperatur erreicht und hielt eine kleine Rede, welche sich gewaschen hatte: »Wenn jemand mit 25 Jahren bei Gewitter im Bett von Mami schlafen muss, da er alleine Angst hat, in der Küche nicht weiß, wo das warme Wasser anzustellen ist, geschweige denn etwas kochen kann, und uns erzählen will, er sei eine Mischung aus Meister Proper und einem Fünf-Sterne-Koch, dann ist ein gewisser Punkt erreicht, mein lieber Nobbie! Außerdem möchte ich dich mal fragen, ob du mittlerweile schon Schleifen binden kannst, oder hat dir Mami das noch immer nicht beigebracht?«, fauchte ich ihn an.

Norbert stockte der Atem und Torben legte noch nach, er sprach über einige Kleinigkeiten, die sich bei ihm schon lange angestaut hatten, da kamen Dinge unserer gemeinsamen Silvesterfeiern, mehrmalige Partyversprechen und letztliche dubiose Absagen seiner Eltern auf den Tisch, außerdem viele Widersprüche, Dinge, die die Familie angeblich machte, aber in Wahrheit doch nicht tat, die Norbert immer kleiner werden ließen.

Es kam, was kommen musste, ein Nervenzusammenbruch!

Norbert wollte erst mal für kleine Jungs und konnte nicht:

»Was ist bloß wieder los, ich kann nicht, ich kann nicht, jetzt geht es nicht, ich muss aber doch so sehr, warum habt ihr mich so fertig gemacht? Warum muss das mit dem Nichtpinkeln-Können schon wieder losgehen? Irgendwie habt ihr ja auch recht, ihr seid ja meine besten Kumpels und euch glaube ich, was soll ich nur machen?«, meinte er völlig verzweifelt und am Boden zerstört. Im Anschluss ließ er über seine Tränendrüsen

Wasser, wie ich es noch nie irgendwo real gesehen hatte. Er heulte sich schier die Seele aus dem Leib und stand da wie Piksieben, wartend auf Pikacht!

»Keiner hat mich gerne, alle sind mir ständig böse!«, schluchzte er lauthals. Die Tränen liefen Norbert durchs Gesicht und Torben, jetzt total in Rage, ging zu ihm, packte ihn an den Schultern und sagte mit fester, bestimmender Stimme: »Du pinkelst jetzt, weil hier nichts passiert ist, ist das klar? Du pinkelst da jetzt hin und fertig!« Diese Sätze wiederholte er mehrmals und plötzlich lief es bei Norbert nicht mehr aus den Tränendüsen, sondern da, wo es sollte! Torben hatte wohl irgendeinen Kommandonerv bei unserer Heulsuse getroffen!

Ich glaube, dass unsere Worte zuvor bei unserem in manchen alkoholischen Lebensperioden sehr zart besaiteten Norbert etwas zu brachial gewählt waren, doch irgendwann ist genug auch genug! Er machte nachweislich den lieben langen Tag nichts anderes als Ausschlafen, Computerspiele spielen, Fernsehen und sich zum Essen an den Tisch setzen und wollte gerade uns erzählen, was er angeblich alles könne und wisse, wo ›Barthel den Most holt‹!

Nachdem Norbert um halb eins durch die Abholung von Paul von uns erlöst wurde, gingen wir die ersten Minuten leicht verstört über das Altstadtfest, um später zu der Meinung zu gelangen, dass er an diesem Abend, trotz allen Spaßes, den wir gehabt hatten, wohl besser weggeblieben wäre, um wirklich eine ›Fata Morgana‹ – oder besser ›Norbert Morgana‹ – zu bleiben. Zwar da, aber nur als Bild oder Gedanke in unserem Kopf!

Auszug aus Renates Tagebüchern

01.09.2004: **Liebes Tagebuch,** *mein kleiner Norbert ist heute, einen Tag nach dem Altstadtfest, total durch den Wind. Ich habe nur aus ihm herausbekommen, dass Malte und Torben ihn fertiggemacht haben, nach dem Motto, dass er ein Muttersöhnchen und Faulpelz sei. Was fällt diesen kleinen Popeln eigentlich ein? Ich glaube, dass Norbert sich langsam von diesen Idioten trennen sollte, bei Jonny, mir wird schon was einfallen!*

08.09.2004: **Liebes Tagebuch,** *ich muss morgen zum Zahnarzt und habe so eine Angst vor dem Bohrer, vor dem Zahnbohrer, vor einem anderen natürlich nicht! Wenn mein Zahnarzt nicht so schnuckelig wäre, würde ich bestimmt nicht hingehen! Wenn er sich zu mir rüberbeugt, möchte ich ihn am liebsten an meine Brust nehmen und ihn drücken, bis meine Ballons platzen, ach, ich sollte langsam mit dem Saufen aufhören!*

09.09.2004: **Liebes Tagebuch,** *Norbert traut sich schon wieder nicht vor die Tür! Wenn er rausgeht, dann nur, um seine blöden Goldfische zu füttern, oder kurz, um mit dem Hund Gassi zu gehen! Was soll ich tun? Ich muss jetzt los, wenn der Doktor doch bloß den anderen Bohrer...*

Dies war der letzte Tagebucheintrag von Renate!

Eine Woche nach dem Altstadtfest und ohne ein Lebenszeichen von Norbert wollte ich mal nachschauen, ob unsere 160-Kilo-Heulsuse noch unter uns weilte. An diesem Tag lag das Hause Wunderlich auf meinem Weg, da ich vorher etwas bei meinem Versicherungsvertreter, der in Norberts Nähe wohnte, unterschreiben musste. Mit Fasching-Werners »Grüß mal deinen süßen Freund« im Gepäck machte ich mich auf zum Hause Wunderlich.

Nach unserer üblichen Begrüßung mit zahlreichen Schulterklopfeinlagen saßen wir gemütlich in Norberts Zimmer.

»Bist du mir noch böse wegen des Altstadtfests? Ich glaube, da habe ich mit manchen Dingen übertrieben, oder?«

»Ach, Norbert, ich denke, vieles lag einfach auch am Alkohol, ich würde sagen, dass wir alle nicht gerade den Knigge gemacht haben!«, antwortete ich meinem leicht aufatmenden Kumpel, der sich gerade seine nächste Flasche Bier aufmachte. Norbert sagte, dass er seit diesem Ereignis gar nichts mehr hinbekommen würde, und fing an, mir Löcher in den Bauch zu fragen, jedenfalls bis zu dem Moment, in dem Wonneproppens Vater zur Tür hereinstürzte und uns bat, schnell einige alte Möbelstücke auf die Straße zu stellen.

An den folgenden Tagen war mein Gemütszustand wegen der gefundenen und gekauften Tagebücher eine wahre Achterbahnfahrt, da es schon Ungereimtheiten zwischen den Dingen, die Norbert im Zeitraum unserer Freundschaft erzählt und getan oder eventuell nicht getan hatte, und den Tagebucheinträgen von Renate gab. Außerdem fühlte ich mich das eine oder andere Mal persönlich von ihr angegriffen.

»Weswegen habe ich diese Tagebücher nur gekauft? War es Dummheit, war es Neugierde oder gar Naivität? Oder etwa alles?«, fragte ich mich dabei ständig. Auf Norbert war ich mittlerweile ziemlich sauer, da er mir die Tagebücher seiner Mutter verkauft hatte, ebenso auf mich, da ich sie freiwillig erworben hatte. Immer wieder dachte ich auch an das Sprichwort, welches mein Vater ab und an sagte: »Der Lauscher an der Wand hört seine eigene Schand!«

Wenn man die Hefte als Wand und das Lauschen als Lesen bezeichnet, bestimmt, doch was war dann die Schand? Zu existieren, die Freundschaft zu Norbert, ein gewisser Neid, ein häufiger Unmut oder eine von Alkoholismus geprägte Beobachtungsgabe von Renate?

Erst, als ich mich dazu entschloss, Renates Tagebücher, verpackt in einem Karton, in die hinterste Dachbodenecke bei mir zu Hause zu legen, um einmal Abstand von allem Wunderlichen und auch meinen innerlichen Konflikten rund um die Tagebücher zu bekommen, beruhigte ich mich wieder. Ich hatte trotz einiger lustiger Einträge die Faxen von Norbert und seiner Familie dicke! Was mir obendrein half, war die Tatsache, dass sich Norbert bei einem für uns recht kurz gehaltenen Telefonat bis ins neue Jahr verabschiedete, da er mit seinen Eltern doch wieder nach Norwegen fahren wollte, diesmal für ganze zwölf Wochen, also bis ins neue Jahr hinein. »Das war mein letzter Norwegenurlaub! Ja, klar, du Märchenonkel!«, dachte ich in Bezug auf seinen letzten ereignisreichen Urlaub, als ich auflegte.

Verliebt

»Verkuppeln, ja genau, verkuppeln!«, meinte Jana während unserer Fahrt von ihren Eltern, die circa 15 Kilometer entfernt von Gifhorn in einem kleinen Dorf wohnten, wo wir ins Jahr 2005 gerutscht waren.

»Wie, wer, was?«

»Norbert!«

»Ja, großartig, Jana, mit wem willst du unser Moppelchen denn verkuppeln? Alle unsere Bekannten sind vergeben, schwul oder für ihn zu alt!«

»Karo, ja, Karo, die würde zu ihm passen, sie ist fast in Norberts Alter, und wie sie bei einem Zufallstreffen vor zwei Wochen, als ich Weihnachtsgeschenke gekauft habe, erzählt hat, ist sie gerade wieder ein unglücklicher Single!«, meinte Jana freudestrahlend in Anlehnung an ihre Idee, Norbert und Karo zu verkuppeln.

Als wir zu Hause waren, fackelte sie nicht lange und rief ihre ehemalige Klassenkameradin aus der Ergotherapie-Schule an. Karo war erfreut über Janas Neujahrsgruß und es schien mir, als hätten sie sich zehn Jahre nicht unterhalten. Irgendwann fuchtelte ich mit den Armen wie ein Pantomimendarsteller, der von einer Wespe gejagt wird, herum. Jana schaute im ersten Moment seltsam zu mir rüber, bis ihr der eigentliche Grund des Anrufes wieder einfiel. Sie wartete, wie es schien, auf den richtigen Moment, um anzugreifen! Als Karo meinte, dass wir mal zum Partymachen vorbeikommen sollten und dann auch bei ihr schlafen könnten, fragte Jana wie aus der Pistole geschossen, ob wir einen Freund mitbringen dürften.

»Vielleicht sieht er ja ganz gut aus und wenn nicht, hat er vielleicht wenigstens ein dickes Konto, haha, bringt ihn ruhig mal mit!«, meinte Karo.

»Zumindest mit einem hat sie ja recht, Bingo!« rief Jana laut, nachdem sie den Hörer aufgelegt hatte.

»Das ist ja der Hammer, geil, ich bin dabei!«, jubelte Norbert, als ich ihm nach seinem Erholungsurlaub die gute Nachricht überbrachte.

Er wurde von Tag zu Tag heißer auf den weiblichen und ebenso wie er selbst unglücklichen Single, allerdings fragte er auch von Anruf zu Anruf, welcher wie üblich in immer kürzeren Intervallen erfolgte, mehr und mehr.

Natürlich erzählte er Renate nichts von der ganzen Sache, da sie dann, wie er meinte, hochsensibel reagieren würde und er keinen Bock auf Sexualkundeunterricht mit ihr hatte.

Der besondere Tag sollte um neun Uhr in der Früh starten, als ganz plötzlich und unerwartet mein Telefon klingelte. Ich sagte noch zu Jana, dass nun bestimmt Norberts Mami dran wäre und ich somit unsere zuvor abgeschlossene Wette, dass er kneife und seine Eltern für ihn absagen, gewinnen würde! Ich irrte mich in diesem Fall gewaltig, denn am Telefon war Norbert und nicht Renate, die ihn wegen Migräne, Schüttelfrost, Fieber oder einer Alien-Entführung krankmeldete.

»Malte, Malte, was soll ich anziehen?«, fragte er ziemlich aufgeregt. Ich riet ihm, ganz normal, also in Jeans und Pullover, angezogen zu kommen, und dass er bloß seinen Teddybärenschlafanzug zu Hause lassen möge.

»Dann habe ich aber nichts anderes zum Anziehen, was mache ich da nur?«, sagte Norbert.

»Wie, du hast keine Shorts?«, fragte ich verblüfft.

»Berta hat in der letzten Nacht, wohl aus Langeweile, meine Shorts so bearbeitet, dass sie jetzt wie ein Schweizer Käse aussieht!«, antwortete er, bevor ihm einfiel, dass Paul an Weihnachten eine Boxershorts mit neuem Familienwappen, einer Schweinekarikatur, bekommen und diese keine fünf Minuten später am Fahnenmast neben der Hütte in Norwegen im Wind geflattert hatte. Diese Shorts wollte er sich jetzt krallen.

»Pauls Shorts ist zwar eine Nummer zu groß, aber egal, immer noch besser als meine ganzen Schlafanzüge!«, lachte er.

Norbert stand überpünktlich auf der Matte, geschniegelt und gestriegelt und mit einem Fünf-Liter-Fass Bier im Arm.

Als ich diese Fünf-Liter-Dose Bier, um das Fass mal zu verniedlichen, sah, meinte ich zu ihm nur, dass er Karos Herz schon gewonnen habe, da sie nicht, wie die meisten Frauen, auf Rotwein, Cocktails und andere Mischungen stand.

Wir packten, nachdem Jana ihre Schminkstunde schnaufend vorzeitig beenden musste, unsere Utensilien in den Kofferraum meines Autos und zogen von dannen.

Da war sie nun, die erste Begegnung zwischen Karo und Norbert. Karo wirkte dabei robust und keineswegs so ängstlich und schüchtern wie unser lieber Norbert. Als sie nach einem kurzen »Hallo« der beiden Singles erst mal das Gespräch mit Jana suchte, drehte Norbert sich mit riesigen Augen nach dem Motto ›Wow, was für eine Frau!‹ zu mir.

Karo war nicht so mein Typ, aber Geschmäcker sind ja verschieden. Obwohl Norbert eigentlich auf blonde Frauen stand, jedenfalls sagte er das immer, schien es, als hätte er gerade in dem Moment, als er Karo erblickte, seine Meinung geändert. Vielleicht mochte er zuvor auch nur blonde Frauen, da er sich so viele Pornos ansah oder seine erste große Liebe eben blond und naivblöd gewesen war!

Wir machten umgehend das Fass auf und versanken in lustigen Gesprächen. Norbert legte seine restliche Schüchternheit recht schnell ab und fing an, das Gespräch mit der leicht moppeligen, dunkelhaarigen Karo, die auch sichtlich angetan von ihm war, zu suchen.

Als der Abend langsam zur Neige ging, saßen wir alle bequem auf ihrer riesigen Matratzenlandschaft, die aus ungefähr zehn Quadratmetern weich gefedertem Untergrund bestand.

Wir schauten eine Comedyshow nach der anderen im Fernsehen, tranken Bier und feierten einfach ruhig und gemütlich das Leben. Party mal ganz anders!

Ich hatte Jana im Arm, Norbert und Karo saßen nebeneinander. Irgendwann ergriff Karo die Initiative, schaute ihn mit ihren grünen Augen an und meinte, dass ihr kalt sei, worauf Norbert mich fragend ansah. Die Frage »Was soll ich nun machen, soll ich sie anfassen oder nicht?« war ihm regelrecht von den Augen abzulesen und ich zeigte ihm nur die Faust, ganz nach dem Motto ›Los jetzt, sonst blaues Auge!‹. Norbert überwand sich und nahm Karo in den Arm, woraufhin sie meinte, dass ihr nun gleich wärmer sei, da er schließlich genug Angriffsfläche habe.

Einige Zeit später wurde Jana müde und machte sich bettfertig. »Gute Idee, Jana, ich komme mit ins Bad, mach schon mal unser Bett, Norbert!«, meinte Karo und ging augenzwinkernd aus dem Zimmer.

»Alter Falter, hat Karo ein Fahrgestell, und sie scheint mich zu mögen, die wäre was für mich, Mann, boah!«, platzte es aus Norbert heraus.

»Schmeiß schnell deine Klamotten weg und mach die Matratze fertig!«, rief ich Norbert in seiner leichten Hysterie zu und es war unglaublich, welche lebenspraktischen Fähigkeiten bei ihm binnen Sekunden erweckt wurden. Er machte in

Windeseile die eine Hälfte der Matratzenlandschaft und zog sich ebenso schnell um. Das Umziehen gestaltete sich eher als ein Herunterreißen seiner Klamotten, denn er hatte alles, weshalb auch immer, schon drunter gehabt. Jana und Karo kamen, für die beiden Frauen untypisch, bereits nach ungefähr einer halben Stunde wieder ins Zimmer.

»Oh, das ging aber schnell!«

»Malte, was willst du damit sagen?«, fragte Jana mich.

»Na ja, ihr Frauen braucht doch immer lange im Bad!«

»Alles Klischee, aber alles!«, erwiderte Jana, worauf ich umgehend das Weite suchte.

»Lass dir Zeit, Malte, Jana und ich wollen Norbert in aller Ruhe vernaschen!« meinte Karo, worauf ein Schlucken und ein kleiner Panikblick von Norbert folgten, da er Karos als Scherz gemeinte Worte, wie ich mir sicher war, wohl als wahr erachtete.

Als ich das Zimmer wieder betrat, warf ich mich gleich auf die Matratze direkt neben Jana und deckte uns beide zu. Karo nahm die andere Decke und fragte Norbert, ob er mit unter ihre kommen wolle.

Da lagen wir nun also, Jana und ich aneinander gekuschelt und Karo mit... ja, Norbert lag auf dem Rücken mit einem gewissen Sicherheitsabstand und war nur zur Hälfte zugedeckt.

»Hast du Angst, dass ich beiße?«, fragte Karo, was Norbert ganz schüchtern und zögerlich mit »Nö!« beantwortete, um sich danach an ihren Rücken zu kuscheln.

Er rührte sich bis zum nächsten Morgen dem Anschein nach nicht einen Millimeter vom Fleck, und als die holde Weiblichkeit mal wieder im Bad verschwand, stand Norbert auf, um sich zu recken und zu strecken, und fing an, wegen seines steifen Nackens zu jammern, was das Zeug hielt.

»Norbert, wenn du die Hose ausziehst, gibt es hier einen großen Böller mit kurzer Zündschnur zu sehen, hahaha«, meinte ich, bevor Norbert, mir den Stinkefinger zeigend, nachdem die Mädels wieder zurück waren, in Richtung Badezimmer verschwand.

Bei der Verabschiedung geschah das für unmöglich Gehaltene schlechthin: Karo drückte Norbert einen lauten Abschiedskuss auf die Wange. Als sie ihn dann auch noch mit ihren Augen förmlich auffraß, war es um ihn geschehen und er bekam mit hochrotem Kopf kein Wort mehr heraus.

Auf der gesamten Rückfahrt und auch bei seinem Anruf am nächsten Tag redete Norbert wie ein Wasserfall, er war einfach nicht zu bremsen. Mit seiner überschwänglichen Schwärmerei sabbelte er sich schier den Mund fusselig. Irgendwann fragte ich ihn, ob er Karos Telefonnummer haben möchte und er wurde für einige Sekunden still.

»Hallo, ist da noch jemand?«, rief ich.

»Ah, ah, ähm, ja, ich bin da, ja, ähm...«, stotterte Norbert, bevor ich ihm die Telefonnummer gab.

Bereits fünf Minuten später klingelte wieder mein Telefon:

»Du, sag mal, soll ich wirklich anrufen?«

»Ja, Norbert, ja!«, rief ich und beendete das Gespräch.

Anruf Nummer 3:

»Hallo, ich bin es noch mal, was soll ich ihr denn eigentlich sagen?«

»Dass du Hänsel bist und an ihrem Hexenhaus knuspern möchtest, Mann, Norbert, sag einfach, dass der Abend mit ihr schön war, du sie wieder sehen und mit ihr essen gehen möchtest. Nun aber los!«, antwortete ich.

Anruf Nummer 4:

Norbert wirkte sichtlich nervöser!

»Du, ich habe einen Zahlendreher, da hat sich irgendein Chinarestaurant gemeldet, gibst du mir noch mal die Nummer?«

Anruf Nummer 5:

Norbert war nun noch nervöser!

»Du, da war der Anrufbeantworter dran und ich habe vor Aufregung nicht meinen Namen gewusst und wieder wie bei unserer Anton-Sache mit ›Hallo, hier ist Manfred‹ angefangen, so ein Scheiß, ich habe mal wieder alles versaut!«

Anruf Nummer 6:

»Was denn jetzt noch, Norbert?«, rief ich in den Hörer, doch am anderen Ende der Leitung war nicht Norbert.

»Hallo Malte, hier ist Renate, du, sag mir mal, was mit meinem kleinen Norbert los ist, er ist schon den ganzen Tag so genervt, abweisend, kurz angebunden und im nächsten Moment auch wieder glücklich jodelnd, hat er was angestellt, ist irgendetwas? Nimmt er Drogen?«

Ich überlegte, was ich sagen sollte, doch dann antwortete ich hinsichtlich der ganzen Anrufe, dass er nun mal verliebt sei.

Still wurde es für einen Moment auf der anderen Seite der Leitung, man merkte richtig, wie Renate tief Luft holen musste, um sich mit einem gestotterten »Aaaahaaa, dann weiß ich ja jetzt Bescheid!« zu verabschieden.

»Na, da kann jemand nun ein paar Nächte nicht ruhig schlafen«, dachte ich.

Am nächsten Morgen rief Norbert mich mit sich vor Freude beinahe überschlagender Stimme an und erzählte, dass er am nächsten Wochenende eine Verabredung mit Karo habe. Er fragte mir, ohne eine Antwort abzuwarten, regelrechte Löcher in den Bauch. So wollte er wissen, was er beim Treffen mit Karo anziehen und was er ihr mitbringen solle, was sie machen könnten, ob er sie gleich küssen dürfte und vieles, vieles mehr.

»Ey, Norbert, jetzt halt mal die Luft an!«, fauchte ich ins Telefon. »Zieh dich wie immer an, nimm eine rote Rose mit und lass alles auf dich zukommen!«

Am folgenden Sonntag klingelte es an der Haustür, ich öffnete und vor mir stand Norbert mit einem breiten Grinsen und einem sichtlich großen Knutschfleck auf der linken Halsseite.

»Hier siehst und hörst du die ehemalige Jungfrau Norbert, Karo und ich sind jetzt ein Paar, geil!«, meinte er noch, bevor ich überhaupt etwas sagen konnte. Nun war auch ich mal sprachlos!

Norbert erzählte mir alles von A bis Z und ließ so gut wie nichts aus. Sie waren essen, im Kino und dann haben sie bei ihr zu Hause gekuschelt und noch ein bisschen mehr gekuschelt, kurzum, sie hatten Sex! Norbert meinte, dass er selbst am Morgen danach noch so hibbelig war, dass er Karos Briefkasten beim Rückwärtsfahren zur Seite geschoben hatte.

In den folgenden Tagen wurden die Abstände, in denen wir von Norbert hörten oder ihn sahen, größer, was, bedingt durch Karo und die frische Liebe, natürlich verständlich war. Jana meinte aus einem Scherz heraus, dass wir Norbert wohl bald los seien, denn Karo würde sich, bei der oberflächlichen Freundschaft, die die beiden hatten, eigentlich nur melden, wenn sie von einer Beziehung genervt oder solo wäre.

Irgendwie freute ich mich, dass Norbert endlich mal jemanden außer mir gefunden hatte, dem er ständig die Ohren volljammern oder mit seinen Fragen nerven konnte.

Es kam wie erwartet, Norbert meldete sich einige Wochen nicht mehr. Verliebt sein ist ja toll, aber man kann doch wenigstens mal bei seinen angeblich besten Kumpels ein Lebenszeichen abgeben, oder? Was kostete denn damals schon eine dämliche SMS? Gerade einmal 19 Cent! Norbert war ja nun wirklich nicht gerade arm und konnte sonst auch ständig SMS versenden, allerdings nur, wenn er es wollte, und da hatten wir anscheinend den Grund! Er wollte nicht!

Irgendwann erwischte ich Renate am Telefon, um mich nach Norbert zu erkundigen, und sie meinte, dass er sich verändert habe und sie ihn nicht mehr viel sehen würde. Sie wirkte deprimiert und man spürte sogar etwas Frustration in ihrem Tonfall.

»Ich kann mich nun endlich mehr um Paul kümmern, den alten Gaul mal wieder zum Laufen bringen, der hat ja noch tierisch was gut bei mir!«, meinte sie, bevor wir unser Gespräch beendeten.

Die Uhr

Es war im November 2005, da entdeckte ich plötzlich beim Stöbern in der Zeitung den Artikel, auf den wir bekennende Ufologen nur gewartet hatten... Erich von Däniken sollte im Rahmen seiner neuen Vortragsreihe ›Die Rückkehr der Götter‹ in ein bekanntes Kino nach Braunschweig kommen.

Kennt ihr diesen berühmten Schweizer Schriftsteller?

Geliebt und gehasst von vielen Wissenschaftlern, die eine Wahrheit verbergen wollen oder müssen, eine Wahrheit, die durch klare Beweise auf Besuche von Außerirdischen oder gar eine Zivilisation vor der Evolution des Menschen hinweist und die einfach nicht in deren Weltbild passt oder passen darf. Er zeigt Kernbohrungen anhand von Bildern in unzähligen Büchern und in Filmmaterial, die mehrere tausend (!) Jahre alt sind, obwohl wir dies erst seit den 1980er Jahren praktizieren können. Polierte und exakt gerade geschnittene Bausteine mit einem Härtegrad neun von zehn Härtegraden aus der Steinzeit! Diese riesigen Bausteine liegen auf einem Bergplateau und jeder Stein hat ein Gewicht von mindestens fünfunddreißig Tonnen und ist dann noch aus einem Granit, der dort in der Gegend überhaupt nicht vorkommt. Wie kommen diese seltsamen, bis ins kleinste Detail gearbeiteten Steine dorthin? Natürlich mit einem Hubschrauber, gab es vor über tausend Jahren doch auch... Er zeigt Abbildungen von in Stein gemeißelten Astronauten, Raketen, in der Bibel klar beschriebenen Raumschiffen, Landestationen, Raumfahrten zu Mutterschiffen und vielem mehr. Liebe Leser, nehmt euch mal ›Das Buch Hesekiel‹ zur Hand, und ihr werdet staunen! »Alles Humbug«, meinen die einen, und wir gehören eben seit Jahren zu denen, die ihn in seinen Theorien bestärken.

Jana, Torben, Norbert sowie meine Mutter und ich sind schon seit Jahren Fans, haben seine Genussmittel für die Augen und Ohren, seine Werke, ob als Buch, VHS-Videokassette oder später DVD, stets verschlungen – so wie andere Indianerbücher oder die Filme um einen gewissen Zauberlehrling.

Es war schon ein kleines Weltwunder, dass wir Norbert und Karo erreichten und sie sich sogar mit uns treffen wollten.

So rollte mein Tross, bestehend aus meiner Mutter, Jana sowie Torben, zum großen Treffen an.

Da stand er nun, unser Norbert! Völlig verunsichert, mit zittriger sowie aufgesetzt männlich wirkender Stimme, und begrüßte uns wie ein verprügelter, reumütiger Hund. Seine Augen blickten nervös von rechts nach links, er wartete regelrecht darauf, dass irgendjemand ihn auslachen würde. Tja, warum nur...?

Norbert hatte in den Wochen, in denen wir ihn nicht gesehen haben, an Gewicht verloren, so viel, wie niemand es normalerweise in einer so kurzen Zeit hätte schaffen können. Durch seine mittlerweile sichtbar zu großen Klamotten sah er einfach zum sich vor Lachen Wegschmeißen aus!

»Alter Schwede, ich wusste gar nicht, dass man durch Poppen so schnell und vor allem sooo viel abnehmen kann!«, rief ich einem sichtlich rot werdenden Norbert entgegen.

Karo meinte nach unserer Begrüßung, dass sie sich mit ihrer kleinen Schwester lieber im anderen Kinosaal einen Kinofilm ansehen würde. Dies rief vor allem bei Jana einen gewissen Unmut hervor, denn verabredet gewesen war es ja ganz anders, aber egal!

»Bis nachher!«, sagte Norbert zu Karo. Seiner Stimme war schon anzuhören, dass er lieber Händchen haltend den

Zeichentrickfilm gesehen hätte, als sich den Vortrag antun zu müssen. Leider waren es die zu seinen Ungunsten euphorisch gewählten Worte aus der Vergangenheit, die ihn regelrecht dazu zwangen, mit uns mitgehen zu müssen und nicht so überraschend wie Karo die Biege in Richtung Zeichentrickfilm machen zu können. Er war laut eigener Aussage ein absoluter Däniken-Fan, angeblich sogar größer als Torben und ich! Außerdem denke ich, dass er ebenfalls mit uns kam, um später nicht mit der Frage konfrontiert zu werden, weswegen er überhaupt erschienen wäre, wenn er nicht mit uns zu diesem Vortrag hätte gehen wollen. Für ein ›Hallo‹ und ein ›Tschüss‹ hätte man sich den Aufwand, an diesem Tag nach Braunschweig zu fahren, auch schenken können, oder?

Erich schrieb schon fleißig Autogramme und wir alle gingen hin, auch Norbert, der sich noch mindestens dreimal verabschiedete und zu seiner Herzdame meinte, dass er rechtzeitig zum Ende des Films an der Ausgangstür ihres Kinosaals stehen würde.

Nun kam für fast alle der große Moment, Erich live, Erich hautnah, Autogramm, Foto, alles war wunderbar, doch... Wo war Norbert?

Er versteckte sich hinter einer Traube von geschätzten acht Personen und schaute auf die Uhr! Hallo? Er hüpfte von einem Bein aufs andere, ganz nach dem Motto ›Kann es nicht bald losgehen, je eher desto besser!‹.

Es war schon bemerkenswert, wie einer, der bei jeder Party und dem Eintauchen in Ufosphären sowie bei Science-Fiction und über den Erich ins Schwärmen geriet, sich nun regelrecht vor seinem angeblichen Heroe verkroch!

Die Dinge nahmen ihren Lauf, Platz gefunden, hingeferkelt, durchgeschnauft, Vorhang auf und... Da war er wieder, man glaubt es kaum:

Der Blick auf die Uhr!

»Alter Schwede, soll ich dir die Uhr auf die Nase kleben?«, fragte ich Norbert.

Der Blick auf die Uhr!

»Nö, Malte, ich wollte nur mal schauen, wie lange Erich seinen Vortrag hält!«

Der Blick auf die Uhr!

Man wurde regelrecht davon angesteckt!

Der Blick auf die Uhr!

Norbert saß in unserer goldenen Mitte und freute sich, als das erste UFO über die Leinwand huschte.

Der Blick auf die Uhr!

Die Pyramiden kamen und der Druck auf Norbert schien zu wachsen, der Druck, welchen er sich in seiner stets famosen Art selbst einmal mehr aufbaute, und man mochte sich überhaupt nicht ausmalen, welchen Blutdruck er gerade hatte. Er wirkte gestresst und glühte im Gesicht wie ein Glühwürmchen am Hinterleib.

Der Blick auf die Uhr!

Man konnte es immer durch seine zuckende Armbewegung erkennen, da er dann ständig mit seiner Hand in mein Sichtfeld kam.

Nun wurde es sehr interessant: Die Hochebenen in Bolivien, Raumschifflandebahnen oder nur Nachrichten für die Götter?

»Was macht unser Gott der Uhrzeit eigentlich?«, fragte ich mich.

Ich schaute zu ihm rüber. »Aaah, sensationell!«, meinte er, ziemlich aufgesetzt wirkend, gerade in dem Moment meines Blickes.

Und was kommen musste, folgte:

Der Blick auf die Uhr!

Wie konnte es auch anders sein?

Je länger der wirklich geniale Vortrag ging, desto schwieriger wurde es für Norbert, sein Desinteresse zu verbergen! Der psychische Druck, oder, um es für den Vortrag passend zu machen, der parapsychische Druck, wurde für ihn dem Anschein nach immer größer und größer. Er schaute wieder rüber zu mir, sein Blick wirkte ängstlich, seine Mimik zeigte eine gewisse Unlust.

Der Blick auf die Uhr!

Es steckte schon förmlich an, man sah den Blick auf die Uhr andauernd aus dem Augenwinkel. Ich sah ihn von rechts und Torben von links!

Nach ungefähr neunzig Minuten und geschätzten hundert Uhrblicken endete der Vortrag und ging über in den Diskussionsteil, welcher bei Norbert einen zeitbegründeten Schweißausbruch hervorrief.

Der Blick auf die Uhr!

Doch dann war es geschafft, der Diskussionsteil wurde mit einem »Ich hoffe, Sie hatten Freude – einen schönen Abend noch!« von Erich beendet.

Der Blick auf die Uhr!

In diesem Moment entflammte in Norberts Augen ein Feuer.

Noch ein schneller Blick auf die Uhr! – und er verließ fluchtartig und ohne ein Wort den Vortragssaal.

Wir schauten uns alle schweigend und schulterzuckend vor Ratlosigkeit an, jeder dachte wahrscheinlich das Gleiche. So gingen wir in die große Vorhalle und sahen von weitem Norbert ganz brav am verabredeten Ort stehen. Er stand wahrlich mit langem Hals, angespannt und stocksteif, und wirkte richtig abweisend gegenüber uns allen. Es kam gar so herüber, als wären wir Ballast, welchen er in wenigen Minuten loswerden müsste, um seine Beziehung zu retten.

Torben und ich hatten zusammen vier geballte Fäuste, die am liebsten – direkt vor Norbert – nach rechts und links um sich geschlagen hätten.

»Nun schau, wer da ist, nun brauchst du ja nicht mehr andauernd auf die Uhr zu gucken!«, fuhr ich ihn schon fast provokant an.

»Musst dir heute bestimmt auch noch deinen Nacken massieren lassen, was?«, fügte Torben hinzu, doch Norbert schien wie zugedröhnt, gedanklich bereits weit weg, und tat so, als habe er unsere Worte nicht gehört!

Als Karo und ihre Schwester aus dem Kino kamen, drückte Norbert seine Herzdame, als hätte er sie ein Jahr nicht gesehen.

»Wie fandest du es denn?«, fragte Jana ihn und hielt dabei seinen Arm fest, damit er nicht gleich davonlaufen oder erneut auf die Uhr schauen konnte. Dabei blickte Karo ihre ehemalige Klassenkameradin an, als würde man Norbert gleich die Uhr vom Handgelenk stehlen wollen.

»Das kann ich alles noch nicht verarbeiten!«, antwortete er etwas drucksend.

»Tschüss, und wir machen bald eine Party, ich melde mich gleich nächste Woche!«, meinte Norbert. Karo sagte nichts, drehte sich ebenfalls um und ging.

Wir fragten uns, ob wir den beiden etwas getan hatten.

»Vielleicht haben wir ihnen zwei Stunden ihrer wertvollen Liebe geraubt, wer weiß!«, mutmaßte ich. Wir blickten uns alle erneut an und gingen mit der Ernüchterung und dem anscheinend vorgegaukelten Interesse Norberts in das Parkhaus, in dem mein Auto schon auf uns wartete.

»Das war aber eine fluchtartige Verabschiedung von Norbert und seiner Flamme!«, meinte meine Mutter, woraufhin wir nur zustimmen konnten.

Abends versuchten Torben, Jana und meine Wenigkeit, das Erlebnis des Tages noch einmal in Worte zu fassen. Wir kamen

alle zu der gleichen Meinung, dass wir Norbert wohl – wie
schon so oft – einige Wochen oder sogar Monate nicht wiedersehen würden, da er gerade, vielleicht bedingt durch Karo,
doch sehr merkwürdig war!

In den nächsten Wochen ging weder Norbert noch Karo ans
Handy und bei Norberts Festnetz war plötzlich nur noch »Kein
Anschluss unter dieser Nummer« zu hören. Karos Mutter
meinte jedes Mal sehr kurz angebunden, dass alles in Ordnung
sei und Karo zurückrufen würde, was sie aber nie tat. Immer,
wenn ich persönlich bei Norbert oder Karo an der Tür stand,
wurde nicht geöffnet, obwohl Norberts Auto jedes Mal auf dem
Hof stand. Wir hörten trotz aller Versuche ein ganzes Jahr lang
(!) nichts mehr von den beiden!

Verschollen

An einem schönen Winterabend im Jahr 2006 bekam Jana unerwartet einen Anruf von Karo, in dem sie erzählte, dass sie noch mit Norbert zusammen sei und er gerade mal wieder unter Depressionen leiden würde. Depressionen? Aha!

Jana fragte Karo, weswegen sie sich so lange nicht gemeldet hatten, doch diese wich, nach einem lauten Knall im Hintergrund, plötzlich kurz angebunden aus und schlug vor, dass wir uns doch alle auf dem Weihnachtsmarkt in Gifhorn treffen könnten. Gesagt, getan, so verabredeten wir uns und wollten ein kleines Wiedersehen feiern.

»Malte, hast du den Knall im Hintergrund gehört, was war das denn?«

»Schatz, das hättest du mal Karo fragen sollen!«

»Wollte ich ja, doch leider hat sie ziemlich abrupt das Telefonat beendet.«

»Vielleicht hat Norbert sich gerade im Hintergrund erschossen!«

»Malte, wie kommst du darauf? Das ist ja gemein!«

»Ach, Jana, Therapie beendet, Patient tot, ich weiß auch nicht so genau, habe nur so ein merkwürdiges Gefühl, das ich nicht einordnen kann!«

Trotz des recht faden Beigeschmacks, den das Verhalten der beiden bei unserem letzten Treffen hinterlassen hatte, war ich ziemlich aufgeregt und freute mich tierisch darauf, gerade Norbert mal wieder zu sehen, denn ich dachte, dass er sich nun frei gevögelt habe und somit endlich wieder an seine angeblich besten Kumpels, oder eher seinen besten Kumpel, also mich in

Person, dachte und uns sehen wollte. Ebenso gäbe es an diesem Abend auch mal die Möglichkeit, einige Antworten zu bekommen sowie ein wenig unser Zwölfjähriges zu feiern, da ich Norbert ja bekanntlich im Jahr 1994 kennengelernt hatte.

Jana und ich gingen bei typisch winterlichem Wetter zum Gifhorner Weihnachtsmarkt, um bei einem schönen Glühwein voller Vorfreude auf unsere Verabredung zu warten. Doch wir warteten an diesem Abend vergebens.

Kein Anruf, keine SMS, nichts!

Wir blieben zwei Stunden und versuchten, die beiden per Handy zu erreichen, doch sie waren wie vom Erdboden verschluckt.

Wir waren natürlich sehr enttäuscht und als ich am Abend noch mit Torben telefonierte, meinte dieser nur, dass es ihn nicht überraschen würde.

Ich vermute inzwischen, dass die Verabredung, die als Erstes von der komisch wirkenden Karo ausgegangen war, nur die Rettung vor nervigen Fragen während des Telefonats gewesen war, um dieses schnell beenden zu können, denn ihr letzter Satz hatte gelautet, dass wir alle Fragen in Ruhe bei einem schönen Glühwein bequatschen könnten. Unbegreiflich war für uns die Frage, aus welchem Grund Karo damals überhaupt angerufen hatte. Hatte sie den Anruf etwa heimlich getätigt und wurde dabei von Norbert überrascht? Gab es deswegen diesen Knall? War der Knall etwa der eines Türzuschlagens?

Ein halbes Jahr später klingelte mein Telefon, ich nahm ab und »Du bist an allem schuld!« schrie eine weibliche Stimme in den Telefonhörer. Ehe ich etwas sagen konnte, wurde aufgelegt.

Ich schaute auf mein Display, doch dort stand nur ›Anonymer Anrufer‹.

In mir rumorte es und ich stellte mir die berechtigte Frage, wer das wohl gewesen war.

Als Jana am späten Nachmittag von ihren Eltern nach Hause kam, war sie sehr überrascht und gleichzeitig erwachte auch in ihr sofort der Wunsch nach Aufklärung.

Beim Abendbrot gesellte sich meine Mutter kurz zu uns und erzählte, dass sie nachmittags bei ihrer Freundin Andrea war. Diese wohnte im Nachbarort von Grußendorf, und in letztgenanntem Dorf soll es einen Hausbrand gegeben haben, weswegen meine Mutter, um nach Hause zu kommen, einen Umweg fahren musste.

»Grußendorf, Hausbrand, oh Gott!«, rief ich.

Jana und ich schauten uns an und dachten sofort das Gleiche.

War der Anruf etwa von Renate, Karo oder gar ihrer Mutter gewesen? Oder waren wir nur Weltmeister im Fantasieren?

Wenn man ins Telefon schreit, kann sich eine Stimme ja bekanntlich sehr verändert anhören. War es etwa Norbert selbst gewesen? Aber nein, das konnte nicht sein, oder? Meine Mutter schaute uns im Wechsel so lange verdutzt an, bis wir sie darüber aufklärten, was mir ein paar Stunden zuvor widerfahren war.

Am nächsten Morgen besorgten wir uns die aktuelle Kreiszeitung und konnten nicht glauben, was wir auf dem Bild sahen und als Überschrift dazu lesen mussten:

Carport und Hausfassade in Grußendorf durch Feuer völlig zerstört!

Wir sahen uns das Foto genau an und es war, glaube ich, das schlimmste Bild, das ich je in einer regionalen Zeitung gesehen hatte, denn es war, einwandfrei zu erkennen, Karos Haus!

Das Einzige, was man im vorderen Bereich ohne Brandspuren sehen konnte, war ein leicht schiefer Briefkasten am

Gartenzaun, der besondere, unverwechselbare von Karo, genau der, gegen den Norbert bei seinem ersten Date geschüsselt war!

Im Text stand etwas von einem dreißigjährigen Mitbewohner, dem beim Anzünden eines Lagerfeuers eine Zuckerhutfichte in Brand geraten war. Diese dicht benadelte Fichte soll förmlich explodiert sein und das Feuer griff dann sofort auf den Carport und die mit Efeu bewachsene Hauswand über.

Wir waren sprachlos! War unser Norbert derjenige, dem dieses Missgeschick passiert war?

Ich fragte mich sofort, warum wir nicht bei Karo anriefen. Leider war dort ständig besetzt.

»Lass uns einfach mal hinfahren, wenn besetzt ist, ist jemand dort, ich kann das alles nicht glauben!«, meinte ich schockiert, aber auch irgendwie neugierig zu Jana.

Als wir in die Straße von Karos Zuhause einbogen, konnten wir bereits anhand des Verbrennungsgeruchs erahnen, was wir gleich zu sehen bekommen sollten. Sekunden später standen wir am Briefkasten und schauten uns das Dilemma an. Der Carport war total verkohlt, Karos Roller, das Auto ihres Opas, wohl an die drei Raummeter Holz, das schwarze Gerippe der Zuckerhutfichte, der Rasen, die Hauswand und der Dachüberstand waren schwarz verkrustet und verrußt, obendrein waren noch überall Wasserpfützen und Rückstände von Löschschaum zu sehen.

Ich klingelte ganz frech an der Tür und unerwartet der letzten Besuche wegen wurde uns geöffnet und wir durften sogar eintreten.

Die Augen von Karos Mutter sahen in Anbetracht des Schadens zu Recht verheult aus.

»Nein, das kann doch alles nicht sein, dieser Verrückte, dieser Blödmann!«, schluchzte sie, während wir zur Begrüßung umarmt wurden. Karos Mutter erzählte, dass ihre Tochter die

Beziehung mit Norbert nach dem Endresultat beim eigenen Lagerfeuer nun endlich beendet habe.

Wir waren platt, nicht nur, weil wir diese Neuigkeit hörten, nein, plötzlich stand nach langer Zeit Karo vor uns. Ihre Mutter verabschiedete sich und wir gingen mit Karo ins Wohnzimmer.

Sie wurde an diesem Abend so gesprächig wie lange nicht und erzählte, dass ihr, gerade in den letzten Monaten mit den ganzen Depressionen und den ständigen Eltern-Kind-Reibereien, alles mit Norbert zu viel geworden war. Vieles kam mir irgendwie sehr bekannt vor, da ich Norbert und seine Familie auch schon ein paar Jahre kannte und gerade diese erwähnten Reibereien miterlebt hatte.

»Er legte mir bildlich gesprochen einfach eine Schlinge um den Hals, die ich immer wieder lösen musste!«, schluchzte sie.

»Er hat bei jeder noch so kleinen Differenz um Verzeihung gebeten und so lange mit seinem ›Bist du mir noch böse? Sind mir nun alle böse?‹ genervt, bis ich ihn, auch wenn ich noch so stinkig war, mit ›Nein, natürlich nicht!‹ beruhigte. Er gab mir dann auch oft noch Geld, damit ich nicht mehr sauer war, mal zehn, mal zwanzig Euro. Oft fuhren wir einfach gleich zum Shoppen und Norbert kaufte mir Klamotten und sich gefühlt die eigene Seele frei. Ich habe es gemocht, Geld zu haben, so viel wie nie zuvor, doch irgendwie war es nur die Liebe zum Geld und nicht mehr zu Norbert, denn er war wie ein Klammeraffe, egal, wo ich hinging, wollte er mit!«, schluchzte sie, ziemlich ehrlich wirkend. Jana und ich schauten uns an und holten tief Luft.

Karo fuhr fort: »Ist er etwa deswegen abgedreht? Hat er es gemerkt, bin ich nun schuld an allem? Oh Gott, fange ich jetzt auch schon an wie Norbert?« Doch in ihrem leeren Blick war nicht Panik wie oftmals bei Norbert zu erkennen, sondern eher eine Hoffnung, die Hoffnung, alles schnell vergessen zu können.

Irgendwie konnten wir später verstehen, dass Karo keine Lust gehabt hatte, ständig am Telefon oder an der Tür zu lügen und deswegen nicht erreichbar sein wollte.

Sie erzählte uns von einem Urlaub in Dänemark, bei dem am zweiten Tag Norberts Eltern plötzlich vor der Tür standen und Mutti ihn an sich drückte, als sei er zwei Jahre verschollen gewesen. »Überraschung!«, meinte Renate damals und das war es auch! Danach war der Urlaub für Karo komplett gelaufen! Karo ließ sich noch in Dänemark als Andenken ein T-Shirt mit der Aufschrift ›Überraschung!‹ drucken, da keiner der Familie Wunderlich Karos Unmut darüber bemerken konnte oder wollte. Alle waren so in sich als Vater-Mutter-Kind-Gespann vertieft, dass sie sich nur noch als Anhängsel fühlte. Familie reunited eben!

»Sie fanden es sogar lustig und richtig cool, dass ich mir dieses Shirt habe drucken lassen, das müsst ihr euch mal vorstellen! Sie verstanden den wahren Sinn dahinter nicht oder wollten es nicht, unbegreiflich, nicht zu fassen!«, schimpfte Karo, während sie sich die Hände vors Gesicht schlug.

Wir waren wegen Karos Offenheit doch recht überrascht und wohl auch der Neugierde wegen an diesem Abend richtig wissbegierige Zuhörer. Karo tat es indes sichtlich gut, zu reden, zu reden und noch einmal zu reden.

»Sag mal, Karo, du hast vorhin Geld erwähnt, Norbert hat doch nur ein bisschen Taschengeld bekommen, sagte er jedenfalls!«, fragte ich sie.

»Er sagte mir mal, dass sie Geld geerbt hätten, ebenso, irgendwie großkotzig, dass er nur mit den Fingern schnipsen müsste, um Geld zu bekommen, da er in der Familie alle in seiner Hand habe! Weswegen, wollte er mir natürlich nicht sagen! Vielleicht wollte er mich mit dem Geld auch nur halten, da er bestimmt gemerkt hat, dass unsere Beziehung sich dem Ende zuneigte. Oh Mann, dann war ich also nur gekauft, oder?«, weinte Karo, während Jana sie erst mal in den Arm nahm.

Nachdem wir uns ein paar Knabbersachen aus dem Wohnzimmerschrank geholt hatten, fing sich Karo wieder etwas und erzählte weiter: »Die Krönung war natürlich das Lagerfeuer im Vorgarten. Meine Familie war nicht da und wir beide wollten es uns am Lagerfeuer gemütlich machen. Leider kam das Feuer nicht so richtig in Gang und Norbert warf, wie er später bei der Vernehmung jaulte, noch etwas Zeitungspapier darauf, als ich gerade etwas Bier aus dem Haus holte. Dieses Zeitungspapier wirbelte umher und landete irgendwie unter der dicht benadelten Zuckerhutfichte, die, wie es schon in der Zeitung stand, förmlich explodierte.

Das Unheil nahm seinen Lauf: Norbert lief in Panik schreiend wie ein angestochenes Schwein mit sichtbar angesengten Augenbrauen durch das Haus, drehte den Wasserhahn der Badewanne auf und schrie mir, gerade aus dem Keller die Treppe empor schreitend, zu, dass der Baum brennen würde. ›Der Baum brennt, der Baum, der brennt hier öfter!‹, rief ich, bevor ich mich umdrehte und schon die Helligkeit im Vorgarten, das Knacken und die Rauchschwaden sehen und hören konnte. Ich griff sofort zum Telefonhörer und rief die Feuerwehr.

Danach wollte ich noch meinen Roller, der unter dem Carport stand, retten, doch der Holzstapel und das Dach brannten schon lichterloh. Scheiß Feuer!

Ich rannte ins Haus zurück und schnappte mir den noch immer im Bad stehenden, sich wirklich in die Hose gemacht habenden Norbert und rannte mit ihm in den hinteren Garten. Die Feuerwehr war recht schnell vor Ort und konnte zum Glück noch das Übergreifen auf das Innere des Hauses sowie das große Dach verhindern.«

Karo wirkte sichtlich mitgenommen, war kreidebleich und erzählte, dass Norbert am Brandabend psychogeschädigt

Amok lief. Dazu, dass er sich in die Hose uriniert hatte, bekam er noch das große Rückwärtsessen und einen Durchfall, den die Welt noch nicht gesehen hatte. Noch in derselben Nacht wurde er von Weinkrämpfen gepackt und, völlig unter Schock stehend, von seinen Eltern abgeholt, da er nicht mehr in der Lage war, selbst zu fahren.

Der Taxifahrer soll geguckt haben wie sein Wagen, als Renate, lauter jaulend als die Feuerwehrsirene zuvor, aus seinem Auto sprang, um ihren Wonneproppen in den allseits bekannten Renate-Liebkosungs-Würgegriff zu nehmen.

Man muss sich die Mutter-Kind-Situation in dieser Familie mal vorstellen, da sind bestimmte Empfindungen zehn Mal ausgeprägter als bei normalen Menschen mit leichtem Dachschaden.

Paul meinte nur, dass er schon geahnt habe, dass es mal so kommen würde mit Norbert und seinem ständigen unüberlegten Handeln.

Ich glaube, in diesem Moment kippte das Machtverhältnis zwischen Vater und Sohn wieder in Richtung Paul.

In den nächsten Wochen trafen wir Karo noch das ein oder andere Mal. Paul, besser seine Versicherung, war zwar sehr kulant und übernahm den gesamten Brandschaden, aber mit Norbert war fortan nichts mehr anzufangen.

Er musste, nachdem Karo ihm seine restlichen Sachen gebracht und ihm zum wohl hundertsten Mal klar gemacht hatte, dass ihre Beziehung zu Ende sei, in eine Nervenheilanstalt eingeliefert werden.

Als Karo weg und Norberts Eltern kurz zum Einkaufen gefahren waren, fegte er alles Alkoholische, das er in die Finger bekam, weg. Er legte sich mit Jack und Jonny an und zerlegte dabei sein Zimmer, Renates Dunkelkammer inklusive der voll-gerümpelten Sauna und die Partyhütte im Garten, kippte Pauls neues Segelboot vom Anhänger und zerschlug obendrein Renates Doppelbett in echter Holzfäller-Manier. Das Ganze schaffte er mit Pauls neu gekaufter Spaltaxt!

Es soll laut Renate ausgesehen haben, als sei eine Elefantenherde mehrfach über das Grundstück sowie durchs Haus gerannt.

Natürlich denkt man, mh, solche Sachen hat er doch schon mehrfach gemacht, doch wohl nicht in diesem Umfang!

Als Paul und Renate gerade vom Einkaufen zurückkamen, sahen sie schon eine ziemliche Menschentraube sowie ein paar Polizisten, die gerade versuchten, diese Personen aus der Nachbarschaft von ihrer Einfahrt fernzuhalten. Paul sollte auf Anweisung der Polizei seinen Wagen vor dem Grundstück abstellen und dort warten, bis der von der Polizei angeforderte Sozialpsychiatrische Dienst eintreffen würde.

Paul versuchte anfangs in typischer Verkäufermanier, alles zu Erwartende abzuwenden, indem er mit Engelszungen auf die Polizisten und die schnell eingetroffenen Mitarbeiter des Sozialpsychiatrischen Dienstes einredete.

Doch als Norbert, ziemlich aufbrausend, schreiend durch die bereits zerlegte Haustür in die Hofeinfahrt sprang, die Spaltaxt direkt an ihm vorbei in die Windschutzscheibe seines gerade neu erworbenen Autos warf und Norbert ihm danach erstmalig in den Hintern trat, musste er unter Renates panischen Hilfeschreien und Bertas Gekläffe im Kofferraum erkennen, dass ein ›Wunderliches Armageddon‹ eingetreten war!

Die Polizei setzte Norbert, der zu ihrem Glück mittlerweile konditionell völlig am Boden war, fest und fixierte ihn mitten in der Einfahrt, bis ihm von den Herren in weißer Kleidung die Zwangsjacke angelegt werden konnte.

»Karo, ich hatte in meinem Leben noch nie so viel Angst!«, heulte Renate ihr ins Telefon, als sie die ganze Geschichte erzählte.

Norbert saß drei Wochen in einem Einzelzimmer auf einer geschlossenen Station und wurde medikamentös wieder auf Vordermann gebracht. Als er aus der Geschlossenen herauskam und sah, wie sich jemand draußen eine Zigarette anzündete, machte er sich sofort wieder in die Hose und fing an, um sein Leben zu schreien.

Renate meinte obendrein, dass man ihr in den letzten Jahren gefühlt viele Teile ihres Herzens herausgerissen habe, unter anderem Norbert, woran sie Karo, Jana und mir die Schuld gab, und private Aufzeichnungen, die ihr geliebter Ehemann zu verantworten hatte!

Meinte Renate damit etwa ihre Tagebücher?

Als die nicht gerade auf den Mund gefallen Karo fragte, ob Renate auch an irgendetwas schuld sei, sagte Erstere lediglich »Werd jetzt bloß nicht frech!« und legte auf.

Rückblick

Ich dachte, dass das Schreiben an diesem Buch, ein paar Jahre nach unserem letzten Kontakt, für mich eine reinigende Aufarbeitung der positiven und negativen Erlebnisse meiner Vergangenheit mit Norbert wäre und mir guttun würde, doch da habe ich mich etwas getäuscht. Es brachte mich natürlich häufig zum Lachen, dennoch wühlte es mich von Kapitel zu Kapitel immer mehr auf und vor allem stellten sich mir immer mehr Fragen!

Trotz aller Verhaltensauffälligkeiten, Eigen- und Unarten, die eigentlich jeder von uns mehr oder weniger ausgeprägt besitzt, fehlt mir Norbert doch sehr!

Ich werde niemals die Stunden vergessen, in denen er mir die lustigsten Missgeschicke, aber auch die kleinsten Dinge, die ihm ständig quer saßen und die jeder „normale" Mensch einfach weggewischt hätte, erzählte.

Ebenso unvergessen bleiben die vielen SMS, die wir uns stundenlang schreiben konnten, wie auch die gemeinsame Zeit, in denen wir irgendetwas ausheckten.

Andererseits habe ich auch sehr häufig genervt das Gefühl gehabt, ungewollt als Psychologe zu fungieren, wohl als schlechter, wenn man das Endresultat betrachtet!

Ist diese Einsicht für mich positiv zu deuten?

Man konnte in Norbert fast immer eine sagenhafte Euphorie wecken, doch umso ärgerlicher war es dann, wenn seine Teilhabe um fünf vor zwölf von seinen Eltern, meist von Renate, abgesagt wurde. Vielleicht schämte er sich, vielleicht hatte er auch Angst, seine andauernde Angst, dass ihm jemand böse sei und ihn anmachen würde, obwohl wir dies bis zum Altstadtfest nie so brachial, sondern lediglich mit ein paar kleinen Sticheleien oder Stänkereien taten.

Vielleicht war Norbert ja auch tatsächlich von Renate durch Tropfen abgeschossen oder erpresst worden und konnte oder wollte wirklich nicht telefonieren!

Stimmen etwa einige der Tagebucheinträge?

Immer wieder ploppt bei mir das Wort Muttersöhnchen auf, denn irgendwie hat Renate ihm, auch wenn er vom Körpervolumen und Alter letztlich kein Kind mehr war, gerade in den pubertären Jahren eine gewisse Lebensfreude genommen, indem sie ihm diese im Kindesalter schon vorenthalten hatte.

Vielleicht litt Norbert deswegen in den Grundschuljahren, wie Renate bei der Gartenparty erzählt hatte, unter einer Essstörung?

Bildete sich aus diesem Grund zwischen Mutter und Sohn eine Beziehung, die Renate einfach nicht loslassen konnte oder wollte?

Er wurde laut den Tagebüchern häufig von Renate erpresst, manipulativ erpresst, damit diese ihren Willen durchzusetzen oder (wohl) Macht ausüben konnte. Vielleicht bekam er dadurch Schuldgefühle, die sich irgendwie in seine Seele gefressen haben!

Kann es vielleicht sein, dass Norbert durch seine Mutter eine Art von psychischer Gewalt erfuhr?

Seine Eltern schirmten ihren kleinen Jungen vor nahezu allen persönlichkeitsfördernden Dingen ab und nahmen ihn stets aus jeglicher Verantwortung, ließen ihn selten laufen. Er hatte bis zu seiner Lehrzeit nicht einmal ein eigenes Girokonto! Wo gibt es denn so etwas?

Wenn allerdings mal etwas Wichtiges, etwa später seine Lehre, am Scheitern war, halfen sie ihm erst, wenn das Kind schon längst in den Brunnen gefallen war.

Ebenfalls befand sich Norbert immer noch in einer kindlichen Trotzphase, da er, wie ich vermute, einfach nicht in dem gewünschten Umfang seinen eigenen Willen entdecken konnte und durfte, da er mit Tabletten oder Tropfen ruhiggestellt wurde.

Vielleicht war er durch seine anscheinend fehlende Hirnentwicklung nicht in der Lage, seine Gefühle zu kontrollieren und rastete deswegen regelmäßig zu Hause aus und zerlegte diverse Zimmereinrichtungen!

Oder war schlichtweg sein Alkoholismus der Grund für solche Aktionen? Vermutlich nur bedingt, da er laut Renate schon früher durch sein aggressives Verhalten aufgefallen war.

Das Norbert trotz seiner recht gebeutelten Jugend den qualifizierten Realschulabschluss und später das Berufsgrundbildungsjahr sowie die Handelsschule bestand, um dann seine Lehre in der fordernden Firma zu starten, ist schon beeindruckend, wodurch umso ärgerlicher ist, was letztlich in Bezug auf seine Ausbildung daraus geworden ist.

Anfangs war er voller Enthusiasmus, der dann jedoch schnell in Frustration überging, da er es allen zeigen wollte und wohl einfach nie seinen eigenen Ansprüchen, die er an uns angepasst hatte, gerecht werden konnte. Norbert versuchte dann anscheinend, seine geistige Kraftlosigkeit in seinem Alkoholkonsum zu ertränken, und glich sich dadurch in puncto Alkohol mehr und mehr seinen Eltern an. Renate trank von der Flüssigkeitsmenge her lieber wenig, dafür aber mit Bumms, halt mit ordentlich Wirkung, und bei Paul war es genau umgekehrt, lieber viel mit wenig Umdrehungen, aber trotzdem bis zu einem gewissen K.o.-Pegel. Norbert schwamm, wahrlich nicht wählerisch, genau dazwischen, je nachdem, woher die flüssige Welle gerade schwappte. Seine Emotionen wurden immer häufiger negativ als positiv und er bekam eine ausgeprägte Psychosomatik. Es war die Einbildung, eine Krankheit zu haben, die er nicht hatte, bis er sie dann irgendwie doch bekam. Mal war es eine Reizblase, weswegen er ständig auf Toilette gehen musste, dann hatte er Neurodermitis-Schübe sowie Störungen des Magen-Darm-Trakts, gerade wenn er von seinem Vorgesetzten einen wortwörtlichen Anschiss bekommen hatte, den er als Durchfall kurz darauf ›an‹ oder ›in‹ das sogenannte ›Ideal Standard-WC‹ weitergab.

Vielleicht sollte man auch das mittlerweile gängige Phänomen ›Mobbing‹ ins Spiel bringen! Wie kann man die Schnürsenkel-Aktion von Sid, Norberts damaligem Vorgesetzen, anders bezeichnen, etwa als Ausbildung? In so einer Art und Weise wohl eher nicht, oder?

Erlitt Norbert in seiner Lehrzeit etwa ein Burnout?

Norberts Eltern hatten auch einfach zu sehr mit ihrer eigenen Ehe, Pauls ständigen Eskapaden, hier erwähne ich mal den heißen Feger Antje, und Renates chronischer, natürlich nicht grundloser Eifersucht zu tun gehabt. Dazu kam natürlich auch hier der verfluchte Alkoholismus!

Vielleicht kam es gerade dadurch bei Paul oft zu diversen Schildbürgerstreichen, da er einfach nicht nüchtern genug war, um handwerkliche Dinge fachgerecht auszuführen, oder er hatte handwerklich einfach nur zwei linke Hände, denn an Intelligenz mangelte es ihm garantiert nicht, dafür konnte er sich einfach zu eloquent ausdrücken.

Es kann natürlich sein, dass er auch einfach die Faxen dicke hatte von seiner Familie. Die Frau kommandiert, überwacht, säuft und schlägt im vermeintlichen Notfall mit der Bratpfanne um sich, obendrein ist sie auch noch sexbesessen.

Vielleicht war für ihn dadurch die ganze Sauniererei, anscheinend meist mit Antje, eine erholsame Abwechslung, weshalb er zu Hause schnell alles Handwerkliche hinferkelte, um darauf noch schneller zum Saunieren oder zum schöneren Ferkeln, dem Rumferkeln mit Antje, zu kommen?!

War Paul etwa geradezu zum Fremdgehen gedrängt worden?

Was für Norbert erkennbar schwierig war, war die Tatsache des Reichseins. ›Warum soll ich noch arbeiten, wenn ich reich bin?‹, wurde Pauls irgendwie verständliches Motto, doch ›klein Norbert‹ sollte arbeiten? Das Unverständnis darüber setzte ihm gewaltig zu, was irgendwie nachvollziehbar ist.

Norberts Ansprüche bestanden in den letzten Jahren außerdem daraus, mindestens gleich viel oder mehr von den unterschiedlichsten materiellen Dingen zu haben als seine wenigen Freunde. Wehe, man sagte einmal, dass man 500 CDs, also mehr als er selbst, in seiner Sammlung habe. Das war für Norbert der Startschuss, um auf irgendeinem Grabbeltisch wahllos so viele Angebots-CDs zu kaufen, dass er über diese 500 kam. Beim nächsten Telefonat, das umgehend nach seinem Einkauf erfolgte, wurde dann als Erstes euphorisch erwähnt, dass man die 500-CD-Marke aber sowas von geknackt habe, und wenn man dann mal flunkernd oder scherzend meinte, dass man doch 600 CDs hätte, war einen Moment Funkstille angesagt, gefolgt von einem tiefen Schnaufen, und das Telefonat wurde kurz angebunden schnellstens beendet. Dies wirkte wie eine typische Vorschulangeberei, bei der ich Norbert als ›Häschen in der Grube‹ ohne nachzudenken immer tiefer in ein krankhaftes, schwarzes Loch drückte, obwohl er das Loch doch selbst tief schaufelte!

Als Norbert in der Folge unseres Verkuppelns Karo seinen Eltern präsentierte, änderte sich die Welt im Hause Wunderlich wohl so gravierend, dass es Renate förmlich aus der Umlaufbahn warf. Es wagte doch glatt jemand, ihr das Herz herauszureißen, ihr den Wonneproppen, ihren Norbert wegzunehmen! Deswegen bin ich auch noch heute davon überzeugt, dass der ominöse Anruf von Renate kam. Wetten?

Vielleicht war Norbert in puncto Selbstständigkeit gerade mit Beginn dieser Liebschaft gewollt oder ungewollt ins kalte Wasser geworfen worden, dazu kam dann noch die bereits erwähnte – eventuelle – psychische Gewalt von Renate!

Kamen daher der Rückzug und die von Karo erwähnten Depressionen?

War vielleicht alles eine unglückliche Verkettung von Missgeschicken und Missverständnissen und war es das Feuer, das bei Norbert das Fass letztlich zum Überlaufen brachte? Gab es dort den entscheidenden Zündfunken?

Ich bin mir auch heute noch ziemlich sicher, dass Norbert in seiner Beziehung ein erneutes Burnout bekam, also im wahrsten Sinne des Wortes ausgebrannt war! Karo sprach ja von Depressionen, waren es also Depressionen durch ein Burnout?

Auch die schon fast wie eine ›Ablasssache‹ wirkende Eigenart von Norbert, sich in der Beziehung bei Problemen die Seele freizukaufen, zeigt Ängste auf, nämlich Verlustängste! Ein Symptom davon ist starkes Klammern, aber auch eine emotional starke Abhängigkeit seinem Partner gegenüber, da er in diesen Momenten nur Karo hatte. Vielleicht hat Norbert die Verlustängste gar von Renate übernommen, da sie selbst einige Symptome hierfür zeigte. Hier erwähne ich nur einmal ihren Kontrollzwang und ihr Misstrauen, wie den Tagebüchern zu entnehmen war, und die Bestätigung, die sie gerade in sexuellen Dingen von Paul einforderte, wobei sie die unterschiedlichsten Methoden anwandte.

Ich denke, dass Norbert so oder so irgendwann in eine Beziehung geschlittert wäre, mit oder ohne uns, warum also versinke ich hier nun in Fragen oder gar Vorwürfen?

Vielleicht rumorte bei Norbert in der Zeit zwischen dem Geschehenen beim Sperrmüll und dem Ende seiner Beziehung zu Karo auch die Tatsache, dass er mir, in meinen Augen ziemlich unüberlegt, Renates Tagebücher verkauft hatte, denn überlegt euch mal, was passieren könnte, wenn seine Eltern erfahren würden, dass er diese besagten Tagebücher im Schränkchen gefunden hatte und hätte retten können und mir sie stattdessen für Peanuts verscherbelt hat. Vor allem bin ich mir auch ziemlich sicher, dass Norbert gefragt wurde, ob er nicht in den kleinen Nachtschrank geschaut habe!

War er vielleicht sauer auf mich, dass ich die Tagebücher überhaupt gekauft habe? Oder ist ihm zu Recht der Gedanke gekommen, dass darin etwas stehen könnte, weswegen ich ihm auf ewig böse sein könnte? Ach, ich weiß es einfach nicht und kann Norbert anscheinend auch nicht mehr danach fragen. Doch selbst wenn, ob er mir dann die Wahrheit sagen würde? Es bleibt alles sehr Wunderlich!

Vielleicht sind meine Vermutungen und Gedanken auch reine Hirngespinste und einfach nur aus der Luft gegriffen, möglicherweise auch reines Wunschdenken, um mein Manuskript wichtiger und interessanter zu machen oder einfach Erklärungen auf meine Fragen zu finden!

Wie kann Norbert jemals wieder geradeaus laufen, wenn er mit einer Mutter zusammenlebt, die offenbar so manipulativ ist und ihre Meinung ändert, wie es ihr, je nach Zustand, gerade passt, und einem Vater, der lieber Reißaus nimmt und woanders fummelt, statt zu Hause Mutti zu beglücken und somit vielleicht mehr als nur ihr Seelenleben geradezubügeln, da sie den Bumms nicht durch den Alkohol, sondern durch Paul bekäme!

Da sind wir bei dem immer wiederkehrenden Punkt: Alkoholkonsum, der bei allen Geschehnissen ein entscheidender Faktor gewesen ist.

Alkoholismus verändert merklich das Urteilsvermögen und die Handlungsfähigkeit eines Menschen. Hemmschwellen, bezogen auf Aggressivität, sinken und man läuft Gefahr, Situationen falsch einzuschätzen und nicht richtig zu reagieren.

Hoffentlich ist Norbert mittlerweile raus aus der Nervenheilanstalt, hoffentlich hüpft er nicht, wie man früher sagte, sondern läuft wieder einigermaßen geradeaus.

Meiner Vermutung nach jedoch nicht in Deutschland, denn Familie Wunderlich ist wohl nach Norwegen ausgewandert, so wie sich Renate ihr zukünftiges Familienleben immer vorgestellt hatte. Weswegen sonst stand 2007 in der Einfahrt ihres Hauses ein ›Zu verkaufen‹-Schild? Damit hätte Renate mehrere Fliegen mit einer Klappe – oder in ihrem Fall mit der Bratpfanne – geschlagen, da ihre Kerle unter besserer Beobachtung stünden und sie somit alles im Griff oder in Griffweite, also in Bratpfannen-Schlagnähe hätte!

Vielleicht sollte man sich wirklich nicht zu viele Fragen stellen, denn wenn jemand den Boden unter den Füßen verloren hat, lebt er sowieso in einer durch tausend Widersprüche geprägten, traurigen Welt, die von einer gewissen Aussichtslosigkeit durchzogen ist, die wiederum kurzzeitig oder auch sehr lange anhalten kann.

Gab es vielleicht eine gewisse Oberflächlichkeit in unserer Freundschaft, wodurch ich nicht erkannt habe, dass im Spaß gemeinte Dinge in Wahrheit einen sehr bitteren Hintergrund hatten? Habe ich durch meinen zwar nicht dauerhaften, aber doch vorhandenen Alkoholismus oftmals falsch agiert? Habe ich meinen Ex-Kumpel Norbert am Ende mit dem Verkuppeln und anderen Dingen, die ihm durch unsere Aktionen widerfahren sind, gar in ein Burnout geführt, oder, um mal ein Silbenspielchen zu spielen, geburnoutet, oder hat er es letztlich ganz allein geschafft? Oder haben bis zum großen Knall alle in seinem Umfeld ihren Teil dazu beigetragen?

Da gab es durch mich Bekannte wie Andrej, Udo und Eva, die im Hause Wunderlich bleibenden Eindruck hinterlassen haben, oder Norberts Freundschaften mit Sandra und ihrem Ekelpaket, Wuttke und dessen Freundin. Meine Freundin Jana soll hier auch nicht unerwähnt bleiben, da sie ja, ironisch betrachtet, eine ganz besondere Freundschaft mit Renate entwickelte, die für Letztere zu einer großen Feindschaft wurde. Schließlich musste Norbert all das irgendwie ausbaden, da er immer wieder, zum Beispiel bei der Silvesterfeier, die irgendwie auf Renates Mist gewachsen war, total mit dieser damaligen Situation überfordert war.

Ich glaube, das alles ist ein großes Norbert-Burnout-Puzzle, bei dem alle Beteiligten ein oder mehrere Puzzleteile in der Hand haben und die Hauptfragen jene sind, wann Norbert wem wie viele Puzzleteile aus der hingehaltenen Hand riss oder wer ihn, selbst verschuldet oder nicht, mit wie vielen Teilen von welcher Größe beworfen, geschmiert oder beschenkt hat.

Der Abstand zu der Freundschaft mit Norbert wird mit der Zeit zwar immer größer, andererseits gilt dies auch für meinen inneren Konflikt, ob ich meine Fragen beantwortet haben möchte oder nicht, ob ich Veränderungen bei ihm sehen möchte oder auch nicht. Ich verspüre ein wenig Angst und Unbehagen bei dem Gedanken, Norbert wiederzusehen. Vielleicht ist das so, weil ich bei allem Geschehenen eine nicht unerhebliche Rolle gespielt habe!

Habe, sollte oder muss ich nun ein schlechtes Gewissen haben und mir sogar die Frage stellen, ob mir jemand böse ist?

Es ist zwar eine Lappalie, aber wenn ich ihm auf die Schuhe gucken würde und dann sähe, dass er keine mit Schnürsenkeln trägt, würde mir erneut der Kragen platzen und ich unweigerlich an das erste und gleichzeitig letzte Altstadtfest mit ihm erinnert werden. Unser toller ›Mr. Lebenspraktische Fähigkeiten‹, der sich nicht einmal die Schuhe schnüren kann!

Langsam bekomme ich wirklich ein schlechtes Gewissen, da ich mich frage, ob ich ihn womöglich gemobbt habe!

Vielleicht zeigt mir das alles auch auf, dass ich noch nicht wieder bereit für Norbert bin, weil ich gerade in diesem Moment wohl eher ein Problem mit einer Freundschaft zu ihm habe, ehrlich gesagt, auch etwas sauer auf mich, auf Norbert und auf sein Umfeld bin, und mir obendrein die Frage stelle, ob nicht ich von Norbert und seiner Familie irgendwie, ob selbstverschuldet oder nicht, ›geburnoutet‹ worden bin, weil ich mich gerade in diesem Moment, in dem ich diese Zeile schreibe, richtig leer und ausgebrannt fühle!

Sollte ich jetzt, im Jahr 2010, alles daransetzen, wieder mit Norbert in Kontakt zu treten, oder sollte ich einfach alles auf mich zukommen lassen? Es heißt ja nicht umsonst, dass man sich immer zweimal im Leben über den Weg läuft, nicht wahr?

Euer Malte Kampe

Danksagung

Wenn ein Buch erscheint, so steht zunächst der Autor im Vordergrund. Das ist nicht besonders fair, da es in der Regel vieler Menschen bedarf, die solch eine Publikation überhaupt erst ermöglichen. Das war natürlich auch bei mir der Fall.

Zunächst richtet sich mein Dank an meine Lektorin Chrissi vom Gedankenwelten Lektorat, die meiner Art zu schreiben, die manchmal der Aussprache von Meister Yoda glich, durch ein paar Satzumbauten den fehlenden Schwung verliehen hat.

Und selbstverständlich geht der Dank auch an meine Liebsten, die mir zu Hause immer die Zeit gegeben haben, mich meinem Buchprojekt zu widmen.

Ebenfalls bedanke ich mich bei den geduldigen Testleserinnen und Testlesern meines Manuskriptes, die mir viele wichtige Ratschläge gegeben haben, die ich gerne angenommen und umgesetzt habe.

Zuletzt auch ein Dankeschön an BoD, die mit ihren Lehrvideos – von der richtigen Formatierung bis hin zur Fertigstellung des Buches – eine sehr große Hilfe für mich darstellten.

Vielen Dank an alle – ich weiß das sehr zu schätzen.